나의 아름다운 정원

제7회 한겨레문학상 수상작

심윤경 장편소설

나의
아름다운
정원

한겨레출판

차례

1977년,

인왕산
허리 아래

1

동생은 성질이 급한 아기였다. 아버지는 늦은 나이에 출산하는 엄마를 염려해 시내의 큰 병원에 분만 예약을 해놓았지만, 엄마는 그곳까지 갈 겨를이 없어서 사과 상자처럼 답답한 동네 조산소에서 몸을 풀고 말았다. 할머니와 나는 하릴없이 옷 보퉁이와 더운 보리차를 담은 보온병을 들고 조산소의 손바닥만 한 툇마루에 앉아서 아기가 나오기를 기다렸다. 살림집을 개조한 조산소에는 방이 딱 두 개였다. 그중 한 개는 조산원 아줌마가 아들과 함께 거처하는 방이었으니까 아이를 받는 방은 한 개뿐이었다. 나는 엄마가 텔레비전에서 본 것처럼 비명을 지를 거라고 생각하며 귀를 쫑긋이 세웠지만 엄마가 들어간 방에서는 비명이 들리지 않았다. 그저 가끔 뭐라고 중얼대는 조산원 아줌마의 목소리가 새어 나오고, 어쩌다가 무엇에 목이라도 졸리는 것처럼 헉하고 잦아드는 엄마의 거친 숨소리가 들릴 뿐이었다. 엄마가 부른 배에도 아랑곳없이 키만 한 싸리 빗자루로 집 앞에 쌓인 눈을 쓸다가 갑작스러운 진통에 비틀거리기 시작했을 때, 안방에서 화투장으로 그날의 재수를 떼어보고 있었던 할머니는 화투의 마지막 패를 보지도 못하고 달려 나왔기 때문에 태어날 아기가 아들일지 딸일지 가늠할 수가 없었다. 보기 드물게 진지한 표정으로 정성스레 아들을 기원하던 할머니는 난데없이 내 뒤통수를 후려쳤다.

"이 새끼야, 마호병은 뭐 하러 들고 왔어?"

방 안쪽의 일에만 정신이 팔려 있던 나는 갑자기 뒤통수가 띵하여 할머니의 얼굴만 쳐다보았다. 텔레비전 연속극에서 배부른 여인네가 해산할 때면 산파 할머니가 빠지지 않고 찾는 것이 더운물 아니던가. 도저히 시내 병원까지 갈 수 없으니 조산원으로 가야 하겠다고 소리 지르는 옆집 아줌마의 말을 듣자마자 나는 제일 먼저 부엌 싱크대에 기어올라 찬장에 앉아 있던 보온병을 꺼내 더운 보리 물부터 챙겼던 것이다. 할머니는 내 손에서 보온병을 낚아채 뚜껑을 열어보더니 핑 하고 코웃음 쳤다.

"지랄, 이까짓 보리차는 뭐라고 안고 있니?"

나는 할머니가 시비를 걸어도 대꾸할 겨를이 없었다. 엄마가 있는 방에서는 지금 비명이 한창이어야 할 텐데, 꼭 무슨 일이라도 난 것처럼 잠잠하기만 했다.

"아이구, 칠성님, 이 늙은이가 둘째 손자 하나만 안아보게 해주십시오, 비나이다 비나이다. 그저 토란 같은 불알 달린 손자놈만 낳아라, 비나이다 비나이다."

할머니는 제법 그럴싸하게 손바닥을 비벼가며 기도를 올렸다. 나는 저 정성스러운 기도문 속에 또 이 새끼야, 하는 욕설이 섞이면 얼마나 남 보기에 부끄러울까 싶은 생각에 주위를 살폈다. 할머니가 욕설이나 육두문자를 섞지 않고 말하는 경우는 매우 드물었지만 이 불안하고 심각한 순간만은 좀 근신해주었으면 하는 것이 내 바람이었다. 방 안에 있는 조산원 아줌마는 엄마에게 정신을 모으느라 바깥에서 일어나는 일에 관심을 가지지 않겠지만 혹시라도 아줌마 귀에 할머니의 욕설이 들린다면 창피한 노릇이었다.

할머니의 신경질과 이유 없는 시비를 참아내며 엄마의 기척을 기다리다 지쳐 거의 울음이 터지기 일보 직전이었을 때 방 안에서 조산원 아줌마의 그렇지! 소리와 캑캑캑 하는 아기 울음소리가 들려왔다. 할머니와 나는 동시에 벌떡 일어나 방문으로 덤벼들었다. 방문을 열어젖히자 비린내를 가득 머금은 온기가 얼굴에 확 끼쳐서 나도 모르게 구역질이 났다. 엄마는 죽지는 않고 헐떡이고 있었으며 아기를 씻기고 있던 아줌마는 찬바람이 들어온다고 질겁을 하며 문을 쾅 닫아버렸다. 닫힌 문 뒤에서 "딸이에요, 딸." 하는 소리가 들렸다. 할머니는 기다렸다는 듯이 바닥을 쾅쾅 구르며 목이 터져라 아이고 내 팔자야를 외치기 시작했다. 나는 엄마가 무사한 데 대한 안도로 구역질을 가라앉히고 마치 내가 해산이라도 한 것처럼 무릎에 기운이 쪽 빠져 털썩 주저앉았다.

동생이 계집아이라는 사실을 알자마자 조산소에서 장장 네 시간을 울고 악다구니를 한 할머니는 자기가 산모이기나 한 양 비틀거리며 집으로 돌아와서는 안방에 그대로 널려 있는 화투짝들을 보곤 눈에 핏발을 세우고 끝까지 신중하게 떼어보았다.

"사흑싸리 껍데기! 육시랄허게 복도 없는 지집년이 나왔구나!"

나를 낳고 6년이나 둘째를 낳지 못했던 엄마는 할머니의 매서운 닦달질에 넌더리를 내고 있었다. 아버지가 3대 독자라고 해도 결혼한 바로 이듬해에 4대 독자인 나를 낳았으니 그렇게나 아들 아들 할 이유도 없었지만 할머니는 기둥처럼 꿈쩍도 않고 둘째 아들을 낳아야 한다고 주장했다. 엄마라고 아이를 낳기 싫어 안 낳은 것은 아니었다. 안 그래도 마른 몸에, 밤 열두 시에서 한 시 사이에는 무슨 핑계를 대서라도(아무 핑계가 없더라도) 부부가 잠자는 안방 문을 한 번 홱 열어젖혀야 직성이 풀리는 할머니와 같이 살자니 엄마의 배 속이 무말랭이처럼 삐들삐들 말라비틀어져 아이가 들어설 수 없었을지도 모른다.

할머니는 당신도 무녀독남 우리 아버지 하나만을 키웠으면서 엄마가 손이 귀한 집안에 들어와서는 안 될 허약하고 쓸모없는 며느리라고 동네방네 선전했다. 엄마는 오로지 침묵만이 살길인

양, 말 못하는 두부 덩어리인 것처럼 웃지도 울지도 않는, 늘 하나뿐인 표정으로 7년을 살아왔다. 모진 산고를 겪으면서 으악 소리 한 번 지르지 않고 버틴 엄마는 애써 낳은 딸을 시어미가 푸대접하는 사태에도 평정을 잃지 않았다. 아이를 품에 안고 흐뭇한 미소 한 번 띠는 일 없이 산후조리를 단 며칠 만에 걷어치운 엄마는 다시 강박적인 결벽의 세계로 돌아와 가구 밑과 창틀과 앞마당을 쓸고 닦아대기 시작했다. 아버지는 동생을 낳아서 내심 기뻤을지 모르나 할머니가 아이구 타령을 하며 누워 있는 면전에서 좋은 내색을 할 만큼 강심장은 아니었다.

나는 사실 아기들을 싫어했다. 아기들은 시끄럽고, 더럽고, 이기적이었다. 그들이 조그맣고 세상을 모른다고 해서 귀여워해야 한다는 법은 없었다. 내가 특히 혐오하는 광경은 아무 데서나 소변을 보겠다고 고집을 부리는 아이와 자랑스럽다는 듯이 그 아이의 바지를 잡아 내리고 고추를 드러내 만인이 보는 앞에서 지린물을 깔기게 하는 엄마들의 모습이었다. 어쩌다 그런 아이들과 밥이라도 먹게 되면 그들은 틀림없이 곤죽이 된 밥풀과 반찬들을 뿜어냈고, 그걸로 모자라 그 입과 코에서 쏟아져 나온 물질들을 떼어내어 거침없이 자기 입으로 집어 넣는 엄마들의 모습은 내 여린 비위를 여지없이 뒤집어놓았다.

하지만 산동네 아이들은 모두 형제가 많았다. 좁다랗고 구불구불한 골목길 모퉁이마다 가지가지 놀이판을 벌이고 있는 아이들 중에서 오빠도 형도 동생도 아닌 존재는 나밖에 없었다. 어지간히 못난 놈들도 동생이나 형이랑 같이 있으면 한결 번듯해 보였다. 내가 아무리 어린애를 싫어한다고 해도 산동네 아이들의 사회에서 살다 보니 수시로 느끼게 되는 것이 형제의 필요성이었다. 다른 아이들은 길어야 3, 4년이면 동생을 보게 되는데 나는 자그마치 6년이나 걸린 셈이었다.

아무리 제멋대로인 골칫덩이 어린애라도 언젠가는 나만 하게 자라게 된다는 건 하느님이 정한 틀림없는 법칙이었고 내게도 퍽 위안이 되는 사실이었다. 그러니 이날 태어난 갓난쟁이에게 내가 시종일관 꽁할 필요는 없었다. 그렇게 마음을 먹어서인지 아기에게선 곧잘 귀여운 구석도 눈에 띄었다. 시키는 대로 손을 깨끗이 씻고, 엄마의 감시하에 아기의 볼도 눌러보고, 손도 잡아보고, 냄새도 맡아보다가, 엄마가 "오빠가 되고 나서는 정말로 의젓해졌구나"라고 치켜세우기까지 하니까, 동생을 보고 난 전체적인 느낌은 한마디로 크게 나쁘지 않은 것이었다.

2

내가 태어나기 한 해 전부터 엄마와 아버지가 결혼해 살기 시작한 우리 집은 인왕산 허리 부근, 얼마나 단단한지 사람들이 '땡

돌'이라고 부르는 화강암 바위로 이루어진 산줄기에 손바닥만 한 집들이 고물고물 기어올라 있는 조그만 달동네 한가운데에 있었다. 광화문쯤 되는 먼 곳에서 우리 동네를 바라보면, 정수리 쪽 머리칼이 움푹 빠진 대머리 아저씨의 머리를 쳐다보는 것처럼, 산 꼭대기에는 잘생긴 너럭바위와 검푸른 소나무들이 자리 잡고 있지만 정상에서 두 뼘쯤 내려와서부터는 나무 색깔이 싹 없어지면서 검은 기왓장이나 화려한 슬레이트 지붕을 이고 있는 고만고만한 집들이 모인 원색의 마을이 보였다.

우리 동네에서도 차가 다닐 만한 큰길이 닿는 곳 근처에는 부잣집들이 꽤 많았다. 조선 시대에는 지체 높은 양반들이 아랫동네에 많이 살았다고 하던데, 지금은 그 널찍널찍한 집터들에 모두 반듯반듯한 2층 양옥집들이 들어서 있어 한눈에도 깨끗하고 당당해 보였다. 아랫동네에서 시내 쪽으로 10분쯤 걸어가면 시장이 나오고, 거기서 10분쯤 더 걸어가면 경복궁의 높은 담길이 나왔다.

아랫동네에서 산 쪽으로 경사를 느낄 수 없을 만큼 완만한 언덕을 따라 올라가면 길이 점점 좁아지면서 서서히 부자 동네인 아랫동네가 끝나가고 아랫동네와는 전혀 다른 윗동네, 우리 동네가 시작되는데, 택시가 비집고 들어갈 수 있는 마지막 지점에는 마을의 첫인상을 몹시 손상시키는 초라한 가겟집(모두들 점빵집이라고 불렀다)이 있었고, 그 안쪽으로는 가파른 언덕길이 시작

돼 실핏줄처럼 좁다란 골목 양옆으로 마당 한 뼘 없는 조그만 집들이 다닥다닥 붙어 있었다. 사실 언덕길도 택시가 좀 더 들어올수 있을 만큼의 폭은 되었지만 길에는 전봇대들이 부주의하게 불쑥불쑥 솟아 있어서 오토바이나 구루마 말고 차들은 올라올 수가 없었다.

점빵집 근처는 '원래 지저분한 곳'으로 모두에게 인식되어, 해가 지고 나면 개나 사람이나 용변을 참지 않는 곳으로도 유명했다. 대개 술 취해 늦게 들어오는 아저씨들은 큰길까지는 한 가닥긴장감을 유지하다가 점빵집만 보이면 갑작스러운 안도감에 마음이 확 풀려 그만 배 속에 들어 있던 모든 내용물을 더 이상 보관하지 못하고 새벽 공기 속으로 고스란히 내놓기 일쑤였다. 나는 그 근처를 지나칠 때면 퀴퀴한 공기를 피해 항상 숨을 참고 빨리 지나갔다.

점빵집 앞의 세 갈래 길에서 가장 가파른 가운데 길을 택해 한 5분쯤 주욱 올라오면 구루마 두 대가 간신히 서로 비껴갈 만하던 길 너비가 갑자기 숨 쉴 만하게 넓어지면서 왼쪽으로 검은 페인트를 칠한 철문이 있는 삼층집이 나왔다. 그 집 대문 앞에는 손바닥만 한 공터가 있어서 우리는 늘 삼층집 식구들한테 욕을 먹으면서도 거기서 여러 가지 놀이판을 벌이곤 했다. 삼층집은 우리 동네에서 제일 부잣집인데 어른들 말로는 무슨 시멘트 회사 사장님 댁이라던가.

삼층집은 가난한 동네인 윗동네에서 혼자만 너무 차이 나게 잘 사는 집이었다. 부자 동네인 아랫동네에서도 삼층집만큼 잘사는 집은 흔치 않았다. 윗동네의 평균적인 집을 열 채 넘게 합해도 삼층집의 너른 마당 하나를 당해내지 못할 것이다. 나는 우리 동네에서 가장 자랑거리가 될 만한 것은 삼층집의 그 아름다운 정원이라고 생각한다. 어린이대공원이나 유원지에서 볼 수 있는 다람쥐 모양, 공룡 모양의 나무들이 있는 것은 아니다. 오히려 그런 나무들을 삼층집의 아름다운 정원에 가져다놓으면 금세 싸구려 모조품이라는 사실이 탄로 날 것이다. 삼층집의 아름다운 정원은 자연의 가장 아름다운 점만을 조심스럽게 모아둔 것 같은 공간이다. 삼층집 주인아저씨는 시멘트 회사 사장이라면서 정원에는 시멘트의 그림자도 보이지 않도록 각별히 공을 들였다. 하긴 이 정원을 처음 꾸민 사람은 주인아저씨가 아니라 지금은 정신이 오락가락하는 주인아저씨의 어머니셨다고 하니까 그분은 시멘트 회사 사장이 아니었을 수도 있다. 어쨌든 삼층집 정원에는 다른 집 정원에서 벽돌과 시멘트가 담당하는 역할을 오래된 바위와 잘 다져진 흙들이 대신하고 있다. 웬만큼 꾸며놓았다는 정원이라면 잔디가 빠질 리 없겠지만 삼층집 정원에는 이것도 없다. 잔디가 할 일은 낙엽들이 하고 있다. 나이 먹은 나무들이 정원 가득히 들어서 있는데 그 나무들이 몇 년 동안 떨어뜨린 낙엽이 고스란히 땅을 덮고 있어서 그 위를 밟으면 아주 두꺼운 융단 위에 선 것 같은 푹신한 느낌이 든다.

　살아 있는 나뭇잎들과 한때 살았던 나뭇잎들이 서로 힘을 합쳐 매우 향긋한 공기를 만들어내기 때문에 이곳을 감도는 바람은 단술처럼 맛있다. 그리고 그 나무들 사이에 정말로 보기 좋은 여러 가지 새들이 살고 있다. 그 새들은 흔히 볼 수 있는 참새나 까치처럼 땟국에 전 남루한 몰골이 아니다. 그 새들은 사람을 두려워하지 않지만 가까이 오지도 않고, 서로의 깃털과 몸매를 비교하지 않지만 각자의 몸차림도 흠잡을 데 없이 매끈한, 그 자체로도 아름답기 그지없는 존재들이다. 나무와 새들은 틀림없이 누군가 매우 정성껏 돌보고 있을 테지만 삼층집의 정원에서 인간의 손길이 닿은 부분을 짚어내기란 쉬운 일이 아니었다. 사람의 입김이 전혀 느껴지지 않는 삼층집의 정원은 오로지 건강함만으로 그 뒤에 어린 세심한 돌봄의 손길을 짐작게 할 뿐이다.

　내 친구들은 그런 삼층집 정원에 별 관심이 없었다. 오로지 나만 삼층집의 대문이 열리는 날을 손꼽아 기다리다가 문이 열리면 곧바로 뛰어 들어가서, 키 큰 집사 아저씨가 문을 닫아야 하니 이제 그만 돌아가라고 할 때까지 그 아름다움에 취해 있곤 했다. 하지만 그런 날은 흔치 않았다. 삼층집의 대문은 대개 닫혀 있었다.

　사장님 부인은 시장에서 동네 아줌마들을 붙잡고, 멀리는 못 가더라도 아랫동네에라도 이사를 가야 차도 사고 편하게 살 텐데 할머니가 절대로 그 집을 떠나려 하지 않는다는 하소연을 하곤 했다. 엄마는 그런 하소연에 매우 진지하게 귀를 기울이고, 가끔 그래요, 노인들은 참 이상한 고집을 부리지요, 하고 맞장구를 쳐주곤 해서 그 부잣집 사모님과 사이가 좋았다. 내가 삼층집 주인이라면 아무리 자동차를 갖고 싶어도 이 아름다운 정원을 버리고 이사 가지는 않을 텐데 말이다.

삼층집의 담벼락을 따라 한참 더 올라가면 골목이 세 갈래로 다시 나뉘면서 아까 점빵집 앞에서 갈라진 다른 골목들과 이리저리 연결된다. 그중 가운데 골목을 택하면 우리 집 쪽으로 향하게 된다. 여기부터는 골목이 너무 좁아 한낮에도 볕이 들지 않기 때문에 담벼락에 파란 이끼가 껴 있고 코가 시린 이끼 냄새가 늘 가득했다. 이 골목은 우리 옆 마을에 사는 덩치 큰 주리 삼촌의 떡 벌어진 어깨보다 약간 넓은 정도이기 때문에, 주리 삼촌이 가끔 약수터에 운동하러 다니느라 지나가면 그의 저고리 양쪽 소매가 벽에 닿아 소매에서 떨어져 나온 실밥이 벽에 나풀나풀 묻곤 했다. 만일 누군가가 이 골목에서 주리 삼촌과 마주친다면 두 사람은 벽에 등을 대고 서로의 배를 힘차게 비비면서 엇갈려 가야 한다.

이 좁은 골목의 끝부분에는 인왕산의 원래 모습인 거대한 화강암 바위가 자리 잡고 있어서 길이 직각으로 꺾어지는데, 여기서 길은 오히려 약간 넓어진다. 이 길을 사이에 두고 대문을 마주하는 집들이 한참 이어지다가, 더 위로 올라가면 대문도 없는 초라한 집들이 몇 채, 그다음에는 결국 산이 마을을 이겨 숲이 나오고, 그 숲속에 인적이 닿는 가장 높은 곳인 하얀 교회가 있다.

우리 집은 어디냐 하면 윗동네에서도 제일 꼭대기 부분, 대문 있는 집들과 대문 없는 집들의 경계선에 있는 대문 있는 집이다. 엄마와 아버지가 이 집에 이사 올 때는 우리 집 역시 대문도 없는 아주 조그맣고 초라한 집이었다고 한다. 하지만 내가 세 살쯤 됐을 때 아버지가 미국계 회사로 직장을 옮겨 월급을 달러로 받게 되었고 엄마는 동네에 명성이 드높은 알뜰한 살림꾼이었기 때문에 우리는 대문도 달고 집도 아늑하게 고칠 수 있게 되었다. 옛날에 우리 집의 좁은 마당 경계에는 공사판에서 주워 온 못 박힌 나무판자로 얼기설기 얽어 만든 허술한 울타리가 있었다. 그 너머에는 대문 없는 집으로도 치기 어려운, 거의 움막에 가까운 판잣집이 하나 있었는데 그 집에 살던 술주정뱅이 할아버지가 돌아다니다가 어느 부랑자 수용 시설에 갇혔는지 영영 돌아오지 않게 된 후 아버지는 그 집을 헐고 그 공간까지를 우리 마당으로 꾸몄다.

움막집과 우리 집을 나누고 있던 울타리를 허물던 날 가장 기뻐한 사람은 할머니였다. 할머니는 움막집 옆에 있는 어린 감나무를 늘 탐내고 있었기 때문이다. 할머니는 감나무가 열매를 맺고 그 가지에 노을이 걸리면 할머니의 고향, 밤이면 여우가 캥캥거리던 충청북도 괴산 노루너미의 붉은 하늘 한 폭을 서울에 떼어다 놓은 것 같을 거라고 했다.

한씨 집안의 4대 독자쯤 되면 그 귀하고 찬란한 나의 고추 덕분에 내게 일정한 권력이 돌아올 법도 했지만 우리 집에서는 그렇지가 않았다. 한겨울에 동네 산부인과 의원에서 나를 받아준 여자 의사 선생님이 분만실 문을 빠끔히 열고 "아들이에요, 할머니, 손자 보셨다고요"라고 기쁜 소식을 전하자 할머니는 분만실 안쪽을 향해 발까지 굴러 보이며 "너, 아들 낳았다고 유세할 생각일랑 애저녁에 말어라, 나 그렇게 호락호락한 사람 아니다"라고 소리를 질러 선량한 의사 선생님이 실색을 했다고 한다. 새로 태어난 손자에게 귀한 대접을 해주는 것이 곧 그 손자를 낳은 며느리의 지위를 덩달아 높이리라는 것을 할머니가 명쾌하게 꿰뚫고 있었기 때문에 결국 엄마는 퇴원하자마자 몸살이라고 안방에 누운 할머니의 수발부터 들어야 했다.

돈 아까워서 분유도 못 사 먹이느냐는 할머니의 비아냥에 자존심 상한 엄마는 퉁퉁 불어 젖이 줄줄 새나오는 가슴을 긴 무명천으로 질끈 동여매 젖을 말려버렸다. 할머니는 의기양양하게 젖병과 나를 할머니 방으로 데려가서 "에미가 눈길 한번 안 줘도 오동포동 살만 잘 오르는 아이"라고 자랑하며 키웠다. 그러나 한 달이 지나자 할머니는 미륵돼지같이 커다란 애새끼 휘두르느라 늙은이 허리 내려앉는다고 역정을 내며 나를 안방으로 돌려보냈다.

내가 서너 살이 될 때까지도 할머니는 잘하면 엄마를 몰아낼 수 있으리라는 희망을 버리지 않고 있었다. 나는 곧잘 엄마가 삼키고 사는 설움의 분출구가 되었다. 일찍 다리에 힘이 붙은 내가 기어 다니고 뛰어다니면서 저지르는 모든 정상적인 일들이 하나하나 할머니의 트집거리이기도 했다. 나는 할머니 주무시는데 배통 위에 엎어졌다고, 할머니 머리 아프신데 꺅꺅대고 소리 질렀다고, 할머니 진지 드시는데 옆에서 게우고 자빠졌다고 엉덩이를 두들겨 맞았다. 때리는 사람은 약이 바짝 오른 할머니일 때도 있었고, 안경알에 김이 허옇게 오른 아버지일 때도 있었고, 내 팔을 낚아채 뒤껼으로 달려 나가서는 허억허억 울음을 터뜨리고 만 엄마일 때도 있었다.

아주 어린 시절에 일어난 일들은 손바닥 위에 얹힌 눈송이처럼 어느 결에 스르르 잊히기 마련이지만, 딱 하루, 뒤껼에서 맞이한 어느 봄날은 꿈결에 보았던 한 장면처럼 현실감이 퇴색되어 오래된 수채화처럼 어렴풋한 느낌이지만, 그래도 분명하게 기억에 남아 있다. 나는 입으로는 앙앙 울고 귀로는 엄마가 내 엉덩이를 치는 철썩철썩 소리를 들으면서, 눈물이 그렁그렁한 눈으로는 미풍에 실려 긴 대각선으로 내 눈앞을 지나가던 벚꽃잎 하나를 가만히 쫓고 있었다. 꽃잎은 매끄럽지 않은 사선을 그리며 한들한들 바닥까지 내려와 마당 모퉁이를 두르고 있던 버드나무의 흰 솜털과 노란 송홧가루의 품속으로 파고들더니 오랜 동무라도 만난 듯 함께 구르고, 튀어 오르고, 아장거리다가 마침내 내 시야를 벗어났다. 모처럼 유람을 떠나는 아씨마님들처럼 유유하고 평안한 모

습이었다. 엉덩이에 감겨드는 맵짠 매질의 아픔은 기억나지 않는
데 투명한 햇살, 눈앞이 허물어질 듯 아물거리는 아지랑이 속에
서 초라하지 않게 추락하던 그 꽃잎의 기억만은 어찌 그리 선명
한 것일까. 어느 날 엄마가 라디오에서 '너무 일찍 대소변을 가리
는 아이는 강압적인 부모 밑에서 스트레스를 많이 받고 있을 확
률이 높다'라는 소리를 듣고 가슴이 철렁 내려앉았을 때 나는 벌
써 대소변을 가린 지 석 달이 넘은 상태로 두 돌을 맞고 있었다고
한다.

3

　평생 동생을 쳐다도 안 볼 듯이 누워만 있던 할머니는 어느 날
갑자기 아버지에게 묵은 달력 한 모퉁이를 찢어낸 종잇조각을 내
밀었다.
　"옜다, 저년 부를 이름은 있어야지."
　나는 안고 있던 동생을 엄마에게 집어 던지다시피 하고 부리나
케 쪽지를 향해 달려갔다. 아버지가 망연한 표정으로 들여다보고
있는 종잇조각에는 지렁이가 몸부림치는 듯한 글씨로 무어라고
써 있었다.
　"한복자, 좋쟈? 저년 낳던 날 사흑싸리 껍데기가 떨어졌으니

저년 복이 오죽하겠냐. 그러니까 이름자에 복복 자를 넣어서 기를 올려줘야 우리 집안도 좋고 저년도 좋은 겨."

눈앞의 종이쪽지가 아득하게 멀어지고 할머니의 목소리는 웅웅거리는 기계음으로 들렸다. 동생 이름이라면 적어도 미연이나 희정이 정도는 되어야 한다는 게 내 생각이었다. 동생은 벌써 보얗고 도릿도릿한 것이 결코 복자란 이름에 어울리게 생긴 아이는 아니었다. 할머니는 동생의 박복한 운명을 생각해서 그런 이름을 지었다지만 할머니의 머릿속에 존재하는 한자 사전의 범위에서 나올 만한 글자란 게 뻔한 한계를 가진 것이었다. 나무 목, 사람 인, 하늘 천, 큰 대 그런 몇 개의 한자로 손주 이름을 지어주려니 내 이름은 동녘 동에 아홉 구 해서 동구가 된 것이었고 이제 동생은 복자가 될 처지였다. 그러지 않아도 동네 악동들에게 똥구멍이라는 모욕에 가까운 별명으로 불리고 있는 나로서는 도저히 참을 수 없는 일이었다. 동구 동생 복자. 아이들의 합창이 들리는 듯했다. 나는 무턱대고 울음부터 터뜨렸다.

"어-엉, 복자가 뭐야. 복자는 싫어. 아버지, 다른 이름 불러요, 복자 싫어!"

할머니의 얼굴에 당황스러운 기색이 번졌다.

"이 새끼가 어디서 못 배워먹은 지랄이야. 원래 애 이름은 어른이 지어주시는 거야. 당장 그치지 못해, 이 새끼야."

하지만 나는 물러서지 않았다. 나는 체면도 다 버리고 방바닥을 굴렀다. 할머니와 나의 악다구니 사이에서 곤혹스러워하던 아버지는 신경질적으로 내 따귀를 짝짝 갈기며 뚝 그치라고 으르대었다. 갑작스런 아버지의 손찌검에 내 울음소리도 잦아들었지만 할머니의 기세도 눈에 띄게 꺾였다. 할머니는 소리를 낮추어 에미가 애새끼 버릇도 고약하게 들였다고 중얼댔다. 아버지는 안경을 벗어 들고 휴지로 문질러 닦으며 잠시 침묵하다가 결론을 내렸다.

"저나 애어미나 나이가 많이 들어서 저 아이를 낳았으니 몸도 약할 테구 어디 작명소에 가서 지어오는 게 좋겠습니다."

아들도 아닌 딸애년 이름에 처들일 돈이 어느 년의 구멍에서 나오느냐고 할머니가 한 번 더 토를 달았지만 그다지 힘 있는 목소리는 아니었다. 다음 날 엄마는 모처럼 정성스레 머리를 매만지고 외출했다. 동생의 이름은 영주가 되었다.

예쁜 이름을 가지게 된 후 동생은 급격하게 매력적인 존재가 되어갔다. 동생이라는 존재가 그렇게 신기하고 사랑스러운 것인지 나는 미처 알지 못했다. 엄마가 그러는데 나도 어릴 때 그렇게 순했다고 한다. 영주도 마찬가지였다. 나는 막연히 어린아이들이란 모두 더럽고 온갖 말썽을 다 부릴 거라고 생각했지만 영주는 마치 갓 쪄낸 백설기나 두부처럼 하얗고 따뜻하고 향기로웠다. 침을 조금 흘리긴 했지만 알고 보니 그것도 꽤 귀여운 정경이었다.

나는 동생이 목을 가누지도 못할 때부터 그 아이를 안고 다녔고 그 분홍빛 발바닥을 매일매일 쭉쭉 빨았다. 엄마와 할머니는 처음엔 내가 동생을 떨어뜨리거나 그 연한 몸뚱이를 함부로 다루기라도 할까 봐 웬만하면 손을 대지 못하게 했지만, 곧 내가 영주를 꽤 솜씨 있게 돌본다는 사실을 알고는 조금씩 나에게 영주를 안겨주기 시작했다. 날씨가 약간 풀리자마자 나는 영주를 데리고 다른 집에 가서 아이가 얼마나 예쁘고 똘똘한지를 자랑했다. 처음으로 내가 영주를 데리고 밖으로 나가 상도형네 집에서 놀고 있던 날, 엄마는 얼굴이 새파랗게 질려 상도형네 집으로 달려 들어왔다. 엄마는 허락도 없이 영주를 데리고 밖에 나왔다고 노발대발하여 나를 개구리처럼 엎어놓고 엉덩이를 두들겨 패려 했다. 꼼짝없이 혼날 마음의 준비를 하며 울기 시작했는데 상도형네 엄마가 엄마의 손목을 붙잡고 말려주었다.

"동구가 지 동생을 이렇게 좋아하네. 참 신기한 애야."

엄마는 흥분해서, 아무리 예쁘고 좋아도 그렇지 이제 백일 지난 갓난애를 지 맘대로 끌고 나가는 법이 어디 있느냐고, 정신이 번쩍 들게 혼구멍을 내주겠다고 계속 호랑이처럼 펄펄 뛰었다.

"동구 엄마, 동구 혼내키지 마. 얘가 오라비가 아니라 꼭 애비처럼 영주를 이뻐해. 터울이 져서 안 좋을 줄 알았더니 그게 아니네. 동구가 영주 데리고 다녀도 되겠어. 형제가 많지도 않은 둘인데 서로 저렇게 좋아하니 얼마나 다행인가. 멀리 온 것도 아니고 앞집에 온 거니까 너무 혼내키지 말아. 동구야, 이제는 영주 데리

26

고 오려면 꼭 엄마한테 허락받아야 한다, 알았지? 어서 네, 하고
잘못했다고 해."

잘하면 두들겨 맞지 않고도 일이 무마되겠다 싶어 나는 재빨
리 잘못했다고 빌었다. 엄마는 없어졌던 영주와 나를 찾아서 안
심도 되고 흥분도 가라앉아서 그럼 이번 한 번만 봐준다고 으름
장을 놓고 덮어주었다.

그 이후로 나는 비가 오지 않는 한 거의 매일 영주를 안고 동네
를 돌아다니며 이웃에게 영주를 구경시켜주었다. 영주가 점점 무
거워져서 안고 다니기가 힘들어지자 나는 아예 아기 업는 법을 배
웠다. 할머니와 엄마가 처음으로 내 등에 영주를 업히고 포대기를
둘러준 날 두 사람은 방바닥을 두들기며 웃었다. 나는 곧 동네에
서 동생을 업고 다니는 사내아이로 큰 인기를 끌었다. 내가 영주
를 업고 포대기 자락이 땅바닥에 끌리지 않게 조심하며 약수터나
빨래터에 나타나면, 동네 아줌마들은 와자하게 웃음을 터뜨리며
나와 영주의 머리를 쓰다듬고 말린 고구마나 누룽지를 주었다.

"동구야, 동생 업고 다니면 힘들지 않아?"

"동생이 니 등에다 오줌 싸면 어떡할래?"

"다른 애들은 교회 앞에서 공 차고 놀던데 너는 동생 때문에
못 노는구나?"

내가 제일 많이 받는 질문들은 그런 거였다. 나는 원래 말수가
적은 아이였기 때문에 자세히 대답하지 못하고 벙긋 웃기만 했다.

영주를 업고 있으면 그 아이가 꼼지락거리는 작은 파문이 내 등의 울퉁불퉁한 갈비뼈와 척추에 그대로 전해져왔다. 동생이라는 존재는 꼬물거리기만 해도 신기하고 흐뭇했다. 영주는 내 등에 업혀서, 잠이 오면 조그맣게 낑낑 소리를 내며 하품을 하다가, 손으로 머리를 벅벅 긁다가, 내 어깨에 쿵쿵 소리가 나도록 얼굴을 처박다가 마침내 노곤히 늘어져 잠이 들었다. 그런 느낌들을 설명하기엔 내 말주변이 한참 모자랐다.

영주를 업고 다니려면 뛰고 달리는 놀이판에 끼어들 수 없는 것은 사실이었다. 그렇다고 내가 하루 종일 아무 일도 안 하고 담장만 쳐다보며 시간을 보낸 것은 아니었다. 나는 영주를 데리고 즐길 수 있는 몇 가지 놀이들을 고안해냈다. 그중 하나는 뒷마당에 빈 사이다병을 한 줄로 세워놓고 열 발짝 떨어진 곳에서 지우개를 던져 병을 넘어뜨리는 것이었다. 이 놀이는 아주 단순하지만 매우 재미있고, 영주가 등 뒤에서 심하게 몸부림을 치지만 않으면 얼마든지 조준을 할 수 있었다. 나는 이 놀이를 매우 열심히 해서 곧 열다섯 발자국 밖에서도 사이다병들을 단번에 넘어뜨릴 수 있는 실력이 되었다. 스무 발짝, 서른 발짝도 도전해보고 싶었지만 우리 마당이 작아서 그 이상 멀리 갈 수는 없었다. 나는 사이다병 넘어뜨리기의 고수가 된 후 이와 비슷하지만 훨씬 어려운 고무줄로 파리 잡기 등을 수련하며 영주를 업고 방과 후의 시간을 보냈다.

영주는 금방 한 가지 새로운 재주를 배워 나를 기쁘게 했다. 할머니나 엄마나 다른 어른들이 영주를 안아줄 때 손바닥으로 등을 토닥여주는 것이 기분 좋았던지, 영주는 누군가가 자기를 안거나 업어주면 그 조그만 손으로 업어준 사람의 어깨나 팔을 토닥토닥 어루만졌다. 손바닥 크기까지 다 합해봐도 어른의 손가락 두 마디 길이도 안 되는 쪼그만 아가의 손이 애정을 표현하기 위해 상대방의 몸을 토닥인다는 것은 흔치 않은 일이라고들 했다. 내 생각에는 흔치 않은 일이 아니라 인류 역사상 처음 있는 일일 것 같았다. 나는 말도 제대로 하지 못하는 먹통이고, 엄마나 아버지도 가끔 벽창호 같아 보일 만큼 고지식한 사람들이고, 할머니로 말하자면 자기 자신을 사랑하기도 너무 바쁜 사람이어서 영주가 존재하기 이전에 우리 식구들은 아무도 서로에게 애정을 표현한 적이 없었다. 그런 우리 식구들 틈에서 영주같이 표현력이 풍부한 아이가 태어났다는 것은 누군가 허튼소리 잘하는 사람의 얼토당토않은 농담 같은 일이었다. 영주의 갑작스런 행동을 처음 접했을 때 우리 식구는 몹시 당황했다. 그리고 곧 그 신기한 행동에 걷잡을 수 없이 매료되었다.

내가 가방을 집어 던지고 영주가 있는 방의 문을 확 열면 영주는 나를 보면서 꺄악 하는 소리를 지르고 두 팔을 짝 벌렸다. 내가 덥석 안아 올리면 영주는 내 품에 고개를 파묻으며 손으로 내 팔과 등을 토닥토닥 두드렸다. 나는 그 느낌이 정말 좋아서 영주를 끊임없이 안고 업어주었다. 여름엔 영주도 나도 온통 땀띠투성이가 되어 안거나 업을 수 없었지만 가을이 되어 서늘한 바람이 불자 나는 다시 포대기로 싸서 영주를 업고 다니기 시작했다.

1978년,

첫 생일

1

저녁 식사가 끝난 후 부엌 바닥에 다라이를 놓고 설거지를 하던 엄마는 무슨 즐거운 비밀이라도 알려주듯이 목소리를 낮추어 "두 밤만 자면 영주 생일인 거 알아?" 하고 물었다. 엄마와 함께 다라이에 손을 담그고 수세미를 주물럭거리며 설거지 흉내를 내고 있던 나는 흥분해서 와아, 하고 소리를 질렀다. 엄마가 급히 쉬잇, 하고 입에 손가락을 대었지만 대번에 안방 문이 열리면서 "한씨네 장손 불알 뗄 일 있냐, 왜 애는 자꾸 부엌으로 끌고 들어가"라는 고함이 들렸다. 나는 군소리 없이 수세미를 놓고 안방으로 들어갔다. 할머니와 아버지 사이를 기어서 왔다 갔다 하던 영주는 나를 보고 반색하며 두 팔을 벌렸다.

"업바 아나조."

돌이 돌아오려면 아직 다섯 달이나 남았던 때부터 영주는 벌써 꽃잎 같은 입술을 오물거리며 사람들의 말소리를 흉내 내었다. 이제 겨우 돌을 맞는 아이가 이렇게 또렷하게 말을 한다는 것은 놀라운 일이라고 보는 이마다 감탄했다. 나는 그 놀라운 사실을 자랑하기 위해 영주를 데리고 동네의 모든 집을 방문했다. 보는 사람마다 영주의 총명함에 감탄했고 나의 자부심은 끝 간 데를 몰랐다. 말끝마다 쓸 데도 없는 지집년이라고 영주를 괄시하던 할머니도 영주가 남다르게 영특하다고 동네 사람들의 칭찬길에 오르내리자 슬그머니 대접이 달라졌다. 나는 영주를 끌어다 무릎에 앉히고, 아버지 두 밤 자면 영주 생일이래요, 하고 방금 들은 소식을 전했다. 아버지는 아마 모르지는 않았던 모양으로 으응 그래, 하고 기쁜 기색을 보였다.

"어머니, 영주 돌에는 어떻게 해야겠습니까?"

"지집애 생일을 뭘 요란하게 하냐."

말은 그렇게 불퉁스러웠어도 할머니 표정이 심술궂지만은 않았다. 잔치판은 벌일 것 없고 떡이나 좀 하고 저 아래 존스타 사진관에서 사진이나 박으면 구색은 맞을 거라고 하는 모습이 오랜만에 맞이하는 가족 행사가 퍽 흐뭇한 모양이었다.

"에구, 이럴 때 식구라도 번성하면 좀 좋아. 애 돌이 되어도 부침개 한 꾸리 노나 먹을 사람도 없구만."

할머니의 푸념이었다. 할머니는 사실 자식을 둘이나 더 두었었는데 지금 살았으면 우리 고모 삼촌이 되었을 그분들은 모두 돌도 넘기지 못하고 죽었다고 했다. 할머니가 노루너미에서 찢어지게 고생하며 산 50년에 남긴 것이라고는 산골짝에 손바닥만 한 애 무덤 두 개, 서방 무덤 한 개 만든 것이 전부라고 했다. 무덤은 돌보지도 못해서 어느 가을 애들 무덤 자리가 어디인가 찾아가봤더니 키만 한 풀들에 묻혀버려 있던 자리도 모르겠더라고 했다. 영주가 찌룩찌룩 새 울음소리를 냈다.

"애들은 돌 넘기면 한시름 놓지. 요새는 예전 같지 않으니까 약도 쓰고 하면 다 살게 되지."

할머니가 영주의 뒤통수를 쓰다듬으며 뿌듯한 표정을 지었다. 우리 집은 다른 집들보다 분위기가 어두운 편이어서 어디를 놀러 가는 적도 없었고 웃음소리가 창문을 넘어가는 적도 없었다. 좋은 날은 잠잠하고 나쁜 날은 굿이 나는 식이었다. 식구들의 생일이 돌아와도 케이크에 불을 켠다거나 노래를 불러준다거나 그런 적이 없었다. 아침에 엄마가 미역국을 끓여주면 그게 끝이었다. 그러니 떡을 하고 온 식구가 사진을 찍는다는 것은 나로서는 굉장한 일이었다. 우리 식구들도 좁은 골목길에 하하호호 웃음소리를 흩뿌리며 화목을 과시할 수 있으려는 모양이었다. 나는 가슴마저 두근두근 뛰었다.

다음 날 엄마는 장바구니를 들고 시장을 향해 나섰다. 나는 코끝이 짜릿한 겨울바람을 즐기며 기꺼이 엄마를 따라나섰다. 엄마는 잡채를 무치고 닭을 삶고 경단을 빚을 것이라고 했다. 엄마의 치마꼬리를 잡고 산동네의 좁은 골목길을 구불구불 한참 돌아 내려오면 시장이 나왔다. 그곳은 우리 집에서 절대로 구경할 수 없는 지저분함과 북적함이 있는 곳이었다. 엄마는 늘 그렇듯이 채소가게에 제일 먼저 들렀다. 쌓여 있는 채소 더미에서 한 치의 오차도 없이 최상품만을 골라내는 엄마의 실력은 눈부셨다. 무 한 개, 도라지 반 근, 고사리 한 근, 호박 한 통, 숙주나물 50원어치, 배추 한 통. 그것만 해도 엄마의 장바구니는 벌써 불룩했다.

엄마는 방금 생각났는데 내가 좋아하는 녹두빈대떡도 해야겠다고 했다. 녹두빈대떡! 나는 벌써 입맛이 당기고 눈이 희번덕해졌다. 엄마의 녹두빈대떡은 따를 사람이 없었다. 빨간 풍로에 검은 프라이팬을 놓고 맷돌에 간 녹두에 나물들과 돼지 고깃점을 푸짐하게 얹어서 차르르르 튀기듯 지져내는 노릇한 부침이. 엄마가 녹두빈대떡을 부칠 때면 나는 젓가락과 접시를 들고 옆에 쪼그리고 앉아 엄마의 날렵하고 맵시 있는 손놀림을 구경하곤 했다. 내가 뜨거운 것도 무릅쓰고 하아하아 입김을 내뿜어가며 녹두빈대떡을 꿀떡꿀떡 넘기면 엄마는 기쁜 듯 내 엉덩이를 두들기며, 이건 정말로 엄마만 아는 비법인데 남들 하듯이 배추를 무쳐 넣는 것이 아니라 적당히 익은 김치를 씻어서 종종 썰어 넣으면 이런 희한한 맛이 나는 거라고 속삭이곤 했다. 나는 내 입안에서 견딜 수 없이 고소하고 삽삽하게 감겨드는 그 맛이 엄마의 비법인

김치 조각들 때문이라고 확신했다. 이다음에 니 색시한테만 가르쳐줄게, 엄마가 다짐할 때면 과연 내가 커서 장가갈 날이 오겠는가 의심하면서도 엄마의 비법을 전수받아 이렇게 맛있는 부침이를 부쳐낼 내 색시를 생각하곤 했다. 색시는 그런 비법을 알게 되면 무척 좋아할 것이다.

다음으로 엄마는 생선가게에 들렀다. 언제나 양팔에 토시를 하고 고무장화를 신고 있는 왼손잡이 아저씨는 엄마를 보자 얼음이 서걱서걱한 동태부터 내밀었다. 할머니가 아는 생선은 북어와 자반고등어뿐이었다. 노루너미에는 그것조차 안 들어오고 할아버지가 한 달에 한 번쯤 괴산장까지 하루를 꼬박 걸어가야 그나마 비린 것 구경을 했다고 한다. 엄마는 어린 시절을 목포에서 보냈으므로 홍어며 우럭이며 복이며, 한창때는 황금빛이 난다는 조기며 모든 생선의 이름과 가장 맛있는 철과 가장 흡족한 요리 방법들을 다 알고 있었지만 우리 집에서는 고등어나 동태 아닌 생선을 사 가면 할머니가, 웬 셋바닥 비틀어질 물괴기는 사다가 돈지랄을 하느냐고 욕부터 퍼부었기 때문에 이것저것 탐나서 들여다보다가도 결국 동태나 사다가 조리는 수밖에 없었다. 엄마는 또다시 동태를 보자 질린다는 표정으로 탐스러운 삼치 배때기를 몇 번 꾹꾹 눌러보았으나 결국 아저씨가 내미는 동태 한 마리를 받아 들었다.

처음 결혼했을 때, 엄마는 외갓집에서 먹던 대로 얼큰한 우럭 매운탕을 끓였다. 그러나 할머니는 숟가락도 대지 않았다. 할머니는 모든 바닷고기에 대해 불신을 넘어선 적개심을 품고 있었다. 옛날, 할머니와 할아버지, 아버지 세 식구가 노루너미에 살던 시절, 옆집에는 할아버지의 육촌 동생인 현동이 할아버지가 살았다고 한다. 어느 겨울날 현동이 할아버지는 당진에 사는 누님댁 혼사에 갔다가 돌아와서는, 정말 귀한 음식이라며 얇은 새끼줄에 대가리가 꿰어진 이상한 물건을 할머니에게 내밀었다.

"날이 추우니께 가주구 왔지 날 더우면 가주오지두 못해유. 형수님, 귀한 거니께 맛있게 드시유."

할머니는 이 물컹물컹한 생물의 겉모습만 보고도 기가 막혔지만 그렇게나 희한하게 맛이 좋다는 데는 호기심도 생겼다.

"이걸 어찌케 먹는대?"

"물만 붙잡아 넣구유, 수육처럼 해드시유. 연하구 아주 맛있데유. 잔칫상에서 먹어보구 하두 신기해서 내가 몇 마리 은어들왔슈."

"이건 이름은 뭐여?"

"낙지래유."

그래서 할머니는 낙지 곰탕을 끓이기 시작했다. 먹을 것은 오로지 얼마나 오래 먹을 수 있는가 하는 점으로 가치가 평가되던 시절이었다. 귀한 거니까 당연히 온 식구가 3박 4일은 먹어야겠다는 생각에 할머니는 가마솥에 넉넉히 물을 붓고 낙지 세 마리를 넣었다. 수육은 건져 먹고 국물은 곰탕으로 먹을 생각이었다. 이 제쯤 국물이 우러났으려나, 지금쯤 무를 썰어 넣어볼까 하는 생각으로 가마솥 뚜껑을 연 할머니는 놀라지 않을 수 없었다. 팔뚝만 하던 낙지들은 손바닥 반쪽만큼 오그라들어 있었고, 국물은 고기 지나간 흔적도 없이 맹물이었다.

"귀한 거라더니 지랄 맞게도 귀한 척을 헌다. 시상에 국물 안 우러나는 괴기도 있구먼."

할머니는 빨갛게 쪼그라든 낙지를 건져서 수육이라도 먹어보자고 도마에 얹었다. 그러나 낙지 수육은 무딘 식칼을 피해 다닐 만큼 질기고 탱탱했다. 낙지 세 마리를 써는데 이마에 땀이 배어날 지경이었다. 굉장한 것을 먹어볼 기대에 젓가락을 들고 목이 빠지도록 기다리던 할아버지가 정주간에 고개를 들이밀었다.

"칼두 안 들어가는 물건이 사람 이빨로 씹어지겠어?"

볼거리 하는 어린아이처럼 턱이 부어오르도록 낙지 수육을 씹어야 했던 할머니와 할아버지는 그날부터 '낙지'라는 생물뿐 아니라 모든 바닷고기에 대해 경멸의 마음을 품게 되었다. 할머니는 모든 바닷고기는 국물이 우러나지 않는다고 믿고 있었다. 그래서 엄마가 장을 보러 갈 때에도 절대로 생선을 사 와서는 안 된다는 것이 우리 집의 철칙이었다.

다른 집은 신문지에 싸 주는데 이 집은 말간 비닐로 고기를 싸준다고 엄마가 꼭 그 집만 가는 푸줏간에서는 시간이 제일 오래 걸렸다. 소고기 반 근 갈아주시고, 돼지 목살 한 근까지는 쉬웠는데 아무래도 무언가 미진한 모양이었다. 그래도 잔친데 소고기 한 근만 사서 불고기 할까? 삼겹을 끊어다가 삶아서 편육을 해줄까? 엄마는 망설이다가 푸줏간 아저씨의 의견을 물어보고, 나에게도 어떻게 하는 게 좋겠느냐고 물었다. 아, 거 귀하게 얻은 고명딸인데 소고기 한 점 맛 좀 보이시요, 아저씨의 의견이었고 나는 눈앞에 두 접시의 음식을 그려놓고 그 맛을 비교하다가 둘 다 좋다고 결론지었다. 쇠고기를 권했는데도 쉽게 마음을 정하지 못하는 눈치이자 아저씨는, 아 그러믄 돼지 삼겹도 이쁘제, 잡내 하나 없소잉, 하고 좀 더 싼 쪽을 권하다가 아예 커다란 돼지 몸통을 꺼내놓고, 보시요 이 팥알만 한 게 젖꼭지요, 새끼 안 뺀 암토시랑게, 비계 얇은 거 봐, 옴메 야들야들허겠네, 하며 설레발을 쳤다.

그런데 닭도 삶을 거거든요, 편육이랑 겹치잖아요, 엄마가 아직도 망설이는 목소리로 설명하자 아저씨는, 아이고 아줌니, 애돌날 행충맞게 웬 닭새끼요, 돌상엔 한 그릇을 올려도 번듯한 걸 올리시요, 하고 큰소리를 쳤다. 돌상에 닭새끼가 큰일이라도 날 조합이라는 듯이 그 천부당만부당함을 역설하는 아저씨의 웅변에 엄마의 마음이 흔들리는 기세를 보이자 내가 닭 닭 닭, 하고 제동을 걸었다. 아저씨가 눈을 부라리며 나를 노려봤지만 엄마는 마음을 정하고 그만 됐어요, 이번엔 닭을 삶을래요, 뭐 내년에 살림이 더 나면 그땐 갈비도 해주고 불고기도 해줄게요, 하고 말을 맺었다.

심통이 나서 고기 칼을 나무 도마에 일부러 쾅 소리 나게 박아 놓는 아저씨를 뒤로하고 우리는 닭집으로 향했다. 가뿐한 고기 뭉치는 내가 들었다. 사실 나는 닭고기를 좋아해서 그랬다기보다는 닭집이 시장에서 최고로 흥미진진한 장소였기에 꼭 들르고 싶었을 뿐이었다. 아저씨에겐 미안했지만 엄마의 절약 정신과도 잘 맞아떨어졌으니 아주 잘된 일이었다. 돌상에 닭이 올라선 안 되는 것일지도 모르지만.

닭들은 제가 곧 죽게 되는 줄도 모르고 모이통에만 정신이 팔려 있었다. 제 바로 옆에 있던 놈이 멱살을 잡혀 나가서 밥통같이 생긴 양철통에 들어가 흠씬 두들겨 맞고 피투성이가 되어 나오고, 다음에는 깃털 한 올 없는 알몸이 되어도 놈들은 모이만 열심히 쪼았다. 엄마는 그런 무신경한 닭대가리들이 싫어서 닭고기도 싫다고 했다.

나도 그런 닭대가리들이 좋은 건 아니었지만 밥통같이 생긴 양철통만은 신기했다. 처음에 멀쩡한 닭을 잡아넣으면 그 속에서는 우당탕쿵탕 두들겨 패는 소리와 두들겨 맞는 닭의 비명이 들린다. 그러면 앞치마를 두른 총각이 뚜껑을 열고 이미 영혼이 달아

난 불쌍한 새를 꺼낸다. 그럴 때면 그 양철통 속에 굵직굵직한 몽둥이가 여러 개 달려 있을 것 같다. 하지만 다음에는 총각이 뜨거운 물에 닭을 한 번 푹 담갔다가 도로 그 양철 밥통에 집어넣는다. 그러면 왱 하는 소리가 나고 곧 알몸뚱이가 된 닭이 나온다. 그 속에는 면도기가 들어 있는 것인가? 나는 몇 번이나 그 안을 들여다보려고 시도했지만 엄마나 총각이나 모두 큰일 난다고 나를 막았다. 몽둥이인가 면도기인가. 어떻게 하나의 밥통이 두 가지 일을 할까. 그 풀 길 없는 수수께끼는 언제나 나를 흥분시켰다. 혹시 밥통이 순서를 잊어먹어서 먼저 닭의 털을 뽑는다면 어떻게 되겠는가. 나는 절대로 순서를 틀리지 않고 두 가지 일을 해내는 그 밥통이 좋았다. 엄마가 닭을 사고 난 뒤 슈퍼에서 당면과 자질구레한 것들을 살 동안에도 나는 닭집 앞을 떠나지 않고 밥통 구경에 정신을 팔고 있었다.

2

부옇던 하늘이 갑자기 어두워지는가 싶더니 차고 추적추적한 비가 내리기 시작했다. 왜 눈이 되지 않고 비가 되었을까 싶은, 맵도록 차가운 비였다. 조금 전까지도 하늘에 구름은 많았지만 햇빛이 넉넉하게 밝았기 때문에 사람들은 제법 굵직한 빗방울을 보자 당황했다. 시장 사람들은 천막 밖으로 튀어나가 있는 물건들을 급히 끌어당겼고 여기저기서 우산 없는 아줌마들이 급한 대로 가까운 처마 밑을 찾아드느라 부산했다.

찬바람에 코끝이 빨갛게 달아오른 채 자전거에서 급히 궤짝을 내리려던 한 청년이 정신없이 처마 밑으로 달려가는 어떤 아줌마와 부딪쳐서 궤짝을 온통 뒤엎었다. 아줌마의 비명과 청년의 외마디 소리에 사람들의 시선이 모였다. 아주 달콤한 흰 가루가 먹음직하게 배어나온 곶감이 길바닥에 나뒹굴고 있었다. 사람들의 부산한 발길에 벌써 곶감은 몇 알이나 짓밟혔다. 청년이 서둘러 곶감을 주워 담았지만 공교롭게도 바로 곁의 건어물전 아줌마가 천막을 추스른다고 홈통을 한 번 탁 친 것이 그만 그 속에서 구정물이 쏟아지고 말았다. 성큼 굵어지는 빗줄기에 더해 구정물까지 뒤집어쓴 곶감은 금세 번질번질한 흉물이 되고 말았다.

"그거 꼭 땀난 불알 같네 그려."

얼굴이 일그러질 대로 일그러진 청년을 눈앞에 두고 누군가가 때아닌 농을 했다. 곶감을 들여놓으려던 과일전 아줌마는 청년이 덤벙거린다고, 계속 그러면 물건 배달하는 사람을 바꾸어야겠다고 짜증을 내었다. 자신을 둘러싸고 짜증과 비웃음이 번지고 있음을 알아챈 청년의 얼굴에 도저히 더 참을 수 없는 화기가 넘치더니 으아아아 하는 고함을 지르며 바닥에 흩어진 곶감들을 궤짝에 아무렇게나 쓸어 담기 시작했다. 그의 고함에도 사람들은 별로 아랑곳하지 않는 것 같았다. 어디선가 병신 육갑하네, 하는 비아냥이 들렸다. 나는 시장 입구에서 아이를 업고 호떡을 구워 파는 그 청년의 아내가 이 광경을 보면 어쩌나 잠시 생각하다가 급히 그만두었다. 그의 아내도 말을 하지 못했다. 그들은 끄억끄억 말도 되지 않는 소리를 내면서 손짓 발짓으로 이야기했다. 사람들은 그 집 아이도 말을 하지 못할 것이라고, 당연하다는 듯이 이야기했다. 심지어 그들 눈앞에서도 아무렇지 않게 이야기했다. 나는 말하지 못하는 사람은 듣지도 못한다는 사실을 알기 전까지는 사람들의 그런 무모함에 늘 가슴을 졸였다. 다행히 그는 사람들의 모멸 어린 말들을 알아듣지 못하는 처지였다. 나는 청년과 그의 아내에게 잘해주고 싶었지만 어찌해야 할지 방법을 몰랐다. 그저 가끔씩 엄마가 시장에 따라온 포상으로 무얼 먹고 싶으냐고 물으면 청년의 아내가 파는 호떡을 사달라고 할 뿐이었다. 그러므로 엄마는 내가 호떡을 매우 좋아하는 줄 알고 가끔 내가 말하지 않았는데도 호떡을 사 들고 오곤 했다. 사실 나는 호떡을 싫어했다.

엄마가 딱 싫어하는 것이 시장의 이런 어수선함이었다. 게다가 날이 흐렸는데도 우산도 안 챙겨 다니는 정신머리 없는 사람들은 언제나 엄마의 비웃음감이었다. 엄마는 채소며 고기며 여러 가지가 바늘 꽂을 틈도 없이 빽빽한 시장바구니의 어느 한구석에서 당당하게 우산을 꺼내어 들었다. 실로 감탄해 마땅한 준비성이었지만 우산이 있다고 해도 현실적으로는 어려움이 많았다. 이미 두 손이 모자랄 만큼 짐이 많은 엄마가 손에 우산까지 들고, 그 안으로 나까지 끌어들이려니 보통 일이 아니었던 것이다.

언덕배기를 오르는 구불구불한 골목길을 따라가면서 나는 좀 겁이 났다. 한겨울에 갑자기 오는 비치고는 너무하다 싶도록 빗줄기는 세찼고, 엄마의 손에 들린 시장바구니는 우산 없이 그것만 들기에도 벅찼다. 엄마는 커다란 보따리에 둘러싸여 정신이 없는 가운데도 비 맞으면 감기 걸린다고 나를 자꾸 우산 속으로 끌어당겼다. 엄마는 목덜미까지 땀방울이 솟았고 빨갛게 달아오른 볼을 제외하고는 얼굴이 백지장처럼 창백했다. 하악하악 내뿜는 엄마의 거친 숨소리에 자꾸 신경이 쓰였지만 엄마에게서 닭이 든 종이봉투를 하나 더 건네받은 외에는 도울 수가 없었다. 보통 때는 꼭대기까지 다 올라가야 숨이 차오르던 그 언덕배기를 반의반도 다 못 올랐는데 엄마는 쓰러질 듯이 휘청거리고 있었다. 내가 엄마의 채소 바구니 밑으로 기어 들어가 등짐이라도 지듯이 바구니의 무게를 덜어주려 애쓰고 있는데 갑자기 맷돌처럼 무겁던 바구니가 요술처럼 휘익 없어졌다. 돌아보니 자전거를 몰고 가던 고등학생 종태형이 우리를 발견하고 엄마의 짐을 자전거 뒷자리에 실어주는 중이었다.

"하아, 딸내미 돌상 차리다가 숨넘어가시겠다!"

엄마가 기쁘고 고마운 내색으로 웬 짐이 이렇게 많으냐는 종태형의 물음에 답했다.

"아, 벌써 그 집 애기가 돌이 되나 부죠?"

"그래, 벌써 돌이야."

"잔치하시나 봐요. 상이 근사하겠네요."

"아유, 잔치는, 무슨. 살펴보면 아무것도 없어. 떡이나 좀 넉넉
히 해서 돌리려고. 내가 내일 동구 시켜서 떡 갖다 줄게."

"떡도 집에서 하세요?"

"아니, 많이는 안 하구, 백설기랑, 늦게 낳아서 그런지 애가 몸
집이 작아서 다섯 돌까지는 수수경단을 해줄까 하고."

"헤헤, 그러면 대추경단 해주세요. 난 그게 좋은데 우리 어머니
는 손 많이 간다고 팥고물만 묻혀주시데……."

짐에서 해방되고 잔치 이야기에 흥이 난 엄마는, 돌날엔 당연
히 수수팥떡이지 남의 집 애 생일 떡을 네 입맛대로 하라는 법이
어디 있느냐고 농으로 받았고, 종태형은 팥경단만 받아먹고서는
짐 날라준 값이 다 안 쳐질 뿐더러 돌날 대추경단을 차려야 애가
잔병치레 안 한다는 말을 들은 것도 같다고 한술 더 떴다.

그렇게 멀고 멀던 언덕길은 종태형의 자전거를 만난 순간부터
술렁술렁 잘도 지나가서 어느새 비탈길에 옆으로 서 있는 우리
집 대문간이 저만큼 보이게 되었는데, 아뿔싸, 할머니가 눈꼬리
를 심상찮게 올리고 팔짱을 단단히 낀 채 처마 밑을 왔다 갔다 하
는 모습이 눈에 들어왔다. 나는 이유도 모르고 가슴이 섬뜩해서

엄마의 치마꼬리로 달라붙었는데 엄마는 종태형이랑 이야기하는 데만 정신이 팔려서 할머니의 모습을 보지 못한 모양이었다.

"대문 앞에만 내려줘. 고마워라, 중간에 못 만났으면 얘랑 둘이서 어쩔 뻔했게."

기분 좋게 짐을 내리려던 종태형이 할머니와 눈을 마주치고는 갑자기 부지깽이 본 똥개처럼 오금을 저려 했다. 비가 오는데 동구랑 하도 애를 쓰시길래……, 하고 필요도 없는 변명을 늘어놓으며 최대한 빠른 속도로 짐을 내려놓고는 허둥지둥 내빼는 모양이 종태형 엄마를 통해서인지 할머니의 대단한 소문을 익히 들은 듯했다.

할머니의 쌔한 눈매만으로도 충분히 일은 틀어졌는데, 문제는 엄마였다. 꽤 오랜 시간을 시장에서 돌아다니고, 무거운 짐에 궂은 날씨에 어지간히 지치고 짜증스러웠던 엄마는 할머니의 비위를 적당히 맞출 뜻이 별로 없다는 것을 표정으로 웅변하고 있었다. 이런 날은 일이 정말로 고약하게 꼬이기 마련이었다. 엄마는 아무 눈치 볼 일 없다는 듯이 심드렁하게, 뭐 하러 나와 계세요, 한마디를 던지고 짐을 수습해 들어가려 했다. 이럴 때 서로 꾹 참고 조용히 넘어가는 법이 우리 집에는 절대로 없었다.

"너, 저 부엌에 쌀 담근 건 뭐냐?"

엄마는 한숨을 푹 내쉬고는 백설기 할 멥쌀이라고, 비 오는데 들어가서 말씀하시자고 했다. 그 말이 할머니에게는 결정적으로 모욕인 모양이었다.

"들어가시자구? 야, 이젠 시에미를 지 새끼 다루듯 하는구나. 이 살림이 니 살림이냐? 우리 식구 멕여 살리는 돈 니가 버냐? 저렇게 동산만 한 쌀로 다 떡을 한다니, 니가 시방 지정신이냐?"

빗줄기 따위에 기죽을 할머니가 아니었다. 오히려 빗줄기 때문에 관객이 가까이에 없으니 꼭꼭 닫힌 이웃집의 창문 너머에까지 들리게 하려면 배에 더 힘을 주어야 했는지도 모른다. 엄마가 많지도 않아요 서 말밖에……, 하고 대답을 하는 순간 할머니의 목청이 빗소리뿐인 동네를 뒤흔들었다.

"어디서 감히 못 배워먹은 버르장머리냐! 여기가 어른 없이 너 혼자 살림하는 집이냐! 니가 평생에 쌀 서 말을 어디서 벌어봤다고 니 맘대로 쌀을 퍼다 떡을 하냐?"

그때부터는 악몽이었다. 엄마와 할머니는 안방에서 울어젖히는 영주도 안중에 없이 한 치 양보 없는 맹렬한 공격과 방어에 들어갔다. 할머니는 양 주먹을 꼭 쥐어 허리 근처에 대고는 엄마의 뒤를 졸졸 따라다니며 허락도 없이 떡쌀을 서 말이나 담근 것은 집안 대소사에 항상 어른 말씀을 따라야 한다는 대원칙을 무시한 일이며, 한마디로 본데없이 자란 탓이라고 못을 박았고, 엄마는 이를 악물고는 할머니께 떡 어떻게 할까요, 하고 틀림없이 물었는데 할머니가 그때는 관심도 없이 니 딸년 떡을 내가 왜 챙겨주느냐고만 대답했었다고 맞섰다.

48

내가 나름대로 엉성하게나마 영주의 기저귀를 갈아주는 흉내를 냈지만 그걸로 될 일이 아니어서 영주는 몸을 뒤틀다 못해 얼굴에 열꽃이 피도록 울어대었다. 엄마는 할머니의 목소리를 묻어버릴 양으로 세차게 딱딱딱딱 도마질을 시작했고 할머니는 그 등뒤에 버티고 서서 지지 않으려고 기를 쓰며 목청을 높였다. 영주는 막무가내로 돌보아줄 손을 부르느라 숨이 넘어갈 지경이었고, 우리 집은 순식간에 아수라장이 되었다. 아무 소리도 내지 않는 것은 나뿐이었다. 사실 다른 소리들에 묻혀서 귀에 들리지 않았을 뿐 나도 흑흑 울고 있었다. 영주의 목이 쉬어 쇳소리가 나기 시작해서야 엄마가 도마질을 멈추고 방으로 들어왔다. 약이 오를 대로 올라 이제는 엄마에게 이년 저년 하는 욕설을 퍼붓고 있던 할머니도 따라 들어왔다. 전쟁터가 부엌에서 안방으로 옮겨졌다. 얼굴이 백지장처럼 질린 채 거친 손놀림으로 영주의 기저귀를 다시 채운 엄마가 갑자기 야멸차게 내 팔을 낚아채고 내 엉덩이를 두들기기 시작했다.

"이놈의 자식, 동생이 이렇게 되도록 너는 옆에서 뭐 했어?"

이럴 땐 변명도 설명도 통할 리 없지만 나는 그래도 항의 삼아 울어보았다. 아까 엄마 불렀는데 엄마가……, 하는 변명은 매만 벌었다.

"너 지금 나 보라고 이러지? 시어미 팬다 생각하고 애한테 이러지?"

49

할머니의 명료한 지적에 엄마는 대꾸하지 않았지만 그 얼굴만 척 보아도 답은 뻔했다. 내가 억울한 매품을 판 덕에 열전은 잠시 소강상태 비슷한 냉전으로 바뀌었다. 엄마는 영주를 둘러업고 말없이 내일의 생일상을 만들었고, 할머니는 방으로 퇴각해 아버지의 퇴근 후 최후의 일전을 벼르며 전의를 불살랐다.

배고픈 걸 절대로 참지 못하는 할머니가 엄마와 싸운 감정은 잠시 뒤로 미루고 밥을 차려내라고 호령을 해서 느지막한 점심을 먹었다. 엄마는 당연히 아무것도 먹지 않았다. 나는 마음 같아서는 엄마의 단식에 동참함으로써 할머니의 부당한 트집에 항거하고 엄마의 편이라는 사실을 분명히 하고 싶었으나 시장에 갔다 오고 우느라 힘이 들어서 너무 배가 고팠다. 엄마가 아무 성의 없이 냉장고에 있던 반찬들만 꺼내준 초라한 점심상을 할머니와 내가 남긴 음식 하나 없이 깨끗이 비워내었다. 상을 물리는 엄마는 냉정한 표정이었다. 어쩐지 엄마가 나를 비난하는 것처럼 느껴져 마음이 불편했다. 밥을 안 먹었으면 좋았을 텐데. 하지만 나는 정말 배가 고팠기 때문에 어쩔 수가 없었다.

오후는 길고도 조용했다. 할머니는 되풀이 되풀이 욕설과 비난을 늘어놓으며 아직 싸움이 끝나지 않았음을 확실히 했다. 할머니가 기다리는 아버지의 퇴근 시간이 조금씩 가까워졌다. 할머니는 어둑어둑해지자 아예 대문 밖에 나가서 아버지를 기다렸다. 엄마는 추우니 들어오시라는 의례적인 말도 안 했다. 나는 불만스러운 표정의 영주를 달래며 안방에 조용히 숨어 있었다.

"아이고 이 사람아, 어서 오시게."

할머니가 아버지를 반기는 소리가 들렸다. 어머니 추운데 왜 나와 계세요, 하는 아버지의 목소리가 들리고, 곧 아버지가 할머니의 추운 두 손을 꼭 부여잡은 모습으로 현관문을 열었다. 할머니는 당연히 기가 만장으로 올라서 낮에 있었던 며느리의 본데없는 행동을 빨리 알리려고 조바심하고 있었으나, 아버지가 추운데 들어가서 말씀하시라고 재촉하는 바람에 아직 말문을 열지 못하고 있었다. 나는 겁이 나서 차마 앞으로 나서지 못하고 안방 문짝 뒤에 숨어서 얼굴만 빠끔 내밀어 인사를 차렸다. 엄마는 창백한 얼굴로 짧게 "왔어요"라고만 말했다. 아버지가 안방 장롱에 코트를 벗어 넣는 동안 할머니는 숨 가쁘게 오늘 있었던 일을 알렸다.

"……위아래가 뒤집어져도 이 정도까지겠냐, 어떻게 지 맘대로 떡쌀을 서 말이나 담근대니. 그러구 죄송합니다 소리도 없이 지가 더 지랄이여."

아버지는 묵묵히 할머니의 말만 듣고 있었다. 안경 뒤에 있는 아버지의 눈빛은 여느 때처럼 읽을 수가 없었다. 저녁상이 차려졌지만 엄마는 저녁도 안 먹을 모양이었다. 할머니는 기가 올라서 부엌까지 들리도록 큰소리로 엄마를 욕했고, 아버지는 최소한의 짧은 대답으로 할머니의 기분을 맞추었다. 나는 오후에 한 일도 없고 입맛이 없어서 밥을 반쯤 남겼는데 밥 남기지 말라는 아

51

버지의 호령에 껙껙거리며 억지로 다 먹어야 했다. 엄마가 밥상을 내가고 아버지는 아무 말 없이 신문을 보며 담배를 태워 물었다.

잠시 후 "동구 엄마 이리 좀 와 봐"라고 엄마를 불렀을 때에 결심이 선 듯 아버지는 입술을 굳게 다물고 있었다. 부엌에서는 아무 대답이 없었고, 아버지는 "이리 오라니까 뭐 해"라며 좀 더 언성을 높였다. 하지만 엄마는 대답하지 않았고 어울리지 않게 난데없는 손절구질 소리가 쿵쿵쿵쿵 들려왔다.

"이놈의 예펜네!"

아버지가 부엌으로 내달렸다. 구당탕. 아까 할머니와 내가 머리를 모으고 점심을 먹을 때 썼던 조그만 개다리소반이 부엌 바닥에 내동댕이쳐진 모양이었다.

"당장 어머니한테 빌어."

나는 안방 문짝 뒤에 숨어 한쪽 눈으로만 부엌을 살폈다. 눈물이 너무 많이 나서 잘 보이지 않았지만 엄마는 절구를 앞에 놓고 아버지에게 등을 돌린 채 꼼짝도 하지 않는 것 같았다. "내 말 안 들려!" 아버지가 너무 크게 소리를 질러서 귀가 먹먹해졌다. 엄마는 여전히 꼼짝도 하지 않았다. 철썩, 아버지의 손이 머리칼에 반쯤 가린 엄마의 목덜미를 내질렀다. 엄마는 휘청했지만 다시 꼿꼿이 섰다. 여전히 아버지에게 등을 돌렸고 한 손에는 손절구를, 다른 한 손에는 절굿공이를 꼭 쥐고 있었다. 잠시 동안 팽팽한 신경전이 계속되다가 아버지가 이번에는 엄마의 머리를 길겼다. 엄마가 악, 하고 낮은 비명을 지르며 쓰러졌고 나는 오줌을 질금 지렸다. 엄마는 헝클어진 머리칼로 얼굴을 온통 뒤덮은 채 무턱대고 작은 절굿공이를 휘둘렀으나 아버지에게 그 정도는 아무것도 아닌 게 뻔했다. 아버지는 엄마의 허벅지께를 몇 번 걷어찼다. 아버지와 내가 싸운다면 뻔한 결과이듯이, 엄마와 아버지의 싸움도 마찬가지였다. 좀 전까지 꼿꼿이 서 있던 엄마는 부엌 바닥을 구르며 흐느끼는 비참한 모습이 되었고, 아버지는 허리에 손을 얹고 거친 숨을 뿜으며 엄마를 내려다보는, 아무도 저항할 수 없는 난폭자의 모습을 확실히 했다. 언제나 그랬듯이 아버지를 이길 수 있는 사람은 아무도 없었다.

떼구르르 딩동댕동…….

아버지의 고함에 비하면 형편없이 작게 느껴지는, 살벌한 분위기에 전혀 어울리지 않는 한가한 소리가 났다. 언제 바람같이 그곳까지 기어갔는지, 조금 전까지 안방에 있던 영주가 아버지에게서 약 50센티미터 떨어진 곳에, 마루에서 부엌으로 내려가는 문지방 앞에 있었다. 엄마가 아침에 정성 들여 묶어놓은 빨간 방울 머리끈으로 한 줌도 안 되는 머리칼을 분수처럼 올린 꼬마 영주가, 제 생일 전날 감히 엄마에게 발길질을 하고 있는 아버지를 보고 분기탱천해 제가 끌어안고 있던 오뚝이 장난감을 집어 던진 것이었다. 오뚝이는 한 뼘도 채 안 날아갔지만 부엌 바닥이 마루보다 엄마 허리만큼이나 낮았기 때문에 꽤 큰 소리가 났다. 항우장사가 집어 던진 들돌만큼 위력적이었다. 영주가 좀 더 힘이 있었다면 오뚝이는 아버지의 이마를 통타해 아버지를 엄마 곁에 나란히 눕혔을 것이다.

아버지와 눈이 마주쳤지만 영주는 조금도 기가 죽지 않고 콧구멍을 사납게 발름거리며 두 주먹을 꼭 쥐고 허공에 당차게 휘둘러 보였다. 그러고 나서는 아버지의 안경알 너머를 똑바로 쳐다보면서, 도무지 한 돌짜리 같지 않다고 누구나 감탄하는 그 유명한 말솜씨로 또렷이 훈계했다.

"떼찌야!"

아버지와 나, 그리고 웬만해선 눈도 깜짝 안 하는 우리 할머니조차 이 예상치 못한 사태에 아연했지만 본능적으로 자기가 해야 할 일을 아는 사람이 있었다. 부엌 바닥에서 뭉크러진 휴지처럼 구겨져 있던 엄마는 갑자기 파란 빛줄기처럼 몸을 날려 영주를 감싸안더니 부엌 바닥에 다시 엎드렸다. 하얀 기저귀를 여러 장 쌓아놓은 것만 한 영주의 몸뚱이가 엄마의 몸에 어찌나 잘 감추어졌던지 조금도 보이지 않았다. 영주를 감쪽같이 숨기고 나서 엄마는 부들부들 떨리는 목소리로 말했다.

"영주한테 주먹질하면 내가 당신 죽여버릴 거야."

다행히 아버지가 다시 영주와 엄마에게 발길질을 할 기세는 아니었지만, 영주를 끌어안은 채 차마 아버지와 눈을 마주치지 못하던 엄마는 아버지가 분을 못 이겨 순두부처럼 연약한 영주에게 주먹을 휘두를지도 모른다는 두려움을 떨치지 못했는지 부엌 바닥을 향해 다시 다짐했다.

"정말 죽여버릴 거야. 당신 잠만 들면 죽일 수 있어."

아버지는 늘 싸움에서 이기기만 하는 사람이었지만 뜻밖에 싸움에 지는 법도 잘 알고 있었다. 아버지는 "이 여자가 못하는 소리가 없어!"라고 마지막으로 언성을 높이고, 잡채 거리를 장만해 놓은 양푼을 집어 던져 뒤집어엎고는 바람처럼 안방으로 돌아왔다. 안방 문짝에 들러붙어 있던 나는 화풀이로 한 대 얻어맞을까 봐 오금이 저렸다. 우리 할머니같이 대단한 사람도 어지간히 기가 질렸던지 아무 말도 못 했다.

"동구 너, 나가서 부엌 좀 정리해."

나는 걸음아 날 살려라, 하고 안방을 도망쳐 나왔다. 난장판이 된 부엌에서 엄마가 영주를 끌어안고 흐느끼고 있었다.

"저년, 저 독한 년, 저 둘도 없이 지독한 년."

할머니가 뒤늦게 영주에게인지 엄마에게인지 욕설을 퍼부었으나 이미 어딘지 궁색하게 들렸다. 떡쌀을 서 말 담근 것이 엄마의 잘못이냐 아니냐 하는 문제는 아무도 기억하지 못했다. 태어난 지 1년이 되려면 아직 몇 시간이 더 남은 꼬마 영주가 엄마 편을 들었기 때문에, 무적함대이던 아버지와 할머니 팀은 패배했고 오늘 잘못한 사람은 아버지와 할머니인 것으로 정해졌다. 영주가 그렇게 판단했으니까 그것은 그런 것이었다. 그 결정을 바꾸라고 누가 어떻게 영주를 설득할 수 있겠는가.

3

　다음 날 아침 영주의 돌잔치는 우스꽝스러운 꼴이었다. 어제 엄마가 그렇게 고생해서 봐온 장거리들은 생일상에 하나도 등장하지 않았다. 늘 대하던 아침상과 똑같은 상에 미역국 하나가 더 올랐을 뿐이다. 더구나 주인공인 영주는 엄마의 등에 업혀 기분 좋게 팔을 휘두르고 있었고 엄마는 부엌에서 나올 생각을 하지 않았다. 할머니와 아버지와 나는 주인공 없는 생일상을 앞에 놓고 멀쑥해했다. 아버지가 당신, 영주 데리고 같이 먹지 그래, 하고 운을 떼보았으나 부엌에서는 아무 대답 없는 냉기만 돌아왔을 뿐이었다. 할머니가 나지막하게 저런 어쩌구 욕을 하고는 보란 듯이 후루룩 미역국을 들이켰다. 자네 회사 늦겠네, 어서 동구도 먹어라, 하는 할머니의 재촉에 아버지와 나는 마지못해 수저를 들었다. 아무도 가족사진 이야기를 차마 입에 올리지 못했다.

　아버지가 출근하고 방 안에서 화투로 재수떼기를 몇 판 하던 할머니가 목욕탕에 갔다 온다고 짐짓 아무렇지 않은 듯 집을 나서자, 그때까지 입을 꼭 다물고 유리창만 아른아른하게 닦고 있던 엄마가 갑자기 걸레를 집어 던지고 바쁘게 움직이기 시작했다.

냉장고에서 매끈하게 손질한 닭과 나물들이 튀어나왔다. 엄마는 물을 팔팔 끓여 나물을 데치고는 그 물을 찜통에 다시 붓고 나는 듯한 손놀림으로 닭에 양념을 해서 닭찜을 불에 얹었고, 한 손으로는 나물을 무치면서 한 손으로는 선반에서 커다란 양푼을 내렸다. 양푼에는 눈처럼 새하얀 찹쌀가루(나는 그것을 밀가루라고 생각하고 있었지만 엄마가 물어보지도 않았는데 찹쌀가루라고 가르쳐주었다)와 거무스름한 차수숫가루가 담겼고, 소금 조금 넣고, 아까 끓여서 덜어놓았던 뜨거운 물을 부어 커다란 나무주걱으로 반죽을 했다. 아직 따뜻한 반죽을 내 몫으로 밀어주며 엄마는 나에게 요만한 크기로 반죽을 동그랗게 빚으라고 했고 커다란 솥에 물을 끓이면서 씨를 빼고 잘게 채 썬 말린 대추를 꺼내었다. 그리고 잰 발걸음으로 밖에 나가 언제 삶아놓았는지 차가운 팥고물과 때깔 고운 파란 쑥가루를 가지고 들어왔다. 이제쯤 다 익었겠지 엄마가 혼잣말을 하며 닭이 들어 있는 찜통을 내려 다시 바깥에 내다 놓고 물이 펄펄 끓는 솥에 내가 빚은 찹쌀 반죽을 쏟아 넣었다.

"빨리 해야 돼 동구야, 빨리."

엄마는 자기도 틈나는 대로 반죽을 빚으며 나를 재촉하고 솥에서 김이 무럭무럭 오르는 떡들을 건져내서 꿀쟁반에 굴리고, 팥고물이나 쑥가루를 입히거나 대추채를 묻혔다. 금세 근사한 삼색 경단이 보기 좋게 쌓였다.

"자, 이건 상도네 갖다 주고, 이건 종태네. 아니, 거기는 대추경단 좀 더 담자."

나는 김이 무럭무럭 오르는 경단들을 보며 입이 쩍 벌어졌다. 엄마가 내 입안에 팥경단 한 알을 밀어 넣었다.

"이거 많이 나눠 먹어야 영주가 잘 큰대. 조심해서 얼른 갔다 와. 또 갈 집 많으니까."

차가운 바깥 공기를 만나자 경단에서 오르는 하얀 김이 더 기를 올렸다. 상도형네 갈 때에는 대문간의 문턱을 조심해야 한다. 나는 그 전에도 김밥을 담은 접시를 들고 가다가 그 집 문턱에 걸려 그릇은 물론 깨뜨리고 무릎도 심하게 깬 적이 있었다. 마루에서 김을 재고 있던 상도형 엄마는 떡 그릇을 보더니 무릎을 치며 감탄했다.

"아이구, 딱 동구 엄마 솜씨네. 이 색깔 고운 것 좀 봐. 영주 돌떡이구나."

나는 맛있게 드시고, 이따 저녁때 그릇 가지러 오겠노라는 말만 간단히 전하고 급히 돌아섰다. 엄마가 빨리 오라고 했으니까. 상도형 엄마는 인심이 좋아서 내가 그 집에서 하릴없이 어른거리면 곧잘 반닫이를 열어 미제 초콜릿바를 쥐어 주곤 했지만 오늘은 그런 것에 욕심낼 짬이 없었다. 종태형네는 코가 매우 큰 종태형 엄마도 없고 어제 대추떡이 좋다던 종태형도 없고, 오로지 귀먹고 노망난 할머니만 말린 멸치에 고추장을 쿡쿡 찍어 먹고 있

58

다가 떡을 보고 반색을 하며 한꺼번에 두 알을 입안에 밀어 넣었다. 다른 식구들은 떡 구경도 못 할 것 같았다.

집으로 돌아오자 이번에는 나물과 닭이 기다리고 있다. 엄마는 먹기 좋게 닭살을 발라서 삼색 나물과 함께 접시에 담고는 이건 희천이 할먼네, 이건 구야네, 하고 목적지를 알려주었다. 내가 달음박질하려는데 갑자기 나를 불러세우더니 우리 아들 이거 맛이나 보고 가야지, 하면서 알찬 닭다리살 한 점을 내 입에 넣어주었다. 아직 따뜻해서 최고로 맛있었다. 나는 신이 났다. 그렇게 떡 접시 한 번, 나물 접시 한 번, 이 집 저 집 나르기를 한참, 마지막 떡 접시를 돌리고 핵핵거리며 돌아오니까 엄마는 어느새 냄비와 솥들을 말끔히 씻어 집어넣고 부엌을 청소하고 있었다.

"금방 밥 차려줄게 영주 우유 좀 먹여."

엄마가 영주를 안방에 내려놓고 젖병을 건네주었다. 아침부터 지금까지 한 번도 엄마 등에서 내리지 않고 호사를 누린 영주는 너무나 기분이 좋아서 오빠 아아아아 꽤애애액 고함을 지르고 방을 데굴데굴 구르고 난리였다. 나는 정신없이 뛰어다닌 데다 아침도 제대로 안 먹어서 배가 고프고 힘이 들었다. 영주가 제 배를 웬만큼 채우고는 날더러 놀자고 안기는데 놀아줄 기운이 없었다. 나는 그냥 벌렁 누워서 영주가 내 몸을 기어오르고 침 범벅을 해놓도록 가만히 있었다.

엄마가 어제 부엌 바닥에 내동댕이쳐졌어도 아직 말짱한 개다리소반에 밥을 차려 들어왔다. 그 소반은 옛날 사람이 만든 거라 요새 물건 같지 않고 짱짱하기 이를 데 없다고 할머니는 늘 흐뭇해했다. 엄마도 힘이 들어서인지 턱이 더 뾰족하고 눈이 퀭했다.

"어서 먹자. 동구 힘들지? 어서 먹어."

밥상은 간결했으나 번듯했다. 큰 그릇에는 새로 지은 밥 위에 아까 돌리고 남은 나물, 볶은 고기 그리고 계란 프라이가 두 개나 얹혀 있었다. 엄마는 고추장과 참기름을 듬뿍 넣어서 밥을 비비기 시작했다. 게다가 접시에는 아까 돌리고 남은 닭살이 아주 조금, 그리고 소시지 지짐과 호박전이 있었다.

"닭고기랑 소시지부터 먼저 먹어. 엄마가 밥 비벼줄게."

꿀맛이었다. 나는 접시에 있던 것들을 하나도 남김없이, 그리고 엄마가 비벼준 밥도 밥풀 하나 남기지 않고 다 먹어치웠다. 엄마도 비빔밥을 많이 먹었다. 엄마는 내가 입을 크게 벌리고 비빔밥을 입안 가득 밀어 넣는 것이 흐뭇한지 내 허리를 두들겼다. 엄마의 얼굴은 어제 그 소동을 완전히 잊은 사람처럼 평화롭고 행복해 보였다. 갑자기 어제 일이 생각나서 엄마 눈치를 좀 보았지만 엄마가 나를 원망하는 것 같지는 않았다.

내 돌날은 어땠을까. 언젠가 언뜻, 내 돌날에는 할머니가 아프다고 드러누워서 돌상도 못 차리고 이틀 내내 할머니 간호만 했다는 이야기를 들은 적이 있었다. 마지막에는 할머니가 똥을 며칠이나 못 누어서 관장을 해야 했는데, 비위가 약한 엄마가 구역

질을 했더니 할머니가 요강을 뒤집어엎으며 역정을 내어서 그때
도 큰 난리가 났었다고 했다. 나는 무얼 했을까. 기억나지 않는다.
하지만 내가 할머니의 폭거에 항거해 오뚝이를 내던지는 장한 일
을 했다는 말은 들은 적이 없었다. 나는 아마 바보처럼 뒷전에 앉
아 있었든지 겁에 질려 왕 울음을 터뜨렸을 것이다.

　그때까지 방바닥을 구르며 잘 놀고 있던 영주가 갑자기 밥상을
뒤엎을 요량으로 덤벼들었다. 물을 마시고 있던 엄마가 간신히 영
주를 막을 수 있었다. 보통 때 같았으면 엄마가 영주의 눈을 똑바
로 들여다보면서 엄하게 안 돼, 하고 말했을 것이다. 그러나 엄마
는 영주를 번쩍 안아 올렸다.

　"어이구 내 새끼. 우리 아가씨가 신이 났어요, 우리 아가씨가."

　영주는 엄마 조아조아 하고 재롱을 떨었고 엄마는 영주의 볼
을 비비며 그래 저기 저기 놀러 가자, 오빠랑 엄마랑 놀러 가자,
하고 받아주었다. 나는 조금 의기소침해졌다. 나는 어제 왜 아버
지를 말리지 못했을까. 아버지에게 "안 돼요"라고 말하지 못했을
까. 영주를 조금 어르던 엄마는 급히 영주를 내게 안겨주고 상을
들고 나갔다. 설거지하는 소리도 나기 전에 김치찌개 냄새가 났
다. 잠시 후 목욕물에 얼굴이 뽀얗게 부풀어 오른 할머니가 들어
섰다. 엄마는 다시 무표정한 가면으로 돌아갔다. 개다리소반에는
다시 밥과 김치찌개와 냉장고에 있던 묵은 반찬들이 차려졌다.

　"애들이 배고프다고 해서 먼저 먹였어요. 은행 갔다 올게요."

엄마는 나에게 세수를 시키고, 영주의 옷을 갈아입히고 외출할 준비를 했다. 할머니가 바람 찬데 영주는 두고 가라고 했지만 영주가 벌써 눈치를 채고 엄마의 등에 매달려 절대 떨어지려 하지 않았기 때문에 두고 간다는 건 어림도 없었다. 엄마는 내 손을 잡고, 영주를 두툼한 포대기로 꼼꼼히 감싸 업고 할머니의 점심식사가 끝나기도 전에 집을 나섰다. 엄마는 바로 은행으로 향한 것이 아니라 상도형네부터 들렀다. 부엌에 있던 상도형 엄마는 엄마를 보고 반가워했다.

"아유, 떡 잘 받았어. 맛있데."

엄마가 목소리를 낮추어 무어라 했다.

"으응, 안 그래도 내가 그런가 싶었어, 아침에 할머니 표정이 영 마땅찮으시더라구."

다시 엄마가 내 눈치를 보며 작은 소리로 무어라 했다.

"그래. 걱정 마. 어디 어디 돌렸는데?"

이번엔 내가 알아들을 수 있게 대답했다.

"종태네랑, 희천네, 구야네, 성수네, 군인네, 남영이네, 셰퍼드네, 약국집. 많이 못했어. 시간이 돼야지."

"그래, 내가 그릇 찾아다 놓고, 입단속시킬게. 떡 얻어먹고 또 야단까지 맞게 하면 되나."

"빨리 돌아줘. 어머니 지금 혼자 계시거든."

"그래 걱정 놓고, 얼른 다녀와. 아이구 노친네 그렇게 까탈이

심하실까."

엄마는 상도형 엄마와 형제처럼 손을 쓰다듬고는 다시 길을 나섰다.

"동구도 오늘 떡 돌린 얘기 할머니나 아버지한테 하지 마. 너무 적어서 할머니랑 아버지는 못 드렸으니까."

그 정도 눈치는 나도 있었다. 떡이 적어서 못 드린 게 아니라는 것도 안다. 사실 내가 생각하기에도, 아버지와 할머니는 오늘 엄마가 빚은 떡을 먹기엔 멋쩍은 처지였다. 우리 집에서 가장 부족한 것은 조용히 넘어가는 일이었다. 이번 일도 조용히 넘어가는 것이 가장 좋을 것이다. 나는 할머니와 아버지에게 절대로 떡과 나물과 닭 이야기를 하지 않을 것이다.

저녁때는 아버지가 케이크를 사 들고 퇴근해서 온 식구들을 놀래켰다. 내가 아주 어릴 적에 손님이 오면서 케이크를 사 온 이래로 집에 케이크가 오기는 처음이었다. 하얀 크림 위에는 분홍색 장미꽃과 아주 먹음직스러운 딸기 모양 젤리가 얹혀 있었다. 더욱 놀랍게도 아버지는 노래를 부르자고 했다. 내가 몸을 비틀고 입을 열지 못하자 아버지는 가느다란 초 한 개에 불을 붙여 케이크에 꽂고 앞장서서 '생일 축하합니다'라는 노래를 불렀다. 아버지의 굵은 노랫소리를 들어보기도 처음이었다. 태어나서 처음으로 케이크와 촛불을 구경한 영주는 완전히 넋을 잃었다. 그 아이는 눈이 등잔만 해져서 케이크 위의 하늘하늘한 불꽃을 한없이 바라보고 있었다. 노래가 끝나자 아버지는 영주를 무릎에 앉히고 말했다.

"영주야, 촛불 꺼야지."

"응?"

"불 끄라고. 이렇게, 후 불어서 끄는 거야."

영주는 그 영특한 눈망울을 굴리며 아버지의 말을 새겨듣더니 입술을 모으며 후 부는 흉내를 냈다. 그 모습에 뚱해 있던 엄마와 할머니까지도 크게 웃음을 터뜨렸다.

"더 세게. 아버지가 가까이 대줄게. 더 세게 후 불어."

"쟤 좀 봐. 아유 우스워라. 아유 이뻐."

엄마가 나더러 영주에게 촛불 끄는 법을 가르쳐주라고 했다. 나는 머뭇거리다가 촛불 가까이로 얼굴을 들이밀고 촛불을 불었다. 영주가 좋아라고 웃어대었다.

"자, 오빠 하는 거 봤지? 우리 영주가 해봐."

아버지가 다시 촛불을 켜고 영주를 초 가까이로 데려갔다. 영주의 검은 눈동자에 촛불이 너울너울 춤을 추었다. 이번에는 영주가 멋지게 촛불 끄는 흉내를 냈지만 아직 입김이 너무 약해서 촛불이 꺼지지 않았다. 그래서 영주가 눈치채지 못하게 내가 촛불을 껐다. 온 식구가 박수를 쳤다. 영주가 활기차게 소리 질렀다.

"다치!"

여러 번 초에 불이 댕겨지고 영주와 내가 촛불을 껐다. 그때마다 식구들은 웃으며 박수를 쳤다. 하하하 짝짝짝. 우리 집에서는 흔히 들을 수 없는 소리들이었다. 아버지가 짐짓 엄마의 어깨를 두드리며 당신 수고했어, 하고 말했다. 영주를 잘 키워서 그렇다는 건지, 오늘 떡 돌린 건 모를 테니 무얼 수고했다는 건지 애매한 말이었지만 퍽 효과가 있었다. 엄마는 아직 흥 하는 표정이었지만 기분이 나쁘지는 않은 것 같았다. 어머니도 수고하셨구요, 하는 말에 할머니도 얼굴을 꼬깃꼬깃 구기며 웃었다.

"자네가 제일 수고했네 이 사람아."

할머니와 아버지가 큰 소리로 웃었고 엄마도 살짝 웃었다. 정말 아슬아슬하고 가슴 졸이는 영주의 첫 번째 생일이었다.

1979년,

난독難讀의
시대

1

수업이 끝나자마자 나는 말뚝박기도 사양하고 집으로 바로 돌아갈 참이었다. 허둥지둥 교실 문을 빠져나오려는데 담임 선생님의 목소리가 뒷덜미를 잡았다.

"한동구, 좀 남아 봐."

나는 대번에 기가 죽어 멈추어 서고 말았다. 2학기 초까지 우리를 가르쳤던 아줌마 선생님은 남편이 직장을 지방으로 옮기게 되었다며 갑자기 사표를 내었고, 후임으로 다른 학교에서 늘 6학년만 가르쳤다는 젊고 눈망울이 또렷한 선생님이 3학년 7반을 맡으신 지 막 한 달이 되어가는 무렵이었다.

예쁘고 멋쟁이인 박영은 선생님을 새 담임 선생님으로 맞이한 것은 우리 모두에게 가슴 떨리는 일이었다. 먼젓번 담임 선생님의 말은 죽어라고 안 듣던 악머구리들이 박 선생님 앞에서는 고개도 제대로 못 듣고 수줍어했다. 우리 반은 당장 전교에서 제일 말 잘 듣고 가장 깨끗한 반이 되었다. 나도 박 선생님에게 잘 보이고 싶은 마음이 태산 같았지만 늘 그렇듯이 머리가 따라주지를 않았다. 아마 이번 시험에서도 모든 과목이 50점을 넘지 못했을 것이다. 아이들이 모두 떠난 교실에서 나는 몸을 비비 꼬며 창밖에서 놀고 있는 아이들에게 시선을 주고 있었다. 기다리고 있는 나에게 눈길 한 번 주지 않고 출석부를 뒤적이며 시간을 보내어 내 속을 태우던 선생님이 마침내 입을 연 것은 20분이나 지나서였다.

"동구야, 동생 예쁘니?"

나는 뜻밖의 질문에 바보같이 입만 벌리고 선생님을 쳐다보았다. 선생님은 내 일기장을 펴들고 있었다. 일기래봤자 문서라기보다는 낙서에 가깝다고 할 치졸한 문장들이 하루당 두세 개 늘어서 있을 뿐이었다. 중요한 때면 빠지지 않는 말더듬 증세가 도졌다. 나는 괴로운 붕어처럼 입만 뻐끔거렸다.

"이름도 아주 예쁘구나. 누가 지어준 거니?"

나는 헉헉거리며 이름은 어른이 지어야 하는 거라서 직접 짓지는 못했지만 나도 한몫 거들기는 했다는 의미의 단어들을 더듬더듬 늘어놓았다.

"우리 동구 말야, 이렇게 똑똑한데 왜 발표는 하나도 안 하니?"

내가 똑똑하다는 말은 누가 듣기에도 우스웠지만 발표를 전혀 못한다는 것은 사실이었다. 선생님이 질문하는 것들 중에는 내가 아는 것도 많았지만 나는 다른 아이들처럼 팔을 높이 들고 저요 저요를 외친 적이 한 번도 없었다. 저요 저요는커녕 어쩌다 지목이라도 되는 날에는 눈이 뱅뱅 돌고 혀가 꼬여 땀만 뻘뻘 흘리는 사이에 저요 저요를 외치는 다른 놈들에게 순서가 돌아가기 일쑤였다.

"동구를 가만히 보면, 아는데 말을 못하는 적도 많은 것 같아. 그러다 보니 자신감도 없어지고."

나의 간지럽고 아픈 부분을 이렇게나 간결하게 짚어준 사람이 내 인생에 또 있었으랴. 공부 못하는 죄를 추궁당하는 것이 아니라 공부 못하는 서러움을 이해받는 것은 생애 처음 있는 일이었다. 안 그래도 물러터진 내 마음은 완전히 물에 만 휴지처럼 흐물흐물해져서, 예쁘고 멋진 데다 현명하기까지 한 박 선생님 앞에서 때아닌 눈물까지 한 방울 선을 보일 뻔했다. 선생님은 갑자기 눈꺼풀을 깜박거리는 나를 재미있다는 듯 쳐다보았다.

"이런, 혼내는 말이 아니야. 선생님이 동구를 좀 더 알고 싶어서 그래. 겁먹지 마. 그냥 마음 편하게 갖고, 선생님이 물어보는 거 대답해볼래?"

잔뜩 긴장한 것에 비하면 선생님이 낸 문제들은 퍽 쉬웠다. 간단한 덧셈부터 시작해서 조금씩 복잡한 셈을 몇 개 물어보았고, 구구단을 몇 단 외게 했고, 제일 어려운 것은 13 곱하기 8의 암산이었지만 다행히 나는 제대로 대답을 할 수 있었다. 진지하게 내

71

대답을 경청한 선생님은 그럴 줄 알았다는 듯이 고개를 끄덕이더니 내 손에 분필을 쥐어주었다.

"그럼 선생님이 문제를 낼 테니 받아쓰고 답 써봐."

나는 달달 떨리는 손에 분필을 쥐고 칠판 앞에 섰다.

"13 곱하기 7은?"

여기부터가 난관이었다. 칠판 공포증이 도지고, 선생님 앞에서 잘해야 한다는 강박관념에 사로잡혀 나는 죽을 쑤기 시작했다. 13을 먼저 써야 하는데, 곱하기는 가위표, 그리고 7이 어떻게 생겼더라…… 머릿속에 답은 91이라고 이미 나와 있었지만 그것을 등식으로 칠판에 쓰는 일은 정말이지 영원히 끝나지 않을 것 같은 악몽이었다. 땀이 축축이 난 손에 분필이 들러붙었다. 13을 쓰는 일도 아직 끝내지 못한 상태였다. 보통 때보다도 훨씬 심각하게 머리가 뒤죽박죽이었다. 나는 손마디가 하얘지도록 분필을 꼭 쥐고 3자를 쓰기 시작했다. 3인지 ε인지 방향이 걷잡을 수 없이 헷갈렸다. 얼굴이 벌겋게 달아올라 진땀만 빼고 있는 나를 바라보다가 선생님이 물었다.

"그러면, 답은 뭐지?"

91이라고 대답은 했지만 그건 아무 의미가 없는 것이었다. 선생님들은 누구나 '답보다 과정이 더 중요하다'고 강조했다. 나처럼 답은 알되 과정을 설명하지 못하는 아이들에게는 치명적인 원칙이었다. 그 원칙이 불공평하다고 억울해한 적은 없었다. 그저 인간이 살아가는 데 치사하게 답만 알고 과정을 모른다는 것은 뿌리가 없고 불완전한 것이라는 설명에 수긍할 따름이었다. 그 원칙이 산수에만 적용되는 것이 아니라 인생사 전반에 그렇다는 훈계를 듣고는 앞으로 어른이 되더라도 내 인생은 뿌리가 없고 불완전한 것이 되리라는 생각에 몸을 떨었고, 인생을 완전한 것으로 해주는 그 '과정'을 찾기 위해 따로 노력도 해보았으나 야속하게도 내 머릿속에 과정은 떠오르지 않았다. 그저 숫자를 보자마자 '답'만이 떠올랐다. 그나마 모든 문제에 답이 떠오르는 것도 아니었고, 답이라도 떠올라준 몇몇 문제에 대해서도 선생님들은 타당한 과정이 없다는 이유로 극히 야박하게 평가를 내렸다. 그러저러한 이유로 내 산수 점수는 늘 50점 근처였다. 산수 말고 다른 과목이래도 나을 건 없었다. 오히려 산수가 가장 나은 편이었으니 내 성적이란 건 그야말로 창피한 것이었다.

"그럼, 동구야, 칠판에다 선생님이 부르는 대로 써볼래? '아버지는 제주도에 가셨습니다.'"

나는 작품에 혼을 불어넣는 도공처럼 최대한 정신을 집중해서 한 글자 한 글자 공을 들였다. 아주 오랜 시간을 들인 끝에 내가 낳은 작품은 이것이었다.

[ㅏ바시으 수재 가야스슴나다.]

박 선생님은 화가 났거나 한심해하는 것 같지는 않았고, 내게 쓰인 귀신을 잡아내려는 무당처럼 날카롭고 집요한 표정이었다.

잠시 칠판을 노려보며 무언가 잔인한 테스트를 더 할지 말지 망설이던 선생님은 자비롭게도 내 수모의 시간을 줄여주기로 결심하셨는지, 그냥 다음에 엄마한테 학교에 좀 오시라고 해, 하고 아무렇지도 않은 듯 말했다. 그래서 나는 가을 문턱에 들어선 지 꽤 되었는데도 덥고 숨 막히던 그 방과 후의 교실을 빠져나올 수 있었다.

집에 들어서자 대문간부터 김치찌개 냄새가 코를 찔렀다. 영주를 업고 마당을 왔다 갔다 하던 할머니는 대뜸 욕부터 내질렀다.

"이 새끼야, 핵교가 파했으면 날름 집으로 올 일이지 어디 어린놈이 노라리를 치다 와? 할미 굶어 뒈지는 꼴 보고 싶냐?"

영주는 짧은 다리를 바둥거려 할머니의 등에서 내리고는 내 종아리에 엉겨 붙었다. 영주는 나를 보면 언제나 두 팔을 벌리고 달려왔다. 영주의 손을 잡고 들어가려 하자 그러잖아도 눈꼬리가 찢어져 있던 할머니는 영주의 손목을 홱 낚아챘다.

"애 만질려거든 손부터 씻어. 어디 모래 구뎅이에서 구르던 손으로 애를 만지구 지랄이여."

나는 영주에게 고개를 끄덕여 보이고 뒤꼍 수돗가로 갔다. 장차 영주가 학교에 다니게 되면 그 애는 공부를 잘할 듯 싶었고, 그러면 엄마 아버지도 자식이 공부를 잘하는 그 진진한 기쁨을 누려볼 수 있겠지만 그건 아주 한참 후에나 있을 일이었다, 설령 그렇게 된다고 해도 한씨 집안의 4대 독자가 3학년이 되도록 한글도 제대로 못 읽는 지진아라는 사실이 상쇄되는 것은 아니었다.

엄마에게 선생님을 만나보시라는 말을 하려니 밥 생각도 없었다. 수도를 틀고 시멘트 둔덕 위에 쪼그리고 앉아 비누를 집어 들었다. 오른손 가운뎃손가락 옆에 아직도 하얀 분필 가루가 남아 있었다. 건성으로 비누를 문질렀지만 거품은 나지 않고 손에서 자꾸 회색 국물만 일었다. 흐르는 물에 비눗기를 씻어내고 좀 더 망설이다가 다시 비누칠을 했다. 이번에는 거품이 잘 일었다. 손에서 일어난 거품을 정성스레 모으니 백 원짜리 동전만 했다. 모인 고운 거품을 코에다 콩 찍어서 보들보들한 느낌과 함께 톡 쏘는 향기를 즐겼다. 킁킁거리며 코에 얹힌 비누 거품 냄새를 맡다가 이번에는 맛도 볼 요량으로 혀를 길게 뽑아보았다. 혀끝이 코끝에 닿을 듯 말 듯 애를 태웠다. 조금만 더, 조금만 더. 혀뿌리가 아파오고 두 눈은 코끝을 향하느라 사팔뜨기가 되었다.

"오빠, 뭐 해?"

퍼뜩 눈을 들어보니 건넌방에서 뒤꼍으로 향하는 작은 창문 모기장 너머에 동생의 얼굴이 해바라기처럼 솟아 있었다. 그 뒤에는 좀 더 희미하게 엄마의 얼굴이 있었다. 들어 올려달라고 떼쓰는 것을 이기지 못하고 허리 아픈 엄마가 동생을 안고 서 계신 모양이었다. 나는 급히 손과 코의 비누 거품을 씻어내고 물기를 활활 털고는 방으로 들어갔다.

할머니의 밥그릇은 이미 반 너머 비어 있었고 손 한 번 씻는 데 동방삭이 숨넘어가겠다고 역정을 내는 소리도 입안에 가득 찬 밥 때문에 명확하지 않았다. 밥상의 한가운데를 차지한 김치찌개 냄비는 할머니가 김치 사이사이에 숨어 있는 돼지고깃점을 찾아내느라 온통 헤집어 이미 산발을 한 꼴이었다. 영주는 양쪽으로 머리를 묶고 엄마의 한쪽 다리에 올라앉아 있었다. 엄마의 얼굴은 지쳐 보였다. 그 얼굴을 보자 맷돌이 얹힌 듯 마음이 무거워졌다. 할머니는 많이 먹으라고 멸치볶음과 깍두기를 내게 밀어주는 척 생색을 내면서 김과 김치찌개 냄비를 슬그머니 자기 쪽으로 더 끌어갔다. 엄마는 못 본 체 외면했지만 할머니의 그악스러움에 입맛이 떨어졌는지 밥이 많이 남았는데도 수저를 놓아버렸다.

빛바랜 행주처럼 윤기 없는 엄마의 모습과 앞으로 겪을 치도곤 생각에 나는 목이 메었다. 정상적으로 읽고 쓰기를 마쳤어야 하는 시한을 한참 넘긴 나이에도 한글을 잘 못 읽고 숫자도 잘 못 써서 선생님에게 부모가 호출을 당해야 하는 망신스러운 일은 이전에도 여러 번 있었기 때문에 나는 그 공포와 죄책감을 생생히 알고 있었다. 그런 일을 당하면 아버지가 사정없이 나를 두들겨 팰 것이며, 할머니가 옆에서 몇 마디 거들면 자식 교육 하나 제대로 못 시킨 죄로 엄마에게 손찌검이 번질 수도 있었다.

내가 읽는 게 서툴다, 잘 못 쓴다는 선생님의 말이 없는 이야기를 지어낸 것은 아니니까 우리 집의 그 참혹한 불화가 선생님들

탓이라고 할 수는 없었다. 하지만, 나의 상태를 사실대로 부모에게 알리는 그들의 성실한 임무 수행은 우리 가족에게 잠시 파탄 상태를 가져올 뿐 그것으로 내 읽고 쓰는 능력이 조금이라도 나아지는 것은 전혀 아니었다. 아버지는 우격다짐으로라도 나를 가르치겠다며 굵직한 회초리부터 몇 개 장만하고 며칠 저녁 내 머리통을 쥐어박으며 무릎맞춤 공부를 시키겠지만 무덤 속 같은 며칠이 가고 나면 그만이었다. 해가 바뀌어 새 담임 선생님을 맞아 그 선생님이 기겁한 어조로 동구가 아직도 한글을 잘 못 읽는다고 엄마를 호출할 때까지 우리 가족은 골칫거리를 살짝 덮어놓은 채로 불안하나마 조용히 살 것이다.

담임 선생님이 엄마 학교에 오시래요, 하고 말을 전했을 때 엄마는 더 슬픈 표정으로 알았어, 하고 말했고, 속이 거북해질 것을 예견했는지 활명수를 한 병 따서 마실 뿐 다른 말은 하지 않았다.

엄마는 동네 빵집에서 스펀지케이크를 사 들고 수업이 끝나는 시간에 맞추어 학교에 오셨다. 공부 못하는 아들을 둔 사람으로서 당연히 얼굴은 어두웠지만 원피스를 입고, 엷게 화장도 한 엄마는 훨씬 젊고 생기 있어 보였다. 할머니가 집에서 온종일 버티고 앉아 트집을 잡으니 대문을 넘는 순간부터 엄마의 얼굴은 조금 젊어졌을지도 모른다. 엄마는 자기보다 열몇 살은 덜 먹었을 박 선생님에게 90도로 머리를 조아리고 선생님이 권하는 의자에 앉았다. 아이들이 부산히 교실을 벗어나는 동안 나는 밖에 나가서 기다려야 하는지, 엄마 옆에서 반성하는 모습으로 있어야 하는지 망설였다. 2학년 때 담임 선생님처럼 동구는 좀 나가 있어, 하면 훨씬 편할 텐데 선생님은 나에게 나가라 말라 말이 없었다. 망설이다가 아이들에 휩쓸려 나가버릴 기회를 놓친 나는 하는 수 없이 교실 맨 뒷자리에 앉아 조용히 주전자와 물컵과 대걸레 같은 심상한 사물들을 관찰하기 시작했다.

"동구 어머님, 바쁘실 텐데 이렇게 오시라고 해서 죄송합니다. 동구에 대해서 좀 의논드릴 이야기가 있어서요."

엄마는 더욱 머리를 조아렸다. 내가 학교에 다니기 시작한 이래로 엄마는 이런 서두를 아마 세 번쯤 들었을 것이다.

"이런 말씀을 드리기는 무척 어렵습니다만, 동구한테는 다른 아이들과 좀 다른 점이 있어요."

잔뜩 주눅 들어 있는 와중에도 나는 선생님의 말투가 무척 마음에 들었다. 동구는 머리가 나빠요, 처음 봤어요, 큰일이에요 등의 잔인한 표현이 아니라 '다른 아이들과 좀 다른 점이 있어요'라는 중립적인 표현을 써준 것이 고마웠다.

"예, 선생님, 저희도 동구한테 여러 가지로 신경을 써보았는데 잘 되지를 않았어요. 선생님 뵐 면목이 없습니다."

선생님은 내 일기장을 내놓았다. 엄마는 일기장에 눈길을 주었지만 뭐 새로운 내용이 있는 것은 아니었다. 형편없는 글씨, 이해도 안 되는 단어들, 엄마가 처음 본 것은 없었을 거였다.

"동구 어머니, 저, 동구를 야단치실 필요는 없고요, 제가 정확하게는 모르지만 동구가 좀 특별한 경우인 것 같아요."

"……."

"동구를 보면, 암산은 아주 능하거든요. 머리가 나쁜 아이는 아니에요."

"……."

엄마는 대답은 못하고 머리만 조아렸다. 아마 그 반듯한 콧날엔 땀방울이 몇 개 송송 맺혀 있었을 것이다.

"아마 성적이 나쁜 이유는 읽고 쓰는 것을 잘 못해서 그럴 거예요. 계산을 하는 것이나 참신한 생각을 하는 것은 잘하는데 시험 문제를 읽고 이해하고 답을 쓰는 데 문제가 있는 것 같아요."

나는 선생님의 말이 잘 이해되지 않았다. 읽고 이해하고 쓰지 못한다는 것이 곧 공부를 못한다는 것과 같은 말 아닌가? 엄마는 벼락이라도 맞은 듯한 표정이었다.

"제가 책에서 본 듯한데 동구 같은 경우는 일종의 병……이랄까……, 나쁜 의미가 아니고요. 동구의 뇌 구조 자체가 읽고 쓰는 데 어려움을 느끼도록 되어 있어서, 글씨를 쓸 때 아야어여 구별을 잘 못하고 그럴 수 있답니다. 그런 증세를 난독증(難讀症)이라고 하는데요, 그런 아이들은 지능은 정상인데 읽고 쓰는 기능이 뒷받침되지 않으니까 배우는 데 어려움을 겪는 거죠."

"그러면 선생님, 어떻게 해야 하겠습니까?"

"……제가 권하고 싶은 건 동구와 같은 경우를 전문적으로 다루는 특수교육 기관에 의뢰해보시라는 겁니다. 난독증이나 다른 학습장애들은 적절히 다루기만 하면 상당히 개선될 수가 있으니까요. 동구는 그렇게 심한 것 같지는 않으니까 상담을 받는 것만으로도 고칠 수 있을지도 모릅니다. 어쩌면 그 학교에 다니는 것이 동구에게 더 좋을 수도 있을 것 같구요."

선생님은 엄마에게 그런 교육 기관들을 안내한 책자 몇 가지와 신문 기사 오린 것 등을 건네주며 위로의 말을 덧붙였다. 짧은 대화였지만 엄마는 비 오듯 땀을 흘리고 있었다. 결벽적으로 정돈된 모습만 보여왔던 엄마로서는 거의 있을 수 없이 흐트러진 모습이었다. 보다 못한 선생님이 크리넥스 휴지 몇 장을 건네었지만 역효과만 낳았다. 허둥대던 엄마가 휴지를 받아 급한 대로 땀을 닦아낸다는 것이 그만 얼굴에 온통 휴지 조각이 문대어져버렸던 것이다.

딱하게도 엄마는 그 사실을 알아차리지 못했다. 엄마는 얼굴에 덕지덕지 휴지를 붙인 우스꽝스러운 몰골로 황망한 인사를 남기고, 교실 뒤쪽에서 어찌할 바를 모르고 있는 나를 채근하여 교실을 나섰다. 놀란 박 선생님이 휴지 한 장을 더 내밀었지만 엄마는 비싼 크리넥스 휴지를 더 쓰는 건 실례라고 생각했는지 손사래를 치며 굳이 거절하고 내 손목을 잡아끌었다. 엄마의 가슴에 못질을 한 처지에 얼굴에 휴지가 붙었다고 얘기할 엄두가 나지 않아 나는 아무 말도 못 하고 집으로 돌아왔다. 엄마가 방문을 쿵 닫고 들어간 뒤 서럽게 우는 소리가 터져 나왔다. 엄마의 울음이 박 선생님이 말한 나의 병 때문인지 화장대 거울에 비친 휴지 묻은 엄마 얼굴 때문인지 나는 알 수가 없었다.

그나마 다행한 일이라면 할머니가 영주를 데리고 마실을 나가서 엄마와 나의 처참한 귀가 장면을 보지 못했다는 사실이었다. 그 패잔병 같은 귀가와 엄마의 통곡까지 들켰다면 할머니는 정말로 얄미운 상상력을 다 동원해 아버지에게 일러바쳤을 것이고, 엄마가 차분히 아버지에게 사실을 알릴 기회도 잡지 못한 채 우리 모자는 걷잡을 수 없는 분노와 손찌검의 회오리에 휩쓸렸을 것이다. 엄마는 붉어진 눈자위를 애써 가라앉히며 그동안 엄마가 혼만 내서 미안하다, 이제는 선생님한테 설명을 들었으니 아무 걱정 말라고 도닥여주었다.

엄마는 힘을 내려는 듯이 "자, 그럼 오늘 저녁은 우리 동구가 좋아하는 오징어볶음 해줄게"라고 큰 소리로 말했다. 나는 와 하고 함성을 질러서 분위기를 돋우었다. 엄마는 바닥에 신문지를 깔아주고 양파 한 알과 마늘 한 줌을 주면서 깨끗이 까라고 했다. 내가 한참 마늘을 까는 일에 골몰하고 있는데 대문간에서 인기척이 들렸다. 할머니가 오시면 나는 당장 부엌에서 탈출해야 하는 것이 철칙이었다. 나는 바람같이 뒤꼍으로 달려가서 급히 손을 씻었다. 손에서 마늘 냄새가 나는 것은 할머니의 사냥개 같은 레이더망을 결코 벗어날 수 없었다. 할머니와 영주가 동시에 대문간을 들어섰다.

영주는 꼭 할머니의 등에 업혀 다녔다. 나는 할머니의 등에 업혀본 기억이 없다. 할머니가 업어준다고 한 적도 없고 업어준대도 싫었을 것 같았다. 하지만 영주는 곧잘 할머니를 향해 두 팔을 벌렸고 할머니는 두말 않고 영주를 업곤 했다. 믿어지지 않는 일이었지만 할머니와 영주는 서로 좋아하는 것 같았다.

"아가 내려라. 할머니 허리 아퍼."

영주가 쪼르르 할머니의 등을 벗어나 나에게로 엉겨 붙었다. 볼에는 앙증맞은 보조개가 폭폭 파였다. 수돗가에 쭈그리고 있는 내 허벅지를 밟고 등허리로 기어올랐다. 나는 다리에 힘을 주어 동생이 움직이는 대로 균형을 맞추었다. 영주는 늘 기분이 좋았다. 그 아이는 속상할 일이 아무것도 없었다. 아마 나중에 학교에 가더라도 계속 그럴 것이다. 영주는 공부도 잘할 테니까.

기우뚱. 갑자기 영주와 나는 균형을 잃고 비틀거렸다. 뒤꼍에 만들어놓은 작은 평상에 앉아 곁눈질로 우리를 지켜보고 있던 할머니가 번개처럼 달려와 영주를 안아 들었다. 영주는 할머니의 팔에 안겨 허공으로 올라가고 나는 엉덩방아를 찧었다.

"조심하래니깐. 하이간 쟤는 앞뒤가 없어."

할머니는 땅바닥에 스치지도 않은 영주의 원피스 자락만 톡톡

털고는 영주를 데리고 안으로 들어갔다. 영주가 뒤를 돌아보며 빠이빠이 손짓을 했다.

안에 들어가면 영주는 옷을 갈아입자마자 헌 신문지를 가져다 놓고 지난주에 아버지가 사준 크레파스로 그림을 그릴 것이다. 영주는 아직 어려서 그림다운 그림을 그리지 못하고 그저 삐뚤빼뚤한 선을 여러 개 그어놓을 뿐이었다. 아버지는 크레파스와 함께 스케치북도 사주었지만 영주는 그 눈부시게 하얀 종이를 무척 아껴서 그곳에 직접 그림을 그리지 않았다. 혼자 선 긋기에 싫증이 나면 나에게 크레파스와 신문지를 내밀며 그림을 그려달라고 했다. 내가 토끼나 자동차, 꽃 같은 것들을 그려주면 영주는 그 그림들을 교과서 삼아 신문지에 몇 번 연습을 하고 제법 비슷하게 그릴 만한 실력이 되면 스케치북에 옮겨 그렸다. 영주가 기다리는 것을 알면서 나는 안에 들어가기가 싫었다. 오늘 같은 날은 시간이 아주 빨리 흘러가버리면 딱 좋겠다.

아버지는 웬일인지 군밤과 마른오징어 한 봉지를 사 들고 들어섰다. 기분이 좋으신 모양이었다. 내복 바람으로 인사를 나온 영주에게 군밤 봉투를 내밀었는데 영주는 만져보더니 뜨겁다고 손을 등 뒤로 감추었다. 아버지는 허허 웃었다.

"안주 좋은데 술이나 한잔하지."

아버지에게서 종이봉투를 받아 드는 엄마의 표정이 복잡했다. 아버지가 기분이 좋은 건 다행이지만 술을 한잔한다는 건 별로였다. 아버지가 푸푸 소리를 내며 세수를 하는 동안 엄마는 군밤을 까고 집에 있던 땅콩을 내고 오징어를 잘라서 먹기 좋게 해놓았다. 엄마의 얼굴은 근심스러워 보였지만 내가 곁에 가자 애써 밝은 표정을 지으며 땅콩 한 알을 입에 넣어주었다. 엄마가 마음속으로 괜찮아, 걱정 마, 하고 말하고 있는 것 같았다. 사실은 엄마도 걱정되면서.

뭐든지 신기한 걸 좋아하는 영주는 신문지를 접어 만든 군밤 봉투를 달라고 했다. 엄마는 봉투 안의 군밤 껍질 부스러기와 잡티들을 깨끗이 털어내고 군밤 한 알과 오징어 몸통 한 조각을 넣어서 영주의 몫으로 주었다. 밥을 잘 안 먹어서 식구들을 걱정시키는 영주는 제 몫의 밥을 깨끗이 먹어치운 후 군밤과 오징어를 먹겠다고 약속하고는 군밤 봉투를 받았다. 식사가 시작되자 군밤을 염두에 둔 영주의 숟가락이 부산하게 움직였다. 군밤 작전은 성공이었다. 아버지는 밥뚜껑을 닫아둔 채 오징어와 땅콩을 안주 삼아 소주잔을 기울였다.

우리 식구들은 밥 먹을 때 꼭 싸운 사람들처럼 아무 말도 안 하는 게 보통이었다. 하지만 오늘은 엄마가 아버지의 눈치를 보며 말을 꺼낼 기회를 보고 있었다. 보통 식사가 끝나면 할머니와 아버지가 나란히 텔레비전을 보고, 엄마가 이불을 펴고 텔레비전에서 애국가가 나올 때까지 할머니가 안방을 지키고, 대개 할머니가 안방에 있는 동안 아버지가 양해를 구하고 먼저 곯아떨어지기 때문에 엄마는 할머니 없는 데서는 아무 말도 할 수가 없었다. 그러니 그나마 아버지 기분이 좋고 술이 한 잔이라도 덜 들어갔을 때 빨리 말을 꺼내야 했다.

"오늘 동구 학교에 갔었어요."

그 말 한마디에 아버지의 어깨가 벌써 굳어졌다. 아버지는 지금의 평화를 깨기 싫은지 애써 심상하게 그래? 하고만 말했다.

"에이구, 저 덜떨어진 새끼. 아직도 글씨 못 읽는대지?"

할머니가 앞질러 갔다. 나는 무서웠지만 오늘만은 다른 때와 좀 다르기를 기대했다. 박영은 선생님이 말해준 대로, 나는 다른 아이들과 조금 다를 뿐이었다. 말하자면 몸이 아픈 것이었다. 내가 아픈 이유는 아버지가 너무 냉정하게 대하고 할머니가 구박했기 때문일지도 몰랐다. 내가 병이 들고 그래서 아직 3학년이 되도록 한글도 못 읽는 것은 내가 돌대가리이고 공부시간에 죽기로 딴짓만 하기 때문이 아니라 온 가족이 내게 잘못 대했기 때문이었다.

2학년 때 담임 선생님이 처음으로 동구가 아직도 한글을 못 읽고 공부도 엄청 못한다고 말했을 때 엄마에게 그 말을 전해 들은 아버지가 다짜고짜로 내 따귀를 후려갈겨 꽃밭에 나동그라지게까지 한 것은 내 병을 결정적으로 악화시켰을 것이다. 그때 아버지가 그렇게 주먹을 휘두르지 않고 영화에 나오는 미국 아버지들처럼 다정하게, 우리 맏아들, 이 아빠한테 다 말해봐, 아빠는 너

85

를 사랑한단다, 했더라면 나는 어쩌면 지금쯤 병이 다 나아서 전 교에서 1등만 하는 천재 아들로 다시 태어났을지도 몰랐다.

그날, 아버지가 그 커다란 손을 어깨 위에까지 올렸다가, 맹렬한 적개심으로 오로지 내 따귀만을 향해 휘두르던 날, 그 한 방에 고개가 꼭뒤까지 돌아가고, 곧 몸통도 고개를 따라 핑그르르 돌고, 맥이 풀린 다리가 제 갈 길을 못 찾아 적어도 세 발짝은 떨어져 있던 꽃밭의 빨간 사루비아 무더기까지 걷잡을 수 없이 휘날려가고, 결국은 볼썽사납게 두 팔을 허우적거리며 엉덩이를 하늘로 세우고 고개부터 흙바닥에 고꾸라박던 내 모습이 선명하게 떠올랐다. 평소에는 시금치처럼 물렁하게만 봤던 사루비아도 낮으로 그 줄기를 훑으니 제법 까시러운 센털이 있어서, 내 얼굴에는 채찍으로 맞은 듯한 흉한 벌건 줄이 대번에 죽죽 그어졌다. 입도 다 다물지 못하고 흙에 고개를 처박아서 코와 입으로 매캐하고 축축한 흙이 한 줌이나 밀려 들어왔다. 나는 너무 무서워서 크게 울지도 못했다.

1년이 지난 뒤에 다시 생각해봐도 끔찍한 일이었다. 나는 아버지 친아들이 맞나? 어떻게 그렇게 무식하게 나를 때릴 수 있었을까. 새삼스럽게 그날의 공포와 설움이 되살아나서 몸서리를 치다가 나는 문득 눈물을 한 방울 떨구었다.

"뭘 잘했다고 울어?"

낮고 음산한 목소리. 아버지가 큰일을 치기 전에 내는 목소리였다. 나는 대번에 얼어붙었다. 그땐 나를 밖으로 나오라고 해서 그렇게 때렸었는데, 이번엔 이 자리에서 그냥 때리려는 걸까. 영주가 보는 앞에서 나를 방문 밖까지 날려버릴까.

엄마가 다급하게 끼어들었다. 오늘 박 선생님께 들은 이야기를 간략하게 전하려는데 엄마로서도 감당하기 어려운 이야기였던지 말이 술술 나오지 않는 것 같았다. 게다가 엄마가 이야기하는 동시에 할머니가 반주처럼 모지란 놈, 남 부끄러워라, 누굴 닮아서, 하고 훼방을 놓았으며 영주까지 조용히 있지 못하고, 어젯밤 이웃 간에 장하다 어린이 무르익은 어쩌고 알아들을 수 없는 소리를 종알거려서 엄마의 설명은 더욱 엉성하고 두서가 없이 되었다. 어쨌건 들은 내용을 다 전하고 마침내 특수학교 이야기에 이르러서는 할머니가 아이구 저 새끼는 영 바보들만 다니는 핵교엘 가야 한단 말이냐, 동네에서 어떻게 낯짝을 들고 다니란 말이냐, 하고 신이라도 난 사람처럼 소리를 질러서 분위기는 완전히 살벌하게 무르익었다.

이제는 아버지가 주먹으로 밥상을 쿵 치든지 해서 어수선한 분위기를 일소하고 한바탕 매타작 판을 벌이는 일만 남았다. 그러나 할머니와 엄마의 이야기가 끝나고 나서도 한참이나 아버지는 말이 없었다. 어깨에 힘을 주고 조그만 소주잔을 노려보며 무엇엔가 정신을 집중하려 애쓰던 아버지가 드디어 입을 열었다.

"뭐라고 영주야?"

갑자기 모든 식구의 눈길이 영주에게 쏠렸다. 만족스럽게 오징어 한 조각을 우물거리고 있던 영주가 무슨 일이 있느냐는 듯이 아버지를 쳐다보았다.

"영주야, 방금 뭐라 그랬어?"

"아무 말도 안 했어."

"아니, 조금 전에 뭐라고 했잖아."

영주가 조금 생각하는 눈치더니 어젯밤 이웃 간의 사소한 다툼으로 비닐하우스 되었다, 하는 암호문 같은 말을 읊조렸다. 어른들은 잠시 어리둥절해 있다가 동시에 덤벼들어 영주의 군밤 봉지를 빼앗아 들었다.

"어매, 얘가 이거를 읽는개비여."

"어머, 여기에 있네. '어젯밤 12시 마포 비닐하우스 촌에서 이웃 간의 사소한 다툼으로 화재가 발생해 비닐하우스 6동이 전소되었다.'"

"영주야, 그럼 여기 읽어봐."

"아니, 거기는 한자가 너무 많아서 애가 못 읽지. 더 쉬운 데 여기 읽어봐, 여기."

영주는 어른들의 야단법석과는 대조적인 침착한 모습으로 뭐 대단한 일이라고 그러느냐는 듯이 엄마와 아버지의 손가락이 가리키는 부분의 글씨들을 또박또박 읽어 내려갔다.

"내일은 맑고 약간 쌀쌀한 날씨."

"어린이의 벗 새소년."

"봄맞이 새단장 바겐세일."

엄마나 아버지나 할머니나 모두 각자 할 말을 하느라 대화가
전혀 되지 않았다. 엄마는 얼마 전부터 저 아이가 혼자 뭐라고 중
얼거려서 이상하게 생각했더니 그게 뭔가를 읽는 것이었던 모양
이라고 했다. 아버지는 가수의 이름이나 노래 제목은 주워들은
풍월일 수 있지만 작사 작곡까지 읽는 건 틀림없이 얘가 벌써 읽
을 수 있다는 증거라고 소리 질렀다. 할머니는 혼자 밥상을 보며
울기도 하고 웃기도 했다. 나도 흥분되긴 마찬가지였다. 영주가 학
교에 들어가서 그 총명함이 만방에 드러날 때 나의 자랑스러움이
클 것이라는 생각은 여러 번 했지만 영주가 그 몇 년을 더 기다릴
필요도 없이 기저귀를 벗은 지 며칠 지나지 않아 이토록 큰일을
해내리라고는 상상하지 못했다.

아버지는 어디에 전화를 하는지 전화통을 붙들고 덜덜 떨리는
목소리로 우리 영주가 벌써 글을 깨쳐서, 누가 가르쳐준 것도 아
닌데, 이제 몇 달 더 있어야 겨우 세 돌 되는데 저 혼자 뭐든지 줄
줄 읽고 있다고 보고하고 있었다. 나는 가만히 앉아 있을 수가 없
어서 화닥닥 밖으로 달려나갔다. 우리 영주라면 꺼벅 죽는 구야
네 형제에게 이 기쁜 소식을 알려야겠다는 생각이 났던 것이다.
구야네 식구들은 밥숟갈을 입에 문 채 곧장 우리 집으로 달려왔
다. 영주는 구야와 호야와 구야네 엄마 아빠 앞에서 여성지의 멸

치 바삭바삭하게 볶는 법 부분을 멋들어지게 읽어 보였다. 세 살배기 꼬마에게서 멸치는 미리 기름에 볶아놓고 설탕과 양파 다진 것을 간장에 개어 바글바글 끓이다가 볶아놓은 멸치를 넣고는 짧은 시간 뒤적이란 말을 들은 구야 엄마는 입이 딱 벌어져서 아무 말도 하지 못했다.

나는 다시 상도형네를 향해 달음박질쳤다. 상도형네 다섯 식구도 단숨에 달려왔다. 다 저녁에 동네가 수선해지자 셰퍼드네 집의 말만 한 셰퍼드가 컹컹 짖어대었다. 개가 짖으니까 셰퍼드 아저씨가 왜 개를 약 올리느냐고 내게 소리를 질렀다. 집으로 돌아가던 구야 아빠가 셰퍼드 아저씨에게 영주 이야기를 했고 셰퍼드 아저씨는 빠른 애들도 네 돌은 되어야 글을 읽던데 너무 빠른 거 아니냐고 했다. 은행집의 여섯 딸들도 줄줄이 우리 집 대문 안으로 들어왔고 우리가 점빵집이라고 부르는 가겟집 여덟 식구와 꽤 멀리 사는 고시생 주리 삼촌까지 온 걸 보면 동네의 웬만한 사람들은 다 영주의 글씨 읽는 모습을 구경하고 간 것 같았다.

다음 날부터 사람들은 우리 집을 신동이네, 천재네라고 불렀다. 초등학교 선생님인 희천이 아버지가 이런 경우는 천재보다는 영재라고 하는 게 옳다고 말했지만 사람들은 영재네라고 하면 그냥 애 이름을 부르는 것 같다고 천재네라고 부르자고 했다. 며칠 뒤 엄마와 아버지는 여전히 글씨를 읽지 못하는 나의 일을 생각해냈지만 결론을 내리지 못했다. 솔직히 별로 관심이 가지 않는 모양이었다. 사실 나조차 내가 글을 읽지 못한다는 게 그다지 중요한 일로 생각되지 않았다. 나와 우리 식구들은 앞으로 1, 2년 더 지나면 내가 자연히 글씨 읽는 법쯤은 깨치게 될 것이라는 희망에 암묵적으로 동의하고 내 문제를 더 거론해서 영주가 글 읽는 모습을 보는 즐거움을 깨지 않기로 했다.

2

하늘이 끝도 알 수 없이 멀리 달아나버린 가을날 오후, 하루 종일 엄마가 김치 담그는 옆에서 손가락에 고춧가루 한 알갱이 안 묻히고 잔소리만 하던 할머니는 경복궁 나들이를 갔다 오겠다며 영주를 데리고 나섰다. 대문을 나서는 할머니의 뒷모습은 약이 바짝 올라 있었다. 그렇게 잔소리를 많이 했는데 엄마에게 먹혀 들어간 것이 한 가지도 없었기 때문이다. 할머니는 원래 퍽 음식 솜씨 있는 사람으로 자처하고 있었지만 엄마가 도고온천으로 신혼여행을 다녀온 다음 날 녹의홍상을 입고 선보인 눈부신 도마질 솜씨에서 그대로 기선을 제압당하고 말았다.

결혼하고 처음 한 집들이에서 엄마가 계란 지단을 종잇장처럼 얇게 부치고 머리칼처럼 가느다랗게 썰어 국수에 얹어내자 아버지 회사 동료분들은 이게 먹는 음식 맞느냐고, 혹시 비단실 아니

91

냐고 물었다고 한다. 널찍한 접시에 주황 당근, 새파란 부추, 연두색 애호박, 흰 돼지고기, 노란색 하얀색 계란 지단, 보안 표고버섯, 검은 쇠고기가 똑같은 길이와 두께로 볶아져 가장자리를 두르고 있고 가운데 부분에는 치자물을 들여 노란색을 낸 얇은 밀전병이 자리 잡고 있던 엄마의 구절판은 그 이후 10년 동안이나 아버지가 다니는 회사의 전설로 전해져 내려왔다. 엄마가 담근 동치미는 빨간 갓을 한 줄기 넣어 은은한 보라색을 띠고 있었다. 갈비찜은 비록 돼지갈비였지만 미제 은박지에 한 토막씩 포장해 손님 한 분마다 한 개씩 놓였다. 은박지를 풀어보면 밤과 은행과 대추가 한 알씩 들어 있었고 계란 지단이 꽃처럼 장식돼 있었다. 손님들은 그 갈비가 돼지갈비였는지 소갈비였는지 분간하지 못했고 오로지 그 연함과 향기로움을 찬양할 뿐이었다.

문제가 되었던 부분은 잡채와 냉채였다. 당시 엄마는 해물을 넣은 냉채를 대접할 생각으로 재료를 준비했지만 할머니는 손님상에 잡채가 빠질 수 있느냐고 고집을 부리며 몸소 점빵집까지 내려가 당면을 한 봉지 사다가 손수 잡채를 무쳤다. 고부의 시선이 보이지 않는 대나무 칼처럼 맞부딪치는 가운데 냉채와 잡채가 모두 손님상에 올랐다. 애초 그것은 승부가 정해진 불행한 대결이었다. 다른 잔칫집에서였다면 그 정도 수준의 잡채로도 손님들의 관심을 모을 수 있었을지 모르지만 우리 집 집들이에서는 잡채 혼자 미운 오리 새끼처럼 우중충하고 질퍽거리며 전체 상차림의 품위를 떨어뜨리고 있었다. 결국 상을 치울 때 할머니의 잡채는 거의 줄어들지 않고 아버지가 앉아 있던 방향의 한 모퉁이만 조금 허물어진 채 고스란히 양푼으로 돌아갔다. 엄마는 할머니의 불행한 잡채를 냉동실에 넣어두었다가 며칠 후 만두피를 밀고 잡채를 잘게 썰고 양념도 다시 해 만두를 열 쟁반이나 빚었다. 그 이후 할머니는 부엌에서 모든 권한을 빼앗긴 채, 김장이나 손님치레처럼 큰일이 있을 때면 입으로만 온갖 참견을 다 하다가, 가면을 쓴 듯 못 들은 척하는 엄마의 무반응에 화가 치밀어 일하는 엄마를 혼자 남겨두고 어디론가 바람 쐬러 나서게 되었다.

원래 경복궁은 일반인이 들어갈 수 없는 곳이지만 할머니는 놀라운 수완을 발휘해 꽤 오래전부터 정기적으로 경복궁 나들이를 즐기고 있었다. 나도 할머니를 따라 여러 번 경복궁에 가봤다. 경복궁의 서쪽 문인 영추문(迎秋門)에는 항상 졸병 네 명과 좀 높은 군인 한 사람이 서 있었다. 그들의 냉랭한 기세가 아니더라도, 군인들이 괜히 문 앞에 서 있을 리 없으니까 사람들은 언감생심 아무도 경복궁에 출입할 생각을 하지 않았다. 하지만 할머니는 천연덕스럽게 군인들 옆을 지나 경복궁 안으로 들어가곤 했다. 그러면 그 군인들은 놀랍게도 우리를 제지하지 않았다. 가끔 높은 사람이 "뭐 하러 들어가세요?" 하고 퉁명스럽게 말을 걸 때가 있지만 할머니가 한껏 아양을 떨며 조오기 바위틈에서 나오는 샘물한 바가지만 마시고 나오겠다고 하면 굳이 쫓아내지는 않았다.

일단 경복궁에 들어가면 물을 마시건 경회루에 건빵을 던져 잉어를 모으건 뭐라 하는 사람이 없었다. 우리 말고는 모두 양복을 입고 넥타이를 맨 아저씨들이나 군인들뿐이어서 할머니와 어린 우리의 모습이 눈에 확 띄었지만 그들은 바빠서 우리에게 관심을 두지 않는 것 같았다. 할머니는 나에게도 경복궁에 가겠느냐고 물었지만 나는 오늘 선물로 들어온 롤케이크 상자를 뜯어 만든 빳빳한 딱지의 성능을 시험해볼 생각이었으므로 따라나서지 않기로 했다.

나는 딱지치기에 대해 남다른 수완과 주장을 가지고 있었다. 딱지치기란 남의 딱지를 발랑 뒤집어 내 것으로 하는 것도 중요하지만 딱지가 땅바닥을 때리는 순간의 멋과 통쾌함도 빼놓을 수 없었다. 퍼엉 하는 소리가 높은 담을 때리고 산속까지 퍼져나가는 그 순간의 충만한 쾌감, 아련한 여운. 나는 이마에 진땀이 솟는 것도 모르고 딱지치기에 열중했다. 마을 꼭대기의 손바닥만 한 공동 빨래터 앞에서 짧아지는 가을 저녁 햇살이 인왕산의 서쪽 능선을 넘어 다 사라지기 직전까지 알뜰하게 딱지치기에 열중하고 있던 나는 언제부터인가 코를 자극하는 똥 냄새를 느끼기 시작했다. 똥 푸는 차가 왔나? 그럴 리가 없었다. 똥 푸는 차는 대개 오전에 오지 해거름에, 집집마다 저녁 식사 준비가 한창인 이때쯤에 올 리가 없었다. 딱지를 치던 무리들도 코를 벌름거리며 하나둘씩 고개를 쳐들고 동네 아래쪽을 기웃거리다가 마침내 딱지치기를 작파하고 똥 냄새의 근원을 찾아 마을 쪽으로 우르르 내려왔다.

마을에서는 시퍼런 옷을 입은 젊은 군인들이 대여섯 개나 되는 커다란 마대를 지고 끙끙대며 가파른 비탈길을 오르고 있었다. 마대는 정말로 무거운지 덩치 좋은 군인도 둘이 한 자루를 겨우 옮기는 형편이었다. 마을 아래쪽, 조금 길이 넓어서 차가 들어올 수 있는 마지막 지점에는 시커먼 소형 군용 트럭이 서 있었다. 그리고 놀랍게도 그 군인들에게 짐을 내려라, 저 위에 꺼먼 대문집으로 올라가라, 속엣것이 쏟아지지 않게 조심하라고 잔소리를 해대고 있는 지휘관은 다름 아닌 우리 할머니였다. 그러니까 그 마대를 지고 오르는 군인들은 모두 우리 집을 향해 오고 있는 것이었다. 그리고 온 동네를 뒤덮은 화려한 똥 냄새는 군인들이 지고 오는 마대에서 풍겨 나오고 있었다. 자루를 나르는 첫 무리가 우리 집 대문 앞에 도달해 끙 하는 신음과 함께 자루를 내려놓자 도저히 손녀를 업고 있는 노인네라고는 믿어지지 않는 날랜 달음질로 뒤쫓아온 할머니가 꽥 소리를 질렀다.

"조심히 내려놔야지, 남의 대문간에 몽땅 다 뭉그러뜨리면 그 냄새 지지도 않어! 그리고 문 안에 저 뒤껠까지 들여놔야지 거기다 벌려놓으면 누구더러 다 옮기란 말여!"

서늘한 날씨에도 불구하고 등에서 김을 무럭무럭 올리고 있던 군인들은 싫은 표정 없이 시키는 대로 자루를 안쪽으로 들여놓았다. 동네의 소년들에게 똥 냄새와 수상한 보따리와 박박머리 군인과 군용 트럭은 정말로 신명 나는 일이었다. 우리들은 빨래터에서 점빵집까지 가파른 비탈길을 치달리고 내리달리며 우리들만이 알아들을 수 있는 외마디 소리로 동네의 어지러움을 더했다. 군인들이나 할머니나 그 내용물이 무언지는 아무도 대답해주지 않았다. 꼬마들 중 영리한 놈 하나가 할머니의 뒤쪽으로 접근해 영주에게 저게 무어냐고 물었다. 영주가 대답했다.

"똥 나무 열매."

어느새 꽤 늘어난 구경꾼들 중에 나이를 좀 먹은 사람들은 영주의 대답을 듣고 웃으며 고개를 끄덕였고, 정작 궁금증이 태산같은 어린 축들은 아직도 미심쩍어 고개를 갸웃거렸다. 나도 그 물건의 정체가 궁금하기는 마찬가지였다. 나는 우리 뒤켠에 가지런히 늘어서는 자루들 가까이 가서 안을 들여다보았다. 노란 은행잎이 보였다.

내가 똥 냄새를 처음 맡고 생각한 것은 할머니가 어느 가축 키우는 집에 가서 거름한다고 똥자루를 욕심껏 얻어온 것이 아닐까 하는 두려움이었다. 할머니는 곧잘 시장 닭집에서 닭똥을 얻어다가 생선 대가리나 나물 찌꺼기를 섞고 재를 뿌린 후 뚜껑을 덮고 몇 달씩 내버려두어 보기만 해도 구역질 나는 거름을 만들어서는 새빨간 꽃을 피우는 동백이나 감나무 뿌리 곁에 뿌려주곤 했다. 그 거름이 닿기만 하면 동백과 감나무는 잎 색깔이 시커멓다 싶을 만큼 짙어지고 잎자루가 내 손가락만큼 굵어지며 가지를 한 발씩 죽죽 뻗었다.

그러나 그런 할머니의 비방이 엄마의 청결주의와 맞을 리 없었다. 우리 집은 그 지저분한 거름 때문에 1년에 두 차례씩 꼭 싸움이 벌어졌다. 할머니가 거름을 치고 나면 엄마가 코를 막고 할머니를 쫓아다니며 온 동네 똥파리가 우리 집으로 다 모였으니 우리 집에 장질부사나 이질이 돌아 많지도 않은 식구 수를 줄이고 동네에서 쫓겨날 수도 있다고 목청을 높였다. 노루너미에서 할아버지와 삼촌, 고모를 잃은 후 돌림병에 대해 깊은 두려움을 간직하고 있던 할머니는 며칠 동안 입술을 뾰족히 내밀고 있으면서도 냄새를 줄이기 위해 거름 위에 숯가루를 뿌리고 파리 사냥에 열중하곤 했다. 이번에는 똥 냄새가 나기는 해도 진짜 똥은 아니니 그나마 다행이었다.

은행 열매는 커다란 군용 마대로 모두 여섯 부대나 되었다. 짐을 다 부려놓은 군인들은 약간 불안해하는 엄마와 나에게 뒤꿈치를 모으며 깍듯한 경례를 붙이고 다시 군용 트럭 뒤 칸에 실려 갔다. 할머니는 혹시 은행 열매를 나눠주지 않을까 기대하고 있는 이웃들에게 어서 각자 집에 가서 볼일이나 보라고 무안을 주고 안으로 들어왔다. 생각만 해도 비싯비싯 새어 나오는 흐뭇한 웃음을 참으려 무진 애를 쓰는 표정이었다. 어찌 된 일이냐고 물을 필요도 없이, 할머니는 안방에 앉자마자 나를 붙들고, 또는 내가 물 마시러 나가거나 변소에 가면 혼자 빈 벽을 보고 앉아서라도 폭포수처럼 그날의 무용담을 되풀이하기 시작했다.

"아유, 요새 가물어서 약수터 물도 하도 션찮길래 에라 날씨 좋은데 경복궁에나 놀러 가자 하고 갔거든. 그랬더니 어매, 군인들이 짝 늘어선 거여. 예전엔 그런 날이 없었거든. 두어 명은 늘 있었어도. 그래서 기웃기웃하다가, 늙은인데 어쩌겠나 싶어서 슬그머니 들어갔지. 그랬더니 붙잡진 않고 할머니 어서 나오세요, 하대. 그래서 내가 손수건 잃어먹었다고, 그것만 곰방 찾아 나온다고 그랬지. 그러구 예전처럼 슬슬 들어가니깐 별로 다른 것도 없어. 그냥 그대로여. 그래서 영주 내려놓고 물도 한 바가지 떠 멕이고, 햇볕도 좀 쬐고, 그랬지. 근데 그 안에 사람이 없어서 은행이 그냥 바닥에 굴러다니는겨. 그 아까운 게. 그래서 좀 보이는 대로 줏었지. 그랬더니 어떤 대머리 남자, 키도 별 크지 않고 나이도 젊어 보이는데 머리는 홀라당 벗겨진 이가 와서 할머니 뭐 하세요, 하는 거여."

군복을 입은 그 남자는 할머니에게 "이젠 여기 사람들 못 들어와요, 그런데 할머니는 옛날부터 자주 다니셨다는 거 보니까 이 근처 사시나 봐"라고 했다고 한다. 할머니는 우리 집이 저 인왕산 허리에 보이는 하얀 교회 아랫녘에 있다고, 아들은 시내에 큰 무역 회사 다니고, 아주 효자라고, 등에 업힌 애는 금쪽같은 손녀딸이고 애보담 여섯 살 많은 손자가 또 있다고 대답하고는 내처

바람 쐬던 경복궁에 새삼 못 들어올 이유가 뭐 있느냐고 따졌다고 한다. 그 사람은 어르신 쉬시던 장소를 빼앗아 죄송하다고 머리를 거듭 조아리며 그 대신 오늘 경복궁 안에 있는 은행 열매를 다 드릴 테니 노염 푸시라고 달랬다고 한다. 그리고 그 사람이 꽤 높은 사람이었는지 그의 한 말씀이 떨어지자마자 새파란 군인들이 이 나무 저 나무를 되는대로 털어서 금세 여섯 부대를 채우더니 군용 트럭에 싣고는 휑 하고 요 아래까지 실어 날랐다는 것이 할머니의 설명이었다.

한편 영주가 부엌에서 엄마와 동네 아줌마들에게 말한 내용은 조금 달랐다. 영주의 설명이 좀 띄엄띄엄하기는 했어도 중요한 말들은 빠짐없이 들어 있어서 약간의 상상력을 보태면 내용을 거의 정확하게 파악할 수 있었다. 할머니는 늘 하던 대로 영주를 업고 영추문까지 갔는데 평소보다 군인들이 훨씬 많고 분위기도 냉랭한 것을 보고는 오금이 저려서 돌아설 생각이었다고 한다. 그런데 할머니가 구시렁대는 소리를 듣고 대머리 군인 대장이 할머니 뭐라고요? 하고 겁주듯 을렀다고 한다. 할머니는 암말도 안 했슈, 하고 허둥지둥 내빼려다가 그만 발이 꼬여 뒤로 나뒹굴었다고 한다. 할머니 등에 업혀 있던 영주는 할머니의 등허리에 깔려 울음을 터뜨리고 금방 뒤통수에 밤알만 한 혹이 솟았다(이 부분에서 영주는 손가락으로 제 뒤통수를 가리켰다. 엄마가 영주의 뒷머리를 헤쳐보니 정말로 혹이 불룩 솟아 있었다).

99

할머니가 정신을 수습하지 못해 일어나지도 못하고 허둥거리니까 길 건너 가게 쪽에 있던 한두 사람들이 이쪽을 쳐다보며 손가락질을 했고, 난처해진 대머리 군인 대장이 할머니를 일으켜 세워 허리랑 다리랑 괜찮으시냐고 물어보고 계속 울어대는 영주만 잘 달래주면 은행 열매를 따주겠노라고 했다고 한다. 경찰서에 끌려가는 줄만 알았던 할머니는 웬 횡재인가 싶어서 영주를 얼른 달래었고, 군인들이 은행 열매를 따는 동안 잠깐 경복궁을 둘러보고 군용 트럭을 타고 왔다는 것이 영주의 설명이었다.

세 돌이 아직 안 된 어린아이의 떠듬떠듬한 이야기를 숨차게 재촉해 저간의 사정을 짐작한 동네 사람들은 안방에서 들려오는 할머니의 무용담과 영주의 이야기를 비교하며 숨죽여 킥킥 웃었고, 엄마가 몰래 한 보자기씩 싸주는 은행 열매를 치마 밑에 꼼꼼히 감춘 후 우리 집을 빠져나갔다.

저녁 늦게 퇴근한 아버지는 은행 자루를 보면서 입을 다물지 못하더니 심각한 표정이 되어 안방으로 들어와서는 텔레비전을 보고 있던 나와 영주를 내보내고 안방 문을 닫았다. 엄마는 부엌에서 좀 걱정스러운 표정으로 안방을 쳐다보고 있었다. 영주와 나는 하릴없이 마루로 쫓겨나서 무얼 해볼까 망설이다가 건넌방으로 가서 불을 다 끄고 나일론 옷 빨리 벗기 놀이를 시작했다. 우리의 목부터 허리까지 찰지게 감싸고 있는 질긴 나일론 윗도리를 있는 힘을 다해 홀떡 벗어젖히면 어둠 속에 고양이 눈처럼 파

100

란 불꽃이 번쩍 튀고 머리칼이 꽃받침 위의 민들레 갓털처럼 온통 들떴다. 영주가 만족할 만한 큰 불꽃을 몇 번 만들고 나니까 내 머리카락은 한 가닥도 같은 방향을 향하는 것이 없게 되었다.

할머니는 안방에서 아버지를 붙들고 신나게 낮에 했던 무용담을 되풀이했지만 곧 이야기가 끊겼다. 안방에서는 아버지의 잘 알아들을 수 없는 나직한 목소리와 불만 가득한 할머니의 목소리가 조금씩 새 나왔다.

"아니라니깐. 아무 일 없었대니깐."

아버지는 아무 일 없는데 어디서 은행이 생겼느냐고 묻는 모양이었다.

"내가 달라 그런 것도 아녀."

아버지는 이유도 모르면서 은행을 그냥 받아오면 어떻게 하느냐고 추궁하는 것 같았다.

"그럼 주는 은행을 다 버리고 오냐?"

할머니는 심사가 단단히 틀어진 것이 틀림없었다. 할머니가 이 정도로 불편한 심기를 드러내면 아버지는 대개 말을 맺기 마련이었다. 하지만 오늘은 아버지 쪽에서 강경하게 다시는 이런 일을 하지 않겠다고 약속하라고 요구하는 모양이었다.

"얘가 왜 이래……. 인제 늙은이더러 마실도 허락받고 댕기란 말여?"

그다음 아버지의 말은 잘 알아들을 수가 없었다. 할머니의 목청만 두 배 정도로 높아졌다.

"위험은 무신…… 우리가 대통령 죽은 거랑 무신 상관이 있다고…… 우리가 여기 몇 년을 살았는데……."

영주가 자기도 큰 불꽃을 만들고 싶다고 하는 바람에 내가 좀 도와주기로 하고 영주의 목에서 나일론 윗도리를 있는 힘껏 잡아 뽑고 있던 하필 그 순간 아버지가 안방에서 나오더니 담배를 피워 물었다. 나는 커다란 불꽃을 만드는 것에 성공했지만 아버지의 험악한 눈총이 곧바로 내리꽂혔다. 허겁지겁 매무시를 손질했지만 사방팔방 뻗친 우리 머리칼은 절대로 제자리에 돌아가지 않았다. 금방이라도 불호령이 떨어질 것 같아서 나는 영주를 억지로 이불 밑에 처박고 납작 엎드렸다. 아버지는 한숨을 푸푸 쉬면서 담배 한 대를 다 태우고 나서는 죽은 듯 엎어져 있는 우리에게 엄한 목소리로 말했다.

"동구야, 이제 경복궁에 놀러 가지 마라. 할머니랑도 가지 말고 너 혼자서도 가지 마. 이제 거기는 위험해서 안 된다. 알았어?"

우리는 이불 밑에서 큰 소리로 네, 하고 대답했다. 나야 원래 경복궁을 별로 좋아하지 않았으니 섭섭할 것도 없었다. 경회루에 있는 물고기들에게 과자 부스러기를 던져주는 것은 즐거웠지만. 나는 얌전히 그러겠다고 대답하며 한 달에 두어 번은 꼭 경복궁에 놀러 가던 할머니가 안됐다고 생각했다.

다음 날 아침 할머니는 보기 드물게 아버지에게 섭섭한 티를 내며 아버지가 다녀오겠다는 인사를 해도 못 들은 척했다. 내가 학교에 갔다가 돌아올 때까지도 아침의 그 모습 그대로 안방에서 꼼짝도 안 하던 할머니는 저녁 무렵이 되어서야 바깥에 나와서 자랑스러운 은행 자루들을 쓰다듬었다. 손과 옷에 똥 냄새가 배는 것에도 아랑곳하지 않고 은행 자루를 한참 주물럭거리던 할머니는 긴 한숨과 함께 체념 섞인 목소리로 말했다.

"동구야, 이제 경복궁에 가지 말아야겠다. 대통령이 죽었는데 국민된 사람이 그 마당에 가서 놀구 바람 쐬구 하면 쓰겠냐? 그 양반이 체수는 작아도 짱짱하니 한 일이 많은 사람이다. 인제 경복궁엔 가지 말구 저기 사직공원이나 학교나 그런 데 가서 놀자."

내가 경복궁에 가자고 조르고 매달린 것도 아니니 굳이 나를 설득할 이유도 없었지만 할머니는 평소보다 꽤나 훈계적인 어조로 더 이상 경복궁에 가서는 안 되는 이유를 설명했다. 말을 맺고 나서도 마음에 미진한 구석이 남았는지 할머니는 은행 자루에서 쉽게 눈길을 거두지 못하고 있었다. 무슨 말을 더 할 듯 말 듯 여러 번 입술을 움찔거리는 모양이, 무슨 생각을 하는 것인지 자못 궁금했다.

"이럴 줄 알았으면 어제 둘러보라구 할 때 원 없이 많이 봐두고나 올걸. 에미 씨팔. 만수 궁궐에 군인 새끼들 지들끼리 실컷 처자빠져 놀라구 해라."

3

엄마가 계란 거품을 부풀리는 모습을 보고 영주와 나는 단숨에 흥분해버렸다. 찬장에서 밀가루와 설탕을 꺼내고 우유와 마가린도 사놓은 것을 보면 카스텔라를 만드는 것이 분명했다. 집에서 카스텔라를 쪄내는 것은 흔히 있는 일이 아니었다. 엄마는 어느 여성지에서 소개한 '오븐 없이 카스텔라 만들기'라는 기사를 오려두고 카스텔라를 집에서 만들기 시작했는데 이것은 손도 많이 가고 아주 힘든 일이었기 때문에 손님이 오시거나 중요한 선물을 할 일이 있을 때에만 큰맘 먹고 하는 일이었다. 엄마가 찜솥에서 쪄내는 카스텔라는 제과점에서 사 온 것과는 비교도 할 수 없을 만큼 향기로웠다. 우리가 좋아서 길길이 날뛰는 모습을 보고 엄마는 조용히 하라며 이 빵은 박 선생님께 선물로 드릴 것이므로 우리 몫은 많지 않을 거라고 했다. 영주는 금방이라도 울음을 터뜨릴 듯 입술을 삐죽였고 나도 약간 실망스러웠으나 박 선생님께 특별한 선물을 드린다는 것은 그래도 기쁜 일이었다.

"동구야, 너 요새 공부 열심히 하지?"

"……네."

"박 선생님은 정말 좋은 분이시더라. 너한테도 관심을 가져주시는 것 같구……. 선생님께서 상담이라도 한번 받아보라고 하셨는데 이 근처엔 그런 학교도 없고…… 우리가 이사를 갈 형편도 아니니 어쩌겠니. 선생님께 한번 매달려보는 수밖에 없겠어. 엄마가 선생님께 너한테 신경 좀 더 많이 써주십사고 부탁드릴 생각이니까 너는 선생님 말씀 잘 듣고, 더 열심히 공부하고. 알았지?"

나는 좀 숙연해져서 부엌 바닥만 내려다보며 고개를 끄덕였다. 심술이 나서 엄마의 치맛자락에 얼굴을 묻고 있는 영주를 달래기 위해 나는 꽤 큼지막한 빨간 벽돌 한 조각을 흔들어 보였다.

"고춧가루 만들어줄게, 나가자."

영주가 뚱한 표정으로나마 엄마의 치맛자락을 놓고 따라나섰다. 영주는 요즘 동네 계집아이들과 소꿉장난하는 재미에 푹 빠져 있는데 말솜씨는 좋다지만 몸집이 작고 어린 편이라 잘 끼어들지 못하고 따돌림당하는 일이 종종 있는 모양이었다. 그럴 때 제일 큰 재산이 바로 붉은 벽돌을 갈아 만든 고춧가루였다. 이 고춧가루를 한 종지만 가지고 있어도 곧 소꿉놀이에 끼어들 수 있음은 물론이요 단숨에 엄마 역할까지 꿰찰 수 있었다. 지금 내 손에 들린 벽돌 조각을 다 갈아서 고춧가루로 만들면 그네들의 조촐한 살림살이에서 총각김치 한 단은 어렵지 않게 담글 수 있을 것이다. 그러려면 내 팔뚝이 무지하게 고생을 하겠지만 말이다.

이마에 땀이 송송 배어나도록 열심히 벽돌을 갈았어도 영주의 불룩 튀어나온 입술은 들어갈 줄을 몰랐다. 스텐 종지에 꽤 수북하게 고춧가루를 담아주었어도 마뜩잖게 손가락으로 휘저어보는

105

품이 카스텔라에 대한 미련이 쉽게 떨어지지 않는 모양이었다. 그래서 나는 비장의 무기, 동네 공사장에서 노다지라도 캐는 기분으로 주워놓은 석고 한 덩어리까지 마저 꺼냈다.

"이걸로 밀가루도 만들어줄까?"

쪼그리고 앉은 영주가 무릎을 감싼 두 팔뚝에 코를 묻은 자세 그대로 고개만 조금 끄덕였다. 석고를 가는 것은 벽돌을 가는 것과는 비교할 수 없이 수월했고 흰 가루는 제법 넉넉해서 스텐 밥그릇 하나를 채웠다.

"이따가 금숙이네 집에 가서 엄마 해라. 밀가루도 있고 고춧가루도 있으니까 너한테 엄마 시켜줄 거야."

"고춧가루로는 김치 담그고 밀가루로는 카스텔라 만들 거야."

흰 가루와 붉은 가루가 담긴 그릇 두 개를 받아든 영주는 기분이 나아졌는지 조금 웃어 보였다.

"동구야, 손 씻고 이리 좀 와봐라!"

엄마가 부엌문 밖으로 고개를 내밀고 나를 불렀다.

"아이구 팔이야. 하필 물엿이 떨어졌네. 그게 좀 들어가야 빵이 쫀득한데. 상도형네 가서 물엿 좀 얻어올 동안 계란 거품 좀 열심히 내고 있어라. 할 줄 알지? 아주 열심히 세게 저어야 한다. 뒤엎지 않게 조심하고."

엄마는 나에게 계란 거품을 내던 양푼을 맡기고 어깨를 주무르며 물엿을 얻으러 나갔다. 나도 벽돌을 갈아서 팔이 아픈데. 차

106

라리 내가 물엿을 얻어오겠다고 하고 싶었지만 엄마는 어느새 집을 나선 뒤였다. 하는 수 없이 나는 부엌 바닥에 주저앉아 양푼을 두 다리 사이에 끼고 계란 거품을 일으키기 시작했다. 이전에도 엄마가 카스텔라 만드는 모습을 구경해서 알고 있지만 계란 거품은 그릇을 뒤집어도 떨어지지 않을 만큼 빽빽해야 했다. 그러려면 정말 팔이 끊어지도록 미친 듯이 계란을 휘저어야 했다.

박 선생님이 어제 입고 오셨던 상아색 스커트와 노란 재킷을 생각하면서 머리꼭지가 화산처럼 뜨거워지도록 계란을 휘젓고 있는 동안 눈앞에 영주의 조그만 주먹이 불쑥 들어오더니 눈처럼 흰 가루가 계란 거품 속으로 보실보실 섞여 들어갔다. 고개를 들어보니 영주가 흰 가루가 잔뜩 묻은 오른손바닥을 쥐었다 폈다 하면서 흰 가루를 계속 떨어뜨리고 있었다. 왼손에 쥐고 있는 스텐 밥그릇은 텅 비어 있었다.

"카스텔라 만드는 거야."

귓속에서 이잉 하는 귀울음이 들리면서 눈앞의 양푼이 아득히 멀어졌다. 엄마가 계란 열 개를 깨어 넣고 삼십 분간 휘저은 계란 거품에 영주의 석고 밀가루 한 그릇이 섞여 들어갔다. 어느새 등 뒤에서는 현관문이 열리고 엄마가 들어서는 소리가 들렸다. 나의 손과 발은 마비된 머리를 대신하여 나름대로 최선의 방안을 강구하고 즉각 실행에 옮겼다. 엄마가 부엌문을 여는 동시에 나의 팔뚝은 계란 양푼을 거칠게 뒤집어 뽀얀 거품과 그 속에 숨어 있는 석고 가루들을 내 무릎 위에 그대로 쏟아 엎었다. 물엿을 담은 그릇을 들고 부엌으로 들어서던 엄마가 그 자리에서 굳어졌다. 무언가 심상찮은 기미를 느낀 영주가 무턱대고 울음부터 터뜨렸고 거의 동시에 엄마의 매서운 손바닥이 내 등짝과 엉덩이와 머리통을 무차별로 후려갈기기 시작했다.

"내가 미쳐! 내가 미쳐! 엄마가 조심하라고 했어 안 했어? 선생님 드릴 거라고 말했어 안 했어? 도대체 왜 이렇게 덤벙대니? 응?"

안방에서 할머니가 나오더니 에이 덩둘한 놈, 하고 안 그래도 두들겨 맞고 있는 나에게 꿀밤 한 대를 보태고는 우는 영주만 챙겨서 들어가버렸다.

나도 내가 왜 그랬는지 잘 모를 일이었다. 계란 거품을 뒤엎을 것이 아니라 그냥 엄마에게 영주가 석고 가루를 넣었다고 말만 했어도 박 선생님이 석고 카스텔라를 드시게 될 일은 없었을 텐데 말이다. 이미 실컷 얻어맞아놓고 이제 와서 영주에게 탓을 돌리는 것도 열없는 짓이었다. 나는 엄마의 화가 풀릴 때까지 직싸게 얻어맞고 내가 엎어버린 양푼을 머리 위로 쳐들고 서 있는 벌을 받았다.

다음 날 아침까지도 엄마는 내 머리통을 연신 쥐어박으며 오늘 선생님을 뵈어야 할 텐데 나 때문에 특별한 선물을 준비하지 못했다고 화를 냈다. 내가 이렇게 생각 없이 행동하니까 선생님께 부탁을 드릴 필요도 없고 글씨를 가르칠 필요도 없고 좀 더 크면 연탄 배달 아저씨한테 양아들로 줘버려서 연탄 배달이나 가르칠 거라고 했다. 원래 오늘 선생님과 상담을 마친 뒤에는 용산에 있는 학원에서 피아노 선생님으로 일하는 이모를 만나러 갈 생각이었지만 너무 화가 나서 가지 않겠다고 했다. 이모는 우리를 보면 꼭 손수 짜서 만든 조끼를 주거나 탕수육을 사주거나 아니면 책을 사서 보라고 오백 원을 주었기 때문에 이모를 만나는 것은 내가 세상에서 제일 좋아하는 일이었다. 이모를 만나지 않겠다는 말에 나는 펄쩍 뛰며 "싫어요! 이모한테 갈 테야!"라고 소리를 지르다가 불손하게 행동했다고 한 대 더 쥐어박혔다.

하지만 공부시간이 끝나갈 무렵, 복도 쪽 창문 너머에 엄마의 모습이 나타났다. 나는 엄마의 머리가 움직이는 각도를 보고 영주도 함께 와 있음을 눈치챘다. 영주는 틀림없이 오빠가 왜 빨리 나오지 않느냐고 엄마에게 물어보는 중일 것이다. 영주가 엄마와 함께 왔다는 것은 엄마가 아침에 말한 것과는 달리 선생님께 인사를 드린 후 용산으로 이모를 만나러 갈 거라는 뜻이었다. 나는 갑자기 힘이 났다. 기다리는 영주만큼이나 나도 지루했고, 끝날 시간이 얼마 남지 않은 교실에 앉아 있는 모든 친구들도 마찬가지였고, 어쩌면 수업의 마지막 부분을 진행하고 있는 박 선생님도 조금 지루했을지 모른다. 선생님에 대한 충성심과 우리 모두의 엉덩이를 비틀리게 만드는 지루함이 치열하게 싸움을 벌이는 중간에, 교실 앞문이 빠끔 열렸다. 예순다섯 개의 머리통이 일제히 문을 향해 방향을 틀었다.

얼마 전 엄마가 사준 빨간 빵떡모자와 같은 색깔 원피스, 하얀 타이츠에 까만 에나멜 구두를 신은 내 동생 영주가 기다림을 이기지 못해 보조개를 깊이 파고 교실 안을 들여다보고 있었다. 어제 말썽을 부리긴 했어도 여전히 귀여운 모습이었다. 엄마가 급히 영주를 잡아당기고 문을 닫아서 영주의 예쁜 모습은 금방 없어졌다. 선생님은 복도에 엄마와 영주가 와 있는 걸 보고 문을 열고 인사를 나누었다. 선생님이 곧 끝날 테니 잠시만 기다리시라는 말을 엄마에게 전하는 동안 교실 안은 금세 소란스러워졌고 선생님은 하는 수 없이 나무 막대기로 교탁을 딱딱 두드리며 끝까지 조용히 있으라고 야단을 쳤다. 그러는 동안 나도 모르게 손을 번쩍 들고 말았다.

선생님은 약간 놀란 것 같았다. 그러고 보니 내가 손을 든 건 입학하고 처음인 것 같았다. 나는 하루 종일 교실에 있어도 쉬는 시간에만 조금 떠들 뿐, 수업시간에는 있는지 없는지도 알 수 없는, 그림자같이 조용한, 아니 다리가 흔들려서 교실 뒤에 빼놓은 낡은 걸상처럼 전혀 움직이지 않는 아이였다.

"한동구, 왜 손 들었어?"

"선생님, 제 동생 글씨 읽을 줄 알아요."

선생님의 얼굴이 이젠 많이 놀란 표정이 되었다. 선생님도 조금 전에 영주를 보셨으니까 그렇게 조그만 아이가 글씨를 읽는다는 말이 믿어지지 않을 게 틀림없었다. 선생님은 잠시 물끄러미 나를 쳐다보다가 "그럼 우리, 동구 동생이 글씨 읽는 거 한번 볼까?"라고 말했다. 물론 우리 반 아이들은 대찬성이었다.

영주는 얼굴 가득 웃음을 띠고, 나를 향해 단풍잎 같은 손을 흔들어 보이며 아장아장 걸어서 교단에 섰다. 엄마는 뜻밖의 일에 조금 당황하긴 했어도 기쁜 모양이었다. 선생님이 칠판에 예쁜 글씨로 가. 나. 다라고 쓰자 영주는 또랑또랑한 목소리로 "가! 나! 다!"라고 외쳤다. 아이들이 신이 나서 박수를 쳤다. 선생님은 잠시 생각하다가 칠판에 한. 동. 구라고 썼다. 선생님의 분필이 '구' 자의 마지막 부분을 그리고 있는 동안 영주는 이미 앞질러 "한! 동! 구!"라고 외쳤다. 아이들이 환호성을 지르며 더 크게 박수를 쳤다. 선생님은 생각나는 대로 '고무신', '머리', '과자', '외양간' 등등의 글씨를 썼다. 영주는 거침없이 그 글자들을 읽어냈고 마지막에는 선생님께 "선생님, 외양간이 뭐예요?"라고 질문까지 해서 모든 친구들과 선생님을 놀래켰다. 영주에게 보내는 박수갈채는 수업 끝을 알리는 종소리를 파묻을 만큼 크고 열렬했다. 즐거운 수업이 끝났을 때 우리 반의 모든 여자아이들은 영주를 껴안고 뽀뽀를 퍼부었고 나는 뿌듯한 마음에 턱을 높이 치켜들었다. 엄마는 특별한 선물을 가져오지 못했어도 아주 자랑스러운 표정으로 선생님과 이야기를 나누었다.

그날 점심때 이모와 함께 밥을 먹었는데, 그 어느 때보다 특별히 즐거웠다. 엄마는 어제 내가(실제로는 영주 때문이었지만) 계란 거품을 뒤엎은 것은 까맣게 잊은 듯 하늘을 붕붕 나는 것처럼 들떠서 오늘 학교에서 있었던 그 굉장한 소란을 이모에게 설명했고, 이모는 나와 영주의 볼을 번갈아 꼬집으며 세상에서 제일 똑똑하고 착한 아이들이라고 맞장구쳤다. 저녁에 집에 와서도 마찬가지였다. 엄마는 영주가 콧물을 흘리는 게 오늘 영주에게 뽀뽀를 퍼부은 서른 명의 여자아이들 중 감기 걸린 애가 있었기 때문인 것 같다고 했고, 아버지는 한없이 흐뭇한 듯 손으로 턱을 문지르며 허허 웃었다.

그다음 날도 특별히 어린아이를 좋아하는 몇몇 아이들은 내 동생에게 지극한 관심을 표시했다. 나는 그 애들에게 누가 글 읽는 법을 가르쳐주지도 않았는데 동생 혼자 신문이랑 텔레비전을 보면서 그렇게 배운 거라고 설명해주었다. 박 선생님은 쉬는 시간에 그런 우리 모습을 말없이 지켜보다가 나에게 수업이 끝난 후 좀 남으라고 했다. 어제 엄마가 나의 글씨 공부에 특별히 신경을 써달라고 부탁드린 것이 당장 오늘부터 효과를 나타내는 모양이었다. 나는 잔뜩 긴장했다.

수업이 끝나고 선생님 앞에 어물어물 다가갔을 때 선생님은 일부러 내가 가까이 오는 모습을 못 본 척하고 커다란 교육 일지에 무언가 쓰고 있다가 내가 아주 가까이 가서야, 오오, 동구 왔구나, 이리 앉아라, 하면서 선생님 곁의 팔걸이의자를 당겨주었다. 나를 곁에 앉히고도 선생님은 오랫동안 자기 할 일만 했다.

비껴 들어오는 오후 햇빛에 선생님의 볼에 있는 솜털이 뽀얗게 비쳐 보였다. 우유와 방금 내린 눈송이, 푸르스름한 오이의 속살에 꿀을 더하면 선생님의 피부 빛깔이었다. 반투명한 피부밑을 흐르는 푸른 혈관은 얕은 바닷속의 싱싱한 해초 같았다. 박 선생님의 손은 손가락 뿌리와 끝의 두께가 거의 비슷하게 가늘어서 우아한 느낌을 주었고 작은 보석인지 무언가 반짝이는 것이 박혀 있는 예쁜 반지를 끼고 있었다. 선생님이 목덜미에 두른 하늘하늘한 스카프와 책상 옆에 맵시 있게 놓은 바바리코트와 작은 리본이 몇 개 달린 머리띠를 쳐다보면서 나는 선생님이 말을 걸어줄 때까지 기다렸다.

드디어 선생님이 뭔가 말을 할 듯 말 듯한 표정으로 나를 쳐다보며 머뭇거릴 때 나는 무슨 이야기를 하시려나 싶어서 선생님의 눈을 열심히 들여다보았다. 마침내 선생님이 큰맘 먹은 듯 던진 질문은 그동안 뜸 들인 데에 비하면 너무 싱거운 것이어서 그만 김이 새고 말았다

"동구야, 동생이 그렇게 이쁘니?"

나는 간단하게 그렇다고 대답했다. 어제처럼 예상치 못한 말썽만 부리지 않는다면 내 동생처럼 사랑스러운 아이가 어디 있겠는가 말이다.

"영주가 처음 글씨 읽었을 때 식구들이 많이 좋아하셨겠네."

나는 얌전히 그렇다고 대답했다.

"동구는 아직 글씨 잘 못 읽는데, 속상하지 않았어?"

가슴속 깊은 곳에 숨겨둔 가장 여린 살점을 무언가 예리한 것으로 쿡 찔린 듯한 느낌이 들었다. 영주가 글씨를 읽은 다음 날, 하얀 교회 아래 어두운 수수꽃다리 그늘에서 문득 쓰디쓴 이파리 하나를 따서 우정 잘근잘근 씹어 삼키던 그때, 분명 나의 마음속 한구석을 차지하고 있던 그 어둡고 우울한 시샘의 감정들을 선생님은 알고 계시는 것 같았다. 목이 조금 막히는 것 같았지만 나는 일단 선생님 앞에서 체면을 지키는 쪽을 택했다.

"영주가 글씨를 처음 읽은 지 얼마 안 됐거든요, 저번 때 우리 엄마가 학교에 왔다 가신 날 저녁에 처음 읽었거든요. 그래서 그런 생각은 아직 안 했어요."

선생님은 아무 말 없었으나 나의 대답이 만족스럽지 않았던지 가만한 눈길을 거두지 않고 기다리고 있었다. 내가 속마음을 털어놓기 전까지는 집에 돌려보내지 않을 생각인 것 같았다. 나는 더욱 난감해져서 당황하다가 두서없이 웅얼거리기 시작했다.

"사실은요, 창피할 때도 있는데요, 제가 3학년 되도록 글씨도 모르는데 동생은 아직 어린데 다 아니까요, 저는 사실 창피한데요, 음음……, 엄마랑 아버지랑 되게 좋아하시거든요……, 할머니도 좋아하시구요. 동생이 글씨 읽고 나서는 엄마랑 아버지랑

한 번도 안 싸우셨어요. 얼마 전에는 엄마가 아버지 구두를 닦아 놓으셨는데 제가 뛰어나가다가 밟아서 발자국이 났거든요. 그래서 할머니가 저더러 왜 어린 동생만도 못하냐고 그러셨는데요, 할머닌 원래 맨날 그러시니까 괜찮아요."

사실 할머니는 왜 어린 동생만도 못하냐고 점잖게 말하지 않았다. 나는 할머니한테 허리띠를 붙잡혀 내가 방금 발자국을 낸 그 구두짝으로 엉덩이를 두 대 팡팡 맞았고, 이렇게 애새끼가 부잡하니까 3학년이 되도록 공부 한 글자 안 하고 앞으로 똑 비렁뱅이 될 짓이나 하고 있다고, 너는 이담에 크면 영주 밑딱개나 하라는 악담을 들었다. 사실 나는 할머니한테 '영주 밑딱개'라는 말을 하도 많이 들어서 기분 나쁠 것도 없었다. 그건 할머니가 나를 부를 때 꼭 이 새끼야라고 부르는 것과 하나도 다를 게 없는 일이었다. 그냥 그런가 보다 하고 넘어가면 아무 문제가 없는, 할머니가 노상 입에 달고 사는 말일 뿐이었다. 다행히 선생님은 이번 대답은 비교적 만족스러웠는지 다음 질문으로 넘어갔다.

"그럼, 영주가 말 안 듣고 동구 속을 썩이는 일은 없어?"

박 선생님은 왜 이렇게 제일 중요한 일들만 꼭꼭 집어서 이야기를 시킬까. 그럴 리는 없지만 나는 잠시 선생님이 우리 집에서 일어난 일들을 훤히 알고 있으면서 일부러 모른 체하고 묻는 것이 아닌가 하는 의심을 했다. 나는 또다시 곤란하여 어쩔 줄을 모르다가 어렵게 이야기를 시작했다.

"예, 영주가 속 썩일 때도 있어요. 언제냐면요. 영주가요, 엄마가 저한테 가게 갔다 오라고 심부름시키시면 꼭 같이 가려고 하거든요, 안 데려가면 막 울어요. 그래서 데려가면요, 내려갈 때는 자꾸 넘어지니까 업어주는데요, 우리 동네가 좀 언덕이 높거든요. 그래서 내려갈 때는 업어주는데요, 올라올 때는 엄마가 사 오라고 시킨 것도 손에 들어야 하니까 업어줄 수가 없거든요, 근데 자꾸 업어달라고 보채요. 지난번에는 점빵집에 두부를 사러 갔는데요, 그때도 업어달라고 자꾸 그래서 영주한테 두부를 들고 있으라고 하고 업어줬거든요, 그런데 영주가 두부를 떨어뜨려서 못 먹게 됐어요."

"그래서 엄마한테 동구가 또 혼났니?"

"조금요, 그때는 많이 혼날 것 같아서 저랑 영주랑 같이 울면서 들어왔거든요, 그랬더니 엄마가 꿀밤만 때리셨어요."

선생님이 물으시는 대로 조심스럽게 대답을 하면서 나는 뜻밖에도 후련한 감정을 느꼈다. 나에게 이런 것들을 물어본 사람은 일찍이 없었다. 다들 착하고 똑똑한 영주, 미련 맞고 덜렁대는 동구라고만 생각했다. 커튼을 젖히고 무대 뒤편으로 가보면 그곳에는 아직 어리고 미숙한 영주, 생각 깊고 마음 넓은 동구가 있었다. 선생님이 지금 처음으로, 어두운 무대 뒤편에 쪼그리고 있는 착하고 멋진 나를 무대 위로 불러내려고 했다. 나는 갑자기 조바심이 나고 숨이 가빠지면서 시키지도 않은 이야기를 시작해버렸다.

"사실은요, 어저께 엄마가 오실 적에 카스텔라를 만들어 오실 생각이셨어요. 우리 엄마는 집에서 카스텔라를 만들 줄도 아시거든요. 선생님께 좋은 선물을 드리고 싶어 하셨어요. 그런데 엄마가 잠깐 나가신 사이에 영주가 계란 거품에다가 석고 가루를 넣어버렸어요. 영주는 카스텔라를 만들어서 선생님만 드릴 거라고 하니까 심술이 났던가 봐요. 그래서 제가 계란 거품을 뒤엎어버렸어요."

"왜? 영주가 혼날까 봐서?"

"예."

"그럼 네가 야단을 맞잖아."

"예. 하지만 저는 크잖아요. 영주는 아직 어리니까요."

"많이 야단맞았니?"

하마터면 나는 머리통을 몇 대, 엉덩이를 몇 대, 등짝을 몇 대, 하고 곧이곧대로 나불거릴 뻔했다. 다행히 주책을 부리기 일보 직전에 정신을 차려서 가까스로 의젓하게 대답할 수 있었다.

"예. 하지만 제가 야단맞는 게 나아요. 영주가 혼나는 모습은 못 보겠어요. 엄마랑 아버지도 많이 속상해하실 거예요."

나는 약간 우쭐한 기분도 들고 마음이 후련하기도 하여 진심으로 기쁜 웃음을 지어 보였다. 억울한 마음을 어디에도 풀지 못하고 혼자 삭이는 것이 조금 힘들던 참이었는데 선생님께서 시시콜콜한 이야기를 끝까지 들어주셔서 얼떨결에 다 털어놓고 말았다. 어쩌다 보니 선생님께 고자질을 한 셈이 되었지만 그렇다고 선생님이 영주를 야단치지는 않으실 테니 상관없다.

선생님은 며칠 전처럼 내 머릿속, 할머니가 늘 똥만 들었다고 악평하는 그곳까지 샅샅이 들여다보는 깊고 집요한 눈길로 아무 말 없이 한참 나를 쳐다보고 있다가, 갑자기 당황스러운 행동을 했다. 시위를 팽팽하게 메운 활처럼 곡선이 길고 깊은 그 멋진 눈매에 촉촉한 물기를 가득 담고, 선생님이 갑자기 한 손을 내밀어 내 머리를 정성스레 쓰다듬었던 것이다. 박 선생님은 우리 반 아이들뿐 아니라 전교의 다른 아이들에게도 인기가 드높았지만, 어딘지 좀 차가운 구석도 있어서 우리를 안아준다든지 콧물을 닦아준다든지 하는 법은 거의 없었다. 공부를 잘하고 그림을 잘 그리는 애들이 아무리 백 점을 받고, 백일장에서 상을 받고, 그림 대회에서 일등을 해도 선생님은 손뼉을 쳐주었을 뿐 우리들에게 손을 내밀어 쓰다듬어주는 일은, 내 기억으로는 한 번도 없었다.

향긋한 화장품 냄새가 솔솔 풍기는 선생님의 손바닥이 내 정수리에 닿자 머리칼이 뻣뻣하게 일어섰고 목덜미에서 등허리까지 찌르르 전류가 흘렀다. 선생님은 손가락을 내 머리칼 사이로 밀어넣어 한 번도 햇빛을 본 적이 없는 두피까지, 그리고 이마며 볼이며 턱이며 뒷덜미며 가릴 것 없이 엄마가 나를 씻길 때 말고는 아무도 손댄 적 없는, 그 이전까지는 내 몸에 존재한다는 것도 의식하지 못했던 피부들을 쓰다듬었다. 선생님의 손이 닿은 내 몸의 조직들은 그대로 즉사해버렸다. 얼마 되지 않는 내 판단력도 따라 죽었다.

"선생님은, 동구처럼 착한 아이는 처음 보았어."

그 순간 내 마음속에 폭풍처럼, 용암처럼 많은 생각이 한꺼번에 솟구쳤다. 그러나 그 생각들은 머릿속에서 전혀 정리가 되지 않았고 나 자신조차 그 의미를 잘 알 수 없었다. 나는 그냥 심장이 뒤집혀 피가 거꾸로 흐르는 것 같은 격한 감정 속에서 복에 겨운 볼을 선생님께 맡긴 채 꼼짝 않고 있었다. 선생님은 나에게 갑자기 장난꾸러기 같은 웃음을 지어 보였다.

"동구야, 선생님 비밀이 하나 있는데, 다른 사람들한테는 말하면 안 돼."

그 비밀을 듣기 위해서라면 못할 일이 없을 것이다. 마음속은 짜릿한 열망으로 불탔지만 내 몸뚱이는 장작개비처럼 더욱 뻣뻣하게 굳어버렸다. 선생님은 복도에 돌아다니는 사람 하나 없는 조용한 교실에서 굳이 내 귀를 잡아당겨 귓속말을 했다. 선생님의 입술이 귓바퀴에 닿았다. 갑자기 오줌이 마려웠다.

"선생님은 우리 반 친구들 중에 동구가 제일 좋아. 아니, 우리 학교에서 제일 좋아."

얼굴이 홧홧하게 달아오르는 것이, 틀림없이 선생님이 잡고 있는 귀와 목덜미까지 새빨갛게 되었을 것 같았다. 내가 선생님을 위해 목숨 말고 무엇을 더 바칠 수 있을지 고민하는 동안 선생님은 내 마음을 알아차리기라도 한 듯 이렇게 말했다.

"선생님이 동구한테 뭐 하나 부탁하고 싶은데 들어줄래?"

나는 눈이나 심장 그런 것들을 생각하며 뭐든지 달라는 대로 드리겠다는 마음을 가득 담아 선생님을 바라보았다. 나는 이 순간, 선생님의 손안에서 선생님이 원하는 바로 그대로 순식간에 모양을 바꿀 수 있는 한 덩이 찰흙이 되기만을 열망했다.

"학교 끝나고, 선생님이랑 둘이서 한 시간씩만 더 공부하자."

착한 박 선생님은, 엄마가 집에서 만든 카스텔라처럼 특별한 선물을 가져오지 못했어도 엄마의 부탁을 들어줄 생각인 모양이었다. 그까짓 공부를 한 시간 더하는 건 아무것도 아니었으나, 선생님이 나에게 공부를 하자고 함은 나의 머리에 무슨 수를 써서라도 글씨를 집어넣어주겠다는 뜻이 틀림없다는 게 문제였다. 코앞에서 선생님의 하얀 손이 무르익은 과일 향기를 풍기며 오가고, 선생님이 어질어질한 눈웃음을 보내며 내 앞에 마주 앉아 있는데 내가 공부에서 성과를 보일 수 있을까? 언제나 진심은 간절하되 능력이 따르지 못하는 것이 문제였다.

선생님은 나의 심란함을 금방 알아차린 모양이었다. 이번엔 아예 양 손바닥으로 내 두 볼을 감싸 쥐고 선생님의 코와 내 코가 맞닿을 지경으로 얼굴을 가까이 해, 선생님의 춤추는 나비 같은 속눈썹과 마냥 들뜬 것 같은 눈웃음을 아주 가까이에서 볼 수 있게 했다. 선생님은 전혀 걱정하거나 부담 가질 것 없고 그냥 세상

사는 이야기나 하고 가끔 같이 떡볶이를 먹으러 가자고 말했다. 그러다 보면 글씨 공부쯤은 저절로 될 것이라고 했다. 나는 그만 어지럼증이 나면서 선생님과 단둘이 하는 공부에 대한 두려움을 잊고 말았다. 마침내 내가 얼빠진 미소를 짓자 선생님은 아주 만족해서 그럼 오늘 이야기는 여기까지 하고 어머니께 선생님과 공부하기로 한 것을 말씀드리라고 했다. 나는 학교에서 집까지 오는 내내 숨을 깊이 들이쉬어 선생님의 손에서 내 몸으로 묻어온 향긋한 과일 향기를 소중히 감상했다.

그다음 날부터 바로 공부가 시작되었다. 수업이 끝나면 나는 매우 울적한 표정으로 국어 교과서를 펴놓고 가만히 자리에 앉아 있었다. 아이들은 우르르 몰려나가면서 나를 흘끔흘끔 쳐다보았고, 선생님은 조금 엄한 표정으로 청소 당번들을 지도했다. 국어 교과서에 코를 묻고 있는 나를 곁눈질하면서 당번들이 청소를 마치고 교실을 떠나면 선생님 얼굴에는 그제서야 다정한 미소가 번지면서, 나와 이야기하고 싶어 하루 종일 수업이 끝나기만 기다렸다는 듯이 즐거운 목소리로 "자, 오늘의 공부를 시작해볼까?"라며 말문을 열었다. 공부라고 해봐야 박 선생님이 가족들 이야기, 친구들 이야기, 어린 시절 이야기 등등을 들려주는 것뿐이었다.

선생님은 타고난 이야기꾼이었다. 다른 사람들 이야기를 할 적에는 몸짓과 목소리까지 똑같이 흉내 내었다. 이야기가 끝날 무렵이면 나는 너무 웃어서 볼이 사과처럼 상기되고, 숨이 헉헉 차기

121

도 했다. 특히 광주에 사는 선생님 할머님이 수시로 시외전화를 걸어 집에 일찍 들어오라고 야단을 친다는 이야기를 들을 때에는 선생님이 흉내 내는 할머니의 그 꼬장꼬장한 목소리에 웃음을 참을 수 없었고, 선생님처럼 완벽하고 나무랄 데 없는 분께 끝도 없는 잔소리를 퍼붓는다는 그 걱정 많은 할머니에 대해 경이로운 마음을 품었다.

때로 선생님은 목소리가 흐르는 강물처럼 잔잔해지고 꿈꾸는 소녀처럼 창밖의 아득히 먼 하늘을 바라보는 일도 있었다. 선생님은 초등학교 4학년 때 어머니가 돌아가셨고 그 이후로는 대학교에 들어가기 전까지 광주에서 할머니와 함께 살았다고 했다. 한때는 할머니 때문에 어머니가 돌아가셨다고 할머니를 원망하기도 했지만 이제 할머니는 선생님에게 가장 소중한 분이며 할머니도 선생님을 끔찍이 사랑하신다고 했다.

나는 선생님이 어린 시절에 그런 아픔을 겪었다는 사실에 놀랐고, 다른 집에서도 할머니와 어머니 사이에 심각한 갈등이 있다는 말에 적이 안도했으며, 선생님이 지극히 개인적인 이야기를 나에게 스스럼없이 털어놓으시는 것에 가장 감동했다. 그런 이야기를 한다는 것은 선생님이 나를 무척 가깝게 여기고 있으며 내가 선생님께 들은 이야기들을 친구들에게 나불거리고 다니지 않을 것이라고 믿고 계신다는 뜻이었다. 나는 선생님의 개인적인 삶에 대해 알게 됨으로써 다른 친구들과는 차원이 다른 귀족이나 권력자가 된 것 같은 우쭐함을 맛보았다. 이건 반장이 선생님의 심부름을 도맡아 하면서 굉장한 특권이나 누리는 것처럼 으스대는 것과는 비교조차 할 수 없는 일이 분명했다. 나는 어느 날부터인가 선생님 앞에서는 말을 더듬지 않게 되었고, 조금씩 선생님 흉내를 내어, 무엇에 대해 이야기할 때 부족한 어휘를 몸짓으로 보충하는 습관을 들이게 되었다.

선생님은 함께 공부한 지 사나흘이 되도록 글씨나 숫자를 가까이할 생각도 안 하다가, 어느 날 지난번처럼 내 귓불을 붙들고 조그만 소리로 어머니가 무얼 공부했느냐고 물으시거든 서로 이야기하는 법을 공부했다고 말하라고 했다. 그렇게 한참 공부를 하고, 운동장에서 공을 차고 놀던 친구들이 거의 가고 나면, 우리는 손을 잡고 교문 앞으로 나가서 떡볶이나 쥐포를 사 먹었다. 마지막 떡 조각을 입에 넣고 헤어져야 할 순간이 다가오면, 나는 정말 가슴이 먹먹한 아쉬움에 고개를 숙이곤 했는데 선생님은 그럴 때마다 내 볼을 아낌없이 쓰다듬으며 내일 아침이면 어김없이 볼 수 있고, 수업이 끝나면 또 재미있게 이야기할 수 있다고 말했다. 헤어질 때 선생님과 나는 몇 번이나 뒤를 돌아보며 손을 흔들었다. 그리고 선생님이 마침내 완전히 뒤돌아서 탄력 있는 걸음걸이로 멀어져 갈 때면, 나는 학교 옆에 있는 목욕탕 입간판 뒤에 숨어 선생님의 뒷모습이 가뭇없이 사라질 때까지 쳐다보곤 했다.

4

선생님은 사람의 마음이나 감정을 읽는 것에 매우 능한 사람이었다. 둘만의 공부를 시작하기 위해 국어책을 들고 의자를 끌어당겨 선생님과 마주 앉았을 때 선생님은 아무렇지 않게 "동구가 오늘은 무척 기분이 좋아 보이는구나"라든지 "어제 집에서 안 좋은 일이 있었니? 아침부터 얼굴이 어두워 보이더라"라고 말을 시작하곤 했는데, 그럴 때면 나는 내가 말한 적도 없는 일을 도대체 어떻게 선생님이 귀신처럼 알아내는지, 선생님은 뭔가 초능력이나 신적인 능력이 있는 것이 틀림없다고 감탄하곤 했다.

오늘은 얼굴에 우울한 빛이 떠돌까 봐 나름대로 조심했음에도 불구하고 선생님께 뭔가 안 좋은 일이 있는 게 틀림없다는 진단을 받았다. 애써 즐거운 듯한 표정으로 위장하고 있던 나는 그만 고개를 푹 숙였다.

"선생님한테 조금만 이야기해봐. 선생님이 혹시 힘이 될 수 있을지도 모르잖아."

나는 선생님이 정말로 힘이 될 수 있을 거라고는 생각지 않았다. 우리 집의 고질병 같은 힘겨루기와 다툼은 아무리 마음씨가 천사 같고 머리가 총명한 박 선생님이라도 어찌 손쓸 수 있는 범위를 넘어선 일이었다. 선생님이 집에 오셔서 엄마와 아버지와 할머니를 앉혀놓고, 동구의 교육상 좋지 않으니 사이좋게 지내시라고 꾸중을 할 수도 없었고, 선생님의 신통력으로 우리를 절대 싸우지 않는 사이좋은 가족으로 돌려놓을 수도 없었다. 나는 우리 집의 상태를 선생님이 개선할 수 있을 거라는 기대는 전혀 하지 않았지만, 선생님이 물으시는데 대답을 하지 않으면 무안해하실 거라는 생각으로 조금만 이야기를 하기로 했다.

"어저께요, 엄마랑 아버지랑 조금 싸우셨거든요."

선생님께 설명하지 않은 '조금'의 전말은 이러했다. 어제 낮에 마을에는 오랜만에 고물장수 아저씨가 와서 이 집 저 집의 고물과 깡통, 유리병 등을 모으고 강냉이 한 됫박이나 엿을 바꿔주었다. 고물장수 아저씨는 지난달에 동료 고물장수 아저씨들과 술을 마시다 시비가 붙어서 싸움을 벌였는데 싸우던 상대 고물장수 아저씨가 돌려차기로 옆구리를 질렀다고 한다. 옆구리가 접질리면서 숨이 컥 막히더니 영 허리를 펼 수가 없어서, 에이 제기랄, 하필 맹장 수술한 자리를 지르나 하는 정도로만 생각했는데 그것이 뜻밖에 복막염으로 발전해서 한 달 넘도록 자리보전을 하며 죽을 고비를 여러 번 넘겼다고 아저씨는 오랜만에 온 이유를 설명했다.

엄마는 묵은 옷들 중에 작거나 너무 닳아서 못 입게 된 것들을 한 보따리나 추려놓았고, 모양이 변한 아버지 구두 한 켤레, 아무리 심지를 닦아도 어디가 막혔는지 검은 연기만 치솟을 뿐 불이 붙지 않는 빨간색 석유 풍로까지 내놓았다. 빨간 풍로는 엄마가 결혼하기 전부터 쓰던 물건이라고 했지만 하도 깨끗이 다루어서 방금 진열장에서 나온 새것 같았다.

그래서 엄마의 주장은 고물장수 아저씨가 오늘은 엿으로 주지 말고 돈으로 쳐줘야 한다는 것이었다. 쓸 만한 물건들이 꽤 많이 나온 우리 집 고물 더미 앞에서 희희낙락하고 있던 고물장수 아저씨는 돈으로 달라는 말에 눈썹을 모으더니 그럼 모두 합쳐서 오백 원을 드리겠다고 했고, 엄마는 발끈하며 천오백 원은 받아야 할 텐데 천 원 아래로는 절대로 안 된다고 못을 박았다. 한 푼이라도 깎으려는 아저씨와 한 푼이라도 더 받으려는 엄마의 양보 없는 흥정을 구경하며 내가 리어카에 실려 있는 강냉이 자루에서 강냉이를 한 움큼 꺼내 아삭아삭 먹고 있는 동안, 인왕산 중턱에 새로 짓는다는 절터 구경을 마치고 영주와 함께 돌아오던 할머니가 한눈에 사태 파악을 끝마치고는 아저씨의 리어카에 실려 있는 옷 보퉁이와 풍로를 두말할 필요도 없다는 듯이 끌어 내렸다.

"조선 천지에 너처럼 간 크고 겁 없는 여편네는 처음 본다!"

할머니가 고함을 질렀다.

"쓸 만한 살림 다 퍼서 남 줘버리는 게 집구석에서 너 하는 일이냐?"

그다음에는 놀라서 입을 다물지 못하고 있는 우리 세 사람(엄마, 나, 고물장수 아저씨)을 문밖에 두고 대문을 쾅 닫아버렸다.

"아이구, 이 일을 어쩐대."

마음씨 착한 고물장수 아저씨는 고장 난 풍로를 버린 죄로 순식간에 소박을 맞아버린 우리 모자를 보며 일말의 책임감에 마음이 불편한 모양이었다. 하지만 우리 엄마는 세상에서 제일 치밀하고 꼼꼼한 사람이므로, 마치 이런 일은 라디오 아침 뉴스 시간에 오늘의 날씨와 함께 예보 방송이 나오기 때문에 충분히 준비하고 대처할 수 있는 일이라는 것처럼, 눈 하나 깜짝 않고 침착하게 소매 안에서 열쇠를 꺼내 들었다. 그러나, 할머니는 언제나 그렇듯이 대단한 사람이었다. 엄마가 열쇠를 열쇠 구멍에 넣기도 전에 할머니는 휭 하니 빗장을 질러버리고 풍로와 옷 보퉁이를 챙겨 현관 안으로 들어가버렸다. 집 안에서 영주의 우는 소리가 들렸지만 그 정도로 문을 열어줄 할머니가 아니었다. 나는 아저씨의 눈치를 보며 손에 쥐고 있던 강냉이를 슬그머니 망태기에 집어넣었는데, 아저씨는 그걸 보고도 화를 내기는커녕 오히려 한숨을 푸욱 내쉬며 내 손에 다시 강냉이를 한주먹 쥐어주었다.

"나도 늙으신 모친을 모시고 사는 처지니까 뭐라 말은 못 하겠수다만, 에이, 세상 살기가 참 쉽지가 않수."

아저씨는 그렇게 엄마를 위로하고 다른 집으로 고물을 찾아 떠났다. 아저씨와 동네 사람들이 계속 우리를 곁눈질하는 동안 엄마와 나는 몇 번 대문을 두들겨도 보고, 엄마와 고물장수 아저씨가 내 엉덩이를 받쳐 월담을 시도하기도 했지만 모두 여의치 않았다. 보통 이런 일이 생기면 아랫집으로 들어가서 그 집 장독대를 통해 집으로 들어가곤 했지만 오늘따라 아랫집 아줌마가 어딜 가셨는지 그 집도 들어갈 수가 없었다. 할머니는 아버지가 퇴근할 때까지 우리를 집 안에 들일 생각이 전혀 없음이 분명했다.

문을 열기까지 시간이 오래 걸릴수록 엄마의 화병이 더 깊어질 것이 자명했으므로 나는 약간의 모험을 감행했다. 나는 엄마에게 마을 뒤로 돌아서 산을 타고 집에 들어가보겠다고 이야기하고 대문 없는 집들과 빨래터를 거쳐 아까시나무 숲속에 파묻혀 있는 하얀 교회 앞으로 달려갔다. 하얀 교회를 두르고 있는 가시나무 울타리를 비집고 나가자 깎아지른 화강암 바위가 허옇게 드러나 있었고 군데군데 잡풀과 극성스런 아까시나무들이 바위 사이의 손바닥만 한 흙 틈에 고단한 삶터를 꾸리고 있었다. 나는 좀 폼이 나지 않더라도 가장 빠르고 안전한 방법을 택해 엉덩이를 바위에 붙이고 바쁜 바퀴벌레처럼 팔다리를 부지런히 휘두르며 미끄럼 타듯이 바위 언덕을 내려왔다. 놀이공원의 청룡열차처럼 눈앞의 장면들이 정신없이 휙휙 바뀐 끝에 진땀을 흘릴 새도 없이 가파른 경사가 끝나고, 우리 집 뒤의 화강암 바위 줄기에 얹힌 야트막한 뒷담에 도달했을 때 나는 바지가 다 해져 팬티가 드러나게 된 것도 모르고 크나큰 성취감에 부풀었다.

내가 마당 안으로 뛰어내려 대문을 열어주자 엄마는 나를 끌어안고 내 손의 까진 부분을 보며 조금 울었고, 일단 손부터 깨끗이 씻겨주고, 주먹이 들어갈 만큼 구멍이 난 바지를 벗긴 후 물을 데워 아예 간단히 목욕을 시켜주었다. 할머니는 우리가 집 안에

128

들어온 것을 보고도 본체만체했고, 우리는 우리대로 한껏 친해져서 할머니가 눈에 보이지 않는 것처럼 굴었다. 영주는 마지못해 할머니의 무릎에 앉아 이쪽의 기색을 살피고 있었다. 엄마는 나를 무릎에 앉히고 내 손바닥과 엉덩이의 자잘한 상처들을 호호 불어가며 조심조심 빨간약을 발라주었다.

아버지가 퇴근한 뒤에는 늘 그렇듯이 할머니가 안방을 차지하고 앉아서 엄마와 아버지가 대화를 나눌 기회를 봉쇄했지만, 엄마는 이날만큼은 참고 넘어가기가 어려웠던지 아버지를 부엌으로 불러냈다. 아버지는 엄마가 부엌으로 오라고 하는 말만 듣고도 얼굴이 나무토막처럼 뻣뻣해졌다. 할머니는 눈이 세모꼴로 변해 무릎에 앉아 있던 영주를 내려놓고 부엌 동정을 살피려고 안방 문을 활짝 열었다.

"도대체, 한두 번도 아니고, 동구랑 내가 더부살이도 아니고, 어머니는 왜 자꾸 우리를 밖에 내놓고 문을 잠그신대? 오늘은 아랫집에 사람도 없어가지고, 우리 동구가 저 하얀 교회 언덕배기를 얼마나 위험하게 내려왔는지 몰라."

나는 엄마와 고난을 함께한 증인으로서 나름대로 비분해서, 필요하다면 오늘 일이 어떻게 돌아갔는지 증언도 할 생각으로 엄마 옆에 서 있었다. 엄마의 말을 들은 아버지가 엄마보다 더 화난다는 듯이 말했다.

"지금, 애 듣는 데서 어머니를 욕하는 거야? 당신 도대체 어떻게 된 사람이야? 적어도 동구는 내보내고 이야기를 해야지!"

엄마와 나는 전혀 예상치 못한 반격에 입이 딱 벌어졌다. 나는 증인인데, 아버지는 그렇게 생각하지 않는 모양이었다.

"아무리 화나는 일이 있어도, 애 앞에서 어른 욕하는 건 어미로서 할 짓이 아냐. 당신이 이렇게 배우지 못한 행동을 하면 동구가 무얼 배우겠나? 무식하게 자기 생각만 하지 말고 가족을 생각해. 난 당신이랑 더 할 말 없어."

공들여 빨간약을 바른 내 손바닥은 볼 생각도 않고, 아버지는 얼음장처럼 말을 자르고 찬바람을 일으키며 부엌을 나갔다. 엄마는 망연히 입을 벌리고 서서 아버지의 뒷모습을 쳐다보다가 숨결이 점점 거칠어지더니 결국 가슴을 쥐어뜯으며 부엌 바닥에 주저앉았다.

"내가 못 살아. 저 비열한 인간이랑 내가 더 살 수가 없어. 인간 같지 않은 인간, 치사한 인간, 너도 인간이냐. 아이고 엄마아……."

나는 아버지가 미웠다. 아버지는 엄마가 자기의 엄마를 욕했다고 화를 내지만, 아버지 자신은 내 앞에서 내 엄마를 욕하고 있으니 하나도 다를 것이 없었다. 안방에 있던 영주가 다가와 뭔가 위로하고 싶은 표정으로 엄마의 곁에 섰지만 엄마는 계속 나만 끌어안고 울었다. 나는 약간 뿌듯한 마음이 들었다.

이런 날은 엄마가 부엌에서 주무신다. 나도 할머니랑 자고 싶지 않았으므로 엄마와 함께 자겠노라고 했다. 나는 할머니에게 보란 듯이 베개를 챙겨 들고 부엌으로 합류했다. 우리 부엌은 마루보다 허리만큼 더 낮고 신발을 신고 다니는 구조이지만 이런 날이면 엄마가 부엌 바닥에 넓은 비닐을 깔고, 그 위에 돗자리를 깔고, 그 위에 요와 이불을 깔고 주무셨다. 이렇게 자다가 엄마가 연탄가스에 중독돼 죽을 뻔한 적도 여러 번이지만 엄마는 이 버릇을 버리지 않았다.

올해는 아궁이를 꼼꼼히 수리하고 연통도 깨끗이 청소했으니까 연탄가스로 죽을 염려는 없었다. 엄마는 내가 춥지 않도록 내몸에 이불을 꼼꼼히 여며주고 팔다리로 나를 칭칭 휘감았다. 나는 엄마의 따뜻한 품속에서 꼬물거리다가, 얼른 변소에 다녀오겠다고 하고 부엌을 나섰다. 꽤 쌀쌀한 바깥바람에 사지가 금세 꼬들꼬들 얼어붙었다. 슬리퍼를 끌며 급히 변소를 향해 달려가는데 감나무 밑에서 빨간 불빛이 나를 쳐다보고 있었다. 나는 아버지를 모른 체하고 변소로 쏙 들어가서 진저리가 나도록 시원하게 오줌을 비워냈다. 바지를 끌어 올리고 급히 부엌을 향해 달려가려는데 아버지의 목소리가 뒷덜미를 잡았다.

"부엌에 가스 냄새 안 나지?"

나는 얌전히 그렇다고 대답했다. 아버지의 빨간 불빛이 한층 빛을 발하더니 허공으로 굵직한 연기 기둥이 솟았다.

"너 혼자 저 언덕을 내려왔어?"

나는 대답하지 않았다. 아까 엄마가 이야기하자고 할 때는 그렇게나 쌀쌀하게 등을 돌리더니. 내복 바람인 나를 추위 속에 굳이 붙잡아 세우고 다 지난 이야기를 꺼내는 아버지가 어색하고 얄미웠다.

"손 좀 보자. 다치지는 않았어?"

아버지의 손이 담배를 비벼 끄고 내 손을 잡았다. 어두워서 빨간약은 거의 보이지 않았다. 아버지는 조심조심 손가락으로 내 손바닥을 더듬어 상처가 어느 정도인지 살폈다.

"약 발랐니?"

아까 물어보지 왜 지금. 나는 손바닥을 싹 거두어들여 엉덩이 뒤로 숨겼다. 아버지는 담배로 감출 수도 없어진 한숨을 한 번 크게 내쉬고는 어서 들어가서 자라고 했다. 따뜻한 부엌으로 들어와서 나는 엄마의 품속으로 두더지처럼 파고들었다. 우리는 함께 잠을 청했고 나는 금세 잠이 들었지만 엄마가 흐느끼는 소리에 여러 번 깼다.

그러니 이렇게 창피스러운 이야기를 박 선생님께 어떻게 전한단 말인가. 나는 선생님이 우리 집에 대해 더 자세히 알기를 원치 않았다. 우리 집의 부끄러움은, 내가 바보인 것으로 족했다. 나는 이야기를 최대한 간단히 간추려 선생님께 말씀드렸다.

"어저께요, 엄마랑 저랑 고물장수 아저씨한테 풍로를 팔았는데요, 고장이 나서요, 근데 할머니는 그거 파는 게 싫으셔서요, 우

리가 밖에 있는데 대문을 잠그셨어요. 그래서 간신히 집에 들어
갔어요."

선생님은 내 대답이 뭔가 미진한지 잠시 생각에 잠기셨다가 역
시나 에두름 없이 가장 아픈 부분을 콱 찌르셨다.

"아버지는? 엄마랑 할머니랑 기분 안 좋으시니까 아버지는 어
떻게 하셨어?"

나는 얼굴이 벌게져서 차마 입을 열지 못했다. 아버지가 엄마
에게 못 배운 사람이라고 한 건 정말 비열한 짓 같았다. 엄마는
중학교도 못 나왔지만 정말 똑똑하고 좋은 사람인데. 내 대답을
기다리는 선생님 앞에서 무한정 상념에 빠져 있을 수만은 없어서
나는 적당히 대답을 얼버무렸다.

"엄마가 제 앞에서 할머니를 흉보는 건 나쁜 거라고……만……
하셨어요."

선생님은 나를 곰곰이 쳐다보더니, 동구 많이 속상했겠구나,
하고 머리를 쓰다듬어주셨다.

"엄마가 많이 섭섭하셨겠다. 엄마는 할머니가 너무하셨다고 생
각하고 계셨을 텐데, 아버지는 풍로 이야기는 모른 체하고 다른
이야기를 하셨구나. 더구나 엄마와 아버지의 일에 동구까지 끌어
들이셨으니 엄마는 더 마음 상하셨겠다."

바로 그거였다. 아버지는 필요한 이야기를 하지 않고 우회 공격
을 했다. 게다가 아버지는 실제로 존재하는 문제를 해결하려 들지

않고 그 문제를 제기하는 사람의 약점을 공격함으로써 상대방에게 상처를 주고 일을 덮어버렸다. 그래서 엄마가 비열하다고 말한 거였다.

"하지만 동구야, 선생님 생각에는 말이다. 어제 아버지도 무척 괴로우셨을 것 같다."

무슨 말씀을. 우리 아버지가 괴롭긴 뭐가 괴로워. 엄마를 괴롭혔을 뿐이지. 선생님은 우리 집과 우리 가족들을 너무 모르신다. 선생님은 자기가 천사니까 다른 사람들도 모두 다 천사라고 생각하는, 너무 착한 사람이었다. 나는 갑자기 아버지가 곱절로 미워졌다.

"아버지는, 엄마가 좋아서 결혼까지 하셨잖아. 그런데 그렇게 좋아하는 엄마랑 할머니랑 싸우시니까 아버지가 얼마나 속상하셨겠니."

아버지가 엄마를 좋아한다고? 그런 생각을 해본 적은 한 번도 없었다. 아버지가 엄마를 좋아한다면 그렇게 무심하고, 엄마의 약점을 가차 없이 찌르고, 가끔 두들겨 패기까지 할 턱이 없었다. 만약 아버지가 정말로 엄마를 좋아해서 결혼을 해놓고 그렇게 못되게 굴고 있다면 아버지는 더 나쁜 사람이라고 나는 마음을 한층 꼼꼼하게 여몄다.

"생각해봐. 동구가 이다음에 좋아하는 사람이 생겨서 결혼을 했는데, 그 사람이 동구 어머니랑 서로 이해하지 못하고 싸운다고 하면 네 마음이 얼마나 아프겠니."

머릿속 화면에 어른이 된 나와 박 선생님의 결혼 생활이 그려졌다. 나 자신도 어이가 없지만 나와 결혼한 사람은 틀림없이 박영은 선생님이다. 선생님이 나의 낡은 구두와 풍로를 팔려 하는데 엄마가 못 팔게 막고 문을 닫아버린다. 선생님은 닫힌 대문 밖에 서서 내가 퇴근할 때까지 울며 기다린다. 그러나 그 장면은 절대로 있을 수 없는 일이어서 전혀 실감 나게 와닿지 않았다. 엄마는 절대로 선생님을 밖에 두고 문을 닫을 사람이 아니었다.

"물론 동구 어머니는 그러실 분이 아니지. 하지만 사람이 나이를 먹어서 할머니, 할아버지가 되면 갑자기 이해할 수 없는 행동을 하기도 한단다. 지금은 천사같이 마음씨가 고운 어머니지만, 어쩌면 동구의 부인한테 심술을 부리실 수도 있는 거야. 그건 어머니가 나이를 먹어서 그렇기도 하고, 또 어머니가 동구를 너무 사랑하기 때문이기도 해. 동구는 지금 엄마를 세상에서 제일 사랑하지? 그런데 어느 날 동구가 어떤 예쁜 아가씨와 결혼해서 그 아가씨만을 사랑하며 살아간다고 하면 엄마는 무척 섭섭하시고, 심술이 나시기도 할 거야."

갑자기 머릿속의 화면에 현실감이 부여된다. 엄마는 박 선생님께 정말로 화를 내며 문을 닫아버린다. 엄마의 저런 모습은 한 번도 본 적이 없다.

"엄마가 네 부인에게 그렇게 화를 내고 섭섭해하시면 동구 네 마음이 어떻겠니?"

나는 박 선생님과 엄마 사이에서 어쩔 줄 몰라 하고 있다. 박 선생님 눈에서 수정 같은 눈물이 떨어진다. 모두 나와 결혼했기 때문이다. 그러나 엄마의 눈에서도 서러운 눈물이 떨어지고 있다. 그 눈물 또한 칼날처럼 내 가슴을 엔다. 엄마는 아버지와 할머니 때문에 많이도 울었는데, 이제는 나 때문에 울게 되었다.

"게다가 네 부인이 너한테, 네 엄마 때문에 속상해서 미칠 것 같다고 이야기해봐. 동구 너라면 어떻게 할 것 같아?"

일이 점점 어려워져간다. 박영은 선생님은 울어서 빨갛게 달아오른 눈두덩을 누르며 나에게 엄마가 정말 너무하셨다고 이야기한다. 나는 정말 미안해서 할 말이 없다. 하지만 엄마는 절대로 나쁜 사람이 아니다. 옛날에, 내가 어렸을 적에는 엄마도 천사 같았다. 아버지와 싸운 날에는 부엌에서 울면서 나를 껴안고 잤다. 정말 해답이 없다. 나는 어느 쪽으로도 갈 수가 없다. 엄마 쪽으로도, 박 선생님 쪽으로도. 결국 나는 아버지처럼 담배를 피워 물고 감나무 밑으로 가서 연기를 뿜어 올린다.

"그러니까 아버지도 정말 괴로우셨겠지? 할머니도 젊었던 때에는 정말 좋은 분이었고, 아버지를 위해서 많은 일을 하셨단다. 그러니까 아버지는 할머니를 미워할 수가 없는 거야."

그렇다. 엄마가 박 선생님을 밖에 둔 채로 문을 닫아버려 선생님이 눈물을 철철 흘리지만 나는 엄마를 미워할 수 없다. 그러나 박 선생님? 나를 믿고 결혼하신 선생님은 나 때문에 엄마처럼 불행하게 살게 되었다.

"나중에 동구가 커서 사랑을 하고, 결혼을 하면 그런 일이 생길지도 몰라. 아버지처럼 괴롭고 난처한 상황이 될 수도 있잖아. 그때 네 아들조차 아버지를 원망한다면 동구도 정말 힘들지 않겠니?"

아들? 나에게 아들도 있었나? 박 선생님과 내가 아들까지 낳았구나. 그러면 그 아이가 울고 있는 박 선생님을 위해 인왕산 자락을 엉덩이로 미끄러져 내려와 문을 열어주었겠구나. 참 다행이다. 나는 그 아이에게 마음속으로 고마워했다. 그러나 그 아이는 손을 내미는 나를 외면하고 일부러 멀리 돌아 변소에 간다. 그 아이에게 나는 제 엄마인 박 선생님을 울리는 무력한 아버지일 뿐이다. 그 아이는 입을 비죽거리며 나에게 다친 손을 보여주지 않으려 한다. 그리고 그 아이는 제 할머니, 어제 눈물을 흘리던 내 불쌍한 엄마도 미워하고 있다. 내 가슴은 엄마와 아들을 위해 피를 흘리기 시작했다. 나도 모르게 눈물이 바지 자락에 툭툭 떨어졌다. 나는, 우리 엄마를 정말 사랑한다.

"동구야, 울지 마. 동구는 정말로 천사처럼 마음이 착하구나. 물론 괴로운 일이지만, 아버지가 엄마와 할머니를 다 기쁘게 해 줄 수 있는 방법이 있단다."

나는 눈물이 어룽거려 두 개로 보이는 선생님을 바라보았다.

선생님이 모든 것을 다 알고 계시다고 믿고는 있었지만 이런 일까지 답을 아시리라고는 상상하지 못했다.

"내 생각엔 말이야, 어제 아버지께서 엄마한테, 아주 조그맣게, 할머니한테는 들리지 않게 '당신 고생하는 거 내가 다 알아. 당신은 정말 좋은 사람이야. 어머니가 당신을 속상하게 하더라도 당신이 참아줘. 난 당신에게 늘 미안하고 고마워'라고 말씀하셨더라면 엄마가 무척 기쁘게 생각하셨을 것 같다. 할머니는 아버지가 무슨 말씀을 하셨는지 모르실 테니까 괜찮으실 거구. 네 생각엔 어떠니?"

이 문제는 나에게 상당히 중요한 일이었고 이해가 되지 않는 부분이 있었으므로 나는 과감하게 질문을 던졌다.

"그래도, 할머니는 계속 엄마한테 심술을 부리실 텐데요. 아버지가 엄마를 위로해준다고 할머니가 엄마한테 잘해주는 건 아니잖아요."

선생님이 여신처럼 아름답고 지혜로운 미소를 띠었다.

"그건 말야, '사랑의 힘'이라는 거야. 엄마가 좋아해서 결혼한 사람은 할머니가 아니라 아버지잖아. 그러니까 아버지가 엄마한테 잘해주시면 엄마는 할머니가 심술을 부려도 훨씬 쉽게 견딜 수가 있을 거야. 아버지가 엄마 편이니까 얼마나 든든하시겠니."

지혜란 이토록 아름답고 향기로운 것이던가. 나는 선생님이 알려주신 말들을 입속에서 되뇌어보았다. 당신 고생하는 거 내가 다 알아. 당신은 정말 좋은 사람이야. 어머니가 당신을 속상하게 하더라도 당신이 참아줘. 난 당신에게 늘 미안하고 고마워. 아버지는 이런 '사랑의 힘'을 전혀 모르고 있음에 틀림없다. 나는 오랜 세월 벽을 보며 정진했어도 도를 얻지 못하다가, 어느 여름날 대낮에 벼락과 소나기가 세상을 휩쓸고 지나간 후 대추나무 잎끝에서 돌절구로 떨어지는 물방울을 보면서 갑자기 도를 깨달은 스님처럼, 가슴 가득 차오르는 기쁨과 환희에 벅찬 숨을 들이마셨다.

"중요한 건, 동구야, 엄마와 아버지와 할머니의 일은 어른들의 일이라는 거야. 동구 네가 돕고 싶어도 잘 안 될 수도 있어. 그분들은 오랫동안 당신들의 방식으로 살아오셨기 때문에 동구가 아무리 좋은 방법을 알고 있어도 그분들이 실천하기는 어려운 일일지도 몰라. 또 네가 아버지께 이렇게 해보세요라고 말씀드리면 어린아이가 주제넘게 나선다고 혼이 날지도 모르구. 그러니까 오늘 내가 알려주는 방법은 네 마음속에 잘 묻어두고 이다음에 네가 커서 실천에 옮기면 돼. 일단은 동구가 어른들 마음을 헤아리고, 아버지나 할머니나 엄마에게 늘 힘이 되는 큰아들이 되면 어른들이 정말 기뻐하실 거야."

5

　서로 이야기하는 법에 대해 2주일씩이나 공부하고, 선생님과 나 사이에 거의 비밀이 없어지게 된 후(나는 아버지가 엄마를 때린 적도 있다는 이야기만은 한사코 숨겼다) 선생님은 드디어 글씨 공부를 시작하자고 하셨다. 나는 선생님과 나란히 칠판 앞에 서서 선생님이 쓰는 커다란 글씨들을 흉내 냈다. 선생님은 정말로 커다랗게 글씨를 쓰면서, 자기가 한 획을 그으면 나도 따라 그으라고 했다. 나도 비록 글씨는 못 쓰지만, 줄을 긋는 것쯤은 따라 할 수 있었다. 선생님이 가로로 줄을 그으면 나도 한 줄 긋고, 선생님이 세로로 그으면 나도 긋고, 그렇게 몇 줄을 따라 하면 글씨가 되었다. 선생님은 글씨 쓰는 건 아무것도 아니라고, 정말 쉬운 일이니까 나중에 하면 된다고 했다.

　또 선생님은 나에게 최면을 거는 것처럼 눈을 감게 하고 무릎을 맞대고 앉아서 글자를 읽고 쓴다는 건 매우 쉬운 일이다, 한 글자마다 물건 하나씩을 떠올리면 된다고 속삭였다.

　"동구야 생각해봐. '안방'이라는 말을 생각해봐. 안방은 뭘 뜻하지? 그래, 너희 집에서 엄마 아버지가 쓰시는 방이지? (사실 우리 집 안방은 거의 할머니가 차지하고 있지만 그걸 박 선생님한테 설명할 필요는 없었다) 제일 크고, 해도 잘 드는 방. 그리고 안방이라는 소리를 생각해봐. 아—안방. 아—안방, 이 소리를 기억해.

아—안방. 그래, 이제 눈을 떠봐."

눈을 뜨자 선생님이 들고 있는 종이에 'ㅏ'라고 써 있었다.

"동구야, 그러니까 이 모양을 보면 항상 '안방'이라는 말을 생각해내면 되는 거야."

나는 고개를 깊이 끄덕거렸다. 'ㅗ'는 '온돌'이라고 생각하자, 온—돌, 온—돌. 'ㅣ'는 이불이라고 생각하자, 이—불. 이—불. 'ㄱ'은 '그림'을 생각하자, 그—림, 그—림.

"동구야, 잊지 마. 네가 말을 할 수 있는 한, 너는 글씨를 읽고 쓸 수 있어. 지금 네 머릿속에 무언가 훼방꾼이 들어앉아 있는 건데 그 녀석을 쫓아내기만 하면 너는 후련하게 책을 읽고 글씨를 쓸 수 있을 거야. 그리고 글씨가 있는 세상은, 참 놀라운 세상이란다."

선생님이 어느 날 저녁, 웃는 얼굴로 나의 세상을 가득 채우고 하신 말씀이었다. 내가 말을 할 수 있는 한, 나는 글씨를 읽고 쓸 수 있다. 나는 그 말씀에 깊이 안도했다. 그래, 말을 할 수 있으면 글씨를 읽고 쓸 수 있는 거였구나. 그러면 내가 영원히 글씨를 읽고 쓰지 못하는 건 아니겠구나. 하긴, 나도 어느 정도는 읽고 쓸 수 있었다. 어려운 말이 나오면 긴장하고, 긴장하면 쉬운 말도 못 읽고 쩔쩔매게 될 뿐이었다. 말을 할 수 있으면 글씨를 읽고 쓸 수 있다, 나는 이 말씀을 내 마음의 성경책 첫 쪽에 적었다.

선생님은 나에게 일단 기억력 테스트를 하는 것처럼 하나하나의 철자와 그 철자를 사용하는 말을 외도록 했다. 'ㄱ'은 그림, 'ㄴ'은 나무 식으로 말이다. 처음에는 선생님이 'ㄱ'은 그림, 'ㄴ'은 나무라고 정해주었지만, 나중에는 나에게 정하라고 했다. 또 공부가 진행되면서 선생님과 나는 점점 더 친해져서 나중에는 'ㅂ'은 방구, 'ㅋ'은 코딱지 하는 우스꽝스러운 말들도 추가되었다. 선생님은 전혀 나무라지 않고, 그런 단어를 정하면 절대 잊어먹지 않을 것이므로 아주 좋다고 말했다.

물론 그렇게 저속한 말들만 가지고 우리의 신성한 공부를 한 것은 아니었다. 나는 단어를 선택할 때 나름대로 선생님에게 경의를 표현할 수 있는 기회를 놓치지 않았다. 'ㅅ'은 물론 선생님이었다. 그리고 'ㅎ'을 정할 때는 잠시 망설이다가 '향기'가 어떠냐고 제안했다. 선생님은 내 입에서 그렇게 수준 높은 단어가 나온 것을 보고 매우 놀라며 좋은 생각이라고 칭찬해주었지만 내 얼굴이 왜 새빨개졌는지는 눈치채지 못했다.

하루에 서너 개, 많으면 다섯 개까지 우리가 정한 철자와 말의 목록은 다음과 같다.

ㄱ은 그림. 이건 처음에 선생님이 정한 거였다. 나중에 선생님은 네 마음에 드는 다른 단어로 바꾸라고, 가방이나 거짓말이나 아무거나 좋다고 했지만 나는 선생님이 정해준 걸 바꿀 생각이 전혀 없었다.

ㄴ은 나무. 이것도 매우 평범한 단어였지만 선생님이 정한 이상

아주 중요하고 적합한 단어임에 틀림없었다.

ㄷ은 다람쥐. 내가 처음으로 정한 단어였다. 나는 선생님에게 순진한 아이로 보이기보다는 멋진 남자로 보이고 싶었지만, 선생님께 귀여움을 받고 싶은 생각도 컸기 때문에 이런 촌스러운 단어를 정하고 말았다. 나는 두고두고 후회했다.

ㄹ은 라면. 선생님은 내가 ㄹ이 앞에 오는 말을 쉽게 찾지 못할 걸로 생각하고 도와줄 준비를 하고 계셨지만, 나는 선생님만 보면 예술적 영감이 무한정 떠올랐기 때문에 잠시 생각한 끝에 "라면!"이라고 외칠 수 있었다. 그 순간 선생님 얼굴이 얼마나 환하게 밝아졌던지.

ㅁ은 마음. 선생님은 내가 수줍어하면서 "마음이요"라고 대답했을 때 좀 마땅치 않은 표정을 지으며 "동구야, 눈에 보이는 물건이 좋아. 마음 같은 건 보이지 않으니까 나중에 생각이 잘 안 날 텐데"라고 말했다. 그러나 나는 바꾸고 싶지 않았다. 마음이 왜 눈에 보이지 않는단 말인가. 내 마음은 박 선생님과 똑같이 생긴, 눈에 보이는 '물건'이었다.

ㅂ은 방구. 우리는 이날 이 말을 정하고 책상을 끌어안고 실컷 웃었다. 너무 웃어서 배에 힘이 없고 공부도 더 할 수 없었다. 우리는 결국 ㅂ까지만 정하고 가방을 챙겨 떡볶이를 사 먹으러 나갔다.

ㅅ은 선생님. 나는 매우 경건하고 진지하게 이 말씀을 드렸다.

선생님은 방긋 웃으며 "선생님처럼 평범한 단어를 정하면 곧바로 잊어버리고 말걸"이라고 말했다. 그러나 그건 선생님이 모르시는 말씀이었다. 나에게 선생님이 얼마나 중요하고 평범하지 않은 단어인지. 나는 이 단어 때문에 꿈도 꾸고, 아침에도 발딱 일어나 즐거이 학교에 오게 됐다.

ㅇ은 영주. 이 단어는 선생님이 정해주셨다. 나는 바보같이 잠시 착각을 하고 "호떡"이라고 말해버렸다. 나는 부끄러움에 얼굴이 붉어졌지만, 선생님은 "아니야, 원래 이 말은 선생님이 정해줄 생각이었어"라고 위로해주셨다. 공부하는 데 내 동생 이름을 쓸 생각을 하시다니, 선생님은 정말 기발한 분이었다.

ㅈ은 자수라고 했다가 나중에 쥐포로 바꿨다. 나는 할머니와 함께 〈수사반장〉에 미쳐 있었으므로 "자수해"라는 말이 세상에서 가장 멋지다고 생각했다. 그러나 선생님은 '자수'야말로 기억하기 어려운 말이라고 주장했다. 결국 그날 집에 가기 전 학교 앞에 있는 포장마차에서 선생님과 쥐포를 먹다가 선생님이 "ㅈ은 쥐포로 하면 좋을 텐데." 하고 혼잣말을 해서 쥐포로 바꾸기로 했다. 하지만 솔직히 지금도 ㅈ을 보면 자수가 생각난다.

ㅊ은 총. 아무리 선생님께 깊은 인상을 남기고 싶어도, 나는 어쩔 수 없는 어린 남자애였다. 선생님은 "어떤 말이든 네 마음에 들면 돼"라고만 하셨다.

ㅋ은 코딱지. 이 말은…… 놀라지 마시라, 박 선생님이 정하셨

다! 나는 별다르게 생각나는 것이 없어서 머뭇머뭇 "코끼리……"
라고 중얼거리며 다람쥐와 같은 이유로 싫은 말이라고 생각했
다. 그런데 선생님이 갑자기 짓궂은 눈웃음을 가득 지으며 "코딱
지……"라고 말해서 나를 놀래켰다.

ㅌ은 태극기. 대한민국 어린이로서 당연한 일이라고 생각한다.

ㅍ은 프랑스. 나는 원래 "파리"라고 했다. 집에서 비닐봉지로
파리를 잡아 날개를 떼고 밥풀이나 두부 조각을 먹여 키우는 일
을 즐겼기 때문에 금방 파리가 생각났던 것이다. 그랬더니 선생님
이 손뼉을 치면서 "나도 방금 동구랑 비슷한 생각을 했어! 난 프
랑스라고 생각했거든!"이라고 말했다. 나는 파리와 프랑스가 무
슨 관계가 있다는 건지 도대체 알 수가 없었다. 내 표정을 보고 선
생님은 좀 당황하면서 프랑스의 서울이 파리라고 설명해주셨다.
우리는 조금 어색해져서 ㅍ은 프랑스로 하자고 합의했다.

ㅎ은 향기……. 나에게 박영은 선생님은 향기로 떠오르는 분
이었다. 우리가 단둘이 하는 공부를 시작하기 전에 선생님은 칠
판 앞에 있는 예쁜 영상이었다. 그때까지는 나는 손바닥이 얼마
나 보드라운지, 선생님이 웃을 때 선생님의 속눈썹이 어떤 각도
로 휘는지, 선생님의 숨결이 어떤 온도인지 알지 못했다. 그러나
단둘이 공부를 시작한 후, 나는 선생님을 향기로 인식하기 시작
했다. 물론 선생님의 손이 닿는 감촉이나, 귀에 들리는 목소리로
선생님을 느낄 수도 있었다. 그러나 공부가 끝나고 집에 온 뒤에

도 선생님을 느낄 수 있는 것은 선생님의 온몸에서 풍겨 나와 나에게도 조금 옮겨온 향긋한 냄새, 바로 그것이었다. 선생님과 오랜 시간을 함께 보내기 위해서는 선생님을 향기로 생각하는 것이 가장 좋았다. 내 손끝에, 볼에 남아 있는, 여리디여린 선생님의 향기.

우리는 ㅏ, ㅑ, ㅓ, ㅕ 하는 홀소리에도 이런 식으로 말들을 붙였다. 그리고 철자와 말의 짝을 외는 데 남은 시간을 대부분 투자했다. 우리는 재미있는 게임이라도 즐기는 양, 선생님이 철자를 쓴 카드를 보여주면 나는 그 철자에 약속된 말을 외쳤다. 물론 쉽지 않았다. 아무리 쉬운 것도 잘 못하니까 내가 바보 소리를 듣는 게 아니던가. 나는 눈으로 보기에도 정말 쉬운 ㅏ나 ㅓ 같은 것도 수시로 헷갈리곤 했다. 그러나 선생님은 절대 화를 내거나 답답해하지 않고 유치원생을 가르치듯이 오른쪽, 왼쪽, 위, 아래를 분별하는 연습을 시켰다. 나는 수천 번을 틀려도 화를 내지 않는 선생님의 인내에 힘입어 조금씩 맞는 답을 외칠 수 있게 되었다.

"그래 동구야. 이제 너는 문제 없이 글을 읽을 수 있어. 모든 글자에 우리가 왼 것을 끌어다 붙일 필요는 없어. 그냥 자연스럽게 읽는 거야. 그러다가 어려운 말, 잘 모르는 말이 나와서 꽉 막히면 그때부터 그 글자를 쪼개는 거야. 글자를 쪼개서 철자를 만들면 우리가 왼 말들을 가져다 붙일 수 있지? 그러면 그 글자가 무슨 소리가 날지 금방 알 수 있지. 너 스스로 너에게 힌트를 주는 거야. 자 시작해보자."

우리는 조금씩, 짧은 문장부터 읽기를 시작했다. 내가 두려워서 자꾸 읽기를 멈추면 선생님은 내 겁먹은 눈을 들여다보면서 힘을 주었다.

"읽기를 기막히게 잘하는 사람도, 자기가 읽는 말이 무슨 뜻인지 다 아는 건 아니야. 읽는 건 아는 거랑 달라. 너는 알지는 못해도 읽을 수 있어. 모르는 말이라고 겁먹을 필요 없어."

그랬구나. 모르는 말도 읽을 수는 있는 거구나. 나는 갑자기 내 눈을 단단히 가리고 있던 손아귀의 힘이 느슨해지는 것을 느꼈다. 내 마음의 성경책 2쪽, 모르는 말도 읽을 수는 있다.

며칠 후 선생님은 우리 둘만의 공부 시간이 시작되자 기대를 자아내는 멋진 표정으로 아무 말 없이 나를 쳐다보기만 해서 애간장을 녹이다가, 마침내 선생님이 앉아 있던 의자 뒤에서 상당히 근사해 보이는 책을 한 권 꺼내 들었다. 그 책은 크기가 스케치북만큼 컸고, 앞뒤 표지는 번쩍번쩍 빛이 나는 단단한 종이라서 흐느적거리지도 않았다.

"마음에 들지 모르겠다, 동구야. 이 책은 선생님이 동구한테 선물로 주는 《세계동물도감》이야. 동물도감이라는 건, 세계에 있는 많은 동물들의 사진과 그 설명을 적어놓은 책이야. 이제는 동구 거니까 맨 앞쪽에 예쁘게 이름도 쓰고, 동구가 곱게 간수하렴."

내가 태어나서 책을 선물로 받은 것은 이것이 두 번째였다. 아버지는 초등학교에 들어가던 해 세 권짜리 두꺼운 책, 《삼국지》를 선물로 주었다. 물론 그때도 나는 공손하게 두 손으로 그 선물을 받아 들었지만 그 내용은 한 글자도 읽지 못했을 뿐 아니라 하나도 궁금하지 않았다. 《삼국지》를 받던 때의 느낌과 선생님께 《세계동물도감》을 받는 느낌은 왜 그렇게도 다른 것인지. 나는 종잇장이 구겨지지 않도록 조심하며 첫 장을 펼쳤다. 첫 장에는 고래, 모양과 크기가 다양한 고래들이 멋지게 물 위로 뛰어오르고 있었다. 검은 고래도 있고 회색을 띤 고래도 있었다. 주둥이 모양도 다 달랐고 머리 생김생김도 다 달랐다. 흥분이 지나쳐 귓속에 웅웅 하는 잡음이 들리는 사이로 선생님의 꿈꾸는 듯한 목소리가 들렸다.

"긴수염흰고래. 북극과 남극의 차가운 바다에서 여름을 보내면서 크릴새우를 먹고살다가 겨울이 되면 적도 지방으로 이동해 번식한다. 몸길이는 30미터, 몸무게는 150톤에 달하는 세계에서 가장 큰 동물이다. 어때, 근사하지? 앞으로는 우리 읽기 공부 시간에 동구가 좋아하는 동물을 찾아서 그 설명을 읽어보기로 하자. 선생님도 어릴 적에는 동물도감을 정말 좋아했었어."

선생님과 공통점이 하나 생겼다. 둘 다 어린 시절에 동물도감을 좋아했다는 거. 나는 선생님을 우러러보며 무턱대고 존경과 숭배를 바쳤다. 스님 앞에 서면 잡귀신이 파랗게 질린다던가. 내 눈을 가리고 내 머릿속에 글자가 들어가는 것을 완강하게 막고 있는 심술쟁이 훼방꾼은 선생님 앞에서 제 명이 얼마 남지 않은 것을 느끼고 새파랗게 질려 있을 것이다. 그래, 이 훼방꾼아, 얼른 손을 치우란 말이야. 나는 네 손을 치우고 글을 읽을 거야. 네가 떨어져나가면 나는 영주처럼 동화책도 읽고, 환한 세상으로 훨훨 날아갈 거야. 나에게 인생의 진실과 동물의 신비를 알려주시는 박영은 선생님과 함께.

6

아직 잠이 다디달았다. 하지만 귓가에 어른들이 말하는 소리가 자꾸 스쳐서 몽롱한 가운데 몇 번이나 잠에서 깼다. 언뜻 의식의 수면 위로 올라가서 수런수런하는 소리를 흘려듣다가, 다시 곤하게 잠이 들었다가, 다시 귀에 목소리가 들리기를 여러 번. 이번에는 좀 더 확실하게 대문 소리가 들렸다. 아버지가 출근하신 거다. 그러면 나도 학교에 갈 시간이 되었다는 건데. 그러나 엄마가 나를 깨우지 않는 것으로 보아 아버지는 오늘 특별히 일찍 출근하시는 날인가 보다. 아아, 잠시 깨었다가 다시 잠드는 기분은 얼마나 달콤한가. 나는 오줌 마려운 것을 꾹 참고 따뜻하고 부드러운 이불을 단단히 휘감은 후 다시 깊이깊이 잠이 들었다.

퍼뜩, 이게 아닌데 하는 생각에 깜짝 놀라 이불을 젖히고 일어나 보니 온 방 안에 흐릿한 햇빛이 가득했다. 할머니는 없었고 영주는 옆에서 자고 있었다. 좀 멍해졌다. 어떻게 된 일이지? 오늘은 틀림없이 일요일이 아닌데. 엄마는 왜 깨우지 않았을까. 아직 꿈을 꾸는 것일까? 도무지 현실감이 들지 않았다.

아니, 이건 현실이다. 터질 듯한 팽만감으로 괴로워하는 오줌보. 이놈을 얼른 달래주지 않으면 나는 또 굉장한 망신을 당하고 말 것이다. 서둘러 벌떡 일어나자 찔끔 오줌 방울이 새어 나왔다. 이런, 뒤꼍 구석에 있는 변소까지 갈 여유가 없을 것 같았다. 비상사태. 하는 수 없다. 최후의 수단을 동원할밖에. 방문을 열고 문 옆에 놓인 할머니의 요강을 급히 끌어들였다. 굉장한 기세로 요강 벽을 때리는 오줌발. 이제 살았다. 할머니에게 혼나는 건 나중 문제였다. 방문이 홱 열리며 할머니가 들어왔다. 뒷마당에서 감나무를 앞에 놓고 내년 가을에는 열매를 맺을 것인지, 아니면 이번에도 열매 하나 맺지 않고 염치없이 넘어갈 것인지를 따지면서 지레 흥분하고 있던 할머니가 어느새 안에서 새어 나오는 오줌 누는 소리를 포착한 것이다. 나는 우리 할머니가 정말 할머니 맞는지, 일흔이 가까워서도 어쩌면 저렇게 잘 달리고 잘 들을 수 있는지 신기했다.

"야 이 새끼야! 너는 요강에 오줌 싸지 말랬잖아! 천지 사방에다 튀었네 벌써."

나는 아직 볼일이 끝나지 않았기 때문에 엉거주춤한 자세로 고스란히 욕을 얻어먹었다. 영주가 일어나 우리를 쳐다보고 있었다. 볼일을 마치자마자 황급히 고추를 집어넣고 도망가려 했지만 할머니에게 내복 뒷자락을 붙잡혔다. 할머니는 내 팬티를 내려 맨 볼기를 찰싹찰싹 두 대 때리고는 오줌물이 출렁거리는 놋쇠 요강을 떠안기며 깨끗이 부셔오고 들어올 때 걸레도 가져오라고 명령했다.

"동구 인제 일어났어?"

차가운 날씨에 뒤꼍에서 빨래를 널고 있던 엄마는 나를 보고도 학교에 늦었다는 타박을 하지 않았다. 내가 학교에 안 간 것이 아무렇지도 않다는 눈빛이었다. 내가 공부를 너무 못하니까 이제는 더 이상 공부를 시키지 않기로 한 걸까. 꽃밭에 요강을 비우고 엄마 옆에 요강을 들고 서 있었더니 엄마가 요강을 받아 들고 수돗물로 헹구어주었다.

"오늘은 학교에 가지 마라."

놀라워라. 보통은 내가 학교에 가기 싫어하고 엄마가 억지로 학교에 보낼 때가 많았는데 오늘은 거꾸로였다. 무슨 특별한 날인가? 생각해보니 얼마 전에도 한 번 이모가 결혼하던 날 학교에 가지 않았다. 그럼 오늘도 그렇게 엄마와 함께 멀리 나들이를 가는 모양이었다. 하지만 그것도 조금 이상했다. 이모의 결혼식 날에는 엄마가 새벽부터 한복을 곱게 차려입고 보통 내가 학교에 가는 시간보다도 더 빨리 집을 나섰다. 그런데 오늘 엄마는 아무런 준

151

비도 하지 않고 그냥 평범한 날처럼 빨래를 널 뿐이었다. 엄마에게 오늘 무슨 중요한 일이 있느냐고 물어보았지만 엄마는 그런 일은 없고 그냥 학교에 가지 말라고만 했다.

다른 아이들도 모두 학교에 가지 않은 걸까 하고 대문을 열어보았지만 동네가 조용했다. 다들 학교에 간 모양이었다. 선생님이 나를 기다리실 텐데 하는 생각에 갑자기 마음이 아릿해져왔다. 세수를 하고 다른 아이들을 찾아 동네를 한 바퀴 돌아보려고 집을 나서려는데 엄마가 뒷덜미를 잡았다.

"오늘은 어디 나가지 말고 집에만 있어."

이런. 학교에 가지 않았다 해도 하나도 좋을 일이 없었다. 엄마가 시장이라도 가시면 거기라도 쫓아갈 텐데 엄마도 역시 오늘은 집 밖에 나갈 생각이 없는 모양이었다. 결국 나는 영주를 데리고 다시 방으로 들어왔다.

나는 일단 학교에 가지 않아도 되는 느긋한 하루를 즐겨보기로 했다. 내가 할머니와 같이 자는 방은 동쪽으로 커다란 창이 나 있어서 아직 방의 절반 정도에 햇빛이 들어오고 있었다. 노란색과 황토색의 중간쯤 되는 애매한 색깔의 커튼을 휙 잡아당기자 방 안의 조명이 노르스름하게 달라졌다. 영주 얼굴이 한가을 산녘에 피어오른 동그란 들국화처럼 보였다. 영주 눈에는 내 얼굴이 그렇게 노랗게 보이는지 손뼉을 치면서 깨꿍대고 웃었다. 원래는 커튼을 내리고 영주와 장님놀이를 할 생각이었지만 아무리 커튼을 여며도 완전히 어두워지지 않았다.

나는 할머니의 장롱에서 얇은 이불을 꺼내 뒤집어썼다. 집게손
가락 두 개를 이마 옆에 대고 눈먼 황소처럼 영주를 향해 돌진!
영주가 숨넘어가게 웃으며 도망을 쳤다. 그 웃음소리를 들으면 앞
이 보이지 않아도 영주가 어디쯤 있는지 훤히 알 수 있었다. 영주
를 이리저리 쫓아다니다가 그만 장롱에 쿵 하고 박치기를 했다.
캄캄한 이불 속에서 불꽃이 번쩍 튀었다. 이불을 벗고 보니 하필
이면 장롱의 손잡이 부분에 이마를 박았다. 조금 울고 싶은 생각
이 들 만큼 꽤 아팠지만 거울을 보면서 빨갛게 된 이마를 쓱쓱 문
지르고 참기로 했다. 웃음을 그치지 않던 영주의 조그만 얼굴이
거울 안에서 걱정스럽게 변했다. 영주가 보는 앞에서 오빠가 운다
면 아무래도 체면이 서지 않았다. 나는 거의 눈꼬리까지 넘어온
눈물을 간신히 삭이며 아무렇지 않다는 듯이 다시 이불을 뒤집
어썼고 영주는 다시 손뼉을 치면서 도망 다니기 시작했다. 씩씩거
리는 황소와 도망만 다니는 어린 투우사.

황소와 투우사의 대결은 금방 다시 중단되었다. 투우사가 황소
가 쓰고 있던 이불자락을 밟았는데 그때 마침 황소가 몸을 틀어
서 발밑에 있던 이불자락이 휙 끌려가니까, 그 서슬에 어린 투우
사가 반쯤 공중제비를 하면서 방바닥에 뒤통수를 박았기 때문이
다. 투우사는 황소만큼 맷집이 좋지도 않고 아직 한참 어렸기 때
문에 그 충격을 견디지 못하고 울음을 터뜨렸다. 뒤꼍 한구석에

감자껍질과 채소 찌꺼기를 파묻고 있던 할머니와 변소를 물로 청소하던 엄마가 동시에 달려왔다. 나는 방바닥에 나동그라진 영주를 일으켜 안고 뒤통수를 문질러주고 있었지만 할머니는 영주를 빼앗아 안았고 엄마는 내 팔을 낚아채 엉덩이를 두들겨 팼다.

"이놈 자식, 방에 들어간 지 얼마나 됐다고 동생을 울려!"

"어휴 이 먼지 구덩이, 이새끼야 뭐 한다고 이불은 끌어 내렸니?"

엄마와 할머니의 지청구가 한꺼번에 쏟아졌다. 영주가 딸꾹질을 하면서 오빠가 안 그랬다고 변명했지만 엄마와 할머니가 어찌나 소리를 지르는지 영주 목소리는 거의 들리지 않았다. 엄마가 커튼을 걷고 창문을 열어 먼지를 내보내는 동안 나는 두 손을 뒤로 돌려 허리등뼈 근처에 둔 열중쉬어 자세로 고개를 푹 수그리고는 얌전히 혼이 났다. 나는 엄마에게 앞으로 점잖게 놀겠다고 약속하고 할머니에게는 꿀밤 한 대를 더 맞고 풀려났다.

아직도 시간은 오전이었다. 우리는 옷을 두툼하게 입고 밖에서 놀기로 했다. 나는 영주에게 뒤꼍 화강암 밑을 꽤 깊이 파서 개미집이 있던 자리를 찾아주었다. 그곳에는 봄마다 개미들이 길게 줄을 지어 다니기 때문에 개미집이 거기 있을 게 분명했다. 그러나 개미집은 거의 비어 있었고 죽은 애벌레 몇 마리만 발견했다. 영주가 말릴 틈도 없이 개미의 허연 애벌레를 날름 집어삼켰다. 나는 재빨리 영주를 개미집에서 떼어놓고 엄마가 혹시 보았는지 눈치를 살폈다. 엄마는 대문 앞의 시멘트 바닥에 물을 끼얹고 네모난 솔로 바작바작 소리가 나도록 문질러대느라 영주가 방금 흉측한 것을 집어먹은 사실을 알아차리지 못했다. 다행히 영주도 애벌레가 별로 맛이 없었는지 더 먹겠다고 고집을 부리지는 않았다. 우리는 장독대와 화강암 바위를 오르내리며 타잔 놀이와 동물의 왕국 놀이를 했다. 할머니는 우리가 맨날 장독대를 오르내리며 소리를 지르고 극성을 떠니까 옆에 있는 감나무가 시달려서 열매를 맺지 못하는 거라며 화를 냈다.

점심을 먹고 오후가 되어도 여전히 할 일이 없었다. 나는 잠시 궁리를 하다가 오늘같이 좋은 기회에 왕딱지를 여러 장 만들어놓기로 했다. 안방 문 옆에는 내 어깨만 한 높이에 다락이 있었다. 나는 밑에서 내가 하는 일을 넋 놓고 쳐다보고 있는 영주를 남겨두고 다락으로 훌쩍 뛰어 올라갔다. 나의 목표는 묵은 달력이었다. 엄마는 묵은 달력도 절대 떼어버리지 않고 고이 보관했다가 그 질 좋은 종이를 접어 냄비 받침을 만들거나 찬바람이 새는 부엌 유리창에 맵시 있게 붙였다. 오늘은 엄마가 학교에 가지 말라고 한 거지만 왠지 나 자신이 눈 하나 깜박 않고 학교를 빼먹는 불량학생인 것 같은 건들건들한 기분이 들어 엄마가 아끼는 달력 종이로 꼭 딱지를 만들어야 직성이 풀릴 것 같았다.

나는 아직 말짱한 종이가 네 장이나 붙어 있는 묵은 달력 하나를 챙겨 엄마가 싫어하는 먼지들과 함께 내려왔다. 나는 멋들어

155

지게 착지하면서 영주의 눈길을 의식했다. 영주는 나의 여러 가지 능력들 중에 높은 곳에서 뛰어내리는 능력을 가장 존경했다. 그래서 나는 시도 때도 없이 장독대에서, 야트막한 담벼락에서, 다락방에서, 구야네 축대에서 뛰어내렸다. 물론 영주가 보는 앞에서였다. 그러다가 몇 번 영주를 깔아뭉개서 아이를 죽일 뻔하기도 했다. 불쌍한 호야는 오빠처럼 뛰어내려보라고 요구하는 영주 때문에 몇 번이나 축대 위에서 진땀을 흘리다가 제 엄마에게 구출되었다. 나는 영주와 함께 할머니의 방으로 휘몰아쳐 들어가 반짇고리를 꺼내고 커다란 가위로 달력 종이를 기다랗게 잘랐다. 온 동네를 휩쓸 장군 왕딱지를 적어도 열 장 넘게 만들 수 있을 것이다.

딱지를 접는 일에는 상당한 손재주가 필요했다. 아무렇게나 접어도 딱지가 되지만 네 귀가 칼같이 반듯한 잘생긴 왕딱지를 만들려면 정성을 기울여야 했다. 그리고 딱지를 치는 일에도 멋이 있었다. 딱지란 것은 단단하고 탄력이 있어야 상대방의 딱지에 큰 충격을 주어 쉽게 뒤집을 수 있는 반면 수비에서는 얄팍하고 끈기가 있어야 땅바닥에 찰지게 달라붙어 상대방의 공격에도 끄떡없이 버틸 수 있었다. 한편 딱지를 오로지 투쟁의 도구로만 보지 않는다면, 그놈이 단단한 시멘트 바닥을 펑펑 치면서 동네가 쩌렁쩌렁 울리도록 멋진 소리를 내는 것도 중요했다. 내가 좋아하는 우렁찬 소리가 나려면 딱지가 구겨진 데 없이 반듯하고 넓고 약간 두꺼운 듯해야 했다. 이런 딱지는 모서리를 맞으면 벌렁벌렁 쉽게 뒤집혀 전투용으로는 좋지 않지만 그놈이 시멘트 바닥에 달라붙으면서 내는 퍼억 하는 소리는 듣는 이의 마음을 설레게 하는 야성적인 면이 있었다. 아까운 달력 종이로 저도 딱지를 접겠다고 고집을 부리는 영주에게 에이, 버렸다 싶은 심정으로 종이를 한 장 넘겨주고, 나는 네 귀를 정확히 맞춰가며 딱지를 접기 시작했다. 종이가 빳빳해서 다루기도 어려웠지만 그만큼 가슴도 설렜다. 구겨진 자국 한 군데 없는 새 딱지를 여덟 장이나 만들었다. 영주가 온통 구겨놓은 종이는 좀 더 작게 잘라서 학과 종이공과 개구리를 접어주었다.

딱지 접기가 끝나고 조금 있으니까 아이들이 학교에서 돌아오는 소리가 났다. 그러니까 나 말고 다른 아이들은 모두 학교에 갔던 것이다. 나는 호야를 붙들고 학교에 아무 일도 없었는지 물어보았다. 호야는 무심하게 아무 일 없었다고, 형은 왜 학교에 오지 않았느냐고 물었다. 글쎄, 나는 왜 학교에 가지 않은 것일까. 나도 잘 알 수 없었지만 어쨌건 부모님의 동의하에 하루 학교에 가지 않은 것은 친구들의 부러움을 살 만한 일이었다. 친구들도 돌아왔으니까 나의 무료함도 이제 끝났다. 나는 새로 장만한 왕딱지를 챙겨서, 가방도 풀지 않고 하나둘씩 모여드는 친구들 사이로 끼어들었다.

아버지도 저녁때 유난히 일찍 집에 오셨다. 저녁을 먹으면서 엄마와 아버지는 목소리를 낮추어 잘 알아들을 수 없는 이야기를 했다.

"글쎄, 뭐 크게 다른 것 같지는 않았어."

"동구 학교 보내도 될까?"

"다른 애들 다 갔을 텐데 뭐 하러 동구만 안 보내. 그럴 것까지는 없을 거야. 우리 같은 사람이야 사실 별 상관없는 일이지, 뭐."

"……학교가 청와대랑 가까우니까 그러지. 동네에 군인이 가득 찼단 말이야. 어저께 시장 갔다가 얼마나 놀랐는지. 큰길에 온통 시커먼 군인들뿐이고, 저기 중앙청 쪽으로는 탱크도 있다고 하던데."

"탱크는 뭐, 겁준다고 놔둔 거지, 설마 시내 한복판에서 그걸 쏘기야 하겠어? 군인들이 신분증 보자면 보여주고 그냥 시키는 대로만 하면 별일 없어. 뭐 동네 여자들한테까지 신분증 보자고도 안 할 테고."

탱크! 나는 귀가 번쩍 뜨였다. 중앙청이라면 어려서부터 수백 번도 더 가보았다. 내 안마당이나 같은 곳이다. 그곳에 탱크가 있단 말인가. 오늘 그곳에 탱크가 왔기 때문에 엄마가 나를 학교에 보내지 않은 것인가. 나는 가슴이 뛰었다. 내 또래 사내아이들에게 탱크란 공룡이나 로봇처럼 한없이 매혹적이기는 하나 한 번도 실제로 본 적은 없는 그런 존재였다. 국군의 날 행진을 할 때면 탱크가 시청 앞을 지나가기도 하지만 시가행진을 구경하러 시내까지 나가는 일은 없었다. 그걸 동네에서 볼 수 있다니. 나는 너무나 위험하기 때문에 엄마가 나를 학교에 보내지 않기까지 한 그거대한 존재에게 완전히 마음을 빼앗겼다. 그 탱크가 언제까지나 그 자리에 있지는 않을 것이다. 그것을 볼 기회는 오늘뿐이다. 내일 볼 수 있다 해도 오늘 보고 싶다.

나는 시계를 보았다. 6시 20분. 이미 바깥은 어둑어둑했다. 나는 급히 밥을 다 먹어치우고 구야네 놀러 가겠다고 했다. 엄마는 저녁을 먹은 다음에는 남의 집에 가면 안 된다고 했지만 아버지가 애를 학교에 안 보냈으니 준비물이나 숙제가 무언지 들어야 하지 않겠느냐고 하면서 얼른 갔다가 일찍 오라고 했다. 내가 밖으로 뛰어나가자 영주도 따라가고 싶어 했다. 잠시 영주도 데리고 갈까 생각했지만 영주가 가기에는 너무 먼 거리였다. 날씨가 좀 따뜻하기만 해도 영주를 데려가 탱크를 보여주겠지만 지금은 크리스마스가 거의 가까워오는 한겨울, 더구나 어둠이 내려앉고 있는 저녁때였다. 나는 따라가겠다고 바동거리는 영주를 떼어놓고 구야를 불러냈다.

"구야, 우리 중앙청 가자."

"지금? 뭐 하러?"

"지금 거기에 탱크가 와 있대."

"오늘 학교에서 선생님이 그쪽으로 가지 말라고 하셨는데."

"너 진짜 탱크 본 적 있어?"

"아니."

"그러니까 보러 가자. 맨날 거기 있는 게 아니잖아."

구야가 무표정한 얼굴로 잠시 갈등하다가 호야를 데리고 가겠다고 했다.

"멍청이. 거긴 너무 멀어. 호야를 데려가면 나중에 징징거릴 거야. 날씨도 이렇게 추운데."

구야는 동생을 떼어놓고 가는 문제를 잠시 더 고민하다가 우리끼리 얼른 갔다 오자는 결론을 내리고는 달리기 시작했다. 우리는 달리기라면 자신이 있었다. 평소에는 책가방과 신발 주머니를 들고 등하굣길에 달리지만 지금은 가뿐하게 맨손으로 달리니 더욱 거칠 것이 없었다. 다행히 올해는 아직 눈이 많이 오지 않아 길이 심하게 얼지 않았다. 좁은 골목길을 둘이 달려 내려가려니 다 저녁에 어딜 가느냐고 묻는 목소리가 많았다. 아는 사람들을 많이 만나니까 조금이라도 늦으면 엄마 아버지에게 우리가 어디로 급히 달려가더라는 말이 전해질 것이 뻔했다. 혼나지 않으려면 더 빨리 달려야 했다.

달리다가 보니 평소에는 대부분 문을 닫아놓는 삼층집 대문이 열려 있었다. 아쉬웠다. 나는 그 집 마당에 들어가 노는 것이 늘 소원이었다. 그러나 그 집은 다른 집들과는 달리 대문을 항시 닫아놓기 때문에 아무 때나 들어갈 수가 없었다. 내가 좀 친해지려 무진 공을 들이지만 도무지 넘어갈 기미가 보이지 않는 그 집의 괴팍한 집사 아저씨가 크게 인심을 쓸 때, 또는 쌀가마니나 연탄 같은 것을 배달시키면서 대문을 활짝 열어놓았을 때에나 한 번씩 들어가볼 수 있는 곳이었다. 참 아까운 기회였다. 한겨울이니까 삼층집 정원도 가장 황량한 모습일 테지만 그 나름대로 한적한 멋이 있었다. 나무들은 볼품없어도 새들은 있겠지. 삼층집 정원에 사는, 가슴이 태양처럼 환한 새를 보면 입안에 박하사탕을 넣은 것처럼 화한 기분이 들었다. 참 좋은 곳인데. 이따가 돌아올 때까지 문이 열려 있다면 한 번 들러보겠지만 그럴 리는 없을 것이다. 오늘은 더 희귀한 것을 구경하러 달려가는 길이므로 그 열려 있는 삼층집 대문을 계속 생각해서는 안 되었다. 나는 마음의 화면에서 열려 있는 대문의 정경을 지웠다. 겨울바람을 안고 달리니 코끝이 떨어질 듯이 아팠다.

약국 앞까지는 내리막길이므로 단숨에 달려왔다. 여기부터 중앙청까지는 평지였다. 아니, 거의 경사를 느낄 수 없지만 아마 계속 완만한 내리막길일 것이다. 우리는 약속이라도 한 듯 달리기를 멈추고 타달타달 걸으며 숨을 골랐다.

"근데 그게 왜 왔을까?"

"몰라. 그것 때문에 나는 오늘 학교에 안 갔어. 엄마가 위험하다고 가지 말랬어."

"오늘 학교에서 선생님이 그쪽으로 혹시라도 가지 말라고, 오늘은 학교 끝나면 바로 집에 들어가야 한다고 그러시더라. 근데

161

학교 앞에도 온통 군인이었어. 너무너무 많아서 애들이 다 구경했는데, 오늘은 주번 형들도 교문 앞에 안 서 있고 대신 선생님들이 서 있으면서 구경하는 애들더러 빨리 들어가라고, 막 그러더라. 하여튼 좀 이상한 날이었어."

"탱크 본 애들은 없대?"

"사직동 애들은 봤대. 엄청나게 크대."

"몇 대나 왔대?"

"몰라. 걔들은 한 대밖에 못 봤다던데."

거칠던 숨결도 가라앉고, 탱크 이야기를 하자니 마음도 급해져 우리는 도로 달리기 시작했다. 이제는 큰길이어서 훨씬 달리기가 쉬웠다. 문제는 바람이었다. 겨울날치고 그렇게 추운 날씨는 아니었고 계속 달리니 몸이 더워져 추운 건 별로 문제가 되지 않았지만 코와 눈이 몹시 괴로웠다. 우리는 달리면서 계속 코와 눈을 문질러서 조금이나마 온기를 전하려 노력했다.

"나 학교에 안 왔다고 선생님이 뭐라고 하지는 않으셨니?"

"그런 말씀은 안 하시던데."

나는 약간 실망했다. 오늘 집에 있으면서 혹시 선생님이 집으로 전화해주시지는 않을까 하는 희망을 잠시 가지기도 했으니까. 그러나 나도 하루 종일 노느라 바빠서 선생님 생각은 사실 많이 못했으니까 선생님이 나를 특별히 생각하지 않은 것도 크게 섭섭할 일은 아니었다.

"선생님 오늘 아프신 것 같았어."

"아파? 어디가?"

"어디가 아픈지는 모르지. 그냥 기분이 안 좋은 것 같기도 하고."

바보 같은 구야 자식. 기분 나쁜 것과 아픈 것도 구별을 못하다니. 내 가슴이 겨울바람 속에서 얼마나 덜컥 내려앉았는지 모르고. 내일은 꼭 선생님 곁에 있어야겠다. 오늘 내가 탱크를 구경한 이야기를 해드리면 기뻐하실지도 모르겠다. 이런 건 정말 흔히 할 수 있는 구경이 아니니까 말이다.

우리는 큰길에 닿았다. 이제 건널목을 건너 15분만 더 걸어가면, 아니 달려간다면 10분 안에 중앙청의 정문인 광화문에 도착할 수 있었다. 신호등이 파란색으로 바뀌길 기다리면서 길 건너편을 보니 골목 모퉁이마다 엄청나게 많은 군인들이 서 있었다. 경복궁과 길 하나를 사이에 두고 있는 그 마을을 온통 군인들이 채우고 있는 모양이었다. 그들의 차림새도 보통이 아니었다. 그동안에도 경복궁 근처에는 군인이 많건 적건 늘 있었지만 오늘처럼 철모를 쓰고 있지는 않았다. 철모 뒤로 삐죽삐죽 위협적으로 솟아 있는 총신들. 우리는 위압당하고, 가슴이 서늘해지는 한편 쿵쾅쿵쾅 뛰기 시작하는 것을 느끼며 자연스럽게 입을 다물었다. 신호등이 파란불로 바뀐 후 아무렇지 않은 듯, 창성동이나 적선동 쪽에 집이 있는 동네 아이처럼 걸어야 했지만 우리는 어쩔 수 없이 군인들을 흘끔흘끔 곁눈질하게 되었다.

"동구야! 구야! 너희들 여기서 뭐 하냐?"

차가운 날씨에도 등에 식은땀을 흘리며 조용히 걷고 있는 우리에게 천둥처럼 크고 겁 없는 목소리가 들렸다. 우리는 경기(驚氣)하는 어린아이처럼 팔다리를 휘두르며 깜짝 놀랐다. 총을 들고 있는 몇몇 군인들의 시선이 우리에게 꽂혔다. 중앙청 쪽에서 올라오다가 우리를 알아보고 큰 소리로 아는 체를 한 사람은 고시생 주리 삼촌이었다. 주리 삼촌은 동네에서 덩치나 목소리가 제일 컸고 영주 이전에는 우리 동네에서 제일 똑똑하다고 소문났던 사람이었는데 몇 년째 고시에 연거푸 낙방하면서 기가 약간 죽고 목소리도 좀 작아진 사람이었다. 하지만 오늘은 몇 년 전의 그 거칠 것 없던 우레 같은 목소리가 돌아와 있었다.

우리들은 약수터에 갈 때마다 삼촌이 있기를 은근히 기대했다. 삼촌을 만나면 약수터 옆 운동장에서 삼촌이랑 축구를 하거나 여러 놈들이 떼를 지어 삼촌 하나에게 덤벼들곤 했다. 내 또래들 서넛과 편을 먹고 와아! 함성을 올리며 한꺼번에 삼촌에게 덤벼들어도 삼촌이 팔뚝이며 다리통을 한 번만 휘두르면 파리 새끼들처럼 간단히 나가떨어지곤 했다. 삼촌의 우악스런 손아귀에 뒷덜미를 붙잡혀 공깃돌처럼 바닥에 내동댕이쳐지는 것에는 뭐라 설명하기 어려운 즐거움이 있었다.

하지만 오늘 저녁에 삼촌을 만난 것은 전혀 반갑지 않았다. 주리 삼촌이 육중한 발걸음을 옮겨 우리에게 다가오는 동안 우리는 그 자리에 얼어붙어 꼼짝도 하지 못했다. 평범한 아침 인사도 동네 개들이 다 짖도록 큰 소리로 말하는 사람이 우리에게 늦은 밤에 어디를 가고 있느냐고 아우성을 치면 탱크 구경이고 뭐고 다 틀린 일이었다. 조금만 더 가면 곧 탱크가 나올 텐데 여기서 주리 삼촌을 만나다니 참 한심한 일이었다. 우리는 삼촌이 우리 이마나 몇 대 치고 그냥 무심히 지나쳐 가주기만을 바랐다.

주리 삼촌은 우리 바람과는 정반대로 다정하게 어깨동무를 척하더니 마치 우리가 자기와 애초 같은 방향으로 가고 있기나 했던 것처럼 우리를 집 쪽으로 돌려세워 길을 걷기 시작했다. 우리 어깨에 걸쳐진 삼촌의 팔은 쇠기둥이나 다듬잇돌처럼 무시무시하게 무거웠다. 삼촌이 우리를 잡아끄는 것도 아닌데 우리는 강풍으로 맞춰놓은 선풍기 앞의 파리 날개처럼 삼촌의 걸음을 따라 대책 없이 휩쓸려가고 있었다. 구야가 조그맣게 항의했다.

"우리 저 아래 내려가봐야 해요."

"뭐 하러? 이제 깜깜하구만."

군인들은 이제 우리 집이 효자동이나 창성동이 아니란 사실을 다 알아버렸다.

"저 아래, 친구가 기다리고 있단 말이에요."

"저 아래 어디서?"

"경복국민학교 앞에서……, 문방구 앞에서…….''

구야에게 이런 기지가 있는 줄 나는 그동안 전혀 몰랐다. 탱크를 보고 싶다는 열망이 둔하고 눈치 없는 구야의 머릿속에서 후딱 그럴듯한 거짓말을 하나 만들어낼 만큼 강했나 보다. 바보 같은 나는 이럴 때 단 한 마디도 뻥긋하지 못했다. 죽을힘을 다한 구야의 거짓말에 주리 삼촌은 경회루의 잉어들이 잠에서 깰 만큼 크게 웃었다.

"으하하하. 내가 지금 그쪽에서 왔는데, 거긴 지금 군인들이 발디딜 틈 없이 막고 있단다. 경복국민학교 옆에 사는 사람들은 지금 회사도 못 가고 시장도 못 가. 꼼짝도 못하고 집에만 틀어박혀 있단 말야. 너희들도 그쪽으로는 못 가. 나도 군인들이 경복국민학교 안쪽 골목으로 못 가게 해서 큰길로 돌아왔어."

길가에 검은 그림자처럼 죽 늘어서 있던 군인들 중 한 사람이 음산한 목소리로 "조용히 해주십쇼"라고 주의를 주었다. 주리 삼촌은 순순히 입을 다물고 우리 어깨를 꽉 잡은 채 조용히 아까 우리가 건넌 건널목을 거꾸로 건넜다. 우리는 주리 삼촌이 중앙청 근처로는 갈 수 없다고 한 말이나 군인들이 자아내는 위협적인 분위기에 기가 죽기도 하고, 한편 하늘이 주신 기회를 이렇게 맥없이 놓치고 마는 것이 아깝기도 하여 대책 없는 눈길만 계속 주고받고 있었다. 길을 다 건넌 주리 삼촌이 낮은 목소리로 웅얼거리기 시작했다.

"시팔, 좆같은 새끼들, 사람이 길 가는 게 이상한가, 시팔 군바

166

리 새끼들이 대로에 서 있는 게 이상한가. 좆구멍에 엿가락을 처박을 새끼들. 아가리를 똥구멍까지 찢어발겨줄까 부다……."

우리 동네에서 제일 천재에 가깝고 하늘같이 높은 고려대학교 법과대학을 나왔으며 몇 번 떨어지긴 했지만 고시 공부를 하고 있다는 주리 삼촌이 조용히 하라는 말 한마디에 이렇게 노발대발하며 추잡한 욕설을 퍼붓는다는 것이 이해가 갈 일인가? 우리 어깨를 쥐고 있는 주리 삼촌의 손가락이 점점 힘을 더하며 욕설 가락에 맞추어 어깨를 조여와서 구야와 나는 더욱 괴로워졌다. 그 손가락들은 우리의 어깨가 좆, 씹, 뱉, 똥, 염병, 꼴통, 쌍판, 눈깔, 이빨, 모가지, 아가리, 대가리, 콧구멍, 창자, 똥창, 후장, 불알, 구멍, 니에미이기나 한 것처럼 갈기갈기 찢고 째고 으깨고 지지고 비틀고 바수고 까고 뽑고 찍고 씹고 뱉고 싸고 쑤시는 동작들을 낱낱이 모사(模寫)하고 있었다. 삼촌의 말이 많아지면서 옅은 술 냄새도 맡을 수 있었다. 아랫동네에 다다를 때쯤 되어서는 목소리가 원래대로 다 커져서 그 천박하고 낯뜨거운 욕설들을 온 동네 사람들이 들을 수 있었다. 점빵집 앞 외등 아래 다다르자 삼촌은 우리에게 화풀이라도 하듯이 고함을 꽥 질렀다.

"도대체 오늘 같은 날 너희들은 거기 왜 간 거야?"

어차피 동네까지 도로 끌려와버렸고 이제 날도 깜깜 밤중이 돼버렸으니 탱크 구경은 틀린 일이었다. 우리도 억울하고 부아가 치밀어서 제정신이 아닌지라 주리 삼촌에게 맞고함을 쳐버렸다.

167

"탱크 구경 갔었단 말이에요!"

"삼촌은 정말 바보야! 내일이면 없어질 텐데!"

주리 삼촌이 눈을 껌벅였다. 삼촌이 당장 별말 없자 우리는 더욱 기세가 올라서 눈물까지 글썽거리며 악을 썼다.

"삼촌 때문이야! 사직동 애들은 오늘 낮에 봤다고 하던데! 내일이면 없어질 건데 삼촌 때문에 못 봤어!"

"거기까지 단숨에 달려갔는데! 거의 다 갔는데!"

삼촌은 곰같이 덩치가 크고 털이 많고 팔뚝이 굵은 사람이어서 주먹을 한 번 휘두르면 나나 구야쯤은 단숨에 점빵집까지 날릴 수도 있을 것이다. 삼촌 손등에는 내 머리칼만큼 무성한 털이 나 있었다. 삼촌이 주먹을 한 번 쥐어 보이기만 해도 우리는 잠잠해졌겠지만 우리를 폭력(또는 폭력의 암시)으로 제압할 생각은 없어 보였다. 오히려 우리가 씩씩거리다 못해 울 지경으로 분해하는 걸 보면서 조금 미안해하는 것 같기도 했다.

"그럼 너희들 부모님한테 탱크 보러 간다고 이야기했어?"

역시 고시 공부하는 사람답게 삼촌은 한마디로 우리 입을 틀어막았다. 우리는 동시에 고개를 푹 떨구었다. 이제 여덟 시가 다 되어갈 텐데 우리 집에서는 지금쯤 내가 돌아오면 혼구멍을 내주려고 벼르고 있을 것이다. 삼촌은 시끄럽게 짹짹거리던 우리를 단숨에 잠잠하게 만들고는 잠시 생각에 잠기더니 우리를 끌고 다시 방향을 바꾸어 오던 길로 되돌아가기 시작했다. 우리는 이게 무슨 일인가 싶어 삼촌의 얼굴만 쳐다보았다. 삼촌은 우리를 데리고 약국집 앞까지 와서는 공중전화에 동전을 집어넣었다.

"너희들, 전화번호부터 불러. 이 시간에 집에 들어가면 혼 좀 날걸."

삼촌은 우리 집에 전화를 걸더니 전화통이 왕왕 울리도록 큰 소리로 엄마에게 인사했다. 엄마는 수화기를 귀에서 약간 떼어야 했을 것이다.

"예, 동구 어머니, 안녕하세요, 저 주리 삼촌입니다. 예, 동구 저랑 같이 있습니다……. 예, 쭉 같이 있었습니다. 예, 공부 이야기도 좀 하구요. 애가 참 똑똑하네요. 하하하, 참 제 마음에 듭니다……. 예, 그래서 말씀인데요, 제가 동구 데리고 포장마차에 가도 되겠습니까? ……예, 지금요……. 어휴 걱정 마십시오, 시장 옆에 하나 있잖습니까. 우동 한 그릇만 먹여서 돌려보내겠습니다. 여태 밖에서 같이 노느라 시간이 이렇게 된 줄도 몰랐습니다. 죄송합니다……. 예, 따뜻한 국물만 마시게 하고 보내겠습니다……. 예, 걱정 마십시오. 예, 이따 집까지 데려다주겠습니다. 안녕히 계십시오."

약국집 아저씨가 못마땅하게 창밖을 내다보는 가운데 주리 삼촌은 구야네 집에도 똑같이 전화를 걸고 우리를 데리고 시장통으로 갔다. 포장마차! 우리는 눈이 휘둥그레져서 삼촌을 따라갔다. 탱크만은 못해도, 어른들이 술 마시는 포장마차에 간다는 것은

169

상당히 신나는 일이었다.

"너 포장마차 가본 적 있어?"

"아니. 한 번도 없어."

우리는 금세 마음이 풀어져서 시시덕거리며 주리 삼촌의 산더미 같은 그림자를 따라 걸었다. 시장통 옆 골목에는 하늘색 비닐 포대를 두르고 있는 포장마차가 하나 있었다. 주리 삼촌이 비닐 포장을 들추자 따뜻하고 습한 공기가 얼굴에 확 끼얹어졌다. 포장마차의 네모난 공간에 뿌연 빛무리를 두른 백열등 한 개가 가락국수와 오뎅과 다른 여러 가지 음식 채반을 비추고 있었다. 혼자 대파를 썰고 있던 주인아줌마가 우리 일행을 보고 반가워했다. 아줌마는 주리 삼촌과 꽤 잘 아는 사이인 모양이었다.

"아유, 오랜만인갑소. 공부가 잘 되는가바잉. 요새는 한참 발길이 뜸했어."

안 그래도 별로 기분이 좋지 않은 주리 삼촌에게 공부 이야기는 썩 유쾌하지 않은 소재였다. 삼촌은 눈썹을 바짝 모으고 손을 홰홰 저으며 공부라면 정나미 떨어진다는 표정을 지었다. 우리는 포장마차 앞에 놓인 기다란 나무의자에 나란히 앉았다. 주리 삼촌의 커다란 궁둥이가 닿으니 나무의자는 나무젓가락처럼 가냘파 보였다.

"너희 뭐 먹고 싶냐?"

우리는 포장마차에 진열된 낯선 음식들을 보고 신기해했다. 처

170

음 보는 종류가 많았다. 저런 것도 먹는 건가 싶을 지경이었다.

"저녁은 먹었어?"

우리는 고개를 끄덕였다. 하지만 저녁 먹은 후 달리기를 꽤 오래 하고 땀을 흘렸기 때문에 음식 냄새를 맡으니 배가 고파왔다. 뭐 먹겠느냐는 삼촌의 질문에 나는 아까 삼촌이 엄마에게 우동 한 그릇 사 먹이겠다고 말했던 것을 생각하며 자신 있게 "우동"이라고 대답했다가 대뜸 핀잔을 먹었다.

"촌놈, 여기까지 와서 우동을 먹냐? 그건 뜨듯한 국물이나 마시면 되는 거지. 여기선 소주에 술안주를 먹어야 하는 거야."

소주? 술안주? 우리 둘의 눈이 기대로 반짝이는 모습을 보면서 삼촌은 소주 한 병과 꼼장어, 멍게를 주문했다. 셋 다 내가 한 번도 먹어본 적 없는 음식이었다. 아줌마는 우리 눈치를 보면서 소주 한 병에 잔은 한 개만, 그리고 우동 국물에 국수도 좀 넣어서 숟가락을 세 개 꽂아주었다. 몸이 꽝꽝 얼어 있다가 훈훈한 공간에 들어와서 우동 국물을 마시니까 배 속부터 열기가 치솟는 것 같았다. 구야와 나는 우동 국물 한 대접을 금방 다 마셔버렸다. 우리가 뜨거운 우동 국물에 미쳐 있는 동안 주리 삼촌은 혼자서 거푸 소주 두 잔을 비웠다. 곧 멍게 접시가 나왔다. 주황색과 노란색이 뒤섞인 듯한 요상한 음식이었다. 삼촌은 멍게에 초고추장을 찍어 입에 넣으며 어, 좋다고 탄식했다.

"애기들은 멍게 한 번도 안 먹어본 모양이네. 조카들인가?"

171

"아뇨. 동네 애들이에요."

"으잉? 그러면 애기들 엄마들이 요런 데 온 거 알면 안 좋아할 것인데."

"허락 다 받구 데려왔습니다."

"그럼 애들 먹을 만한 걸 시켜줘야지 멍게에 꼼장어가 뭐요. 애들아, 먹어보고 입에 안 맞으면 말해라. 아줌마가 딴 걸로 줄게."

"사내자식들이 못 먹을 게 어디 있어. 그거 한 점 집어먹고 소주로 입가심하면 딱이다. 꿀꺽 삼켜라. 사내자식들은 음식 가리는 거 아니다."

우리는 멍게를 먹으면 소주를 먹어볼 수 있다는 말에 앞뒤 가릴 것 없이 멍게를 한 점씩 입에 넣었다. 으윽. 나는 나도 모르게 코를 틀어쥐고 말았다. 생각 같아서는 그대로 뱉고 싶었지만 남의 이목 때문에 차마 뱉지는 못하고 우물거렸다. 구야 자식은 비위가 좋아서 잠시 우물우물하더니 꿀꺽 삼켰다. 아줌마가 내 표정을 보고 눈치 빠르게 우동 국물 한 그릇을 더 내밀었다. 삼촌은 그 징그러운 걸 먹는 데 성공한 구야가 기특하다는 듯이 너털웃음을 지으며 뒤통수를 쓰다듬어주고 소주를 한 잔 권했다.

"이 사람 보게. 애들한테 소주를 주면 안 되지."

"맨날 먹는 거 아닌데 어때요. 괜찮아, 조금만 마셔. 다 마시지 말구. 오늘 같은 날은 원래 코가 삐뚤어지게 술을 처먹는 건데, 너희는 어리니까 그냥 술맛만 봐라. 저 녀석은 멍게를 입에서 삶고 있구만. 그거 우물거리면 더 괴로워. 꿀꺽 삼키고 너도 술이나 한 잔해라."

나는 거의 토할 것 같았지만 나약한 놈으로 보이기 싫고 소주 맛도 떳떳하게 보고 싶어서 억지로 멍게를 꿀꺽 삼켰다. 목구멍 근처에서 끈질기게 저항하던 멍게 녀석이 복수를 다짐하며 배 속으로 사라졌다. 구야는 소주를 냉큼 반 잔이나 마시고는 아무렇지도 않다는 표정으로 있었다. 주리 삼촌은 구야가 마신 술잔을 비우고 거기에 다시 소주를 부어주었다. 나는 소주로 멍게의 니글니글한 맛을 없애려고 좀 넉넉히 마셨다. 목구멍에 불이 나는 것 같았다. 아줌마는 그런 나를 안쓰럽다는 듯이 쳐다보며 연탄불에 구운 꼼장어 접시를 내놓았다.

"이쪽 꼬마는 멍게가 영 안 맞는구만. 너는 차라리 꼼장어를 먹어봐라. 요것은 고추장 양념이 돼 있으니까 한결 나을 것이다."

주리 삼촌은 내가 곤혹스러워하는 걸 보며 낮게 웃었다. 그리고 내 뒤통수를 툭툭 치며 이제 술맛 보는 건 그만큼으로 되었으니까 꼼장어나 먹으라고 했다. 그러나 뒤이어 먹어본 꼼장어도 입에 안 맞기는 마찬가지였다. 나는 그 유들유들한 느낌이 싫었다. 그러나 비윗장 좋은 구야 녀석은 꼼장어가 먹을 만한지 날름날름 집어먹기 시작했다.

"이쪽 꼬마는 귀공자구만. 평생 얄구진 음식은 입에 안 대어본 도련님이시네."

173

"동구 어머니가 우리 동네에서 음식 솜씨가 제일 좋으시지."

어느새 소주를 반병 가까이 비운 주리 삼촌이 우동 국물을 더 달라고 했다.

"아줌마, 이 거지 같은 세상 좀 빨리 하직할 방법이 없겠습니까? 국물에 쥐약이나 확 풀어주시든지요."

"젊은 사람이 뭔 말을 그렇게 흉측하게 헌디야? 무슨 안 좋은 일이라도 있는가?"

"중앙청에 날도둑놈들 들어선 거 못 보셨습니까?"

"아, 그랬어? 언제는 거기 사람 놈들 살았나. 내둥 도적놈들만 살았지."

주리 삼촌이 너털웃음을 지었다. 그리고 아까 읊었던 욕설의 일부분을 다시 아줌마에게 들려주었다.

"……아시겠습니까? 세상은 이렇게 엿 같고 좆같다구요. 시팔 놈들. 그러니 저는 어떡합니까? 좆같은 고시, 붙어봤자 쌍놈의 새 끼들 똥구멍이나 핥아주게 될 걸 고시는 봐서 뭐 합니까? 인간 강대웅, 인생 조졌습니다. 시이팔. 옛날에도 좆같았지만 시팔 이렇게 진짜 좆같아질 줄은 몰랐습니다. 이 강대웅 뭘 하고 살아야 겠습니까? 내가 제일 미치겠는 건, 너절한 인생이 너무 느리게 간다는 겁니다. 지금 제가 바라는 게 뭔지 압니까? 내 나이가 당장 여든이 돼서 이불에 오줌 싸고 똥 싸고 처자빠져 있는 겁니다. 그러다가 뒈져버리는 겁니다. 오로지 그거, 그것만이 소원입니다."

아줌마의 얼굴이 난처한 기색을 띠었다.

"이 사람이 왜 이렇게 소릴 지르나, 포장마차에 애들 데려다놓구 무슨 소란이야? 요기서 샛길 하나만 빠져나가면 경찰선디. 괜히 술 팔던 나까지 경치는 수가 있어. 누구 입장 난처하게 만들라구."

삼촌이 고시에 또 떨어진 걸까? 왜 저렇게 기분이 안 좋을까? 지난번 고시에 세 번째로 떨어졌을 때도 주리 삼촌은 실실 웃고 다녔는데.

"야 이 자식들아!"

갑자기 주리 삼촌이 고함을 버럭 질렀다. 꼼장어를 다 집어먹고 멍게를 다시 우물거리고 있던 구야와 배 속이 편치 않아 배에만 신경을 쓰고 있던 나는 깜짝 놀라서 삼촌을 쳐다보았다. 삼촌이 "이 자식들아"라고 부른 사람들은 다름 아닌 우리였다.

"느네들 탱크가 뭔지 아냐?"

구야와 나는 갑자기 야단을 맞게 된 이유도 모르면서 단박에 겁에 질렸다. 삼촌의 표정이 당장 주먹빵이라도 한 대씩 내지를 것처럼 험악했기 때문이었다.

"탱크는 사람 죽이는 거 아니냐? 아무리 어려도 그렇지, 사람 죽이는 탱크 본다구 이 밤중에 중앙청까지 뛰어가? 구경났냐? 그렇게 뭘 모르냐? 나아쁜 자식들!"

보다 못한 아줌마가 팔을 내밀어 주리 삼촌의 어깨를 탁탁 때

175

렸다. 그래봤자 불곰 같은 주리 삼촌은 간지럽지도 않을 터였다.

"아니, 애들을 놓고 무슨 소리를 하요? 애들이야 그저 탱크 보면 좋고 총 보면 신기하지, 그게 애들이지. 그게 애들한테 화낼 일이요? 술주정 한 번 고약하게 하는구만."

"아무리 애들이래두, 즈이들도 머리가 있으면 생각을 할 줄 알아야지. 야, 느이들 서울 시내에 탱크 다니는 게 제대로 된 일이냐? 대갈빡들은 왜 달구 다니냐? (우리 머리를 툭툭 치면서) 이 자식들 그냥 꼴통들이잖아. 아무리 어리대두 철이 있어야지!"

우리는 갑자기 급변한 상황을 이해하지 못하고 오로지 얻어맞을지도 모른다는 생각에 빳빳하게 얼어붙었다. 흘끗 곁눈질해서 보니 삼촌의 소주병은 거의 비어 있었다. 탱크, 우리는 왜 그것을 구경하러 갔을까? 철도 없이, 무슨 구경 났다고 그걸 보러 갔을까? 사실 삼촌이 고함을 지르기 전까지 나는 그게 위험하다거나 비정상적인 거라고는 한 번도 생각지 않았다. 왜 그랬을까? 삼촌의 두툼한 손가락이 갑자기 곁에 앉은 구야를 지나 한 자리 건너 앉은 내 귀를 끄잡았다.

"야 인마, 너 왜 탱크 보러 거기까지 갔어?"

아줌마가 아이구, 이 사람아 하면서 내 귀를 붙잡은 주리 삼촌의 오른팔을 잡아 흔들었지만 삼촌의 손가락은 돌쩌귀처럼 꿈쩍도 하지 않았다. 나는 귀가 떨어져나갈 것처럼 아파서 아아아 하고 소리를 지르다가 얼떨결에 생각하고 있던 것을 말해버렸다.

"나는 그게 안 쏘는 탱크인 줄 알았어요!"

맞는 답인지 틀린 답인지 알 수 없었지만 어쨌든 주리 삼촌의 악어 이빨 같은 손가락은 내 귀를 풀어주었다. 귀에 감각이 없었다. 주리 삼촌의 두툼한 입술 사이로 폭풍 같은 한숨이 뿜어 나왔다.

"안 쏘는 탱크라니……."

주리 삼촌은 남은 소주를 병째 비우고, 멍게 세 점을 한 젓가락에 모아 한입에 털어 넣고 일어섰다. 우리도 재깍 따라 일어섰다. 우리는 삼촌과 조금 떨어져서 가고 싶었지만 삼촌은 아까처럼 우리의 어깨에 팔을 두르고 걷기 시작했다. 무섭던 기세는 어디로 가고 다시 사람 좋은 주리 삼촌으로 돌아와 있었다. 아무 말 없이 우리 동네까지 올라온 주리 삼촌은 우리 집 대문이 저만큼 보이는 거리에 이르자 꿍얼거리는 목소리로 이야기했다.

"야, 순진한 놈들아. 너희는 어려서 참 좋겠다. 세상에 무슨 걱정이 있냐. 근데 이건 알아둬라. 세상에 안 쏘는 탱크는 없다. 탱크는 쏘자고 만드는 거다. 그걸 중앙청 앞에 가져다놓은 놈은 서울 사람들, 아니 우리나라 사람들 다 잡아 죽일 수도 있다고 협박하고 있는 거야. 내가 올라오면서 봤는데 중앙청 앞에 있는 그거 더럽게 재수 없게 생겼다. 하나도 멋있는 거 없다. 그러니까 그런 거 보고 싶다고 까불지 마라. 응? 아무리 어려도 이 정도는 알아야 한다."

177

주리 삼촌은 우리 뒤통수를 한 대씩 툭툭 때리는 것으로 인사를 대신했다. 집에 들어가기 직전, 좁은 골목에서는 삼촌의 양 소매에 달린 단추가 양쪽 벽을 따라락따라락 긁는 소리가 들렸다.

배 속의 멍게는 앙심을 단단히 품은 것이 분명했다. 집에 들어가자 엄마는 내가 믿을 만한 어른과 같이 있었다는 증거가 있으므로 크게 나무라지는 않았지만 내가 몸을 뒤틀며 배가 아프다고 말하자 몰래 불량식품이라도 사 먹은 게 아니냐고 추궁했다. 소주와 멍게를 먹은 게 잘못된 것 같다고 말할 수는 없는 노릇이었다. 나는 징징거리며 우동을 먹었다고 했는데 엄마는 겨울이라서 우동이 상했을 것 같지는 않지만 시장통 음식이라는 게 원래부터 믿을 수 없는 거라며 다시는 그런 군것질을 하지 말라고 했다.

나는 아버지가 플래시를 비춰주며 변소 앞에서 기다리는 동안 먹은 음식을 남김없이 토했고 밤새도록 아버지를 세 번이나 더 깨워서 변소에 가야 했다. 아침에 일어나니 배 아픈 것은 가라앉았지만 추운 날 밖에서 많은 시간을 보내고 많은 일을 겪은 탓에 지독한 감기에 걸려 있었다. 나는 멍게처럼 벌겋게 달아오르고 축 늘어져서 꼼짝도 못하고 학교를 하루 더 쉬어야 했다.

7

사흘 만에 학교에 간 날, 내 눈은 퀭하고 턱은 뾰족했다. 그런데 박영은 선생님도 나와 비슷한 모습이었다. 눈이 퀭하니 커져 있었고, 아기처럼 토실토실하던 볼살도 없어지고, 턱이 뾰족하게 야위어 있었다. 바보 같은 구야 자식, 선생님은 정말로 아프셨던 것이다. 얼굴이 저렇게 홀쭉해지도록 아프셨는데 아픈 건지 기분이 나쁜 건지 모르겠다니, 정말 구야는 최악으로 눈치 없는 녀석이었다.

선생님은 나를 보자 약하게 꿀밤을 때렸다. 아니 때리는 시늉만 했다. 내 이마에 선생님의 오른손 가운뎃손가락 가운데 마디가 닿자, 물리적 접촉이 일종의 텔레파시 매개 역할을 하는지 "왜 이틀이나 학교를 안 왔니, 아픈 건 다 나았니, 선생님 보고 싶지는 않았니"라고 말하는 소리가 들리는 것 같았다.

수업을 진행하는 동안 선생님의 목소리에는 기운이 없었다. 생기와 총기가 넘쳐 탕탕 튀어 오르는 고무공같이 경쾌하던 선생님의 목소리는 뒷자리에서 들리지 않을 정도로 힘이 빠져 있었다. 그리고 쉬는 시간에는 우리가 아무리 떠들어도 개의치 않고, 머리를 감싸고 조용히 눈을 감은 채 책상에 앉아 있었다.

나는 선생님이 저렇게 아프셔서는 수업이 끝나고 우리 둘만의 공부를 하기가 어렵겠다고 생각했다. 하지만 선생님은 수업이 끝나자 "자, 청소 당번들은 청소하세요. 동구는 남고"라고 말씀하셨다. 나는 청소가 끝날 동안 교실 뒤쪽에 앉아 이틀 사이에 우리가 공부했던 것들을 많이 잊어먹지 않았는지 마음속으로 점검해 보았다.

선생님은 나와 단둘이 남게 되자 진심에서 우러나오는 웃음을 보여주었다. 그러나 그 웃음조차 기운이 없어 보여 나는 마음이 찢어질 것 같았다. 그럴 자격만 있다면 선생님의 두 볼을 내 두 손으로 감싸 쥐고 아프지 마시라고 말하고 싶었다. 선생님의 반듯한 이마에 손을 얹어 열이 있는지 느껴보고 싶었다. 그러나 함부로 말하거나 선생님을 만질 자격이 없는 나는 가만히 있었고 자유롭게 행동할 수 있는 선생님이 먼저 입을 여셨다.

"동구야, 많이 아팠나 보구나. 얼굴이 해쓱해졌다. 이틀 사이에."

선생님은 두 손을 뻗어 손바닥으로 내 볼을 감쌌다. 그리고 오른손 손등을 내 이마에 대어 열이 있는지 살펴보았다.

"아직도 열이 있구나. 동구야, 감기 걸리고 아프면 안 되지, 동구가 아프면 선생님도 마음이 아파요."

그리고 은은하게 웃으며 오랫동안 내 눈을 들여다보았다. 성모 마리아님. 관세음보살님. 달빛처럼 고요하고 신비로운 미소를 띠신 분. 선생님은 오늘 그 어느 때보다 감동적이고 아름다웠지만 보통 때의 명랑하고 생기 넘치는, 내게 익숙한 모습과는 사뭇 달랐기 때문에 조금 낯설었다. 선생님은 그런 내 심정을 알아차리셨는지 갑자기 잠에서 깨어난 사람처럼 화사한 웃음을 지었다.

"조금만 있으면 겨울 방학이고 크리스마스네. 동구는 방학 동안 뭘 할 거니?"

선생님은 분위기를 돋워보려고 방학 이야기를 꺼낸 거였지만 나는 마지막 남은 마음의 온기마저 빼앗기고 말았다. 내 심장은 도롱뇽이나 카멜레온처럼 자기 몸의 온기를 유지하지 못하고 교실 바깥의 찬바람 부는 추운 날씨, 영하의 온도로 내려갔다. 방학을 하면 선생님을 보지 못하게 될 것이다. 개학을 하면 선생님을 다시 볼 수 있지만, 두 주일 후면 다시 봄 방학을 할 테고, 그 다음엔 4학년이 된다. 담임 선생님이 바뀔 것이 틀림없다. 박 선생님은 우리 학교에 오시기 전에 늘 6학년만 가르치셨다니까 내년에는 6학년 선생님이 되실 것이다.

나는, 나는 다시 공부 못하는 돌대가리 한동구가 되어 아무의 눈길도 받지 못하고 교실에 있는 예순다섯 개 책상의 한 칸을 차지한 한 덩어리 까만 머리통으로 지내게 될 것이다. 나는 아름다운 공주님의 사랑을 받아야만 사람의 모습으로 돌아올 수 있는 슬픈 개구리 왕자였다. 나를 사랑해주시던 선생님과 헤어지면 세상에서 제일 착하고, 마음씨 곱고, 동생을 사랑하는 왕자로 지낼 수 있었던 기쁜 날들은 모두 옛일이 되고, 나는 다시 개구리로 돌아가 공주님 같은 선생님의 얼굴이나 떠올리며 있는 듯 없는 듯한 학교생활을 영원히, 영원히 계속하게 될 것이다.

눈치 빠른 선생님은 나의 우울함을 금세 알아채시고는 옛날처럼 내 볼을 꼬집고 귀를 흔들고 얼굴을 바싹 끌어당겨 화려하게 춤추는 속눈썹을 아주 가까이에서 보여주면서 내 마음을 풀어주려 했다. 그러나 내 얼굴에서 슬픈 기운이 사라지지 않자 한숨을 쉬셨다.

"동구야, 그렇게 슬픈 표정을 지으니까 선생님도 울 것 같다. 선생님이 멀리 가는 것도 아닌데 뭘 그래……. 그리고 내년에도 우리가 같은 반이 될지 누가 아니?"

그러나 나는 내년에 선생님이 6학년을 맡으실 거라고 생각했다. 나뿐만 아니라 우리 반의 많은 친구들이 그렇게 생각한다. 지금 5학년 학부모 중에 교육에 관심이 많은 극성 엄마들은 박 선생님이 매우 잘 가르치신다는 소문을 듣고 내년에 선생님을 담임 선생님으로 모시기 위해 벌써 바람을 잡고 다닌다는 얘기가 널리 퍼졌다. 그 소문은 누군가 다른 사람들에게서 들은 이야기가 아니었다. 수업이 끝나면 우리들의 엄마가 아닌 다른 엄마가 우리 교실 밖에 서 있다가 선생님께 허리를 깊이 숙여 인사를 하고, 선생님이 사절하려 해도 "그냥 인사로 드리는 것"이라고 굳이 선생님께 곱게 포장한 선물을 전하고 "내년에…… 우리 아무개가 산수가 약한데…… 중학교에 가기 전에 기초가 중요해서……." 하는 비슷비슷한 부탁을 드리는 모습을 여러 번 보면서 우리들끼리

182

눈치채고 소곤소곤 이야기하게 된 일이었다.

우리 동네는 가난한 동네라 엄마들이 학교에 찾아오는 일도 별로 없지만 청운동이나 신교동에는 부자들도 많았다. 우리들의 모습이나 엄마들의 모습이나 한눈에 척 봐도 차림새부터 차이가 났다. 그 사람들이 박 선생님을 원하는데 나, 한동구, 3학년이 되도록 한글도 못 읽는 바보 한동구를 위해 선생님이 4학년을 맡게 되지는 않을 것이다.

선생님은 우울한 생각에서 헤어나지 못하는 나를 깨어나게 할 방법을 궁리하기 시작했다. 선생님이 머리를 굴릴 때면 턱을 약간 올리고 눈으로는 나를 비스듬히 바라보면서 입술을 야무지게 꼭 다물고, 속눈썹이 움찔움찔하면서 인중이 짧아졌다. 정말로 멋진 모습이었다. 하지만 오늘은 선생님이 멋지게 보일수록 내 마음은 하염없이 슬퍼지기만 했다.

"동구야, 학교 쉬는 동안 우리 공부한 거 많이 잊어먹지는 않았지?"

나는 선생님과 약속한 철자와 말의 조합을 다시 복습하고 선생님이 시키는 대로 국어책과 동물도감을 몇 쪽 읽었다. 국어책보다는 동물도감 쪽을 더 잘 읽었는데, 내가 좋아하는 동물들은 내용을 거의 외고 있기 때문에 별로 틀리는 것 없이 내가 생각하기에도 잘한 것 같았다. 칠판에 선생님이 부르는 말들을 받아썼는데, 쓰기는 읽기보다 좀 더 어려워서 시간이 오래 걸리고 몇 군데

틀리기도 했지만 선생님은 그래도 아주 잘했다고 칭찬해주셨다.

"그래. 우리 이제 우리가 공부한 걸 부모님께 자랑해보기로 하자."

충격적인 말이었다. 나는 온몸이 얼어붙었다. 하지만 선생님은 재미있는 일을 생각해낸 사람처럼 즐거운 표정이었다.

"동구야, 지금부터 선생님이 부모님께 편지를 쓸 거야. 동구가 읽기 쉽게 크게, 또박또박 쓸게. 그러면 오늘 저녁에 집에 가서 동구가 엄마 아버지한테 읽어드려. 지금 미리 보여주지 않을 거야. 네가 충분히 읽을 수 있는 편지야. 읽다가 어려우면, 알지? 우리가 약속한 것들을 생각하면 되는 거지. 이 편지엔 말야, 선생님이 동구의 엄마 아버지께 드리는 말씀도 있구, 선생님이 동구한테 하는 말도 있어."

선생님이 내게 하는 말? 나는 궁금함에 두려움을 잊었다. 선생님은 깨끗한 종이에 또박또박 편지를 쓰시고 하얀 봉투에 넣어서 풀로 봉했다. 그리고 봉투에도 뭐라고 써서 나에게 주었다.

"읽어 봐. 겉봉에 뭐라고 써 있나."

"한동구의 부모님께. 박영은 드림."

"그래. 잘했어. 너는 이제 고등학생처럼 쉽게 읽는구나. 겉봉을 읽을 수 있으면 편지도 읽을 수 있어. 다 쉬운 말들뿐이니까. 우리가 매일 보던 동물도감보다 훨씬 쉬운 편지야. 오늘 가서 저녁 먹고 나서, 온 식구가 다 앉아 계실 때 부모님께 읽어드리고, 부모님께서 뭐라고 말씀하셨는지 내일 나에게 다 가르쳐줘. 알았지?"

8

나는 책가방 속에 편지봉투를 소중히 넣고 집으로 돌아왔다. 마루에 가방만 던져놓고 친구들과 신나게 인왕산을 한 바퀴 돌고 저녁 먹을 시간에 맞춰 들어왔는데 엄마의 기분이 안 좋아 보였다. 이런 날은 아버지가 연락도 없이 늦는 날이었다. 나는 영주와 텔레비전을 보면서 괜히 흥분하거나 불안해하지 않으려고 노력하고 있었는데 엄마의 기분 나쁜 표정을 보고 할머니가 "지 서방을 못 잡아먹어 안달하는 년"이라고 트집을 잡았기 때문에 엄마는 더 벌레 씹은 표정이 되었다.

"저렇게 여편네가 맨날 암상을 하고 있으니 어느 집구석에 복이 들어오겠어?"

엄마가 인왕산 치마바위 같은 참을성을 동원해서 끙 소리를 내며 못 들은 척했다.

"동구 애비나 되는 천하 없는 양반이나 하니까 저런 지랄 맞은 년을 마누라라고 데리구 살지. 노는 것도 아니고 일하고 들어오느라 늦는 사람을 놓고 저거 승질 부리는 것 좀 보라지."

엄마는 결국 점빵집에 내려갔다 온다고 지갑을 들고 나섰다.

185

정말 잘한 일이었다. 할머니는 엄마가 나가버리자 옛날에 할아버지 성질 같았으면 저런 여편네는 지게 작대기로 늘씬하게 두들겨 패줬을 거라고, 정말 아깝다는 듯이 이야기했다.

"인물도 어디서 비틀어진 쥐새끼마냥 쪼잔하게 생겨 가지구. 애들이 지 애비만 닮았으면 훨씬 더 훤했을 건데 지 에미 모냥이 섞여서 영 베렸다."

할머니는 말은 그렇게 했어도 가요 프로그램에 정신을 팔고 있는 영주의 볼을 두 손으로 감싸서 당신 얼굴 쪽으로 돌리고 웃으며 눈을 맞추었다. 손녀가 마음에 들어 죽겠다는 듯한 그 표정으로 봐서는 영주의 얼굴이 '베린' 얼굴이라고는 생각지 않는 것 같았다. 그럼 '베린' 아이는 나란 말인가?

엄마는 점빵집에 간다고 했어도 뭐 하나 사 온 것 없이 빈손으로, 시간은 턱없이 오래 지난 후에 아버지와 함께 들어왔다. 아홉 시 뉴스가 거의 끝나갈 무렵이었다. 영주와 나는 너무 배가 고파서 냉장고 문을 열고 오이 한 개를 꺼내서 먹을까 말까 망설이던 참이었다. 할머니 역시 배가 고파서 당신 말대로 암상이 되어 있었지만 아버지와 같이 들어오는 걸 보고는 뭐라 말도 하지 못하고 얼굴만 있는 대로 찡그렸다.

엄마와 아버지는 같이 올라오면서 무슨 이야기를 했는지 둘 다 씰쭉한 표정이었다. 아버지는 우리 가족 중에 마음에 드는 인간이 하나도 없다는 것 같은 분위기를 풍기면서 할머니한테 인사도 대충 하고 우리 인사도 받는 둥 마는 둥 하더니 할머니에게 피곤하다고 말도 못 붙이게 하고 세수하러 목욕탕으로 갔다. 엄마는 엄마대로 심드렁한 표정으로 평소 같지 않게 왈그렁왈그렁 소리를 내며 밥상을 차렸다. 할머니는 주먹을 꼭 쥐고 분한 표정으로 있다가 도대체 퇴근하는 사람을 붙들고 무슨 발광을 했길래 동구 애비가 저렇게 피곤해하는 거냐고 언성을 높였다. 나는 밥을 먹고 나서 식구들이 박영은 선생님의 편지를 듣기나 할는지 걱정이 되었다.

다행히 배고픔으로 더 날카로워졌던 분위기는 따뜻한 밥이 배 속으로 들어가면서 급속히 눅어졌다. 평소에 밥을 잘 안 먹어 엄마의 속을 태우던 영주가 허겁지겁 밥을 다 먹어치우고 생선조림이 맛있다며 더 먹겠다고 해서 엄마는 기분이 좀 좋아졌다. 영주는 입맛이 엄마를 닮았는지 생선이라면 제법 잘 먹는 편이었다. 생선 반찬만 있으면 밥을 좀 먹는 영주 덕분에 우리 집의 밥상에 슬그머니 생선구이, 생선조림이 오르기 시작한 지도 꽤 되었다. 평소에는 생선 반찬에 별 관심이 없던 아버지도 생선조림이 참 맛있다고 영주 말에 맞장구를 치면서 할머니 눈 밖에 나지 않을 만한 한도 내에서 엄마의 비위를 맞추려고 노력했다. 할머니는 섭섭한 눈치를 감추지 못하며 그런 아버지를 흘끔흘끔 쳐다보았다.

열 시가 다 되어서야 식사가 끝나고, 식구들은 위기를 잘 모면한 안도감과 배부름에 마음이 노골노골 풀어졌다. 나는 기회를 엿보다가 엄마에게 선생님이 편지를 보내셨으니 설거지하기 전에 안방으로 오시라고 이야기했다. 엄마는 심각한 표정으로 앞치마에 손을 닦으며 급히 방으로 들어왔다. 아버지와 엄마가 자못 긴장하고 있는 앞에서 나는 천천히 마음을 가라앉히며 가방을 열어 편지를 꺼냈다. 아버지가 손을 내밀었지만 나는 정중하게 "제가 읽을게요"라고 말했다. 아버지와 엄마의 눈이 둥그렇게 커졌다. 나는 편지봉투를 열어 하얀 편지지를 꺼내 들고 선생님의 정다운 글씨를 큰 소리로 읽기 시작했다.

한동구의 할머님과 부모님께.
안녕하세요. 저는 3학년 7반 한동구의 담임 박영은입니다.
이렇게 제가 편지를 드리게 된 것은 동구의 할머님과 부모님께 두 가지 말씀을 드리기 위해서 입니다.
하나는 지금 들으시는 것처럼 동구가 이제 글을 매우 잘 읽는다는 것입니다.
동구는 매일 수업이 끝난 후 저와 한 시간씩 공부를 했습니다.
동구는 매우 열심히 공부해서 이제 읽고 쓰는 데 거의 불편이 없습니다.
꾸준히 노력하도록 집에서 도와주십시오.
또 하나는 동구가 훌륭한(이 부분이 어려웠다) 어린이라는 것입니다.

동구는 가족들을 무척 사랑하고, 친구들과도 사이가 아주 좋습니다.

무엇보다도 마음이 따뜻하고 어른스러워서 담임인 저도 동구에게 많은 것을 배우고 있습니다.

저는 동구가 자라서 큰 인물이 될 것이라고 믿습니다.

안녕히 계십시오.

1979년 12월 15일
담임 박영은 드림

나는 조금 긴장해서 평소에 선생님 앞에서는 잘 읽던 단어들도 조금씩 더듬거리며 어렵사리 편지를 읽었다. 하지만 선생님 말씀대로 읽을 수 있었다. 특히, 선생님과 공부한 약속들을 거의 머릿속에 떠올리지 않고서도 편지를 읽을 수 있었다. 나는 편지를 다 읽고 나서 내가 엄마와 아버지 앞에서 선생님의 편지를 읽었다는 사실과 선생님이 편지에 써주신 한없는 신뢰와 애정에 이중으로 감격해 얼굴이 상기되어 있었다. 엄마와 아버지도 마찬가지인 것 같았다. 두 분은 입을 완전히 다물지 못하고 멍하니 나를 쳐다보고 있었다.

그다음은? 내가 늘 꿈꿔오던 그대로였다. 엄마는 몸을 날려 나를 덥석 끌어안았다. 아버지는 할머니의 두 손을 꼭 쥐었다. 할머니는 "우리 장손, 우리 장손." 하고 중얼거렸다. 엄마는 엉엉 소리 내어 울기 시작했다. 아버지는 손수건을 꺼내서 엄마의 눈물을 닦아주면서 박 선생님이 세상에 둘도 없는 고마운 분이라고, 당신도 정말 고생이 많았다고 말했다. 할머니는 장손이 이제 정신을 차리고 제자리를 찾았으니 우리 집안에 광명이 찾아올 것이라고 말했다. 영주는 나에게 다가와서 내 눈물을 닦아주었다. 엄마는 아버지를 끌어안았다. 아버지는 눈물을 훔쳤다. 할머니는 내 어깨를 두들겨주었다. 영주는 나를 끌어안았다.

온 식구가 한바탕 울고 난 후에 아버지는 오늘은 늦었으니까 얼른 자고, 내일은 온 식구가 시내에 나가서 박 선생님께 드릴 선물을 사고, 근사한 외식을 하자고 했다. 할머니 방에서 이불을 덮고 영주와 나란히 누웠지만 흥분되어서 잠이 잘 오지 않았다. 할머니는 내 이불을 턱밑까지 당겨 꼭꼭 여며주었는데 생전 처음 있는 일이었다. 할머니와 영주가 잠들었는지 숨소리가 고르게 오르내렸지만 나는 잠이 오지 않아 깜깜한 천장만 올려다보고 있었다. 내 나이 만 아홉 살이 되도록 엄마와 아버지를 오늘처럼 기쁘게 한 날이 없었다는 생각에 뿌듯해서 눈이 감기지 않았다.

나는 조용히 머릿속으로 아까 읽었던 선생님의 편지를 되새기기 시작했다. 편지를 읽으면서 내 마음이 쿵 내려앉았던 부분이 있다. '동구는 어른스러워서.' 선생님은 나를 어른처럼 생각하셨던가 보다. 사실 선생님 앞에서 철부지 어린애처럼 굴지 않으려고 무척 노력도 많이 했다. 선생님은 지금 몇 살일까? 스무 실? 아무튼 선생님과 내가 나이 차이가 많이 나는 건 사실이다. 하지만 선생님은 나를 '어른스럽다'고 생각한다. 어른스러운 나. 거의 어른인 나. 정확하게 알 수는 없지만 선생님이 스무 살이라고 치면 나와는 열한 살 차이가 난다. 열한 살이나 차이 나는 사람들이 결혼했다는 이야기는 들은 적이 없다. 더구나 내가 남자고 선생님이 여자니까 더 거꾸로 된 일이다.

나는 언제쯤 결혼할 수 있을까? 한 열여덟 살쯤 되면 결혼을 할 수 있는 건가? 히엑…… 그러면 9년이나 있어야 나는 결혼을 할 수 있다. 맙소사. 내가 태어나서 지금까지 살아온 만큼의 시간이 또 지나야 열여덟 살이다. 영주가 태어나기 전의 일은 거의 생각도 안 나는데. 영주가 태어난 이후의 시간만도 영원처럼 길었는데. 영주가 우리 식구가 아니었던 때는 한 번도 없었던 것처럼 영주는 우리 곁에 오래 있었는데.

내가 지금보다 어리던 날, 어느 날 학교에 갔더니 담임 선생님이 갑자기 작별인사를 했다.

"1학년 3반 어린이 여러분, 우리는 이제 헤어지게 되었어요. 우리가 2학년이 되면 지금처럼 늘 한 교실에서 함께 지내지는 못할 거예요. 하지만 우리 슬퍼하지 말아요. 새로운 좋은 친구들이 많이 생길 테니까요."

우리는 그 말을 듣고 모두 울었다. 나는 울면서 집에 돌아와 엄마의 가슴에 얼굴을 묻고 내가 도대체 얼마 동안 1학년이었던 거

냐고 물어보았다. 엄마는 "1년"이었다고 대답했다. 나는 그때 1년
이 얼마나 긴 시간인지를 확실하게 알았다. 나는 우리 반 친구들
과 거의 평생을 같이 산 것처럼 느꼈었는데 그 엄청나게 긴 시간
을 사람들은 "1년"이라고 부르는 것이었다.

열한 살의 나이 차이에도 희망을 버리지 않던 나는 9년이라는
시간 앞에서 결정적으로 기가 죽고 말았다. 그래. 그건 '거의' 가
능성이 없는 일이다. 나를 어른으로 생각하시는 선생님, 웃으면
눈매가 활처럼 굽이치는 곡선을 그리는 선생님, 다른 사람들은
아무도 모르는 우리 둘만의 수많은 약속을 만들고, 수업이 끝난
다음에 아무도 눈치채지 못하게 서로의 속마음을 남김없이 털어
놓는 박영은 선생님. 선생님과 결혼한다는 건 '거의' 불가능한 일
이다. '거의' 불가능한 일임에 틀림없다.

다음 날 아침, 밥을 먹는 동안 아버지가 자꾸 등을 쓰다듬어주
어서 몇 번이나 움찔움찔 놀랐다. 학교에 가자 선생님은 내 얼굴
을 유심히 살피셨다. 내 표정이 좋아 보여서 금방 눈치를 채셨는
지 선생님은 찡긋 윙크를 하셨다. 수업이 끝나고 나는 선생님에게
한층 자세히 어제의 일을 설명했다. 물론 오늘 저녁에 선생님의
선물을 사기로 했다는 이야기는 뺐다. 선생님은 모처럼 환하게 웃
으셨다.

학교가 끝난 다음 저녁 무렵에는 엄마랑 영주랑 아버지 회사
근처로 나가기로 했다. 할머니는 안 나간다고, 자기는 집에서 혼

자 찬밥이나 끓여 먹겠다고 고집을 부려 엄마의 속을 뒤집어놓았다. 왜냐면 할머니는 온 식구가 외출할 일이 생기면 늘 안 나간다고 꿈쩍도 안 하다가, 우리가 현관문 앞에서 신발을 신고 있으면 부모 혼자 두고 나가는 저 배워먹지 못한 것들이라고 마구 욕설을 퍼부으며 그때부터 아무 옷이나 꿰입고 머리도 안 빗고 나오곤 했기 때문이다. 할머니는 평소엔 꽤나 깔끔을 떨지만 다 같이 외출할 일이 생기면 굳이 자신이 홀대받고 있음을 강조하기 위해 가장 초라한 옷을 골라 입었다. 엄마의 깔끔한 인생에 할머니는 거의 재앙과도 같은 천적이다.

엄마는 나에게 흰 셔츠와 골덴 바지를 입히고 붉은색 물방울 무늬 나비 넥타이를 달고 어른이 입는 것 같은 양복 저고리를 입혀서 한껏 멋을 내주었다. 영주는 미제 시장에서 산 검은색 투피스에 비로드 머리띠를 해줘서 소공녀처럼 꾸몄다. 엄마는 아직 처녀 같은 몸매에 썩 잘 어울리는 체크무늬 모직 치마에 검은 반코트를 입고 남대문 시장에서 산 회색 가죽 가방을 들고 있었다.

그리고 잘 차려입은 우리 세 식구 뒤에 조잡한 애벌레 무늬가 가득 들어찬 고무줄 바지 위에 남색 고무줄 치마를 덧입고, 갈색 인조털이 달린 검은 고무신을 신고, 보푸라기가 잔뜩 인 털실 카디건을 세 겹 껴입은 할머니가 오만 가지 불만을 토로하며 따라왔다. 택시 안에서도 할머니는 택시 운전사가 다 알아들을 수 있게, 평소에도 시어미 봉양은 안중에도 없고 승질은 지랄 맞은 데다가 위아래도 전혀 모르고 본데없으며 애새끼는 바보천치로 키우고 돈은 다 퍼다 허영 사치에 낭비하고 친정 식구들 밑구녕에 온 재산을 다 들이붓느라 불쌍한 아들 뼛골을 녹여내고 있는 며느리에 대해 한탄과 지탄이 뒤섞인 혼잣말을 늘어놓았다.

깨끗한 회사 건물에서 손을 흔들며 튀어나온 아버지는 우리 식구들의 표정을 보고 곧바로 분위기를 눈치챌 수 있었을 것이다. 아버지의 안경 뒤로 당황한 빛이 스쳤지만 이내 그 모든 갈등과 불만을 하나도 모르는 것 같은 표정을 짓고 얼른 명동으로 가자고 우리를 몰았다. 아버지의 회사는 명동에서 멀지 않았지만 할머니는 날씨가 추워서 걷기 힘들다고 불평했다. 아버지는 근심에 휩싸여 그럼 할머니가 기다리실 장소를 정해놓고, 우리는 빨리 물건을 사서 돌아오겠다고 말했다. 그러자 할머니는 음식점 주인 눈치나 보며 내다버린 노인처럼 기다리기는 죽기보다 싫다고 고집을 부렸다. 늘 그렇듯이 우리는 10분 안에 모든 쇼핑을 마치는 것으로 결론을 보았다.

나는 언감생심 꿈도 꾸지 못하던 선물을 받았다. 바로, 파란 가죽줄이 달려 있고 선명한 미키 마우스 그림이 그려진 손목시계였다. 청운동에 사는 부잣집 애들이나 한두 명 차고 다니는 그 비싼 손목시계를 내가 차게 된 것이다! 아버지는 자, 우리 꼬맹이 영주도 나중에 오빠처럼 공부 잘하고 말 잘 들어야 한다, 그러면 영주도 오빠처럼 미키 손목시계 사준다고 강조하다가 영주가 몹시 섭섭한 표정을 짓자 그 자리에서 마음을 바꿔 영주의 손목시계도 사기로 했다. 엄마가 영주까지 시계를 사주는 것은 너무 과용하는 거라고 제동을 걸었으나 아버지는 들은 척도 하지 않았다. 시계를 사주면 곧 시계도 볼 줄 알게 될 테니 교육적 효과가 크다는 것이었다. 영주와 나는 나란히 미키 마우스와 미니 마우스 그림이 그려진 손목시계를 가지게 되었다.

박 선생님께는 멋진 가죽 지갑을 곱게 포장해서 전해드렸다. 선생님은 선물을 받고 깜짝 놀라서 이러실 필요 없는데 어쨌든 주신 것이니 감사히 쓰겠다고 엄마에게 전화를 하셨다. 두 분은 오랜 친구처럼 긴 이야기를 나누었다. 나는 오랜만에 어깨가 으쓱으쓱 펴졌다.

겨울 방학이 얼마 남지 않았지만 우리의 오후 공부는 계속되었다. 그러나 이제는 선생님과 마주 앉아 이야기하는 것이 아니라 선생님은 선생님 자리에서 조용히 책을 보시고, 나는 내 자리에서 읽고 쓰고 하는 자습 비슷한 것이었다. 이제 선생님이 하실 일은 다 했으니 나의 노력만이 남았다고 생각하는 모양이었다. 선생님의 생각이 틀린 것은 아니었지만, 사실 혼자서 책을 들여다보는 것은 별 재미가 없었을뿐더러 선생님이 왜 저렇게 기분이 안 좋아 보일까 하는 생각만으로 거의 모든 자습시간을 채웠으므로 자연히 공부에는 별로 몰두하지 못했다.

겨울 방학이 시작되던 날 선생님은 나에게 공부를 소홀히 하지 말라고, 조금만 방심해도 금방 퇴보할 수 있으니 매일매일 읽고 쓰는 연습을 게을리하지 말라고 당부하셨다. 나는 선생님이 방학 때에도 같이 공부하자고 말해주기를 기대했으나 내가 생각하기에도 무리한 바람이었다. 길고 무료한 겨울 방학이 시작되었다.

1980년,

황금빛
깃털의 새

1

겨울방학이 끝나고 학교에 돌아온 첫날, 나는 선생님의 얼굴에 서린 푸르스름한 냉기에 깜짝 놀랐다. 교실 문 앞에 서서 목이 찢어져라 개학 첫 인사를 드리는 우리들을 맞이하는 선생님의 모습은 초여름 나무에 여기저기 붙어 있는 굼벵이 허물처럼 왠지 알맹이는 다른 곳에 날아가고 껍데기만 남아 있는 것처럼 보였다.

개학 첫날, 학교에서는 전교생에게 프린트물을 나누어주었다. 누런 갱지에는 깨끗한 글씨로 '80년대를 맞이하는 우리의 마음'이라는 글이 적혀 있었다. 선생님은 반장을 교단에 세우고 그 글을 읽게 했다.

어린이 여러분,
희망찬 80년대의 태양이 동녘 하늘에 떠오르는 것을 보았는가?

그 불그스름한 빛이 여러분의 가슴에 닿을 때

무언가 뜨거운 것이 느껴졌는가?

이제 우리 국민은 역사의 새로운 마당으로 나아가려 한다.

80년대의 우리나라는 70년대와 다를 것이다.

세계인이 한강의 기적이라 칭송하는 경제 발전을 계속해

미국, 일본과 어깨를 겨루는 선진국 대열에 당당히 합류하고,

마침내 북녘 동포와 하나 되는 통일의 그 날을 맞이할 것이다.

장차 우리나라의 대들보가 될 우리 어린이들도

희망찬 80년대의 태양 앞에

건강한 몸, 충실한 마음, 끝없는 애국 애족의 정신을

맹세한다.

　늘 잘난 척하는 반장은 선생님의 얼굴이 석고처럼 굳어져 고집스럽게 창밖만 내다보는 것도 눈치채지 못하고 교실 유리창이 흔들릴 정도로 뱃가죽에 힘을 단단히 주어가며 프린트물을 읽었다. 나는 그 글의 내용은 거의 듣지 않고 선생님이 왜 저렇게 심기가 편안치 않으실까 하는 걱정을 하면서 선생님만 쳐다보고 있었다. 반장은 제 훌륭한 낭독 솜씨와 희망찬 80년대의 격정에 압도당해 우리 반 예순다섯 명의 고막이 감동으로 물결쳤을 것을 상상하고 있었음이 틀림없다. 그 애는 거만하게 턱을 치켜 올리며 낭독을 마치고 우레와 같은 박수를 기대했지만 선생님이 갑자기 조용해

진 교실도 알아차리지 못하고 창밖만 내다보는 통에 박수를 받지 못한 것은 물론이고 들어가야 할지 계속 서 있어야 할지도 잘 몰라서 영 어정쩡한 자세로 위신을 구기고 말았다. 선생님은 자신에게 집중되는 예순다섯 개의 눈길에 낭독이 끝났음을 알아차렸지만 서두르지도 않고, 잘했다는 말도 없이 간단하게 그래, 들어가라고만 해서 반장의 상처 입은 자존심을 더욱 망가뜨려놓았다. 나는 늘 젠체하던 반장의 초라한 꼴에 슬그머니 기분이 좋았다.

하지만 겨울방학이 지난 후, 누가 질문을 해도 잘 듣지 못하고 창밖에 멀리 보이는 국립박물관의 뾰족한 처마에만 눈길을 고정시키고 있는 선생님의 모습은 너무 낯설었다. 나뿐만 아니라 우리 반의 많은 친구들이 그렇게 생각했던 것 같다. 선생님은 살아 있는 사람이 아니라 등사기에서 뿜어져 나와 흰 벽에 영상을 맺은 허공 속의 빛줄기인 것처럼 무심하고 태연하게 우리 주변을 맴돌아 왠지 우리를 불안하게 했다. 우리는 그렇게 봄을 맞이했다.

두 주일간의 봄 방학이 시작되기 전날, 우리는 4학년 반 배정을 받았다. 행복했던 나의 3학년이 끝나는 날이었다. 우리들은 간절하게 선생님은 몇 학년을 맡으실 거냐고 물어보았다. 하지만 선생님은 웃으면서 아직 모른다고만 했다. 수업이 끝나자 나는 아이들이 모두 떠나기를 기다렸다가 가슴에 바람구멍이 커다랗게 뚫린 기분으로 선생님께 다가갔다. 선생님은 기다렸다는 듯이 우리의 학습 교재였던 《세계동물도감》을 내밀었다.

"동구야, 이 책은 원래 네 것이었으니까 가져가라. 혼자서도 공부 열심히 해야 해."

선생님으로서는 당연한 말씀이겠지만 나에게는 얼음장같이 차갑게 들렸다. 나는 내심 그 책을 선생님이 가지고 계시기를 바랐다. 앞으로 선생님이 우리 담임 선생님은 아니더라도, 수업이 끝나면 이전처럼 그 책을 보며 같이 공부하자고 이야기해주시기를 얼마나 기대했는지 모른다. 나는 섭섭한 마음을 애써 누르고, 선생님께 진심으로 고개 숙여 인사한 후 《세계동물도감》을 받아 들고 점퍼, 저고리, 내복의 소매가 차례로 푹 젖도록 하염없이 울면서 집에 돌아왔다.

2

나는 한글을 좀 어눌하게 읽고, 쓰기는 아직 잘하지 못하는 상태로 4학년이 되었다. 예상대로 박영은 선생님은 6학년을 맡으셨다. 우리 담임 선생님은 열에 들뜬 것처럼 이상하게 눈빛이 번들거리는 젊은 남자 선생님이었다. 그 선생님은 개학 첫날 인사를 하고 이름이 오준근이라고 소개를 하다가, 교실 뒤쪽에 앉아 있던 맷집 좋은 한 녀석이 소곤소곤 떠들기 시작하자 경고도 없이 달려가서 그 불운한 녀석의 귀를 깨물었다. 귀를 물린 그 아이는 아프다기보다는 너무 놀라서 울었다.

"나는 평범한 걸 제일 싫어하는 사람이에요."

오 선생님은 책상에 엎어져 울고 있는 아이의 옆에 서서 우리의 겁에 질린 눈을 하나하나 자세히 돌아보며 드라큘라 흉내를 낸 이유를 설명했다.

"겁먹을 필요 하나도 없어요. 나는 아주 마음이 여린 사람이에요. 우리는 환상적인 4학년 5반이 될 거예요. 선생님이 시키는 대로만 해요."

우리는 선생님이 시키는 대로 모두 자리에서 일어나 옆자리의 짝꿍에게 뽀뽀를 해주고 등을 두드려주었다. 교실 유리창이 흔들릴 때까지 큰 소리로 웃으라고 해서 허파가 축구공만 하게 부풀도록 힘을 주고 하하하 웃었고, 만세를 부르라고 해서 목청이 터지도록 만세를 불렀다. 마지막으로는 모두들 창문에 매달려 "엄마 공부 열심히 하겠습니다"라고 외치라고 해서 예순다섯 명이 한꺼번에 창문으로 달려갔다. 나는 창가 옆자리에 앉아 있었으므로 금방 창가에 섰는데 내 등 뒤로 다섯 명이 덮쳐서 콘크리트 창턱에 가슴팍을 심하게 눌렸다. 옷을 들추어보지 않았으나 붉은 자국이 깊게 남은 것 같았다. 얼얼한 아픔이 가시자 피부가 벗겨졌는지 쓰라림이 찾아왔다.

칠판 앞에서 움직이는 아름다운 선녀의 현신 같던 박영은 선생님의 잔영에 괴로워하던 나는 가슴에 붉은 줄까지 얻고 나서는

203

도무지 학교에 다닐 기분이 아니었다. 교단에서 눈을 번들거리며 수시로 변하는 목소리와 기괴한 몸짓을 선보이는 오 선생님을 망연히 바라보면서 나는 지금 내 눈앞에 벌어지고 있는 일이 꿈이기를, 꿈을 깨고 나면 학교에 가고, 학교에 가면 박영은 선생님이 내 볼에 남은 베개 자국을 문질러주기를 소망했다. 그러나 수업이 끝나는 종이 울릴 때까지 나는 꿈에서 깨어나지 못했다.

아이들은 모두 우리의 미래, '환상적인' 4학년 5반의 생활이 매우 변칙적이고 이해하기 힘든 것이 되리라는 사실을 알아차리고 두려워하며 도망치듯 교실을 빠져나갔다. 달아나는 아이들의 맨 앞에 내가 있었다. 나는 교실의 제일 안쪽, 창가 바로 옆에 앉았지만, 미리 가방도 챙겨놓고 점퍼도 입고 있다가 "선생님 고맙습니다!"라는 단체 인사가 끝나자마자 총알같이 복도로 달려 나왔다. 기름이 흐를 것 같은 선생님의 시선이 내 뒤꼭지에 꽂혔다.

나는 곧바로 집까지 달려가려다가 운동장 가운데에서 멈춰 섰다. 박영은 선생님에게 인사라도 드리고 싶었다. 나는 담임 선생님의 눈에 띄지 않게 조심하며 학교로 다시 들어가 6학년 교실을 찾아갔다. 박 선생님은 6학년 2반 담임 선생님이었다. 개학 첫날이었으므로 그들도 곧 인사를 하고 교실 앞뒷문으로 쏟아져 나오기 시작했다. 행복한 족속들. 선택받은 민족. 그들에게는 박 선생님과 함께할 축복받은 1년이 펼쳐져 있고 나는 눈에 기름을 바른 것 같은 정신병자 선생님과 1년을 보내야 했다. 이렇게 불공평

할 수가. 내가 박 선생님과 보낸 시간은 겨우 한 학기뿐이었다. 나는 나보다 키가 한 뼘씩 더 큰 6학년들 사이에서 고개를 푹 숙이고 있었다. 나는 그들을 질투할 기운도 없을 만큼 불행했다. 그들이 모두 교실을 떠난 듯 주위가 조용해지자 나는 앞문으로 고개를 빠끔히 들이밀었다.

한동안 내가 서 있는 것을 알아채지 못하고 기록에 열중하시던 선생님은 문득 눈을 들어 나를 보시고는 잔잔한 미소를 띠며 내게 손을 내밀었다. 나는 주춤주춤 선생님께 다가갔지만 이전처럼 바짝 가까이 가지는 못했다. 선생님은 더 이상 우리 담임 선생님도 아니고, 나에게 특별히 한글 읽는 법을 가르쳐주시는 것도 아니었다. 사람들이 일상생활에서 서로 접근하는 반경을 뚫고 선생님께 더욱 가까이 다가갈 수 있는 권리는 이제 내 것이 아니었다. 나는 가슴에 그어진 붉은 줄이 선생님과 나 사이를 가르고 있는 넘지 못할 금줄이기나 한 것처럼 어정쩡한 위치에 서 있었다.

"동구, 선생님이 보고 싶어서 왔구나."

나는 차마 선생님께 눈도 맞추지 못하고 발밑의 마룻바닥만 내려다보았다. 선생님이 손을 길게 내밀어 내 볼을 어루만졌다.

"이제 동구는 한글도 잘 읽고, 4학년이 되었으니까 공부도 더 열심히 할 거지? 선생님은 동구를 믿어."

실망으로 가슴팍에 새겨진 붉은 줄이 더 쓰라려왔다. 내가 원한 말들은 그런 것들이 아니었다. 자주 찾아오렴. 선생님도 동구가 많이 보고 싶으니까. 담임 선생님이 아니더라도 우리는 친구잖아. 수업이 끝나면 옛날처럼 하루도 빠지지 말고 얼굴을 보자, 동구야. 나는 그런 말씀을 기대하고 있었다. 그러나 선생님은 조금 멀어진 듯한 태도를 거두지 않았다.

선생님은 이제 당신도 퇴근하려는 참이었다고, 같이 나가자고 했다. 교문 앞까지 함께 가는 동안에도 우리는 별다른 이야기를 나누지 않았다. 나는 계속 침통한 표정으로 운동장 바닥만 고집스럽게 내려다보며 걸었고, 선생님은 그게 아무렇지도 않은 일이라는 듯이 평화롭고 무심하게 걸었다. 교문에 이르자 선생님은 함께 떡볶이를 먹자고도 하지 않고 "그럼 동구야 안녕"이라고만 말했다. 나는 선생님께 허리를 굽혀 인사하고 선생님의 뒷모습이 보이지 않을 때까지 목욕탕의 입간판 뒤에 숨어 있었다. 하지만 선생님은 한 번도 뒤를 돌아보지 않았다.

나는 집에 돌아와 매우 울적한 상태로 여러 시간 동안 방에 틀어박혀 있었지만 아무도 들여다보지 않았다. 할머니는 영주를 데리고 어딘가 새로 문을 열어 떡을 나눠주고 있다는 슈퍼마켓을 찾아갔고 엄마는 할머니가 집을 비운 틈을 타 상도형네나 약국집에 놀러 간 모양이었다. 내가 마음이 답답해 숨이 꼴깍 넘어갈 것만 같은 순간에 엄마가 집에 돌아왔다. 엄마는 내 표정을 보자 미안한 마음이 들었는지 나를 앉히고 오늘 학교에서 무슨 일이 있었는지, 4학년이 된 첫날의 소감이 어떤지 물어봐주었다. 나는 먼저 담임 선생님 이야기를 했다. 엄마의 눈이 둥그렇게 커졌다.

"물어뜯었어? 귀를?"

나는 물어뜯지는 않고 물기만 했다고 정정했다.

"만세? 만세를 불렀다구?"

틀림없이 오준근 선생님은 엄마의 이해 범위도 벗어난 사람이었다. 그러나 엄마는 그 모든 미심쩍은 정황을 뿌리치고 '그래도 선생님을 믿어야 한다'라는 결론을 내렸다. 나는 엄마에게 거리감을 느꼈다. 나는 엄마에 대한 기대도 포기하고 오준근 선생님보다 더 절박한 문제를 물어보았다.

"엄마, 나는 몇 살이 되면 결혼할 수 있는 거예요?"

엄마의 눈이 심한 충격의 빛을 띠었다.

"왜? 너 결혼하고 싶은 사람이 생겼니?"

"아니요. 그냥 궁금해서요."

그러나 나 같은 어설프니는 입으로 아무리 꼬투리 잡을 데 없는 거짓말을 늘어놓더라도 얼굴에 대번 표를 내기 마련이었다. 그냥 궁금해서 물어본다고 대답은 했지만 내 얼굴이 벌겋다 못해 자두 빛이 되었음을 나 스스로도 느낄 수 있을 지경이었다. 목덜미에서 후끈후끈 열이 치솟는 것으로 보아 목덜미까지 온통 새빨개진 모양이었다. 엄마는 기가 막힌다는 표정으로, 열이 솟는지 손부채질을 했다.

"누군데, 동구야?"

나는 고집스럽게 고개를 숙이고 "그냥 궁금해서 그런다니까요"라고 대답했는데 그 목소리가 신경질적이라기보다는 울음 섞인 목소리여서 나 자신도 충격을 받았다. 엄마는 당황해서 나를 가만히 보고 있다가 불쌍한 생각이 들었는지 더 이상 추궁하지 않고 대답해주었다.

"동구 너 오늘 4학년이 되었잖아. 이제 열 살이 된 거지. 만으로는 아직 아홉 살이구. 결혼은 아무리 빨라도 스물다섯은 되어야 하는 거야. 무지하게 빨리 한다고 해도 스무 살은 넘어야지. 넌 아직 멀었어."

아침부터 지금까지 쌓인 여러 가지 실망과 괴로움 때문에 자제심의 수위가 많이 낮아진 상태였지만 그럼 박 선생님은 지금 몇 살이나 되셨느냐고 물어보고 싶은 마음만은 간신히 참을 수 있었다. 엄마와 나는 서로 다른 충격으로 할 말을 잊은 채 엄마는 부엌으로, 나는 할머니 방으로, 각자의 길을 갔다.

나는 방바닥에 누워 계산을 수정했다. 엄마는 내가 박 선생님과 결혼하려면 내가 태어나서 오늘날까지 살아온 날들보다 더 많은 날들을 보내야 한다고 말했다. 맙소사, 오늘은 정말 거지 같은 날이었다. 살면서 이렇게 거지 같은 날은 없었던 것 같았다. 차라리 아버지에게 두들겨 맞거나 할머니에게 욕을 먹는 날이 훨씬 견딜 만했다. 오늘만 거지 같은 것이 아니라 앞으로도 아주 오랜 시간 동안, 계속적으로, 벗어날 수 없는 거지 같은 날들이 계속되

208

리라는 사실을 깨닫는 것, 사람들이 이런 걸 가지고 '절망'이라고 부르는 게 아닐까.

오준근 선생님은 나에게 아주 확실히 '절망'을 각인시키기 위해 염라대왕이 파견한 사자 같았다. 개학한 다음 날, 우리 반에서 제일 덩치 큰 문기가 수업시간에 만화책을 보다가 발각되자 선생님은 그 불운한 희생자를 교단으로 불러내서 김일 선수의 흉내를 내며 코브라 트위스트와 박치기를 선보였다. 그러나 아무도 환호하지 않았다. 다음 날은 머리를 길게 땋은 소원이가 수업시간에 쪽지를 쓰다가 들켰는데 선생님은 그 애의 한쪽 팔을 번쩍 들게 한 후 겨드랑이를 꼬집었다. 소원이는 너무 놀라서 비명을 질렀다. 보통의 수업시간에 여자아이가 그런 새된 비명을 지른다면 아마 교실이 온통 웃음바다가 되었겠지만 우리는 하나같이 공포에 질려 얼어붙었다. 또 다른 여자 희생자에게는 길쭉한 턱을 들이밀어 턱수염으로 볼을 박박 긁어댔다.

3학년 때부터 나와 같은 반이었던 재형이가 아주 쉬운 산수 문제에 정답을 말하지 못하자 오준근 선생님은 "여러분에게 이렇게 기본적인 것도 제대로 가르치지 못한 것은 모두 선생님인 나의 잘못이에요. 여러분이 나를 벌하세요"라고 자책하며 재형이에게 기름이 줄줄 흐르는 머리통을 들이밀고 머리카락을 세 가닥 뽑으라고 했다. 재형이는 공포로 손가락이 떨리기도 했지만 선생님의 머리카락이 너무 기름으로 뭉쳐 있어서 세 가닥을 골라내기도 어려

209

웠고 그 머리카락들이 미꾸라지처럼 미끈미끈 도망을 다니는 통에 엄청나게 오랜 시간 동안 그 냄새 나는 머리에 코를 처박고 있어야 했다. 간신히 머리카락 세 개를 뽑아낸 재형이는 수업이 끝나자 곧바로 변소로 달려가 웩웩 헛구역질을 하고 말았다.

우리 반에 애들이 워낙 많아 아직 내 실력이 들통날 순서가 돌아오지 않았지만 언젠가 나는 선생님에게 불려 일어나 얼마든지 트집거리가 될 수 있는 어눌한 읽기 실력을 공개하게 될 것이었다. 나는 그 순간을 상상하고 새파랗게 질렸다. 나는 워낙 비위가 약한데, 선생님이 내게도 머리통을 들이밀고 머리카락을 뽑으라고 한다면 곧바로 선생님의 머리통에 반쯤 삭은 점심 도시락을 얹어버릴지도 모른다. 이런 불길한 상상은 안 그래도 부실한 나의 읽기 실력을 심각하게 퇴화시켰다.

그래서 4월 초의 어느 날 선생님이 유난히 다정한 목소리로 내 이름을 불러 국어책을 읽으라고 했을 때 나는 거의 졸도하기 일보 직전의 상태에서 4학년 학생이 국어책을 읽는다기보다는 감기가 지독하게 들어 아무리 힘을 쥐도 목소리는 나오지 않고 핵핵거리는 바람 소리만 나오는 것 같은, 또는 입에 모래알이나 머리카락이 들어갔을 때 무례한 아이가 아무렇게나 퉤퉤 침을 뱉어내는 것 같은 해괴한 소리를 내게 되었다. 선생님은 번질번질한 눈알이 곧 튀어나올 듯이 나를 뚫어지게 노려보다가 웬일인지 기상천외한 벌을 주지 않고, 수업이 끝난 후 좀 남으라고 했다. 나는 선생님이 박영은 선생님처럼 앞으로 한 시간씩 인생 이야기를 하자고 할까 봐 변소에서 남몰래 머리카락을 쥐어뜯었다.

수업이 끝나자 아이들은 발이 보이지 않을 정도로 잽싸게 달려나갔고, 나는 작년 여름에 약수터 아래 빈터에서 아까시나무 가지에 매달려 있던 누렁이처럼 목이 졸린 기분으로 선생님과 단둘이 마주 앉았다. 오 선생님은 미끈미끈한 웃음을 띠었다.

"동구야, 안 그래도 학기 초부터 너를 눈여겨보고 있었다."

나는 고개를 무릎 사이에 쑤셔 박기라도 할 기세로 깊이 숙였다. 눈길이 마주치면 토해버릴 것 같았다.

"박 선생님께서 네 칭찬을 많이 하시더라."

갑자기 귀가 확 틔었다. 박영은 선생님. 꽃술 같은, 여왕 같은, 무지개 같은 박 선생님의 이야기가 오 선생님의 입에서 나오다니. 나는 개학한 첫날 이후 박 선생님을 찾아가지 않았다. 이미 다른 학생들의 담임 선생님이 된 박 선생님은 나에게서 마음이 멀어진 것 같았고, 그 서글픈 느낌이 견딜 수 없어 나는 보고 싶은 마음에 밤잠을 설치면서도 한 번도 선생님을 찾아가지 않았다. 그런데 박 선생님이 우리 담임 선생님께 내 이야기를, 내 칭찬을 하셨다니. 나는 고마움과 그리움에 가슴이 먹먹해져왔다.

"박 선생님처럼 야무지고 무슨 일에나 공정하신 분이 동구를 그렇게까지 챙겨주시니까 내가 너에게 잘해주는 건 당연한 일 아니겠니?"

박 선생님의 호의를 그런 식으로 결론짓는 건 원치 않았다.

"박 선생님이 동구의 어떤 면을 그렇게 마음에 들어하셨을까 궁금해했는데, 아마 니가 이렇게 귀여우니까 그러셨나 보다."

문득 오 선생님의 말에서 찐득한 기대와 부러움이 느껴졌다.

"나도 동구가 공부 열심히 하고 훌륭한 학생이라는 걸 알았으니까, 우리 박 선생님하고 자주 이야기도 나누고 의논도 하면서 앞으로도 열심히 공부하자."

도대체 오 선생님은 무슨 소리를 하는 걸까. 지금 나를 미끼로 박 선생님과 시간을 보내보겠다는 이야기를 하는 모양이었다. 나는 오 선생님이 나에게는 아무런 관심도 없다는 사실을 알아차렸다. 선생님이 나에게 귀엽다, 공부를 열심히 한다, 훌륭하다 한 말들은 모두 너무 무성의하고 나와 전혀 어울리지 않는 표현들이어서, 그것만으로도 선생님이 나에게 얼마나 관심이 없는지 쉽게 알 수 있었다. 오 선생님은 내가 공부를 하는지 마는지, 글씨를 읽는지 못 읽는지 아무 관심이 없었다. 내가 수업시간에 창밖만 내다보고 묻는 말에 대답하지 않아도 전혀 개의치 않을 것이다. 중요한 것은 선녀 같은 박 선생님이 나를 위해 천상계에서 하강해 민달팽이처럼 징그럽고 끈적끈적한 오 선생님에게 옥구슬 구르는 것 같은 목소리를 들려줄 만큼 나를 지극히 아낀다는 사실뿐이었다.

오 선생님은 나처럼 훌륭한 학생을 알게 된 것이 기쁘다는 듯이 손바닥을 비비며 내 자리에 앉아 공부를 하고 있으라고 했다. 나는 갑자기 사람의 마음을 읽는 능력이 생겼는지, 오 선생님이 나중에 6학년 수업이 끝나면 나를 데리고 박 선생님을 찾아가 의논을 빙자해 이런저런 이야기를 나눌 생각이라는 사실을 단번에 눈치챘다. 오 선생님은 내가 국어 교과서를 들여다보고 있는 동안 교실을 빙빙 돌며 거울을 보고 이빨 사이에 뭐가 끼지 않았는지, 코털이 흉하게 코 밖으로 튀어나와 있지 않은지 점검했다.

7교시 수업 끝을 알리는 녹음된 음악 소리가 학교에 울려 퍼지자 오 선생님은 한층 들떠서 교실을 한 바퀴 돌아 거울 앞으로 오는 속도가 더욱 빨라졌다. 오 선생님은 머릿속으로 지금쯤 6학년 2반에서는 종례를 하고 있을 것이고, 반장이 차렷 경례를 외칠 것이고, 아이들이 우르르 몰려나올 것이고, 주번이 선생님의 물컵과 책상을 정리할 것이고, 청소 당번들이 빗자루와 대걸레로 바닥을 청소할 것이고, 청소 지도가 끝났으니 박 선생님이 가방을 챙기고 웃옷을 걸칠 시간까지 꼼꼼하게 계산하고 있음이 틀림없었다. 내 머릿속의 시계도 마찬가지로 그 시간들을 따라가고 있었다. 나는 나 때문에 박 선생님이 껄떡거리는 오 선생님과 대화를 나눠야만 하는 상황을 만들고 싶지 않았으므로 오 선생님이 교실을 빙빙 도는 동안 입고 있던 점퍼를 다시 벗어 의자에 걸쳐두고, 책가방의 내용물을 깨끗이 비우고, 모든 책을 다시 책상 서랍에 집어넣고, 심지어 필통의 연필과 지우개까지 모두 꺼내어 책상 위에 늘어놓고, 시간을 끌기 위한 만반의 준비를 다했다.

　박 선생님이 일과를 마치고 퇴근하기 위해 계단을 내려오고 있을 것이라고 생각되는 그 순간 오 선생님은 나에게 얼른 나가자고 재촉했다. 나는 미리 준비해둔 대로 책가방을 싸는 데 최대한 시간을 들이기 시작했다. 오 선생님이 몸이 달아 내 옆에서 발을 쿵쿵 구르는 동안, 나는 짐짓 서두르는 척하면서 굼벵이나 지렁이에 비견할 속도로 하나씩 하나씩 짐을 챙기고 있었다. 오 선생님은 참다못해 내 책가방을 빼앗아 책상 모서리에 대고, 팔꿈치에서 손목까지를 빗자루처럼 활용해 책상에 널려 있던 책과 공책과 필통을 한꺼번에 털어 넣고 나를 억지로 일으켜 세웠다. 선생님의 이마에 새파란 핏줄이 라면 가닥처럼 펄떡 튀어 올라 있었다.

　한 손에는 내 책가방을 들고 다른 한 손으로는 내 팔을 붙든 오 선생님이 학교 밖으로 나왔을 때 박 선생님은 운동장을 가로질러 거의 교문을 빠져나가려는 참이었다. 박 선생님은 땅에 속한 존재가 아닌 듯, 중력이 아닌 부력의 지배를 받는 사람처럼 땅에서 높이 튀어 올라 오래 공중에 머무는 특이한 걸음걸이를 가지고 있었다. 박 선생님의 뒷모습은 어쩌면 완전히 땅을 벗어나 연푸른색 4월의 하늘로 치솟으려는 몸을 땅에 묶어두기 위해 무진 애를 쓰고 있는 사람처럼 보이기도 했다. 오 선생님과 나는 팔랑거리는 봄 나비 같은 그 모습에 동시에 매혹당해 잠시 박 선생님을 멍하니 바라보고 있었다.

그러다가 절호의 기회를 놓칠 수 없었던 오 선생님이 정신을 차리고 "박 선생니임!" 하고 고함을 쳤다. 박 선생님이 부상(浮上)을 멈추고 땅에 착륙해 뒤를 돌아보자 오 선생님은 내 팔을 쥔 채 전력 질주해 박 선생님 눈앞에 대령했다. 연보라색 투피스를 입고 있는 박 선생님 앞에 키는 크고, 얼굴은 말처럼 길고, 온몸의 기름을 얼굴과 머리로 뿜어내느라 살찐 구석이라고는 찾을 길 없는, 타조와 민달팽이의 불행한 결혼 생활에서 탄생한 잡종 같은 오 선생님이, 어떻게든 비위를 맞춰볼 생각에 박 선생님이 좋아하는 어린 예물, 나를 들이밀었다. 하지만 박 선생님은 나에게 눈길도 주지 않고 오 선생님만 똑바로 바라보며 입술은 예의상 약간 웃되 실제로는 그 무표정함에 상대의 손발이 굳어버릴 것 같은, 내가 한 번도 본 적이 없는 멋진 표정을 지었다. 오 선생님은 반가움과 무안함에 혀가 꼬였다.

"퇴근, 하십니까."

박 선생님은 그렇다고 짧게 고개를 끄덕이고, 무슨 일이시냐고 물었다.

"아, 예, 뭐, 저희도, 음, 그냥, 이제 집에 가려던 참이었는데, 동구가, 동구랑, 박 선생님 이야기를 하던 참이었는데, 선생님이 앞에 계셔서, 계시길래 그냥, 불렀습니다."

박 선생님은 아, 예, 하고 무심하게 대답하며 그제서야 나에게 짧은 눈길을 던졌다. 아니, 던졌다기보다는 스쳤다고 해야 할 만

큰 짧은 눈길이었다. 내게 아무 관심이 없다는 뜻이 분명했지만 나는 참을 수 없이 기뻤다. 네가 가져온 예물은 아니 받겠다, 라고 얼음장처럼 차갑게 내치는 오만한 아씨 마님 같았다. 더 이상 뭐라고 말해야 할지 몰라서 어물거리고 있는 오 선생님에게 박 선생님은 그럼 이만, 하고 깍듯이 인사를 건네고는 다시 공기 중으로 부양을 계속해 멀어지기 시작했다. 내 팔을 잡은 오 선생님의 손가락에 고릴라 같은 힘이 잠시 들어오더니, 박 선생님의 모습이 금세 멀어지자 내 팔을 해방시키면서 다른 손에 들고 있던 내 가방을 아무렇게나 떠안겼다. 나는 가슴에 얹혀 있던 맷돌이 떠나간 기분으로 안녕히 가세요, 인사를 드리고 아라비아의 야생마 같은 달리기 실력을 발휘해 집으로 내닫기 시작했다.

3

3학년 때에는 박영은 선생님의 은총에 힘입어 내 인생에 처음으로 갑자기 만사가 잘 풀리는 것 같은 느낌이 잠깐 들더니 올해는 그때의 행운을 벌충이라도 하듯이 불운이 줄줄이 겹치고 있었다. 나의 학교생활은 더 말할 필요도 없이 오준근 선생님 덕분에 잡풀만 무성한 옛 성터처럼 쇠락을 거듭하고 있었다. 다만 이 부분은 나에게만 해당되는 것이 아니라 4학년 5반 예순다섯 명 모두에게 닥친 불운이어서 서로 위로를 주고받을 수 있는 동지가 충분했다는 점에서 불행의 강도가 덜했다고 볼 수 있다.

오 선생님의 기행과 추태가 날이 갈수록 깊이와 다양성을 더해 가면서 단체로 신경쇠약 증상을 보이기에 이른 4학년 5반의 예순다섯 명 불행한 아이들은 여남은 명씩 떼를 지어 다니면서 '오파리 똥파리, 똥배 터져 죽어라.' 하는 우리만의 구호에 곡조를 붙여 목이 터져라고 외쳐대기 시작했다. 물론 선생님 앞에서는 절대 못 하고, 사람이 아주 많아서 누가 누구인지 분간하기 어려울 때나 선생님이 시야에 없으되 우리의 저주가 틀림없이 귀에 전달될 만한 때를 골라서 했다.

한두 번, 아주 대담한 아이들이 조그만 목소리로 시작한 이 반역적인 장난은 곧 우리 반 전체를 역병처럼 휩쓸어, 나처럼 소심한 아이도 스스럼없이 그 불온한 곡조를 따라 하게 되었다. 우리는 사교(邪敎) 집단의 광신도들처럼 위험을 무릅쓰고 시도 때도 없이 선생님더러 배 터져 죽으라는 고함을 지르곤 했다. 처음 이 불경한 구호를 감히 입에 담을 때에는 패륜의 스릴에 등골까지 오싹해졌지만, 시간이 흘러 한 달 가까이 이 노래를 불렀어도 아무런 불벼락도 맞지 않으니 차츰 두려움을 극복할 수 있었다. 수년 동안 대대로 오 선생님이 담임을 맡았던 학급마다 한 번도 빠짐 없이 돌림병처럼 정신병이 돌았고, 해마다 오 선생님이 맡은 반에서는 이와 유사한 노래가 불려 선생님들도 으레 그러려니 하고 신경도 쓰지 않는다는 사실까지 알고 나자 시들함마저 느껴졌다. 3학년 시절에는 선생님을 성녀(聖女)나 여신쯤으로 생각하며 숭배와 경외를 바치다가, 4학년이 된 후에는 파리채로 때려죽여도 될 만한 미물로 취급하려니 선생님에 대한 급격한 개념 추락에 나는 멀미를 느낄 지경이었다.

학교에서의 불행이 견디기 힘든 것이기는 했지만 많은 동지들과 동병상련의 위안을 나눌 수 있었던 것에 비하면 집에서의 불행은 누군가와 나눌 수 있는 성질의 것이 아니었다. 아버지가 다니는 무역 회사는 나날이 번창해 아버지의 월급도 상당히 많이 오른 모양이었지만 아버지가 엄마 몰래 서준 보증이 잘못되는 바람에 아버지의 월급에 차압이 들어오게 되었다고 한다. 아버지는 이 사건으로 일생일대의 위신 추락을 감수해야 했고, 엄마는 차곡차곡 쌓아가던 적금도 해약하고 이전에 사용하던 생활비의 3분의 1만으로 버텨야 하는 예상치 못한 생활고를 겪게 되었으며, 할머니는 하늘 같은 아들이 쥐새끼같이 쪼잔한 며느리 앞에서 고개를 숙여야 하는, 죽음보다 비참한 수모를 당하는 상황을 맞았다. 영주는 옷을 얻어올 만한 마땅한 친척도 없어서 작년에 입던 약간 작은 옷을 억지로 입어야 하는 처지에 놓였다. 나는 작년보다 키가 많이 크지 않아 옷 문제가 심각하지 않았으므로 보증, 차압이라는 어려운 경제 용어를 배우는 선에서 끝났다.

여기까지만이었다면 원래 돈에 별 관심이 없는 나로서는 크게

218

괴롭지 않았을지도 모른다. 그러나 나를 가장 괴롭게 했던 것은 갑작스럽게 신경질이 늘어난 엄마였다. 여름날 호박덩이처럼 여기저기 열매를 맺고 하루가 다르게 소복소복 불어가는 통장을 보며 힘든 시집살이도 잊고, 조금만 더 모아서 아랫동네에 집을 장만할 희망에 부풀어 있던 엄마는 꿈이 이루어지기 일보 직전에 아버지의 어이없는 행동으로 이 한심한 산동네에 주저앉게 된 것을 용납하지 못했다.

아버지가 회사에서 부정기적으로 나오는 일부 상여금을 빼돌려 엄마 몰래 딴주머니를 차고 있었던 것도 들통나 형량이 가중되었다. 아버지는 하루는 왈그렁 집안 살림을 때려 부수고, 닷새는 기죽어서 아무 말 않고 있는 식으로 지냈는데 차츰 아무 말 않는 날들이 더 많아졌다. 엄마가 옛날 같지 않게 목소리가 커지고, 드세게 덤볐기 때문이다. 엄마는 시종 얼굴을 펴지 않고 누가 손가락 끝으로 건드리기만 해도 곧바로 싸움을 시작할 것처럼 무시무시한 분위기로 하루하루를 보냈다. 아무 잘못 없는 나조차도 엄마의 밉상 목록에 올랐는데 그 이유는 "한 씨라면 다 꼴도 보기 싫다." 이것뿐이었다.

그동안 우리 집에 손톱만 한 평화가 있었다면 그건 모두 엄마가 꾹 참고 넘어가곤 했기 때문인데, 이제 엄마는 그럴 뜻이 전혀 없으며 아버지가 저렇게 한심한 짓을 하도록 늘 기를 북돋아준 할머니의 죄도 만만치 않은 만큼 오히려 할머니가 참아야 한다는 주장을 온몸으로 전달하고 있었다. 반면, 할머니는 이런 위기 상황에서 굽히기라도 하면, 이제 점점 나이는 들어가는데 다시는 세력 만회가 쉽지 않을 거라고 생각했는지 오히려 옛날보다 한층 단단해진 투지로 엄마에게 싸움을 걸었다. 결국 우리 집은 엄마와 할머니의 체력이 허락하는 한 스물네 시간 싸움의 연속이었다. 주로 싸우고 나면 밥을 굶는 습관이 있는 엄마가 먼저 지쳐서 나가떨어지곤 했으므로 할머니는 간신히 아슬아슬한 우위를 지킬 수 있었다. 그런 시간이 한 달 가까이 흐르자 우리 다섯 식구의 눈 밑에는 어두운 퍼런색 그림자가 하나씩 매달리게 되었다.

어느 날 할머니는 "니년이 개코같은 돈 때문에 식구들을 다 잡아 족치고 개지랄을 하니까" 한 푼이라도 돈을 아끼기 위해 뒤꼍에 텃밭을 꾸미겠다고 선언했다. 엄마가 손바닥만 한 뒷마당에 텃밭을 만들어봤자 입에 들어갈 만한 것이 나올지 망설이면서 시장에 내려간 사이 할머니는 수건을 뒤집어쓰고 창고에서 호미와 낫을 찾아내 엄마가 애지중지하는 해바라기와 백합을 다 뽑아버리고 정말로 밭을 만들기 시작했다. 무르익은 향기를 뿜으며 암술에서 즙액을 뚝뚝 떨어뜨리던 백합은 애원하는 눈길로 할머니를 바라보다가 허리가 뎅경 잘렸다.

"요새 년의 꽃대가리들은 지랄을 허구 어찌나 화장품 냄새를 풍기는지 골치가 지끈지끈했다."

시장에 갔다 온 사이 자식 다음으로 사랑하던 화초들이 잘게 썰려 변소에서 퍼온 똥이랑 뒤섞여 한 무더기 퇴비로 변한 사실을 알자 엄마는 그대로 두 다리를 쭉 뻗고 통곡했다. 아버지가 보증선 것이 잘못되었다는 말을 듣던 날조차도 엄마가 그렇게 실신할 지경으로 울지는 않았는데, 엄마의 우는 모습에 할머니는 약간 가책을 느낀 모양이었다. 할머니는 대지의 여신처럼 땀과 똥을 뒤집어쓴 채, 흙 묻은 손으로 엄마의 어깨를 두드리면서 땅이 돌땅이어서 소출이 많지는 않겠지만 호박이야 여름날 비만 맞으면 한 가마니씩 딸 수 있는 거니까 걱정할 필요 없고 약간 늦긴 했지만 시장에서 고추와 가지 모종이랑 몇 가지를 얻어와서 심으면 올해 한철 채소 건거이에 들어갈 비용은 알차게 절약될 거라고 위로했다. 나는 태어나서 오늘날까지 할머니가 아버지 말고 다른 사람을 위로하는 모습을 한 번도 본 적이 없었으므로 깜짝 놀랐다.

엄마의 자식들 같은 화초의 시체와 재와 똥을 섞고 가마니를 덮어 며칠간 푹 발효시킨 퇴비를 깔고, 아버지가 세검정에서 얻어온 검은 흙을 덮고, 고추, 가지, 울타리콩 등등 조금 늦게 심어도 되는 몇 가지 모종을 심고, 그 남는 공간에 빈틈없이 상추며 부추까지 심고 나니 할머니는 노루너미의 만석꾼 김 부잣집 큰며느리가 부럽지 않은 모양이었다. 다음 날부터 나는 학교에서 돌아오면 에라디여 하는 콧노래를 흥얼거리는 할머니가 엄마의 자식들을 내쫓고 심은 당신 자식들 앞에 서 있는 모습을 보게 되었다.

모처럼 농사짓는 기분을 내게 되어 안 그래도 행복한 우리 할머니에게 생각지 않은 기쁨이 또 한 가지 찾아들었다. 평생 당신 자신과 우리 아버지이기도 한 당신의 아들, 그리고 기껏 넓게 봐 줘야 손주들인 나와 영주를 제외하고는, 그러니까 우리 엄마와 담장 너머에 사는 세상의 모든 사람이 다 쓸모없고, 무식하고, 상 종하지 못할 인간들이라고 주장하던 할머니에게 뜻밖에 친구가 생겼던 것이다.

버드나무 솜털이 이 집 저 집 기웃거리며 코끝을 간질이던 어 느 날, 할머니는 약수터에 바람이나 쐬러 올라가고 있었다. 할머 니는 우리 집보다 좀 더 높은 곳에 있는 어느 대문 없는 집에 리 어카 두 대도 안 되는 초라한 이삿짐이 올라오는 것을 보면서 콧 방귀를 뀌다가 이삿짐을 정리하던 그 집 할머니의 말소리를 귀여 겨듣더니 대번에 달려들어 고향이 어디냐고 물었다.

"충청도 괴산서 왔슈."

"괴산 어디?"

"꽤 짚은 데라서 모르실 거여. 모실리 살았슈."

할머니는 그만 눈물을 글썽거리며 모실 할머니의 손을 꽉 붙잡 았다. 그동안 할머니가 대문 없는 집에 사는 사람들을 모두 무지 렁이, 거렁뱅이, 허섭스레기들이라고 무시했던 것을 생각하면 입 이 딱 벌어질 만큼 놀라운 일이었다.

"내가 모실리를 왜 몰러. 나는 노루너미 살았어."

모실리는 노루너미에서 엎어지면 코 닿을 거리에 있는, 윗말 아랫말이나 다름없는 가까운 동네라고 했다. 두 할머니는 손을 꼭 맞잡고 나이부터 계산했는데 우리 할머니가 두 살 위였다.

"아이구 동상, 내가 서울 올라와서 본향 사람을 만날 줄은 당최 몰랐어."

우리 할머니의 감개무량한 환영사였다.

"언니, 내가 따루 줄 건 읎구 이거 달구새끼 데려다 키워. 요새는 모실리에도 이런 건 당최 읎서. 알 많이 난다구 다 네그홍(레그혼) 그거 키우지 옛날 우리 적에 키우든 달구새끼는 아예 씨가 말렀어."

노루너미, 모실리라는 낯익은 이름만 듣고도 목이 잠기도록 감격하는 할머니에게 모실 할머니는 털이 뻣뻣하고 까맣다 못해 푸른 기가 도는 자그마한 암탉 한 마리를 내밀었다. 할머니의 입이 곧바로 찢어져 귀에 걸렸다.

"어매, 요새 이런 걸 어디서 구한대. 이건 증말 옛날 닭이구만. 이렇게나 귀한 걸 내가 받아도 되남."

"근데 언니는 서울에 올라오신 지가 꽤 됐는가버. 말허는 게 여전 서울 사람 겉어."

"아녀, 내가 어릴 적버텀두 울 엄니가 저넌 주둥이질 허는 건 촉새처럼 빠르다구 허셨어."

"아녀. 언니 말허는 건 여전 서울 사람겉이 쎄년(세련)됐는디. 온 지가 많이 됐는가버."

223

내가 듣기에는 할머니의 말투가 평소보다 훨씬 느긋한 어조가 되어서 우리 할머니 같지 않고 낯설었지만 방금 산골에서 올라온 모실 할머니가 듣기에는 퍽 서울말 같은 모양이었다. 할머니는 결국, 올라온 지 10년이 넘다 보니 고향 말씨를 많이 잊어버렸다고, 동상이 듣기에 이상해도 참아달라고 진심으로 양해까지 구했다. 모실 할머니는 낯선 곳에 이사를 와서 곧바로 고향 사람을 만난 것은 부처님의 가피라고, 언니가 있어서 훨씬 마음이 든든하고 의지가 된다고 말했다. 두 할머니는 손을 맞잡고, 서울은 공기가 나빠서 사람 살 곳이 못 되지만 인왕산, 그것 하나만큼은 작아도 쨍하니 기상이 살아 있어서 제법 사람이 기대고 살 만하다고 뜻을 모았다.

모실 할머니는 고향에 목마른 우리 할머니에게 노루너미와 모실리의 이야기들을 들려주었다. 할머니는 김 부잣집의 가세가 영 기울어 예전 같지 않다는 말에 흉년이 들면 곧잘 보리를 몇 됫박 꾸어주곤 하던 그 집의 후덕한 큰며느리를 떠올리며 안타까워했고, 누구네 집 못자리에서 물이 차올라 시체가 둥둥 떠 있었다는 말을 듣고는 어깨가 시린지 옷을 한 겹 더 껴입었다. 결혼하자마자 4년 동안 자식 넷을 줄줄이 낳아 할머니의 부러움을 샀던 버들가지 같은 새댁은 결국 열세 번 해산하고 그중 아홉을 장성하도록 키워내 마을의 자랑이 되었으며, 마을 앞 험상궂던 장승은 어느 날 난데없이 까치둥지로 모자를 만들어 썼다.

며칠 동안 무릎을 맞대고 열네댓 살 소녀들처럼 새살새살 이야기 구비를 풀어낸 끝에 이웃인지 진짜 자매인지 헷갈릴 정도로 가까운 사이가 된 할머니와 모실 할머니는 이전에 고향에서 만난 적이 있었는지 따져보기 시작했다. 두 마을의 생활이 겹칠 만한 큰 행사들을 꼽아보자 두 할머니는 이전에도 몇 번이나 함께 있었음이 드러났다. 돌림병으로 갑자기 한 마을에서 하루에 일곱 사람이 죽어 나가고 김 부잣집에도 두 건의 흉사가 겹쳤던 그 날, 우리 할머니는 정지간에서 아버지를 등에 업고 눈코 뜰 새 없이 부침개를 뒤집었으며, 역시 김 부잣집에서 여러 번 보리쌀 신세를 졌던 모실 할머니는 행랑방에서 손가락을 숱하게 찔려가며 상제들의 굴건 제복을 급히 꿰매었다고 한다.

그보다 더 오래된 역사를 따져보면 할머니가 아직 풀각시와 호드기를 가지고 놀던 어린 아기였을 때, 임금님이 돌아가셨다고 괴산 장터에서 큰 만세 운동이 있었던 날, 두 팔을 올릴 때마다 배꼽을 드러내며 만세를 부르던 절름발이 엿장수 아저씨를 두 할머니는 서로 다른 각도에서 똑같은 동경으로 지켜보고 있었다. 다리가 부실해서 두 팔을 올리면 온몸이 휘청거리던 엿장수 아저씨를 바라보면서, 두 애기는 엿장수의 배꼽 밑에 시커먼 털이 부얼부얼 올라와 있는 것을 신기해했고, 엿판의 엿이 이리저리 데구르르 구르다가 혹시 한두 가락 떨어지지 않을지 똑같이 기대했다. 노루너미와 모실리에서 수십 년 살면서도 얼굴을 마주치지 못하던 두 할머니는 이토록 먼 곳에 와서 이웃사촌으로 살게 된 인연이 기이하고 다행스럽기 그지없다고 서로의 손을 쓰다듬었다.

종교에 관심이 없는 우리 할머니와 달리 모실 할머니는 불심이 깊은 분이어서, 할머니가 이생에 독한 며느리를 만나 늘그막에 고생하고 사는 것도 다 전생에 업이 많아 그런 것이니 부처님께 귀의하고 후생의 복덕을 위해 도를 닦아야 한다는 새로운 관점의 해법을 제시해 할머니에게 충격을 주었다. 할머니는 며느리인 우리 엄마에게 화가 나면 참는 법 없이 이년 저년 하는 욕을 퍼붓는 것을 당연하다고 생각하고 있었는데 모실 할머니의 방식을 따르면 입으로 천길 업장을 만들지 말고 오로지 나무 관세음보살을 읊으면서 삭여야 한다는 것이었다. 모실 할머니는 우리 할머니보다 나이가 두 살 어리다고 꼬박꼬박 언니라는 호칭을 붙였는데 할머니는 동생인 모실 할머니 앞에서 채신머리 깎이는 짓을 하지 않기 위해 피 말리는 노력을 기울였다. 요즘 들어 부쩍 고분고분하지 못한 대답을 하곤 하는 엄마 때문에 열이 파르르 치솟아 얼굴이 초고추장에 무친 오징어 숙회처럼 벌게지고서도 할머니는 모실 할머니 앞에서는 시원스레 욕 한마디 내뱉지 못하고 더듬더듬 나무 간셈보살을 읊곤 했다.

엄마는 억센 털에 청동처럼 푸른 빛이 나는 암탉을 보고, 자신이 꿈꾸던 구라파풍 아름다운 정원이 푸성귀로 가득 찬 작은 시골 텃밭으로 변모한 데 이어 이제 우리 가족만의 조그만 공간에

226

시끄럽고 더러운 데다 온갖 세균을 몸에 묻히고 다니는 가축들까지 바글거리게 될 것이라고 절망했다. 그 닭을 선물했다는 모실 할머니에게 지독한 편견을 가진 것은 물론이었다.

한편 모실 할머니는 서울로 이사 오기 전에, 아들은 서울에서 사업을 하고 모실 할머니는 시골집에 혼자 남아 힘들지만 평화롭게 농사를 짓고 있었는데, 아들이 사업에 실패하자 며느리가 곧바로 몇 푼 들어 있지도 않은 통장을 챙겨 도망을 가버리는 바람에 시골집을 정리하고 서울에 올라와 아들의 수발을 들어주게 되었다고 했다. 그런 때문인지 모실 할머니는 퍽 유순하고 너그러운 사람인데도 세상의 며느리들에게 깊은 불신과 적의를 가지고 있었다. 두 사람은 서로에게 가시 돋친 시선을 던지며 곱지 않은 관계를 시작했으나 곧 엄마 쪽에서 모실 할머니에게 말할 수 없는 호의를 가지게 되었다. 평생에 처음으로 우리 할머니가 집을 떠나 모실 할머니네 집에서 많은 시간을 보내기 시작했기 때문이다.

모실 할머니네 집은 아들이 출근해서 오밤중에 들어올 때까지 하루 종일 비어 있었다. 아들을 출근시키고 모실 할머니가 느릿느릿 내려와 우리 집 대문을 두들기며 언니, 우리 집에 오셔, 호박풀떼기 쑤어놨어, 하고 할머니를 불러내면 우리 할머니는 희색이 만면해 올라가서는 적어도 한나절, 이야기가 재미나게 풀린 어느 날은 저녁 먹을 때까지도 모실 할머니네 있곤 했다. 엄마는 그 사실을 깨닫고 빠듯한 살림 중에서도 성의껏 감자전이나 화채 등을 만들어서 모실 할머니 댁에 올려 보냈다. 할머니는 엄마가 접시에 담아주는 부침개를 들고 모실 할머니 댁에 가서 그 집 뒷마당에도 텃밭을 일구고, 애호박을 따고 밀가루 반죽을 밀어 수제비를 끓여 먹으며 시간을 보내고, 심지어 우리 집의 이불 호청을 죄 뜯어 들고 올라가서 그 집에서 할머니 둘이 오물조물 밟아 빨래를 하고 풀을 먹이고 다듬이질을 해서 들고 오기까지 했다. 엄마는 모실 할머니 아들의 생일이 왔다는 말을 듣자 바람같이 시장으로 달려 내려가서 우리 가족도 맛본 지 오래된 쇠고기를 한 근 끊어 보냈다.

4

4학년이 되면서 나에게 생긴 가장 큰 변화는 내가 왜 이렇게 세상에 늦게 태어났을까 한탄하는 일이 잦아졌다는 점이다. 이전에는 내가 왜 이렇게 어릴까 불만스러워할 일이 별로 많지 않았다. 하지만 4학년이 되고, 박영은 선생님과 나 사이에 가로놓인 무지막지한 나이 차이를 인식하게 되면서 내가 겨우 4학년밖에 안 된다는 사실을 내 일생의 가장 큰 슬픔으로 생각하게 되었다.

오준근 선생님을 생각할라치면 내가 어리다는 사실이 슬픔을 넘어 분노로까지 비약했다. 저 사람이 선생님이라니. 저렇게 비열하고 치사하고 배울 점 없는 사람이 선생님이라니. 내가 좀 더 세상에 일찍 태어났더라면 저 사람을 선생님으로 모셔야 하는 굴욕을 피할 수 있었을 텐데 말이다.

　오늘도 오준근 선생님은 나의 교육 상담을 핑계 삼아 박영은 선생님께 접근했다. 오 선생님이 조금이라도 체면을 생각하는 사람이었다면 제자인 내가 보는 앞에서 교육 상담이랍시고 "어쩌면 이렇게 피부가 백옥 같습니까?"라거나 "시계를 자주 들여다보시는 걸 보니 퇴근 후에 데이트 약속이라도 있으신 모양입니다, 하하하." 따위의 말들은 하지 않았을 것이다. 박영은 선생님이 그런 말들을 듣고도 면박을 주거나 발딱 일어서지 않고 억지웃음을 지어 보인 것은 혹시라도 오 선생님이 나에게 심술을 부릴까 염려해서였을 것이다. 박 선생님은 희롱을 당하고도 꾹 눌러 참기만 했고, 오 선생님은 더욱 기고만장해서 바짓부리를 끌어 올려 다리에 난 구불구불한 털을 보여주는 등 추태의 도를 더해갔다. 내가 조금만 더 일찍 태어났더라면 그런 일들은 일어나지 않았을 것이다. 내가 좀 더 큰 어른이었다면, 저렇게 왁살스런 근육들을 가진 힘센 어른이었다면 맹세코 오늘 오 선생님은 나한테 정신이 번쩍 들도록 두들겨 맞았을 것이다.

　"어이 꼬마야, 뭘 그렇게 영감같이 중중거리고 있냐?"

　내 눈앞에서 오르락내리락하던 왁살스런 근육들의 주인공, 내가 다리를 달랑거리며 걸터앉아 있는 약수터의 돌담 앞에서 기합

229

도 넣지 않고 흡흡 숨을 들이쉬는 것만으로도 아령놀이 하듯이 쉽게 역기를 들었다 내렸다 하고 있던 주리 삼촌이 툭 던지듯 말을 걸었다. 삼촌은 그까짓 역기쯤이야 한 손으로라도 얼마든지 들어 올릴 수 있지만 오로지 겸손하기 때문에 두 손을 다 사용하는 것처럼 보였다. 좋겠다 삼촌은, 나이도 많고 힘도 세서.

"니 꼴이 얼마나 청승맞은지 알고 있냐?"

러닝셔츠를 벗어서 온몸에 번질번질한 땀을 닦아 내리는 주리 삼촌은, 아무런 위협적인 행동을 하지 않고 있음에도 불구하고 왠지 도망가고 싶은 기분을 자아내기에 충분했다. 단춧구멍같이 작은 삼촌의 눈은 감자에 손톱을 꼭 찍어 초승달 자국을 낸 것처럼 귀염성 있게 웃을 수도 있지만 화가 나서 세모꼴이 되면 그 앞에서 오금을 펼 수 없을 만큼 무시무시했다. 딸기 씨가 점점이 박힌 펑퍼짐한 코 밑에는 공부한다는 핑계로 며칠이나 면도를 하지 않아서 숲을 이룬 수염이 있었고 그 수염에 둘러싸인 두둑한 입술이 가끔 별 뜻 없이 끙, 또는 쩝 하는 소리를 내면 지나가던 사람들이 저도 모르게 흠칫 팔을 들어 올려 날아오는 주먹을 막는 것 같은 자세를 취하곤 했다.

작년이었던가? 주리네 집에 빚쟁이가 들이닥쳐 주리 엄마의 멱살을 잡고 온갖 쌍욕을 퍼붓는 일이 벌어졌다. 그 빚쟁이는 우리 동네 사람이 아니었기 때문에 주리 삼촌의 존재를 몰랐던 것이다. 주리 엄마의 가느다란 몸을 이리저리 휘두르며 기세등등했던 빚쟁이는 주리 삼촌이 드르륵 미닫이문을 열고 어두운 공부방을 나와 쪽마루를 꽉 채우며 눈을 세모꼴로 만들고 콧바람을 한 번 튕기자 1초 만에 주리 엄마의 옷자락을 놓고 옷매무시까지 싹싹 가다듬어준 다음에 그대로 줄행랑을 쳤다.

주리 삼촌의 부러운 점이 무쇠 기둥 같은 팔다리뿐이던가. 백정 같은 용모와 달리 삼촌은 공붓벌레였고 어린 시절 신동이라는 명성이 자자했다. 결국은 하늘 같은 고려대학교 법학과를 졸업했고 군대를 다녀온 후로는 고시 공부가 한창이었다. 고시에 몇 번 떨어져 기가 조금 죽었다고는 하지만, 주리 삼촌이 학교에 다닐 때는 선생님이건 친구들이건 아무도 삼촌을 무시하지 못했을 것이다. 공부도 잘하고 힘도 센 주리 삼촌 같은 사람은 공부도 못하고 비리비리한 나 같은 아이의 고달픈 삶을 이해하지 못할 것이다.

"어라? 저 녀석 표정 좀 봐라? 너 학교에서 무슨 일 있었냐?"

삼촌이 내가 걸터앉아 있는 돌담 밑에 털썩 주저앉았다. 돌담에 등을 기대고 두 어깨를 휘휘 돌리며 근육을 풀고 있는 삼촌은 나뭇등걸에 등을 비비는 멧돼지같이 우악스러워 보이지만, 내 표정에 깃든 고민의 흔적을 족집게처럼 집어내는 걸 보니 이슬이 내려앉아야 눈에 보이는 투명한 비단실을 잣는 거미처럼 섬세한 면도 있는 모양이었다.

"삼촌은 좋겠어. 공부도 잘하구 힘도 세구."

삼촌의 단춧구멍 눈이 찬찬히 내 얼굴을 살폈다.

"공부 못한다고 선생님한테 혼났니?"

그런 단순한 일이라면 이렇게 고민할 거리나 될까. 문득, 오 선생님이란 사람의 기행(奇行)과 추잡함을 주리 삼촌에게 낱낱이 토설하고 싶은 욕구가 치밀었으나 쉽게 입이 열리지 않았다. 기껏 이야기해봤자 "그게 다 너를 위해 그러시는 거야"라고 선생님에 대한 무조건적인 신뢰를 강요당할 것 같았다. 엄마에게 오 선생님 이야기를 했다가 그런 식의 대답을 듣고 난 이후로는 어른들 누구에게도 오 선생님 이야기를 하지 않겠다고 마음먹고 있는 참이었다.

하지만, 나를 향한 삼촌의 단춧구멍 눈을 보자 가슴 속에서 뜨거운 것이 자꾸 울컥울컥 치밀며, 삼촌만은 이해해줄 것 같은 기대를 갖게 되는 것이 참 이상했다. 그러고 보니 나에게 "무슨 일 있니 동구야"라고 물어주는 어른은 박영은 선생님 이후로 한 사람도 없었다. 부끄럽게도 나는 어른들에게 오 선생님 이야기를 하지 않을 테다고 마음먹고 있으면서 한편으로는 누군가 힘센 어른이 나에게 말을 걸어주기만을 간절히 기다리고 있었나 보다.

내가 망설이는 사이 삼촌은 벌떡 일어나서 약수터 건너편으로 성큼성큼 멀어져 갔다. 말할걸……, 삼촌한테 다 말할걸……. 속으로 가슴을 치며 후회하는 동안 삼촌은 건너편 수풀 속에서 몇 번 펄쩍펄쩍 뛰더니 금세 아까시 꽃 여러 무더기를 따서 돌아왔다.

"너 풋것 먹으면 배탈 나니? 그럼 먹지 말구."

삼촌은 꽃무더기 하나를 높이 들어 올려 입속에 넣었다가 생선 가시 같은 꽃대궁만 남겨서 뽑아 올렸다.

"원래 꽃심만 먹는 건데."

"도련님아, 이 쥐알만 한 걸 뒤져서 꽃심만 발라내란 말이냐? 이 손가락으루?"

내 코앞에 어린아이 팔뚝 같은 손가락 다섯 개가 들이밀어졌다. 주리 삼촌이 뜨개질하는 할머니처럼 아까시 꽃 무더기를 무릎에 놓고 산더미 같은 덩치를 잔뜩 웅크려 꽃심을 발라내는 모습을 상상하니 절로 웃음이 나왔다. 나는 기분이 좋아져서 겔겔거리며 삼촌이 건네준 아까시 꽃을 한 송이 두 송이 입에 넣었다. 달큰하고 아릿한 맛이 입안에 배어들고 콧속으로는 향긋한 꽃 내음이 가득 번졌다.

"웃으니까 훨씬 보기 좋구나. 어린 애들은 울든지 웃든지 해야지, 영감처럼 고민스러운 표정을 짓고 있으면 영 당황스럽거든. 자, 이제 삼촌을 믿고 무슨 일이 있는지 다 이야기해봐라."

지난겨울에 구야랑 포장마차에 쫓아가 알아듣기 힘든 이야기들을 실컷 들은 이후로, 단둘이 앉아서 이야기를 하기는 처음이었다. 아니, 박영은 선생님 말고는 어른과 진지한 이야기를 나누어본 일이 없었다. 하지만 삼촌은 왠지 믿음이 가는 사람이었다. 누구에겐가 하소연하고 싶은 내부의 욕망도 누르기 힘들 만큼 부풀어 있었다. 나는 못 이기는 체하고 말문을 열었다.

"삼촌, 주리한테 오준근 선생님이란 사람 이야기 들어봤어?"

"아니."

"그런 사람이 있어."

"그런데?"

"이상한 사람이야. 아니, 아주 나쁜 사람인 것 같아."

삼촌의 단춧구멍 눈이 별소리를 다 듣겠다는 듯이 나를 흘끗 쳐다보았다. 선생님에 대해서 이런 식으로 말하면 안 되는 건데. 삼촌은 나를 아주 버릇없는 아이라고 생각하고 있을 것이다. 하지만 한 번 물꼬가 트이자 거센 폭포 같은 말의 물줄기를 제어할 수가 없었다.

삼촌, 나도 선생님에 대해서 이렇게 나쁜 사람이라고 말하면 안 된다는 걸 잘 알아. 하지만 오준근 선생님은 정말 나쁜 사람이야. 우리 반 아이들 모두 그렇게 생각해. 정말, 정말 모두들 너무너무 싫어한다구. 산수 숙제를 해오지 않았다고 해서 자기 겨드랑이 냄새를 맡게 하는 선생님이 세상에 어디 있어? 다들 토할 뻔했단 말야. 자기 발의 굳은살을 뜯던 바로 그 손으로 내 도시락 반찬을 널름 집어 먹기도 했어. 물론 나는 곧바로 도시락 뚜껑을 닫아버렸지. 엄마가 깻잎 반쪽에 으깬 두부를 넣고 돌돌 말아 정성껏 전을 부친 그 예쁜 반찬을 하나도 먹지 않고 그대로 가져왔단 말이야. 엄마가 몹시 실망하셔서 다시는 그 반찬을 싸주시지 않아. 하지만 어쩔 수가 없었다구.

그뿐만이 아니야. 지난주 토요일에는 창진이 엄마가 학교에 찾아오셔서는 번쩍번쩍하는 가죽 허리띠를 선물로 드렸대. 그랬더니 창진이가 병국이의 과학 발명품 과제물을 망가뜨렸는데도 한마디도 하지 않고 넘어갔어. 병국이가 몹시 울었는데 오히려 병국이한테 시끄럽다고 화를 냈단 말이지. 허리띠를 주는 걸 내 눈으로 보았냐구? 아니 물론 보지는 못했어. 하지만 가죽 허리띠를 선물로 받은 건 사실이야. 왜냐하면 창진이 자식이 그렇게 떠들고 다니거든. 명동에서 사 온 진짜 비싼 가죽 허리띠래. 창진이네는 아주 부자야. 자가용도 있고 기사 아저씨도 있거든. 병국이는 나처럼 공부도 못하고 덜떨어진 녀석이니까 오준근 선생님이 이뻐하고 싶은 생각도 들지 않겠지만 그 과학 발명품 숙제만은 정말 정성스럽게 만들어왔단 말이야. 한마디라도 창진이를 야단쳤어야 하는 거 아니야? 오준근 선생님은 선물이라면 사족을 못 써. 선물을 준 아이들만 얼마나 감싸고 도는지 몰라.

그뿐인 줄 알아? 삼촌, 그런 일만 가지고 내가 이렇게 화를 내는 줄 알아? 그게 아니야. 선물을 준 아이들을 편애하는 선생님은 드물지 않으니까. 하지만 오준근 선생님은 정말 나쁜 사람이야. 나를 이용해 먹고 있다구. 나는 인질이나 포로처럼 이용당하고 있어. 허헉. 숨이 막힐 것 같아. 하지만 계속 이야기할 수 있어. 내가 세상에서 제일 존경하는, 무지개의 가장 사랑하는 외동딸 같은, 그분을 위해서라면 내가 목숨조차 아깝지 않게 바칠 수 있는 나의 박영은 선생님에게 추근댄단 말이야.

왜 나를 이용하냐구? 그것도 몰라? 삼촌은 바보야. 박영은 선생님이, 천사처럼 착한 박영은 선생님이 나를 귀여워하시니까 그런 거지. 나의 교육 문제를 상담한다는 핑계가 아니라면 오준근 선생님 같은 사람이 감히 어떻게 박영은 선생님의 곁에나 앉아볼 마음을 먹겠어? 그러니까 나 때문에, 4학년이 되도록 한글도 잘 읽지 못하는 바보천치 돌대가리 한동구 때문에 불쌍한 박영은 선생님은 찰거머리 같은 오준근 선생님의 희롱을 꾹 참아주시는 거지. 손이 참 이쁘십니다? 연애를 해본 일이 있으신가요?

허억허억. 울고 있냐구? 날더러 울고 있냐구? 삼촌은 정말 바보야! 내가 울긴 왜 울어? 땀이 나는 거지. 미칠 것 같아서, 박영은 선생님이 괴로움을 당하는 건 결국 다 나 때문이니까 심장이 터질 것 같아서 땀을 흘리는 거지. 땀이 아니라 눈물이라구? 내가 여자애처럼 울고 있는 거라구? 삼촌도 똑같아! 오준근 선생님이랑 똑같이 바보천치 멍텅구리야! 삼촌한테 괜히 이야기했어! 다시는 삼촌이랑 이야기하지 않을 테야! 평생 다시는 입을 열지 않겠다구!

내가 캑캑거리고 헉헉거리고 삼촌 눈에는 땅콩알처럼 보일 두 주먹을 꼭 쥐어 휘두르며 길길이 뛰고 있는 동안 삼촌은 손에 쥐고 있던 아까시 꽃 무더기를 천천히 입안에 털어 넣었다. 삼촌의 어깨를 후려갈기고 있는 내 주먹 따위는 간지럽지도 않다는 듯이 눈길은 느긋하게 약수를 뜨고 있는 사람들을 향했다. 삼촌의 그런 여유가 나에게는 숨이 넘어가도록 얄미웠다. 주먹만으로는 모자라서 발길질과 박치기까지 동원해 삼촌의 담벼락 같은 옆구리에 덤벼보았지만 삼촌은 꿈쩍도 하지 않았다.

"오준근 선생인가 뭔가 하는 놈, 참 주접스런 놈이구나."

삼촌의 어두컴컴한 옆구리가 시야에서 사라지고 갑자기 맑은 늦봄의 하늘이 눈을 가득 메우다가, 멀리 보이는 남대문과 중앙청이 하늘 위아래로 어지러이 널을 뛰더니, 나의 코끝이 추락하는 비행기처럼 삼촌의 등허리 춤에 푹 처박혔다. 나는 무작정 온몸을 뒤틀었지만, 두 다리는 콘크리트 속에서 굳어지기라도 한 듯 꿈짝도 할 수 없었다. 팔딱거리던 나를 단숨에 거꾸로 둘러메고서, 삼촌은 천천히 약수터를 떠나 마을로 향했다.

"너 학교에서 세 시쯤 끝나지? 내일 수업 끝나고 삼촌이 선생님 좀 뵙겠다고 해라. 주리 삼촌이라고 하지 말고 그냥 니네 삼촌이라고 해. 알았지?"

5

오준근 선생님에게, "오늘 수업 끝나고 삼촌이 찾아오신대요"라고 말을 전하면서도 사실 나는 자신이 없었다. 주리 삼촌이 정말로 찾아올 것인가? 와서 어떻게 해줄 것인가? 어제 나에게 그 런 것처럼 오 선생님을 단숨에 어깨에 둘러메고 혼구멍을 내줄 것인가?

오 선생님은 "뭐? 삼촌?"이라고만 하고 알았다는 대답도 하지 않았다. 그 심드렁한 표정으로 보아 저 돌대가리의 삼촌이라는 작자는 뭐 하러 학교까지 온다는 말인가 하고 귀찮게 생각하는 것 같았다.

그러나 수업이 끝난 후 주리 삼촌은 정말로 학교에 나타났다. 늘상 입는 후줄근한 점퍼와 무릎이 튀어나온 바지 차림 그대로였 다. 삼촌의 모습이 복도 창문 너머로 보이기 한참 전부터 복도의 마룻바닥이 내려앉을 듯 힘겹게 끼걱끼걱 소리를 냈기 때문에 삼 촌이 오고 있다는 사실을 금방 알 수 있었다. 교실의 문을 가득 메우며 삼촌이 그 거대한 모습을 드러냈을 때, 오 선생님은 너무 기가 막혀서 자리에서 일어날 생각도 하지 못하는 것 같았다.

보통의 학부형들이라면 교실 문을 여는 순간 깊이 허리를 굽혀 인사부터 올리기 마련이지만 삼촌은 오 선생님을 똑바로 노려보 면서 서두르지 않고 천천히 다가갔다. 삼촌이 동해 바다의 고래처 럼 육중한 발걸음을 멈추었을 때 오 선생님과 삼촌 사이에는 아 래 팔뚝 길이 하나만큼의 공간도 남지 않았다. 오 선생님은 엉겁 결에 벌떡 일어섰는데, 오 선생님이 키는 더 컸지만 삼촌이 단춧 구멍 눈을 실처럼 가늘게 치뜨고 오 선생님을 지그시 응시하자 어깨를 움츠리고 목을 외로 꽈서 곧 높이가 비슷해졌다.

"안녕하십니까. 제가 동구 삼촌입니다."

말로는 "안녕하십니까?"라고 인사를 차린 것이었지만 약간 쉰 듯한 주리 삼촌의 목소리로 들으면, 너 나한테 맞아 죽을래? 하는 것처럼 들렸다. 조카의 담임 선생님이 어떤 분이신가 해서 한번 와봤다, 늘 명랑하던 조카의 얼굴이 요새 들어 어두워져서 이상하게 생각하고 있다, 수업이 끝난 후에는 내가 직접 공부를 시킬 테니 되도록 일찍 집에 보내주시기 바란다, 그런 이야기를 하는 동안 삼촌은 신기하게도 입술조차 별로 움직이지 않았다. 하지만 그 지독한 무표정 뒤에는 목줄기를 틀어쥐는 듯한 서늘한 기운이 똬리를 틀고 있었다. 자라처럼 목이 어깨 속으로 푹 숨어버린 오 선생님이 주리 삼촌의 무시무시한 눈빛을 이리저리 피하며 허겁지겁 예, 예, 하고 대답하는 모습을 보고 나와 박 선생님이 오 선생님이라는 존재에게서 해방되었음을 확실히 느낄 수 있었다. 주리 삼촌은 오 선생님에게 별다른 인사도 차리지 않고 돌아서서 교실을 나왔고 나는 강아지처럼 삼촌을 졸랑졸랑 따랐다. 흘끗 돌아보니 오 선생님은 우리의 뒤꼭지에 대고 비굴하게 허리를 뒤틀며 인사를 하고 있었다.

나는 주리 삼촌의 발등에 입이라도 맞추고 싶었다. 나의 영웅, 나의 구원자. 터널처럼 어두컴컴한 복도의 끝에는 운동장으로 나가는 문이 우리를 기다리고 있었다. 나는 충직한 하인처럼 삼촌보다 몇 걸음 앞서가 두 팔로 문을 밀어 열었다. 어두움이 쪼개지면서 환한 봄빛이 해일처럼 밀려들어 해방의 기쁨을 조명했다. 아아, 세상은 이렇게 아름다운 것을. 공기조차 이렇게 상큼할 수가 있을까. 봄이 왔으되 봄을 느낄 수 없었던 나의 4학년 1학기에 이제야 뒤늦은 봄소식이 전해지고 있었다.

주리 삼촌이 어린아이 손목 꺾듯 간단하게 오 선생님을 제압하는 모습을 보고 나니 평소에 나를 없이 여겼던 다른 놈들도 오늘 좀 다 만났으면 싶어서 나는 운동장을 두리번거렸다. 하지만 4학년들은 이미 수업이 파한 지 오래되어서 아무도 눈에 띄지 않았고 6학년 두 학급이 반 대항 피구 시합을 하는 모습만 보였다. 비명과 함성이 하늘을 찌를 듯한 열기의 현장에서 약간 떨어진 등나무 그늘에 흰 트레이닝복을 입은 박영은 선생님의 새침한 모습도 보였다. 박 선생님 반 학생들이 발을 동동 구르고 눈물까지 흘리며 경기에 열중하고 있었지만 선생님은 별 관심이 없는지 책을 한 권 무릎에 올려놓고 벤치에 앉아 가끔씩만 경기장 쪽에 눈길을 주고 있었다. 박 선생님의 모습을 보자 행복감은 열 곱으로 증폭되었다. 내가 오늘 해방됨으로써 박 선생님도 해방된 것이 아니던가. 나는 무턱대고 박 선생님을 향해 내달았다.

선생님은 타닥타닥 달려오는 나를 보며 환하게 웃었다. 내 손을 잡아주고, 얼굴을 쓰다듬어주는 선생님의 손길은 한결같이 정겨웠다.

"선생님, 우리 삼촌이에요!"

자랑스러운 나의 영웅을 소개하려고 돌아선 나는 삼촌의 모습에 깜짝 놀랐다. 좀 전까지 아래턱을 쑥 내밀고 두 팔이 옆구리에 닿지 않게 휘적휘적 걷고 있던 거한은 머리를 조아리고 두 손을 다소곳하게 모은, 진짜 학부형의 모습으로 돌변해 있었다. 박 선생님이 인사를 나누기 위해 벤치에서 일어서자 삼촌의 어깨는 한층 움츠러들었다. 아까 오 선생님을 자지러지게 했던 그 눈길은 한없이 공손해져 박 선생님의 발치 한 뼘쯤 앞에 붙박여 있었다.

"안녕하세요, 작년에 동구의 담임을 맡았던 박영은입니다."

악수를 청하는 선생님의 손을 차마 덥석 붙잡지 못하고 어려워하던 삼촌은 산더미 같은 어깨 사이에 고개를 푹 처박고 황송하게 두 손을 내밀었다. 선생님의 하얀 손이 삼촌의 두툼한 손바닥 사이에 잠시 파묻혔다가 모습을 드러냈다. 삼촌이 뭐라고 웅얼거리며 인사를 했지만 너무 개미 소리 같아서 옆에 서 있는 내 귀에도 안 들렸다. 삼촌이 저렇게 작은 소리를 낼 수 있다는 사실은 오늘 처음 알았다. 좀 전까지만 해도 살인 병기 같던 나의 영웅이 갑자기 한 무더기 찰떡 반죽처럼 유순하고 무력해지는 모습에 나는 동정심마저 일었다. 적어도 박 선생님 앞에서만큼은 내가 더 똘똘하지 않은가 말이다. 나는 삼촌의 웅얼거리는 목소리를 가로채 그의 자기소개를 거들었다.

"삼촌은요, 공부를 굉장히 잘했어요. 고려대학교 법학과를 나

241

왔구요, 지금은 고시 공부를 한대요."

"고대 법대 나오셨어요? 그러면 혹시 이태혁 선배를 아시나요?"

"아, 태혁이……."

"아시는군요. 같은 노래 서클에 있었지요. 요즈음은 한동안 만나지 못했지만 학교 다닐 동안은 퍽 친하게 지냈어요."

이태혁이라는 사람은 삼촌의 한 해 후배로, 대학뿐 아니라 고등학교도 같이 나온 동문이라고 했다. 아는 사람 이야기에 힘을 얻은 삼촌은 목소리를 조금 키워서 다음 주에 있을 동문회에서 태혁이를 만나면 안부를 전해주겠노라고 했다. 박 선생님이 뜻밖에도 언제 시간을 맞춰 셋이 한번 만나보자고 제안하자 삼촌은 잠시 멍청한 표정이 되었다가 결연하게 "예, 반드시 자리를 만들겠습니다"라고 약속했는데, 삼촌의 표정으로 보아 이태혁이라는 사람이 혹시라도 "형, 나는 요새 바빠서 어렵겠는데"라고 말했다가는 삼촌의 눈째에 식칼같이 날이 서는 것을 보고 곧바로 없던 시간이라도 만들게 될 것 같았다.

집으로 돌아오는 길에, 삼촌은 일찍이 본 적이 없는 다정다감한 얼굴로 쿵쿵거렸고 내 뒤통수도 두어 번 쓰다듬었다. 모퉁이 집 시멘트 담에 소담하게 걸쳐 늘어진 포도덩굴 그늘에서 참새 한 마리가 새파란 포도알을 찍다가 우리의 발소리에 놀라 포로롱 날아가자 우스운 일도 아닌데 으허허 웃기도 했다. 나를 집 앞에까지 데려다주고 자기 집을 향해 걸어가는 삼촌의 뒷모습을 보면서 나는 문득 차가운 바다에 둥실둥실 몸을 띄우고 콧노래를 부르는 행복한 북극곰을 떠올렸다.

6

주리 삼촌이 학교에 다녀간 후 오 선생님은 조카의 공부를 직접 챙기겠다는 삼촌의 충정을 십분 이해하였는지 절대로 나에게 말을 걸지 않았고, 수업시간에도 내가 앉아 있는 방향은 쳐다보지도 않았다. 삼촌의 위력이 나뿐 아니라 내 주변에 앉아 있는 다른 아이들에게까지 은총을 베푼 셈이었다. 그렇게나 바라 마지않던 해방을 맞이했지만 나의 관심은 이미 오 선생님을 떠나 있었으므로 별로 기쁜 줄도 몰랐다.

며칠 뒤 삼촌은 우리 집으로 찾아와 흰 봉투 하나를 내밀고 박 선생님에게 전해달라고 했다. 봉투를 받아 들고 나는 좀 울적한 기분이 되었다. 역시 삼촌은 나이가 많으니까 박 선생님이랑 친하게 지낼 수 있는 것이다. 저녁도 함께 먹고, 어쩌면 영화도 함께 보고, 이야기도 나누고, 어린 나로서는 꿈도 꾸지 못할 많은 일을 삼촌은 누릴 수가 있었다. 봉투는 꼼꼼히 풀로 붙였으므로 그 내용을 볼 수는 없었지만 아마 이태혁이라는 사람과 함께 만날 약속을 전하는 내용일 것이 분명했다. 나는 하릴없이 저녁 햇살에 봉투를 비춰보며 삼촌이 뭐라고 썼을지를 상상하다가 봉투를 가방에 챙겨 넣었다.

다음 날 편지를 전해 받은 박 선생님은 그 자리에서 봉투를 뜯었다. 선생님이 편지를 다 읽는 동안 나는 옆에서 운동화 코로 무지개를 그리며 얌전히 기다리고 있었다. 선생님의 팔뚝 너머로 언뜻 본 편지지는 아주 평범한 종이였고 또박또박한 삼촌의 글씨가 가득 들어차 있었지만 종이의 한 모퉁이에 무당벌레 그림이 그려져 있는 것이 특이했다. 글씨를 쓰던 펜으로 그린 단순한 그림이었지만 무당벌레가 없었다면 동사무소에서 보낸 서류처럼 딱딱했을 그 종이에서는 오랜 친구가 보낸 편지와도 같은 친근감이 묻어났다.

귀여운 무당벌레 그림을 보면서도 미소 한 번 짓지 않은 박 선생님은 잠시 깊은 생각에 잠겼다.

"토요일 저녁에 만나자고 하시는구나……."

토요일 밤, 토요일 밤에 나 그대를 만나리. 머릿속으로 유행가 곡조 한 자락이 쓸쓸하게 지나갔다. 한참 동안 그 편지를 응시하던 선생님이 시선을 돌리지 않은 채 다시 한번 입을 열었다.

"그날, 동구 너도 함께 가겠니? 가겠다고 하면 내가 부모님께 허락을 받을게."

날았는지 기었는지, 선생님께 인사나 제대로 하고 왔는지 모르겠다. 주리 삼촌은 박 선생님이 나도 데려오라고 했다는 말을 처음 듣고는 어이없다는 표정을 지었지만 곧 사람 좋게 그럼 그날 일찍 나가서 대학 구경을 시켜주겠다고 인심을 썼다.

토요일 오전은 정말 숨이 넘어갈 것처럼 길었다. 그렇게 끝도 없이 긴 오전은 태어나서 처음이었다. 하지만 일단 학교가 끝난 후 점심밥을 먹고 나자 시간은 갑자기 잰걸음으로 흘러갔다. 텔레비전을 조금 보고 있으려니 삼촌이 데리러 왔고 버스를 타고 고려대학교에 가서 캠퍼스를 한 바퀴 돌아보다 보니 금세 약속 시간이 되었던 것이다.

약속 장소는 고려대학교 앞의 어느 선술집이었다. 아직 해가 지지 않았는데 술집 안에는 사람들이 가득했다. 삼촌과 나는 술집 안으로 들어가지 않고 문밖에서 일행들이 오기를 기다렸다. 창문으로 들여다보니 둥근 드럼통마다 한가운데에 벌겋게 달아오른 연탄을 한 장 넣고 그 위에 석쇠를 얹어 고등어를 굽고 있었다. 담배 연기, 연탄가스, 생선 익는 냄새가 뒤섞여 숨도 쉬기 힘들었다. 술집에 들어가는 손님들이 한 사람도 빠지지 않고 나에게 신기하다는 눈길을 던졌다.

부지런히 걸음을 옮기며 우리와 가까워지던 한 남자가 손을 흔들어 아는 체를 했다. 삼촌은 고개를 조금 끄덕여 보였다. 그가 이태혁이라는 사람인 모양이었다. 그는 금테 안경을 썼고 작은 키에 비쩍 마른 사람이었는데 집이 가까운지 슬리퍼를 신고 있는 것이 제일 먼저 눈에 띄었다. 삼촌의 어깨를 툭툭 치는 것으로 인사를 대신하고 술집으로 들어가려던 이태혁이 나에게 눈길을 돌렸다. 나는 꾸벅 인사를 했다.

"얘는 누구야?"

"우리 동네 꼬마. 박영은 선생 제자야."

"그래, 영은이가 교대 다녔지. 근데 얘를 왜 데려왔어?"

"글쎄. 박영은 선생이 같이 와도 좋다고 했다던데. 학교 구경이나 시켜주려고 데려왔지."

이태혁은 알 수 없다는 듯이 한 번 어깨를 으쓱하고 술집으로 들어갔다. 나는 삼촌의 후배이면서도 삼촌에게 반말을 하고 박영은 선생님을 영은이라고 아주 쉽게 부르는 그에게 경외감과 거리감을 함께 느꼈다. 우리는 잠시 서서 기다린 끝에 드럼통 하나를 차지했고 곧 고등어 세 마리가 석쇠 위에 올랐다.

"공부 잘되냐?"

"빌어먹게 잘되지."

이태혁은 담배꽁초를 그대로 식당 바닥에 떨어뜨리고 슬리퍼 바닥으로 지근지근 짓뭉갰다. 삼촌의 인사를 그렇듯 퉁명스럽게 짓뭉개는 이태혁은 마른 가시덤불처럼 사람을 불안하게 하는 구석이 있어서, 이태혁과 비교하면 백정 같은 주리 삼촌이 솜사탕처럼 몽실몽실하게 느껴질 지경이었다.

"그래, 고시 공부 시작한 이래로 요새처럼 마음이 편해본 적도

246

없는 것 같다. 뭐 그동안 일부러 떨어진 건 아니지만 이제는 붙어도 마음이 편할 것 같아."

삼촌의 수더분한 목소리에 대한 이태혁의 답은 홍 하는 코웃음이었다.

"마음 편할 일이 뭐가 있어? 팔자도 좋군."

나는 삼촌의 눈이 세모꼴이 될까 봐 발가락이 오그라들었지만 삼촌은 흘낏 이태혁을 쳐다보았을 뿐 화를 내는 것 같지는 않았다. 오히려 그의 말이 계속 이어지기를 기다리는 눈치였으나 이태혁은 모른 체하고 꼬막무침만 파먹고 있었다. 엄지손가락과 집게손가락만 가지고도 소주잔 한 개는 달걀 껍데기처럼 바수어놓을 수 있는 삼촌 앞에서 저렇게 조심성 없이 입을 나불거리는 비쩍 마른 사내에게 나는 진한 호기심을 느꼈다.

삼촌이 뭔가 말하려는 참에 박영은 선생님이 문을 열고 들어섰다. 진한 자주색 원피스를 입고 약간 웨이브를 넣은 단발머리를 나풀거리며 다가서는 박영은 선생님은 식당 안에 가득 들어찬 매캐한 연탄가스와 비릿한 고등어 냄새를 일순간 싱싱한 자두를 한입 가득 깨문 듯한 상큼함으로 바꾸어놓았다. 삼촌이 벌떡 일어나 두 손을 공손히 모으며 인사를 했고 이태혁은 앉은 자세 그대로 한 손을 들어 보이며 "영은이 오랜만이다"라고 말했다. 이태혁이라는 사내 앞에서 잔뜩 주눅이 들어 있던 나는 박 선생님이 등장하자 갑자기 흥분되고 신이 났다.

박 선생님이 자리에 앉은 후 잠시 침묵이 이어졌다. 이태혁은 원래 누구하고도 눈을 잘 마주치지 않는 사람인 듯 눈길을 계속 드럼통 아래쪽에 아무렇게나 던져둔 채 무성의한 손놀림으로 담배만 뻐끔거렸다. 삼촌은 석쇠에 시선을 꽂아두고 고등어를 이리저리 뒤집어 알맞게 익히는 일에만 몰두했다. 박 선생님은 나에게 빙긋 웃어 보이고 이태혁과 삼촌에게도 뭔가 말을 건네려 하는 것 같았지만 아무도 선생님의 눈길을 받아주지 않아 어색해하고 있었다.

마침내 이태혁이 소주병을 들어 사람들에게 술을 권하면서 답답한 침묵을 깨고 말문을 텄다. "오랜만입니다, 다 같이 술이나 한잔하십시다"라고 말은 하면서도 그의 눈길은 어정쩡하게 드럼통 위의 고등어를 향하고 있었다. 그래도 이태혁이 입을 열어준 것이 대화를 나누어도 좋다는 허락이기나 한 것처럼 박 선생님과 삼촌은 반가워하며 허겁지겁 잔을 들고 날씨 이야기나 교통 이야기를 두서없이 몇 마디 했는데, 상추 겉절이를 노려보고 있는 이태혁은 뭔가 깊은 고뇌를 하는 것 같았고 박 선생님과 주리 삼촌은 이태혁에게 알랑거리며 비위를 맞추려는 사람들 같아 보였다. 내 인생에 가장 위대한 사람들인 박 선생님과 주리 삼촌이 별로 볼품도 없는 이태혁 앞에서는 저렇게 작고 하찮은 존재로 보이다니 도무지 알 수 없는 일이었다. 이태혁이 박 선생님이나 주리 삼촌에게 "저 꼬마는 뭐 하러 데려왔어? 뭐 하는 짓들이야?"라고 호통을 치지나 않을까 싶어서 나는 불안하게 몸을 웅크렸다.

다행히 소주를 몇 잔씩 나누어 마시고, 고등어 살점을 뜯어 입에 넣으면서 까다로운 왕은 차츰 말수가 많아졌다. 비례하여 분위기도 점점 부드러워졌다. 따지고 보면 이태혁이 화를 내었거나 다른 사람을 억압했던 것도 아닌데 참 이상한 일이었다. 아무튼 박 선생님은 얼굴에 화색이 돌아와 이런저런 학창시절 이야기를 꺼내었고 주리 삼촌도 한마디씩 보태며 제법 화기애애하게 대화를 풀어나갔다. 나도 어깨에서 힘을 빼고 가끔 박 선생님이 내 앞에 놓아주는 고등어를 집어먹으며 그들의 이야기를 듣고 있었다.

주리 삼촌이 아줌마에게 잔 하나 더 주세요, 하고 소리를 지르더니 자기 잔에 소주를 찰랑찰랑 채워서 나에게 내밀었다. 박 선생님은 어머? 하는 표정으로 이마에 주름을 몇 개 만들었다.

"괜찮아, 받아둬. 그래도 술자리에 끼어 앉았는데 제 잔은 있어야지."

나는 선생님의 눈치를 보느라 삼촌이 내민 잔을 쉽게 받아들 수 없었다. 삼촌의 솥뚜껑 같은 손이 내 뒤통수를 툭툭 쳤다.

"이럴 땐 꼭 영감 같단 말이야. 선생님, 동구가 잔을 받아도 괜찮겠습니까? 사실 애는 벌써 음주 경력이 있어요. 지난 12·12 때 저랑 대작을 했지요. 어린 나이에 어른들 술상에 끼어 앉아 보는 것도 즐거운 추억이거든요. 자, 선생님도 괜찮다고 하시잖아. 잔 받아라."

나는 삼촌이 정말 좋았다. 모두들 스스럼없이 술잔을 주고받는 분위기 속에서 나만 혼자 어린애라서 고등어나 주워 먹고 있는 것이 속상했는데 이렇게 술잔을 권해주니 얼마나 고마운지 몰랐다. 이태혁이 박 선생님을 영은이, 영은이라고 자꾸 부르는 것도 거슬리던 차에 삼촌이 선생님이라는 호칭을 붙이며 꼬박꼬박 존 댓말을 쓰고 나에게 술잔을 주면서 깍듯이 허락을 받는 것도 아주 마음에 들었다.

입술 꼬리를 올리고 저런, 저런 하는 표정을 지어 보이던 박 선생님이 조금 고개를 끄덕여 보인 듯도 하여 나는 얼른 잔을 받았다. 지난번에는 멍게 때문에 결과가 좋지 않았지만 이번에 마셔보면 맛이 좋을지도 몰랐다. 무엇보다도 이태혁 앞에서 술도 못 마시는 어린아이 취급을 받기는 싫었다. 내가 잔을 받은 기념으로 우리 네 사람은 건배를 했다. 나는 박 선생님의 눈치를 보며 소주잔에 조금 입술을 대어보았다. 여전히 소주는 쓰고 차가웠지만 박 선생님과 술잔을 나란히 하는 이 중요한 순간에 풋내기처럼 캑캑거리면 안 된다는 생각을 하며 의젓하게 술잔을 내려놓았다.

식당 한구석에 매달린 텔레비전에서 저녁 뉴스를 방송하기 시작했다. 식당 안이 시끄러워서 소리는 거의 들리지 않았으나 많은 사람들의 눈길이 자연스럽게 뉴스에 모였다.

"김종필이 오늘 한 건 했던데."

삼촌도 텔레비전 화면에 눈길을 주며 기분 좋은 목소리로 말했다. 하지만 이태혁은 대답 없이 자기 잔에 소주만 가득 부었다. 삼촌은 혼자 이야기를 이어가야 했다.

"민주화하는 흉내라도 내야 유신 잔당도 희망이 있지. 18년 동안 지반을 뚫을 만큼 깊은 뿌리를 내렸겠지만 역사의 대세를 거스를 수는 없는 일이야. 오늘 공화당이 계엄령 철폐안 통과에 동의하기로 한 것만 봐도 역사의 힘이 얼마나 무시무시한 것인지 알 수 있어. 계엄령이 철폐되고 자유선거가 실시되면 이제 군인들의 천하도 끝이라. 온 나라를 핫둘핫둘 구령에 맞춰 움직이려던 군인들은 이제 산중 막사로 돌아가고, 이제는 건전한 상식을 가진 민간인이 민간인을 지도자로 뽑는 진정한 민주의 시대가 열리는 거지. 그동안 거적때기로 엉성하게 가려놓은 죄상들이 백일하에 드러나면, 아마 이 땅에 발붙이고 살기는 어려울걸. 그걸 김종필이 모르지 않을 텐데도 울며 겨자 먹기로 저렇게 신민당이 제안한 법안에 동의하지 않을 수 없다니 얼마나 통쾌한가? 이것이 바로 역사의 힘이라. 해일을 수도꼭지로 막을 수 있겠나? 아무리 간교하고 뿌리가 깊어도 이번에는 버티기 어려울 거라. 비록 거리로 뛰쳐나가지는 않지만 최루탄 냄새도 꽃 내음 같고 시위의 함성이 사랑 노래로 들리는 것이 내 심경이다."

느릿느릿하게 긴 말을 맺는 삼촌의 얼굴에는 벙싯한 웃음이 떠올라 있었다. 오늘은 좋은 뉴스가 있는 모양이었다. 나는 신문이나 뉴스 같은 걸 보지 않으니 정세가 어떻게 돌아가는지 이해할

리 만무하지만 월요일 아침마다 운동장에서 열리는 조회에서 가끔 교장 선생님이 신문 조각을 들고나와 쓸 만한 이야기들을 우리에게 읽어주곤 했다. 신문 기사 중에는 심심찮게, 벽지나 낙도에 사는 어떤 학생이 대통령 할아버지께 편지를 써 마을의 발전 방안을 건의하거나 아픈 부모의 치료를 부탁하였으며 자애로우신 대통령 할아버지께서는 이 학생의 총명함이나 효성을 높이 사 큰 상을 내리거나 어려움을 해결해주었다는 내용이 있었다. 그런 이야기를 들을 때마다 나는 겉으로는 깐깐해 보여도 마음은 따뜻하기 한량없는 대통령 할아버지께 경모의 마음을 품곤 했다.

하지만 얼마 전 대통령 할아버지는 암살자의 총탄에 시해당하셨으며 우리는 울면서 위대한 대통령 할아버지의 서거를 슬퍼했다. 대통령께 총탄을 발사한 놈이 간첩이 아니라 대통령의 부하였다는 사실은 더욱 충격이었다. 우리 동네의 몇몇 무리들은 인왕산의 송곳바위 밑 어두운 그림자에 몸을 숨기고 나름대로 정견을 발표하기도 했다. 내용은 하나같이 비열한 배신자에게는 죽음만이 합당한 대가이며 위대한 대통령이 떠나가신 이 나라의 치명적인 공백은 오로지 우리 어린이들을 포함한 국민들의 애국심으로 메워야 하고 이럴 때일수록 북괴의 남침을 경계해야 한다는 것이었다. 하지만 시간이 흐르면서 암살자를 공개 처형해야 한다고 주장하던 우리들의 비분강개도 가라앉았고 송곳바위 아래의 정치 모임도 뜸해졌으며 기껏 나오는 이야기들도 새 대통령이 덩치만 컸지 서거한 대통령 할아버지만큼 멋있지 않다는 정도의 김빠진 이야기들이었다.

내가 아는 정치인의 이름은 박정희 대통령 각하와 최규하 대통령 각하뿐이었으므로 나는 삼촌의 이야기를 거의 알아듣지 못했다. 삼촌이 박 대통령의 죽음을 좋은 일로 생각하고 있다는 정도만 느낄 수 있었다. 나는 박 선생님은 어떻게 생각하실까 궁금해서 선생님의 기색을 살폈는데 박 선생님은 말없이 이태혁의 뾰족뾰족한 얼굴만 바라보고 있었다. 박 선생님의 눈길을 받으면서도 소주잔만 만지작거리던 이태혁이 한참 만에야 입을 열었다.

"형은 정말로 그렇게 생각해?"

"그럼, 너는 다르다는 거냐?"

"오늘 공화당이 법안 통과에 동의했으니까, 다음 주 화요일이면 계엄이 해제되고 권력이 민간에 이양될 거라?"

"그렇지."

이태혁이 픽 하고 웃었다. 아까처럼 비웃는 기색이 역력한 기분 나쁜 코웃음이었다.

"덩칫값 좀 해. 형 나이가 몇인데 아직도 그렇게 갓난아이처럼 순진해? 현실에 어두운 법학도란 정말 위험한 존재란 말이야. 당장 반독재 투쟁 전선에 뛰어들진 않더라도 상황 파악은 제대로 해야지. 하긴, 형뿐만 아니라 많은 사람이 이 나라의 권력이 아직도 공화당 손에 있다고 생각하지. 김종필 같은 허깨비를 정부 여당 대표랍시고 거기다 대고 개헌을 하라는 둥 계엄을 어쩌라는 둥 쨱쨱거리는 저능아들을 보면 살기가 싫어져. 머리를 달고 있으면 그걸로 생각을 좀 해봐. 아주 간단한 이치니까. 이 나라의 권력은 박정희 혼자서 틀어쥐고 있었어. 그러다 대책도 없이 죽어버렸단 말이야. 그럼 누가 권력의 주인이 되지? 최규하가 대통령직을 승계했으니 형식논리는 어느 정도 충족시킨 셈이지. 그리고 세 김씨가 민선 대통령이 되겠다고 설치고 있으니 선거를 통해 이 중 한 사람이 선출된다면 그거야말로 진짜 민주주의지. 역사의 힘 만세! 데모의 힘 만만세! 형은 지금 이 단계에 와 있는 거지.

하지만 앞으로 우리나라 민주화의 여정에서 가장 주목해야 할 권력은 정부나 여당이 아니라 군부라구. 이 나라의 18년 군부독재가 박정희 일개인의 똥배짱 하나로 유지되었겠어? 그 긴 세월 동안 사람들은 독재의 질서에 익숙해졌어. 박정희가 죽고 나서 부모를 잃은 것이나 다름없다고 통곡하는 사람들을 봐. 그들은 민주주의를 원치 않고 있어. 누구든 강력한 권위를 행사하는 독재자에게 자신의 정치적 의지를 의탁하고 싶어 한단 말이야. 이런 사람들은 민주주의와 맞닥뜨리게 되면 무능하다느니, 권위가 없다느니, 산만하다느니 하며 불평을 늘어놓게 되지. 그런 건 별로 중요하지 않은 문제라구? 그들도 역사의 수레바퀴 앞에서 저항할 수는 없을 거라구? 아니야, 독재에 잘 길들여진 사람들은 또 다른 독재가 자라날 수 있는 가장 비옥한 밑거름이야. 이렇게 기름진 밭이 있는데 독재라는 질긴 덩굴이 왜 성장을 멈추겠어?

쿠데타가 또 일어날 수는 없을 거라고? 무슨 근거로 그렇게 말하지? 그동안 권력은 군부의 손을 한시도 떠난 적이 없어. 권력자에게나 국민에게나 독재는 지겹도록 신은 낡은 구두 같은 거란 말이야. 반면 민주는 한 번도 신어본 적이 없는 새 구두지. 언제까지나 낡은 구두를 신고 살 수는 없지만 적어도 당장은 새 구두보다 편안해. 군부는, 우리에게 다시 헌 구두를 내밀면서 너덜너덜해져서 더 이상 신을 수 없을 때까지 계속 신으라고 말할 거야. 지금 민주의 희망을 꺾고 다시 군부독재의 시절로 돌아가도록 강압한다면 사람들은 새 구두를 빼앗긴 것에 분노하겠지만, 한편으로는 새 구두를 신고 발뒤꿈치가 쓸리는 아픔을 겪지 않아도 되는 것에 안도할 테지.

내가 너무 비관적으로 말하고 있나? 내 신경쇠약 때문에 괜히 여러 사람을 괴롭히고 있는 거라면 차라리 나도 기쁘겠어. 하지만 불행히도 내 예상이 맞아들어갈 징후가 점점 더 강해지고 있지. 지난 12월, 인왕산 산길에 탱크가 달려 산 아랫마을 사람들이 밤새 잠을 설쳤던 그날 이후, 군부독재에 대한 반감을 자극하지 않기 위해 최대한 자세를 낮추고는 있지만 군부는 분명 정권을 다시 침탈할 야욕을 가지고 있어. 결국 이건 힘의 싸움이라구. 시민군과 군부 사이에 내전이 일어날지도 모르지. 미국이 새로운 군부 정권의 등장에 어떤 태도를 보일 것이냐, 시위로 그 야욕을 꺾을 수 있느냐 없느냐 그 둘만이 문제야."

뉴스를 보고 물색없이 좋아하다가 긴 면박을 당한 삼촌이 좀 못마땅한 표정으로 반박했다.

"나도 광화문 앞에 탱크가 선 것을 보고 처음엔 새로운 쿠데타가 발발한 줄만 알았다. 당시엔 쿠데타를 기도했던 것일지도 모르지. 하지만 그 이후로는 잠잠하잖냐. 다시 군부가 집권한다면 저항이 엄청날 거다. 대세란 거스를 수 없는 거야. 군부의 영향력이 일거에 완전히 제거되지는 않겠지만 어쨌든 권력은 민간에 이양될 거다. 군부도 새 정권에 일정한 영향력을 행사하는 정도로 만족할 수밖에 없을 것이다. 한술 밥에 배부를 수는 없는 거야. 이번에 성립되는 정부는 집권 기간 내내 군부의 영향력을 줄여나가기 위해 투쟁해야 할 테지. 군부가 산중 군문으로 돌아가기까지는 적어도 10년 이상의 세월이 필요할 게다. 군부독재의 뿌리가 깊었던 만큼 청산에도 시일이 필요한 것은 당연해. 하지만 너처럼 극단적으로 생각할 필요는 없다고 본다."

"그럴까? 그럼 왜 계엄 해제를 차일피일 미루는 거지? 벌써 철폐되었어야 마땅한 유신헌법이 왜 아직도 버티고 있는 거냐구?"

"누가 쉽게 굴복할 거라고 했냐? 놈들은 버티고 있는 거야. 하지만 결국은 굴복할 거라 이거지. 공화당에서도 자유선거의 불가피성을 인정하는 마당에 군부라고 혼자 버틸 수만은 없다 이거지. 아무리 총칼 든 군인이라 해도, 그 손에 국민의 피를 묻히기

256

는 쉽지 않을 거라 이 말이다."

삼촌의 목소리는 조금 퉁명스러워졌다. 박 선생님 앞에서 마구잡이로 공박당하는 것이 불쾌했던 모양이었다. 이태혁은 삼촌의 뜻을 알아들었다는 듯 나두 형이 맞길 바라, 형이 맞길 바란다구, 하고 한 걸음 물러섰다. 하지만 그 말 뒤에는 기분 나쁘게도 풋내기랑 말씨름하기 피곤해서 그만두는 것이라는 어감이 진하게 깔려 있었다.

필요 이상으로 달아올랐던 열기를 식히기 위해 다들 잠시 말을 멈추고 술잔을 채우거나 고등어를 뜯었다. 야금야금 한 방울씩 핥아먹어 내 잔이 거의 빈 것을 본 삼촌이 얼씨구 하며 잔을 다시 채워주었다. 박 선생님은 못 본 체했다.

"영은이 너 참 오랜만이다. 선생님 되었다길래 어떤 모습일까 궁금했다. 여전히 예쁘구나."

이태혁이 처음으로 박 선생님에게 말을 걸었다. 하지만 눈길은 빈 껍데기만 수북히 쌓인 꼬막 접시를 향하고 있었다. 그는 갑자기 나에게 야, 박영은 선생님 예쁘지? 학교에서도 인기 좋지? 하고 물었는데 나의 대답은 들을 것도 없다는 투였으므로 듣기에 따라서는 퍽 무시당하는 것 같기도 했다.

"나도 태혁 선배가 어떤 모습일지 궁금했어요."

이태혁의 얼굴이 일순간 굳어졌다가 아무렇지 않다는 듯 어물쩍 미소를 띠었다. 하지만 그가 긴장하고 있다는 것을 분명히 느

257

낄 수 있었다. 박 선생님은 오늘 날씨나 학창시절의 추억처럼 한 가로운 이야기만 몇 마디 했을 뿐 정치 이야기에는 거의 침묵을 지켜 별로 중요하지 않은 사람인 것처럼 보였지만 왕처럼 당당했 던 이태혁을 긴장시키면서 갑자기 가장 중요한 사람으로 떠오르 고 있었다. 그럼 그렇지, 이태혁 따위가, 사람과 눈을 마주칠 줄도 모르는 이태혁 따위가 마음껏 똑똑한 체하며 분위기를 주도하는 것이 나는 아까부터 못마땅하던 참이었다. 박 선생님은 힘도 들 이지 않고 소주잔을 획 비웠다. 처음에는 익숙하게 소주를 마시 는 선생님의 모습이 낯설어, 보아서는 안 될 것을 보기라도 한 듯 황급히 눈길을 피했지만 박 선생님이 하는 일이라면 뭐든지 숭배 할 마음의 준비가 충분히 되어 있었으므로 어렵지 않게, 선생님 의 술 마시는 모습이 참 멋있다고 생각해버렸다. 그리고 선생님이 곧 잘난 척하는 이태혁의 코를 납작하게 만들어줄 것이라고 기대 했다.

"선배, 내가 선생님이 된 모습이 어떤가요?"

"네가 학교에서 어떤 모습일지는 모르지. 하지만 이 꼬마가 널 쳐다보는 모습을 보면 짐작은 할 수 있을 것 같아. 넌 좋은 선생님 인 것 같다."

"지금 내 원피스를 보면서 못마땅해하고 있지요? 영은이는 아 직도 저런 옷차림이구나. 자주색 쿨울 원피스에 마노 목걸이라니 하구요."

"내가 쿨울이니 마노 같은 것을 어떻게 알겠어."

"선배의 눈빛을 보자마자 못마땅해하는 거 알 수 있었어요. 사실 나, 선배의 그런 눈빛 때문에 선생님이 되려는 꿈도 접고, 평생 구겨진 바지만 입고 살겠다고 결심했던 적도 있었지요. 기억나요? 영등포의 인쇄소에 선전 문건 초안을 받아 들고 갔던 날, 내가 면바지를 다려 입고 왔다고 선배는 화를 냈잖아요. '도대체 정신이 있는 애야? 아까 다섯 시 전에 출발했다는 연락을 받았는데 지금 도대체 몇 시야? 다들 양치질도 못하고 며칠씩 날밤을 새우며 작업을 하는데 너는 집에 가서 바지나 다려 입고 왔구나!' 하고 소리를 질렀었지요."

박 선생님의 눈빛은 마치 꿈꾸는 사람처럼 아련했다. 말소리도 조용하고 다정했다.

"기억력도 좋다. 난 하나도 기억 안 나."

삼촌이 손을 들어 소주 몇 병을 더 시켰다. 박 선생님의 빈 잔이 다시 채워졌다. 선생님은 그 맑고 찰랑찰랑한 액체를 잠시 들여다보다가 또 단숨에 절반을 비워버렸다. 평범한 소주잔도 선생님의 긴 손가락들 사이에서는 엄마가 애지중지하는 크리스털 와인 글라스처럼 광채가 영롱했다.

"내가 첫 학교를 배정받았다고 기뻐하던 날 말이에요. 선배는 쌀쌀하게 동지가 떠나는 것에는 익숙해져 있다고 말했지요. 나는 그날 선배가 나를 동지로 여기고 있었다는 말에 숨도 쉬지 못할 것 같았어요. 그리고 선배와 다른 동지들은 투쟁을 멈추지 않는데 나는 교사가 되어 현장을 떠나고 평온한 생활 속으로 숨어들어가는 비겁자라는 생각에 밤새 울었지요. 그런 거 알고 있었나요?"

알고 있었나요? 묻는 말이라기보다는 혼잣말 같은, 단조롭고 나른한 목소리였다. 선생님은 눈을 가늘게 뜨고 손안의 소주잔을 이리저리 돌려가며 찬찬히 들여다보고 있었다.

"오늘 선배를 만나자고 한 것은, 선배가 지금 상황을 어떻게 파악하고 있는지 듣고 싶어서였어요. 선배는 독설가지만 정세 분석은 늘 가장 정확했으니까요. 하지만 내전이니 시민군이니 하는 말은 오늘 다시 들어도 두려운 말이네요. 그러고 보니, 1학년 때 혁명이라는 말을 입에 올리는 것조차 두려워서 독재 타도면 됐지 혁명까지 바랄 것이 뭐 있냐고 했다가 정신없이 비판당하던 일도 생각나요.

아무튼 혁명이건 내전이건, 개인에게 가혹한 선택을 강요하는 것은 마찬가지이지요. 그날, 혁명의 날, 너는 거리에 설 수 있을 것인가? 이 자주색 원피스를 휘날리면서 말이에요. 후후후.

선배는 어떨 것 같아요? 난 언젠가는 선배가 고시에 도전할 거라고 예상하고 있었지요. 법전을 덮고 거리로 뛰쳐나갈 수 있겠어요? 아니 묻지 않을게요. 닥치지도 않은 일에 대해 이러겠다 저러겠다 하는 것이 무슨 소용이 있겠어요. 선배도 잘 알다시피 나는 겁쟁이예요. 언제나 유보적인 태도 때문에 비판받았지요. 그런 나 자신이 부끄러워서 견딜 수 없었어요. 노동 현장에 겁 없이 뛰어 드는 동지들을 보면서, 그런 용기가 없는 나는 혁명의 그날이 오면 두려움 없이 거리에 서겠노라고 천명할 용기가 없음을 괴로워 했지요. 학습 노트에 밤새도록 '나는 그날 거리에 서겠다'라고 썼던 일도 있어요. 용기없는 나를 다그치기 위해서요. 하지만 지금 생각하면 내가 그토록 쥐어짜내려 했던 용기는 혁명의 대의를 위한 것이 아니라 동지들에 대한 의리를 지키기 위한 것이었어요. 결국 나는 눈치를 보고 있었던 거죠.

지난겨울부터, 이 나라에 또다시 쿠데타와 군사정권 수립의 역사가 반복될 조짐을 보이면서 다시 그런 생각들을 하게 돼요. 지배층이 분열과 부패로 스스로 힘을 소진해갈 때 혁명의 피 구름은 붉은빛을 더하고, 싸워 이길 것이라는 확신도 굳어지지요. 하지만 지금은 상황이 달라졌어요. 새로운 군부 세력이 옛 독재정권을 밀어내고 권력을 차지할 길을 모색하고 있어요. 그들은 문란할 대로 문란해진 구정권과는 달라요. 단판싸움으로 권력을 틀어쥐기 위한 준비가 철저히 되어 있는 사람들이에요. 죽어가는 구정권의 숨통을 번개처럼 틀어 조이기 위해 숨죽이고 온몸의 근육을 긴장시키고 있는 맹수 같은 자들이겠지요. 나지막하게 대지를 뒤흔드는 불길한 땅울음처럼 나는 그 기운을 느껴요. 민주화를 요구하는 사람들의 열망이 뜨겁고 노동자 농민의 분노가 거세다 한들 피를 기다리는 저들을 이기긴 어려울 거예요.

지금도 나는 가끔 그런 질문을 해요. 사람들의 피가 담벼락을 적시고 하수구로 흐르는 그날이 온다면, 나는 과연 거리에 설 수 있을 것인가? 이제는 주변에 동지들도 없으니 누군가의 눈치를 볼 필요도 없고 더욱 내밀한 나 자신의 응답에 귀 기울일 수 있지요. 나는 교사다, 교사가 교단에 서는 것은 당연하다, 내가 거리의 핏물을 외면한들 아무도 나를 욕하지 않는다, 그러니 마음 놓고 대답해보아라, 하지만 나의 내면은 벙어리가 되었는지 대답을 하지 않네요. 눈을 꾹 감고 붉은 땀만 흘리는 돌부처처럼 아무 말도 하지 않네요. 하루라도 나의 갈 길을 확신하며 살 수 있다면 얼마나 좋을까요. 의심 없이, 두려움 없이, 흔들림 없이, 광화문 앞의 해치처럼 활활 타오르는 불꽃을 온몸에 휘감고 담대하게 내가 걸어야 할 길을 갈 수 있다면 말이에요."

문득 고개를 들어보니 선생님의 눈시울에는 맑은 소주 같은 눈물이 찰랑찰랑 넘치고 있었다. 선생님이 왜 울고 있는 것일까? 아무도 선생님을 나무라거나 공박하지 않았는데 왜 우는 것일까? 아마도 저 이태혁이라는 자 때문인 것 같았다. 선생님이 학교에 다니던 시절, 바지를 깨끗이 다려 입었다는 말도 안 되는 이유로 소리를 질렀던 저 잘난 척하는 말라깽이 이태혁 때문에 선생님이 흐린 고등어 연기 속에서 투명한 눈물을 흘리는 것 같았다. 내가 조금만 더 컸다면, 주리 삼촌처럼 나이도 많고 힘도 셌다면 당장 이태혁의 무릎을 꿇게 하고 박 선생님께 용서를 빌도록 만들었을 것이다.

삼촌이 이태혁에게 너, 당장 박 선생님께 사과드려라! 하고 소리를 질러준다면 얼마나 고마울까. 하지만 삼촌은 이태혁을 혼낼 생각이 없는 듯했다. 손을 상 위로 올렸다 내렸다 하면서 선생님이 눈물을 흘리는 모습을 바라볼 뿐이었다. 저렇게 덩치도 크고 나이도 많으면서 박 선생님에게 힘이 되어주지 못하다니 참 못났다. 그리고 이태혁 따위 때문에 서럽게 울고 있는 박 선생님은 너무너무 불쌍하다. 나는 아까부터 머리가 아팠고 고등어 비린내 때문에 속이 울렁거리던 참에 박 선생님이 괴로워하는 모습을 보자 그만 머릿속에서 눈물보를 여미고 있던 끈이 툭 끊어지는 소리가 났다. 나는 그대로 선생님의 무릎에 고개를 파묻고 말았다.

"선생님, 울지 마세요! 선생님은 아무 잘못이 없어요! 바지를 다려 입은 것이 무슨 잘못이에요? 자기가 뭐라고 선생님 이름을 함부로 부른대요? 저 사람이 나쁜 거예요. 울지 마세요. 내가 크면 가만두지 않을 거예요. 선생님, 울지 마세요!"

나는 선생님의 자줏빛 원피스 자락에 고개를 묻고 나만은 무슨 일이 있어도 선생님의 편임을 여러 번 다짐하며 왁왁 소리 내어 울었다. 박 선생님에게 건방지게 구는 이태혁도 나쁘고 그런 이태혁을 혼내지 않는 삼촌도 나쁘다. 선생님의 편은 나밖에 없다. 아무 힘이 되지 못해 죄송할 따름이지만 그래도 나는 선생님

편이다. 죽을 때까지 나는 선생님 편일 것이다.

갑자기 선생님이 나를 덥석 끌어안았다. 감동하신 것일까? 나는 조금 얼떨떨하여 가만히 선생님께 안겨 있었다. 문득 뒤통수쪽에서 크윽크윽 하는 삼촌의 짓눌린 웃음소리가 들렸다. 황급히 고개를 돌려보니 이태혁도 얼굴을 꼬깃꼬깃 구기며 클클 웃고 있었다. 어깨를 뒤흔들며 울고 있는 줄 알았던 박 선생님은 웃느라 숨을 쉬지 못해 허리를 뒤틀고 있었다.

"저 녀석 아까부터 열심히 홀짝거리더니 두 잔을 거의 다 마셨네."

"인마, 정신 차려. 물 좀 마셔라. 괜찮니?"

나는 뭐가 뭔지 모르면서 삼촌에게 뒷덜미를 붙잡혀 선생님의 품 안에서 떨려 나왔다. 선생님은 손수건으로 계속 눈물을 닦아내고 있었는데 아마 너무 웃어 눈물을 흘리는 모양이었다.

"박 선생님은 참 좋겠어. 저렇게 사모하는 제자도 있고."

이태혁이 처음으로 선생님을 선생님이라고 불렀다.

"그렇지. 태혁이 너, 조심하지 않으면 나중에 동구한테 되게 혼나겠다. 박 선생님이 네 후배긴 하지만 여기 동구가 있으니 함부로 이름을 부르면 안 되지."

삼촌이 드디어 바른말을 했다. 삼촌이 내 편을 들어주니 다행이었다. 내가 아주 틀린 소리를 하지는 않았나 보다. 하지만 박 선생님은 아직도 웃고 있었고 삼촌은 넙적한 손바닥으로 계속 내 뒤통수를 턱턱 치고 있었다. 한 대 맞을 때마다 속이 점점 심하게 울렁거렸다.

"오늘 만남은 여기서 마쳐야 하겠어요. 동구는 너무 늦기 전에 집에 가야 하고, 실은 제가 오늘 밤에 광주에 내려가야 하거든요. 할머니 생신이라서요. 원래는 밤차를 타고 내일 아침에 닿을까 했는데 지금 시간이 별로 늦지 않았으니까 서두르면 늦은 밤에라도 할머니 댁에 가서 잘 수 있을 것 같아요."

"그럼 내일 저녁에 바로 올라오십니까?"

"아뇨. 19일이 할머니 생신이라서 그날 아침에 미역국이라도 같이 먹고 올 생각이에요. 학교에는 월요일에 휴가를 내겠다고 말씀드려 놓았어요. 할머니 생신 때문에 휴가를 낸다니 참 유난 하다고 생각하죠? 하지만 엄마가 일찍 돌아가시고 할머니가 키 워주셨기 때문에 제겐 아주 각별한 분이세요. 제가 휴가를 내기 어렵다고 하면 할머니가 교장 선생님께 전화라도 하실 게 분명해 요. 우리 할머니는 그런 분이죠. 오늘도 토요일인데 왜 일찍 내려 오지 않느냐고 학교로 네 번이나 전화하셨어요."

"손녀 사랑이 지극하시군요. 그럼 서울에 올라오신 후에 다시 한번 뵐 수 있으면 좋겠습니다. 오늘 모처럼 만난 자리였는데 참 아쉽네요."

삼촌의 목소리는 예의 바르면서도 부드러웠다. "저도 오늘 참 즐거웠어요. 올라와서 다시 뵙지요"라고 대답하는 선생님의 목소리도 다정했다. 아름다운 선생님과 덩치 좋은 주리 삼촌, 모두들 얼마나 잘 어울리는 한 쌍이라고 생각하겠는가. 내가 어른이 될 틈도 없이 박 선생님이 주리 삼촌과 결혼해버릴지도 모른다는 생각이 들었다. 만일 그렇게 된다면 그건 너무 억울한 일이었다. 삼촌도 선생님을 좋아하는 것 같기는 하지만 세상에서 선생님을 가장 사랑하는 사람은 나고, 선생님을 행복하게 해주기 위해 목숨이라도 바칠 각오가 되어 있는 사람도 나뿐이었기 때문이다.

　오로지 내 나이가 어리다는 이유 하나로 기회조차 갖지 못하는 것은 너무나도 억울한 일이었다. 삼촌이 박 선생님에 대해 무엇을 알고 있단 말인가? 삼촌이 선생님과 어떤 일들을 함께 나누었단 말인가? 삼촌은 선생님의 아름다운 겉모습을 사랑할 뿐이지만 나는 선생님의 고결한 영혼을 사랑한다. 3학년이 되도록 한 글도 깨치지 못한 바보, 다른 선생님들은 눈길조차 한 번 제대로 던져주지 않은 열등생 한동구에게 그토록 많은 관심과 정성을 쏟아주신 선생님께 내가 영원히 변치 않을 사랑과 충성 이외의 그 무엇을 드릴 수 있단 말인가. 하지만 선생님이 주리 삼촌이건 누구건 다른 사람과 결혼해버린다면 오로지 선생님만을 주인으로 섬기는 나의 외사랑은 앞으로 남은 나의 일생 동안 절대로 새 주인을 찾지 못하고 영원한 떠돌이가 되어 정처 없이 헤매게 될 것이 분명했다.

　"왜 또 우니, 동구야?"

"선생님, 저도 다 큰 어른이면 좋겠어요!"

얼결에 입 밖으로 튀어나온 내 말은 흐느낌과 섞여 알아듣기 힘들 만큼 흐트러져 있었지만 또다시 폭소가 터진 것으로 보아 모두들 용케 알아들은 모양이었다. 삼촌은 한 번 더 내 뒤통수를 두들겼다. 아무도 나의 진지한 마음을 알아주지 않는 것이 서러워 나는 더욱 눈물이 났다.

술집을 나서자 연기가 낀 듯 탁하던 머릿속도 조금 맑아졌다. 괜찮니 동구야? 하고 묻는 선생님의 목소리가 천상의 노래처럼 어렴풋했다. 나는 무척 어질어질했지만 간신히 괜찮다고 고개를 끄덕였다. 그래, 곧 괜찮아질 거야, 자 이제 눈물을 닦으렴. 마치 요술처럼 내 코앞에 선생님의 손수건이 들이밀어졌다. 손수건에는 선생님의 향기가 흠뻑 배어 있었다. 나는 그 연연한 감촉에 가슴을 단박 베며 숯불 덩어리를 받는 것처럼 조심스럽게 손수건을 받아 들었다. 그 지독한 고등어 비린내로 마비되다시피 한 내 코에 아련한 과일 내음이 스몄고 귓가에는 선생님의 속삭이는 목소리가 들렸다.

"동구야, 걱정하지 마. 네가 클 때까지 선생님이 기다려줄게. 남자 친구도 사귀지 않고 결혼도 하지 않고 이대로 기다릴게. 아무 걱정 말고 지금처럼 예쁘게 자라기만 하렴."

나는 깜짝 놀라서 입을 딱 벌리고 멍하니 선생님을 바라보았다. 내가 지금 잘못 들은 것은 아니겠지. 하지만 선생님은 꼭 한

267

번 눈을 찡긋해 보이고는 이내 모른 체 이태혁과 삼촌과 작별인
사를 나누고만 있었다. 갑자기 심장이 미친 듯이 두방망이질 쳐
나는 아무 말도 하지 못했다.

선생님이 손을 흔들며 버스 정류장으로 향했다. 눈썹을 적신
눈물로 시야가 어룽져 모든 것이 또렷하지 않았지만 선생님의 발
걸음이 변함없이 경쾌한 것만은 알아볼 수 있었다. 수십억 년의
나이를 먹는 동안 한 번도 누군가를 놓쳐본 적이 없는 늙은 지구
였지만, 선생님의 가벼운 발걸음 앞에서는 갑자기 집요한 중력도
기운을 놓고 마는 모양이었다. 지구가 결국 선생님을 붙들기를 포
기하고 손을 놓아버리면 선생님은 미련 없이 날아가버릴 것이다.

나는 선생님이 날아가는 모습을 상상했다. 처음에는 나비처럼
나풀나풀 조금씩 떠오르다가, 날아오르는 일에 조금씩 익숙해진
후에는 허공에 대고 쏘아 올린 새총처럼 가뿐하고 시원하게 솟구
치는 모습이었다. 여름날, 외갓집 앞의 너른 벌판에서 보았던 종
달새가 그렇게 치솟았던가. 버스 안에서 선생님이 손을 흔들었던
것 같기도 했지만 이미 날은 어두웠고 버스 꽁무니가 쏟아내는
검은 연기 때문에 앞이 흐려져 박 선생님의 마지막 모습은 잘 보
이지 않았다.

집으로 돌아오는 버스 안에서 주리 삼촌이 내 뒤통수를 쓰다
듬으며 뭐라 뭐라 이야기를 했지만 나는 거의 알아듣지 못했다.
선생님이 나를 기다려준다고 했던 그 말씀만이 머릿속에서 메아

리치고 있었다.

　"이 자식, 도무지 정신을 못 차리네. 너, 집에 들어가면 엄마 아빠한테 다녀왔습니다 인사만 하고 얼른 자라. 부모님 앞에서도 횡설수설하면 나 무지하게 욕먹는다. 나뿐만 아니라 박 선생님도 같이 욕먹는다. 알았어? 들어가면 세수만 얼른 하고 피곤하다고 하고는 곧바로 자란 말이야. 알아들었냐는데 왜 대답을 안 해?"

　다그치는 소리에 알았다고 대답을 하려 했지만 무언가가 목에 걸려 말이 나오지 않았다. 켁켁거리는 나를 보다 못해 삼촌이 딱 한 번 등짝을 쳤는데, 나는 그만 미안할 틈도 없이 삼촌의 후줄근한 바지 무르팍에 방금 먹은 고등어와 소주와 상추 겉절이를 푸짐하게 올려버렸다. 삼촌이 뭐라 소리를 지르는 것 같았고 나도 큰일이 났다 싶었지만 팔다리가 말을 듣지 않았고 도무지 그 철 퍽거리는 것을 수습할 여력이 없어 나는 그냥 대책 없이 까무러치는 것으로 그 어지러운 하루를 마감하고 말았다.

7

　다음 날 아침 눈을 떴을 때, 밤새 뒤집히던 배 속은 가라앉아 있었지만 지난 밤의 일들이 조각조각 기억나면서 나는 그대로 눈을 질끈 감아버리고 말았다. 이 일을 어쩌면 좋아. 소주 두 잔을

마시고 그렇게 인사불성으로 취해서 박 선생님 앞에서는 술주정을 하고 삼촌의 무릎엔 온통 냄새나는 것들을 퍼질러놓았으니 창피해서 어떻게 살지? 동네에서 삼촌 얼굴은 어떻게 보고, 학교에서 박 선생님 얼굴은 어떻게 본다지? 이태혁은 나를 얼마나 비웃었을까?

어제 집에는 어떻게 들어왔을까? 삼촌이 떠메고 왔겠지. 불쌍한 삼촌, 무릎에 토한 것을 뒤집어쓴 것으로도 모자라 우리 엄마한테 무지하게 혼이 났겠네. 주리 삼촌, 그런 사람으로 보지 않았는데 우리 애한테 어떻게 술을 먹일 수가 있어요? 우리 동구는 이제 겨우 열 살이에요, 그런 애한테 이렇게 술을 먹여도 되는 건가요? 우리 엄마는 아마 조곤조곤 따졌을 것이다. 아버지까지 나서서 화를 낸 것은 아닐까? 이 친구, 엉뚱한 사람이구만! 아이한테 가르칠 것이 따로 있지! 그러고도 자네가 고시 공부하는 사람이라고 할 수 있겠나?

다행히 할머니는 삼촌을 욕하기보다는 정신 못 차리는 내 볼기짝을 철썩철썩 패면서 나에게 욕을 퍼부었을 것이다. 으이구, 이 새끼는 하는 짓이 왜 다 이래? 도대체 누굴 닮아서 이 나이 처먹도록 글씨도 못 깨치고 덜떨어진겨? 우리 영주가 보고 혹시라도 본뜰까 봐 걱정이네! 영주는 일찍 자니까 그 광경을 못 보았겠지만 혹시라도 난리 통에 잠을 깼다면 곰 인형을 끌어안고 맨발로 현관에 나와서 엄마와 아버지를 말리며 울먹울먹했겠지.

삼촌은 나에게 술을 따라준 죄로 고스란히 그 야단을 다 당했겠지. 아, 이 망신을 어떻게 다 감당할까? 삼촌에게는 미안해서 어쩌지? 이대로 세상이 끝나버렸으면, 영원히 잠든 척하며 시간을 흘려보내 사람들이 어제의 일을 모두 다 잊은 후에야 눈을 뜰 수 있었으면.

하지만 이불 밑에서 불안하게 부스럭거리는 기척을 엄마는 금세 알아챈 모양이었다. 내 머리를 덮고 있던 이불자락이 살며시 들리며 엄마의 목소리가 들렸다.

"동구, 깼니?"

나는 차마 대답할 용기가 나지 않아 고개를 베개에 파묻은 채 웅얼거렸다. 엄마의 따뜻한 손이 이불 속으로 들어와 내 볼을 쓰다듬고 배를 어루만졌다.

"아이구 내 새끼, 어젯밤에 고생 많았지?"

별로 화난 목소리 같지는 않았다. 나는 어찌 된 일인가 싶어 여전히 코끝은 베개에 비비적거리면서 빼꼼히 눈만 들어보았다. 엄마의 걱정스러운 눈길이 나를 향하고 있었다.

"일어나서 미음이라도 좀 마셔볼래? 엄마가 누룽지로 고소하게 끓였어. 이걸 먹으면 속이 좀 가라앉을 거야."

엄마가 겨드랑이에 손을 넣어 나를 일으켜주었다. 된통 혼이 날 분위기 같지는 않았지만 차마 엄마와 눈을 마주치지 못하고 미음 그릇을 받아들었다.

"어제 주리 삼촌이 아주 된고생을 했나 보더라. 니가 차멀미를 아주 심하게 했던가 보네. 내가 멀미약을 챙겨 보낼 걸 왜 그 생각을 못했을까? 애들을 어디 데리고 다니길 했어야 멀미를 면하지. 삼촌 바지에 온통 다 토악질을 해놓고 늘어져서 업혀 왔더라. 주리 삼촌한테 미안해서 어떻게 하니? 내가 바지 빨아주고 싶어도 어디 그 사람 입혀 보낼 바지가 있어야 말이지. 아버지 바지는 그 덩치에 어림도 없구. 이따가 얼른 약식이라도 쪄서 주리네 갖다 줘야지. 주리 삼촌이 널 이뻐하고 곧잘 데리고 다녀서 내가 늘 고마웠는데 원 이런 실례나 하구. 그래도 우리 아들이 이렇게 이쁘고 착하니까 공부 잘하는 주리 삼촌 같은 사람이 귀여워하는 거지. 아파도 의젓하게 참구. 옳지, 따끈하니까 천천히 홀홀 들이마셔라. 이거 먹고 누워 있으면 배 아픈 것도 가라앉을 거야."

엄마는 멀미약을 챙겨 보내지 못한 불찰을 한탄하며 내가 미음 마시는 모습을 끝까지 지켜보고는 찹쌀을 담가야 하겠다고 부엌으로 나갔다. 정말로 다행스럽게도 엄마는 내가 술에 취해서 토했다고는 생각지 않는 것 같았다. 하느님 감사합니다, 다시는 소주를 마시지 않겠습니다.

집에서 치도곤당하는 일은 요행으로 면했지만 삼촌과 박 선생님을 다시 볼 일이 큰일이었다. 삼촌은 어찌 용서해줄 것 같기도 했지만 박 선생님 앞에는 다시 서지 못할 것 같았다. 소주 단 두잔에 깊고 깊이 숨겨둔 속내들을 그렇게 홀딱 털어버리다니. 선생님은 나를 얼마나 버릇없고 맹랑한 아이라고 생각하셨을까. 아니, 선생님 앞에서 그렇게 품위 없이 엉엉 울기나 하고 온갖 추태를 다 보였으니 이 일을 무엇으로 만회한단 말인가. 도무지 감당할 수 없는 일을 저지른 것을 깨닫고 나는 머리를 쥐어뜯으며 방바닥을 데굴데굴 굴렀다.

오후에는 엄마가 준 약식 그릇을 들고 다박타박 주리네로 갔다. 나는 고개를 푹 처박고 두 팔을 높이 쳐들어 약식 그릇을 삼촌에게 바쳤다. 삼촌은 무표정하게 그릇을 받아 약식 한 조각을 입에 넣었다.

"이제 살 만한가 보네. 심부름을 다 오구."

"삼촌, 미안해…… . 바지는 빨았어?"

"콩알만 한 자식이 사람을 놀래켜. 내가 별놈들이랑 다 술을 마셔봤지만 너처럼 같잖게 주사하는 놈은 처음 봤다."

쥐구멍이 있다면 그냥 파고들고 싶었다. 삼촌이 나를 놀리기로 작정하고 어제의 일들을 낱낱이 읊조렸다면 나는 창피함을 이기지 못하고 그 자리에서 죽어버렸을지도 모른다. 하지만 다행히 삼촌은 어제의 일을 더 이상 이야기하지는 않았다.

"내 바지 빠는 거는 뭐 어려운 일이 아니었다만 너 박 선생님은 무슨 낯으로 볼 테냐?"

나두 그게 걱정이지 뭐. 삼촌이야 남자 대 남자로 뒤통수나 몇 대 더 쥐어박히면 끝날 수 있겠지만 선생님 무릎을 부여잡고 울음을 터뜨린 것이나 이태혁을 욕한 것이나 사랑을 고백한 것 등은 도무지 감당할 어림이 잡히지 않는 중대한 실수였다. 나는 아무 말도 못하고 땅이 꺼지도록 한숨만 내쉬었다.

"너 이다음에 커서라도 술 먹게 되면 조심해라. 아직 어려서 그런 것도 있겠지만 소주 두 잔에 그렇게 팩 뻗는 걸 보면 술에 약한 체질인 것 같더라. 하긴 어린놈한테 술을 권한 내가 경솔했지 너한테 무슨 잘못이 있겠니. 걱정하지 말고 학교에서 박 선생님 만나면 죄송하다고 빌어라. 아마 크게 책망하지 않고 용서해주실 거다. 니가 박 선생님 좋아한 거는 아마 선생님도 알고 계셨을 테니."

자기 잘못이 더 크다고 책임의 대부분을 떠안아주는 삼촌의 너그러움에 깊이 감사하며 나는 고개를 주억거렸다. 삼촌은 약식 한 조각을 떼어 나에게도 내밀었지만 나는 아직 속이 편안치 않아 사양했다. 삼촌은 약식을 한입에 털어 넣고 방바닥에 벌렁 드러누워 혼잣말처럼 중얼거렸다.

"어쩌면 박 선생님은 어제 니가 실수한 것쯤은 다 잊으셨을지도 모르겠다. 세상이 하룻밤 새 확 뒤집혔으니. 어젯밤에 니가 토해놓은 바지 빠는 사이에 계엄령이 전국으로 확대되었단다. 니미럴 놈들. 어제 태혁이랑 박 선생님이 하던 말들이 맞은 셈이지. 뭔 놈의 세상이 이렇게 엿 같냐. 자유선거니 민주화니 떠들어댄 순진한 주둥이만 부끄럽게 되었다."

학교에 가서 박 선생님 얼굴을 볼 생각을 하니 암담한 것은 마찬가지였지만 빈 약식 그릇을 들고 삼촌의 공부방을 나설 무렵에는 마음이 조금은 가벼워져 있었다. 어른들은 어린아이의 한 번 실수쯤은 너그럽게 받아들여줄 생각이 있는 모양이었다.

월요일에는 선생님이 말씀하신 대로 학교에 나오지 않으셨다. 이날은 할머니의 생신이니까 함께 미역국을 먹고 오후쯤 올라오시는 모양이었다. 시간이 흐른 덕에 마음이 조금 더 가벼워졌다.

나는 어린아이이니까 원래 술을 마셔서는 안 되는 것이었다. 그런데 나는 그날 삼촌과 박 선생님의 허락하에 술을 마셨다. 내가 거의 처음 마셔본 술에 그토록 취해버린 것은 내 의지와는 상관없는 일이었다. 그건 내 잘못이라기보다는 나의 보호자였던 주리삼촌이나 선생님의 책임이 더 큰 일이 분명했다. 단지, 내가 술에 취해서 지껄인 말들이 마음에 걸리긴 했으나 그것도 너그러운 박 선생님이라면 귀엽게 봐주고 넘어가실 것 같기도 했다. 물론 선생님께 귀여운 아이로 보이는 것은 절대 사절이었다. 나는 선생님 앞에서 의젓하고 믿음직한 사내이고 싶었다. 하지만 이런 경우엔 하는 수 없었다.

월요일 저녁 무렵이 되자 두렵고 떨리는 마음을 앞서 무언가 강렬하게 흥분되고 기대되는 면까지 생겼다. 계획에 없이 사랑을 고백한 셈이 되었지만 어쩌면 더 잘된 일일지도 모른다. 선생님이 나에게 무어라고 하셨던가. 동구야, 걱정하지 마. 네가 클 때까지 선생님이 기다려줄게. 남자 친구도 사귀지 않고 결혼도 하지 않고 이대로 기다릴게. 아무 걱정 말고 지금처럼 예쁘게 자라기만 하렴. 그 말씀이 사실이기만 하다면 어쩌면 이번 일이 계기가 되어 불가능해 보였던 박 선생님과의 결혼이 성사될지도 모른다. 선생님은 헛말을 하지 않는 분이라 믿고 있다. 쉽지 않겠지만 미래의 일이야 누가 장담할 수 있겠는가 말이다. 나는 희망에 들떠 선생님이 주신 손수건에 코를 묻었다. 숨을 크게 들이마시면 선생님이 바로 곁에 계신 것만 같았다.

그러나 화요일이 되었어도 학교에 박 선생님의 모습은 보이지 않았다. 선생님이 맡고 있는 6학년 2반에는 임시 담임 선생님이 배치되었다. 고향에 내려가셨다가 급한 일이 생겨서 조금 늦게 올라오시는 것 같다고 했다. 주말이 찾아오도록 선생님의 모습은 보이지 않았다. 나는 수업이 끝날 때마다 6학년 2반 교실 앞을 서성거리다가 박 선생님이 없음을 확인하고는 축 처진 걸음을 옮겨 집으로 향했다.

그다음 주 월요일에도 선생님은 돌아오지 않았다. 어떻게 된 일일까? 학교를 그만두신 것일까? 그날 저녁 모임에서도 선생님이 학교를 그만두실 기색은 전혀 없었는데 왜 학교에 오지 않으시는 것일까? 아픈 것일까? 고향에 내려갔다가 병이 나셨을까? 하지만 병이 나서 학교에 오지 못하는 거라면 왜 6학년 2반 학생들에게조차 연락을 주지 않는 것일까? 주말을 넘기도록 선생님의 행방을 알 수 없자 그립고 불안한 마음은 병이 되도록 깊어졌다. 나는 몇몇 마음씨 좋아 보이는 형들을 붙잡고 선생님의 안부를 물었지만 형들도 모른다는 대답뿐이었다. 모두들 어찌 된 일인지 궁금해하고 있었다.

교무실은 청소할 때나 혼날 때를 빼고는 제 발로 들어가본 적이 한 번도 없는 곳이었다. 무슨 일이라도 해야겠다는 마음에 나는 평생 처음으로 그곳도 기웃거려보았다. 하지만 아무도 나에게 관심을 보이지 않았고 뭔가 단서가 될 만한 이야기도 들리지 않았다. 답답하고 어색한 그곳에서 나는 목이 졸리는 듯한 기분으로 뻣뻣하게 서 있었다. 도로 나가버릴까 생각도 했지만 어렵게 들어온 곳이니 뭔가 소식을 듣고 가야만 했다.

나는 용기를 내어 1학년 때 담임 선생님 곁으로 다가갔다. 선생님은 나를 알아보시고 "으응, 동구야 여긴 웬일이니?"라고 아는 체를 해주었다. "저어, 혹시 박영은 선생님께 무슨 일이 있나요? 왜 학교에 안 나오시나요?"라고 물었지만 대답은 신통치 않았다. "글쎄다, 고향에 내려가셨는데 식구들한테도 연락이 없다고 한다, 조금 더 기다려봐야 알겠구나"라고 대답하는 선생님 얼굴이 좀 어두워 보였다. 혹시나 하고 희망을 걸었던 나는 그만 눈물을 둠벙둠벙 쏟으며 교무실을 나왔다.

학교가 파하면 습관처럼 주리 삼촌의 공부방으로 향했다. 삼촌이 혹시라도 박 선생님의 소식을 알고 있을지도 모른다고 생각했기 때문이다. 하지만 삼촌은 도대체 박 선생님이 사라진 사실을 알기나 하는 것인지, 갈 때마다 집을 비우고 없었다. 주리 말로는 삼촌은 요새 새벽같이 집을 나서서 밤늦게야 들어온다고 했다. 밤늦게나 온다는 말에 나는 엄마가 정한 통금시간을 어기고 꽤 늦은 시간에도 삼촌을 찾아가보았는데 그래도 삼촌을 만날 수가 없었다.

시간이 흐를수록 나는 삼촌이 미워졌다. 이렇게 가슴이 터질 듯이 답답하고 불안한데, 박 선생님이 무사하신지 알 길이 없는데 삼촌은 어딜 그렇게 싸다니느라 코빼기도 볼 수 없단 말인가? 삼촌을 만나기만 하면 삼촌은 박 선생님을 좋아할 자격도 없는 사람이라고 쏘아붙여주고 싶었다. 눈알이 튀어나올 만큼 세게 뒤통수를 맞는 한이 있더라도 말이다. 하지만 그 말조차 전해줄 겨를 없이 시간은 무심하게 흘러만 갔다.

아이들과 선생님들 사이에 박 선생님의 실종 소식은 매콤한 모깃불 연기처럼 눈물샘을 자극하면서 빠르게 번져나갔다. 하지만 박 선생님께 노상 지분거렸던 오준근 선생님은 박 선생님이 사라졌어도 조금 아쉬워할 뿐, 하나도 충격을 받지 않은 것 같았다. 오 선생님은 여전히 코딱지를 후비면서 아이들에게 지저분한 장난이나 걸어서 나의 경멸을 한층 짙게 했다.

작년에 3학년 7반이었던 옛 친구들은 어느 날 수업이 끝난 후

278

운동장 한구석 수돗가에 모여 박 선생님에 대해 자기들이 아는 정보를 나누다가 다 같이 울음을 터뜨려버렸다. 그날 나온 이야기들은 대충 결혼하셨다(나처럼 공부 못하는 바보천치들로 꼽히던 아이들이 주로 이런 이야기를 했다), 다른 학교로 전근 가셨다, 미국에 가셨다는 등의 그럴 듯도 하지만 그럴 리가 없는 내용들이었는데, 심지어 명동에 옷가게를 차리셨다는 주장을 펴는 아이도 있어서 하품이 절로 날 수밖에 없었다. 나로 말하면 그 애들 모두를 합해서 백을 곱한 것보다 더 중요하고 핵심적인 정보를 가지고 있었지만 처음부터 입을 꼭 다물고 아무 말도 하지 않았다.

그런데 청소 당번이어서 늦게 나온, 역시 나처럼 공부도 못하고 별 재주도, 숫기도 없어서 약간 바보로 꼽히는 조희승이 방금 교무실에서 선생님들이 하는 이야기를 들었다면서 박 선생님은 데모를 하기 위해 지하로 잠적하셨다는 새로운 주장을 폈다. 조희승의 말이 끝나고 일순간 경악으로 잠잠해져 있던 다른 아이들은 곧 지네 먹은 수탉같이 빨갛게 성이 올라서 세상에서 가장 훌륭한 사람인 박 선생님이 공산당 빨갱이도 아니고 데모를 하기 위해 학교를 그만두었을 리 없다고 조희승을 몰아세웠다. 새로운 정보를 알아냈다고, 선생님들끼리 한 이야기니까 틀림없는 사실이라고 의기양양하던 그 아이는 금세 울상이 되었다. 좀 괄괄한 아이들은 그 불쌍한 녀석에게 주먹까지 들이밀며 한 번만 더 그런 불경한 말을 지껄이고 다니면 너는 작년에 3학년 7반이었던

279

우리들의 일원이 될 자격이 없어질 것이라고 을러메었다. 조희승은 자기가 지어낸 말이 아니라 틀림없이 교무실에서 들은 말이라고 항변했지만 아이들은 조희승의 형편없는 성적에 비추어볼 때 그 애가 하도 얼간이라서 전혀 상관도 없는 다른 이야기를 박 선생님의 이야기로 잘못 들었을 것이라고 결론지었다.

아이들의 설왕설래를 건성 흘려들으면서 할머니의 생신이라서 고향에 내려가신 분이 왜 갑자기 연락도 없이 학교를 그만두신 걸까, 식구들에게도 연락이 없다면 박 선생님을 그토록 극진히 사랑하시던 선생님의 할머니는 과연 괜찮으실까 골똘히 생각하던 차에 조희승의 이야기를 듣자 나는 갑자기 심장이 죄어오고 손바닥에 땀이 났다. 빨갱이, 공산당에 대한 두려움은 나에게 늘 그런 식의 조건반사를 일으키곤 했다. 그런데 그 느낌이, 선생님과 이태혁과 주리 삼촌이 나누던 대화를 들으며 내가 받았던 느낌과 사뭇 비슷했다는 점에서 예사롭지 않았다. 그날, 독재니 투쟁이니 혁명이니 하는 이야기를 하던 박 선생님이 말없이 학교를 떠났다면 정말로 데모를 하는 걸 수도 있겠다고, 선생님들도 자기들끼리는 그렇게 이야기하고 있다면 정말 그럴 것 같다는 생각이 들었다. 나도 공부를 못하는 바보천치지만, 남들이 하는 말을 터무니없이 잘못 알아듣는 일은 없었다. 나는 아이들에게 집단적인 핀잔을 듣고 기가 폭싹 죽어 고개를 숙이고 있는 조희승에게 말없이 껌을 한 개 내밀었다. 결국 아이들은 박 선생님이 공부하러 미국에 가셨다는 결론을 내리고 헤어졌다.

나는 박 선생님과 데모의 상반된 이미지를 조화시키느라 이마를 잔뜩 찌푸리고서 집으로 돌아왔다. 데모는 대학교에서도 제일 공부 못하는 학생들이 졸업하기는 틀렸으니까 빨갱이나 간첩의 사주를 받아 하는 짓이라고, 월남이 패망할 때도 스님이나 대학생들이 나라가 망하는 줄도 모르고 빨갱이의 꾐에 넘어가 데모질에 날 새는 줄을 몰랐다고 교장 선생님은 월요일 아침마다 우리를 운동장에 세워놓고 이야기했다. 아마 지금까지 이백 번은 넘게 들었을 것이다. 나는 그 말에 아무런 의심도 없었다. 그런데 내가 계속 그렇게 생각하고 살아간다면, 나의 박 선생님은 피할 길 없이 월남의 스님, 공부 제일 못하는 대학생처럼 한심하고 어리석은 존재가 되어버린다. 하지만 알고 보면 데모가 박 선생님처럼 훌륭한 분도 할 만큼 가치 있는 일이라고 생각하는 것도 쉽지 않았다.

데모는 나쁜 거다. 나는 데모라는 말이 귀에 들리면 자동적으로 적개심을 느끼도록 교육받았다. 그렇게 징그러운 데모에 대해 "좀 더 자세히 알고 싶어요"라고 말할 만한 상대는 내 주변에 없었다. 데모에 대해 교장 선생님이 이야기해준 것 이상으로 생각해본다는 것만으로도 충분히 위험한 일이었다. 주리 삼촌에게 물어보면 가르쳐주겠지만, 주리 삼촌은 목소리가 워낙 크기 때문에 누군가가 어느 날 나를 지하 감옥에 처넣고, 무엇 때문에 데모에 대해서 물어보고 다니느냐고 추궁할지도 모른다. 나는 절대로 박 선생님 이름을 대지 않고 차라리 내 목숨을 내놓겠지만, 그들이 죄 없는 엄마나 영주를 들이대며 불라고 강요한다면 어쩔 수 없이 자백하게 될지도 모른다. 그러므로 데모에 대해 함부로 이야기했다가는 박 선생님이나 주리 삼촌의 신변에 위험이 닥칠 수도 있다. 데모는 그렇게 생각만으로도 위험한 것이다.

낮이나 밤이나 혼자 끙끙거리며 세상에서 가장 정의롭고 현명하고 절대적으로 옳은 박 선생님과 나쁘고 어리석고 위협적이고 불순한 데모에 대해 며칠 동안이나 끊임없이 생각한 결과 나는 해답을 얻은 거라고 할 수는 없지만 나름대로 마음이 편해지는 경지에 도달했다. 데모에 대해 너무 많이 생각하고 입속으로 중얼거렸기 때문에 며칠이 지나자 데모라는 말에서 느껴지던 지독한 이물감이 사라졌던 것이다. 데모는 간첩, 북괴, 삐라, 공산당 등의 생각만 해도 치가 떨리는 단어에서 밥, 이불, 학교, 딱지처럼 아무런 두려움 없이 생각할 수 있는 단어로 등급 조정되었다.

나는 어느 날부터인가, 여전히 데모를 몹시 두려워하는 것은 사실이지만, 박 선생님이 데모를 하고 있다고 생각하면 별다른 문제가 없다고 여기게 되었다. 사실, 알고 보면 데모에도 여러 가지 종류가 있을 수 있겠고, 그중에 몇 가지는 크게 나쁘지 않거나, 어쩌면 옳은 일일지도 모른다. 박 선생님은 아마 여러 가지 데모 중에 옳은 것만을 골라서 하고 계실 것이다. 선생님은 그런 문제를 혼동하실 분이 아니었다.

나는 더 이상 선생님이 데모를 하고 있다는 생각으로 괴로워하지 않게 되었다. 나는 선생님의 행방을 일말이나마 짐작하게 되었다는 것, 선생님이 다른 나라가 아닌 한국에 남아 계시리라는 생각에 오히려 마음이 편해졌고 지나가다 만날지도 모른다는 희망을 좀 더 크게 가질 수 있었다. 단지 아무 말씀도 없이 학교를 그만두신 것은 무척 섭섭했지만, 그래도 언젠가는 다시 만날 것이며 지난 토요일에 내게 하신 약속은 꼭 지켜주시리라고 믿기로 했다.

8

박 선생님의 소식이 끊긴 채 시작되었던 여름 방학도 끝물에 접어들어 밀린 일기며 까다로운 방학 숙제 걱정이 한층 많아질 무렵, 아무도 드나들지 않아 먼지가 허옇게 쌓인 교실을 청소하기 위한 소집일이 찾아왔다. 여느 방학이었다면 소집일이 좋을 턱이 없었겠지만 혹시 박 선생님이 떠날 때처럼 홀연히 돌아오지나 않았을까 기대하며 나는 밤잠도 설치고 새벽같이 학교로 향했다. 그러나 6학년 2반은 여전히 임시 담임 선생님이 지도하고 있었다. 학교 그 어느 곳에서도 박 선생님의 자취는 찾을 길이 없었고 어쩌면 선생님이 현실 속의 인물이 아니라 오로지 나의 꿈속에서만 존재했던 선녀가 아니었을까 싶도록 가뭇없이 멀리 느껴졌다. 한때 선생님을 생각하며 함께 울던 친구들도 이제는 선생님에 대해 아무 생각도 하지 않는 듯 새까맣게 그을린 얼굴에 하얀 잇속만 거침없이 드러내며 피서 이야기를 떠드느라 바빴다. 그런 애들의 무심함이 언짢아 나는 하루 종일 거의 아무 말도 하지 않았다.

하지만 교실 문밖에서 두 갈래로 머리를 땋은 여자아이 하나가 유난히 오래 끄는 우리 반의 청소가 끝나기를 기다리는 기척이 느껴지면서 나는 조금씩 초조해졌다. 이미 청소를 마친 다른 반 아이들이 시끄럽게 복도를 지나가는 속에서 주리가 지루한 표정으로 우리 교실을 흘끔흘끔 들여다보고 있었다. 청소를 마친 후에도 오 선생님의 잔소리가 끝날 듯 끝날 듯 한없이 이어져 우리를 진력나게 하는 동안 문밖에서 주리가 기지개를 여러 번 켜는 듯 창문 위로 주먹 두 개가 쌍무지개처럼 뜨고 지기를 거듭했다.

마침내 종례가 끝나 숨이 턱에 닿도록 다급하게 복도로 튀어나오자 주리가 소식을 전했다.

"삼촌이 너 좀 보재. 오늘 저녁 먹고 약수터에 있겠다고."

주리의 말을 듣자마자 가슴에 환희의 폭풍이 몰아쳤다. 삼촌이 드디어 박 선생님의 소식을 알아낸 것이 틀림없었다. 삼촌이 선생님을 만났을까? 아니, 선생님이 오늘 삼촌과 함께 약수터에 오시는 것은 아닐까? 선생님을 다시 만날 수 있을 것이라는 기대가 기쁨을 풀무질해서 온몸에 에너지가 끓어 넘쳐 나는 무턱대

284

고 달리기 시작했다. 학교에서 집까지는 한 번도 쉬지 않고 단숨에 달리기엔 좀 먼 거리라서 적어도 점빵집 앞에서 한 번쯤 숨을 돌리는 것이 보통이었지만 오늘 같은 날은 심장이 터지더라도 그대로 달리고 싶었다. 점빵집 앞에 다다랐을 때 나는 이미 숨이 넘어가도록 헐떡이고 있었지만 조금도 발길을 늦추지 않고 가파른 언덕을 치달아 오르기 시작했다.

삼층집이 가까워질 무렵에는 왠지 대문이 열려 있을 것만 같은 예감에 달리는 발걸음을 늦추었다. 대문이 열려 있으면 선생님이 돌아온 것이고, 대문이 닫혀 있다면 선생님은 오지 않은 것이다, 나는 마음속으로 주문을 외웠다. 기도하는 심정으로 삼층집 앞에 섰을 때 역시나 대문이 조금 열려 있었다. 나는 선생님이 돌아오셨다는 기별을 받기나 한 듯 기뻐하며 숨을 가다듬고 아름다운 정원에 고개를 들이밀었다. 지난봄에 마지막으로 들여다보았을 때는 꽃잎이 손바닥만 하게 크고 붉은 모란꽃이 피어 있었다. 모든 나무의 연연한 새잎에 한창 물이 올라 꽃향기 말고도 상큼한 잎의 향기가 무르익은 봄의 정원은 가히 지상 최고의 아름다움을 자랑하고 있었다.

하지만 정원이 지상 최고의 아름다움을 넘어서 천상계의 아름다움에 도달하는 시기는 더위가 푹푹 찌는 8월, 바로 요즈음이다. 삼층집의 지붕 높이까지 닿는 키 큰 느티나무를 따라 올라간 능소화가 주황색 꽃을 피우는 때다. 능소화는 잎도 크고 꽃도 굵

285

다. 큰 잎, 큰 꽃이 그악스럽게 무성하지 않고 성글게 자리 잡고 있어 보기에도 여유롭다. 특히 잎과 꽃 사이로 축축 늘어진 한가로운 덩굴가지는 바라보기만 해도 시원하다. 지금은 워낙 더운 때라서 선들바람을 만나기가 힘들지만 어쩌다 운 좋게 한 줄기 바람이라도 지나가면 거대한 느티나무의 폭포수 같은 잎 사이에 드문드문 늘어진 손바닥만 한 능소화와 덩굴가지들이 건들건들 흔들린다. 사각사각 소리를 내는 주황색 능소화 꽃과 늘어진 덩굴 사이로 가슴이 태양같이 환한 새가 씨실처럼 드나들며 부산함을 더하면 아름다운 정원의 영광은 가히 폭발할 지경에 달한다. 처음 그 새를 보던 날, 나는 능소화를 제 것처럼 희롱하는 그 새의 찬란함에 그대로 마음을 빼앗겼다. 나는 그립던 박 선생님을 다시 만나듯 능소화와 그 새를 볼 수 있을 것이란 기대감에 가슴이 먹먹해져왔다.

정원은 고요했다. 키 큰 집사 아저씨도, 사장님도, 할머니도 없었다. 숲의 향기만 코끝이 찡하도록 강렬했다. 하늘을 가리도록 무성한 8월의 잎사귀들이 짙푸른 불꽃이 되어 활활 타오르고 있었다. 끝이 아물아물하도록 높은 느티나무 꼭대기에서 한 점 한 점 나리는 능소화는 푸른 화염에 미련 없이 몸을 던지는 선홍빛 눈송이 같았다. 나는 두 팔을 높이 쳐들어 아름다운 정원을 찬미하면서 능소화 꽃 사이에서 이 정원의 가장 아름다운 눈동자, 능소화의 찬란한 영혼, 붉은 자줏빛 원피스를 나부끼며 떠나가신 박 선생님 같은 그 황금의 새가 나타나기를 기다렸다.

숨결이 가라앉으면서 정원에 가득한 새소리가 귀에 들어왔다. 나는 조금이라도 몸을 움직여 이 정원의 완벽한 조화를 흩뜨리는 일이 없도록 조심하며 온몸의 신경을 귀에 집중시켜 그 새의 노랫소리를 찾았다. 뾰로이뾰로이, 휘르르르휘르르르, 찌룩찌룩 하는 여러 가지 노랫소리가 들렸지만 내가 기다리는 그 소리, 씨이씨이 삥삥삥 하는 그 독특한 노랫소리만은 들리지 않았다. 느티나무를 따라 흘러내린 능소화가 한 줄기 바람에 나부꼈지만 그 가지 사이를 씨실처럼 드나드는 태양 같은 새의 모습은 없었다. 나는 무언가 불안한 기분에 사로잡혀 두 팔을 내리고 사위를 둘러보았다.

새소리와 숲의 향기만이 가득한 아름다운 정원의 고요를 깨며, 몸서리쳐지는 끼걱 소리와 함께 육중한 철문이 열렸고 키 큰 집사 아저씨가 구부정하게 들어섰다. 집사 아저씨는 나와 눈이 마주치자마자 기다렸다는 듯이 달려들어 내 뒷덜미를 잡아챘다. 불문곡직하고 뒤통수와 어깨와 등허리에 우박 같은 주먹질이 쏟아졌다.

"이 쥐새끼 같은 녀석, 안 그래도 잡히기만 하면 혼구멍을 내주려고 별렀다. 또 무슨 사냥 놀음을 하려고 기어들어왔어? 내가 이래서 도통 대문을 못 열어놓는다니까. 이놈의 자식들은 모두 포수의 자식들인가 어째서 좋고 예쁜 것만 보면 돌팔매질을 안

하고는 못 배기는고? 지난번에 곤줄박이를 절딴 낸 놈도 너지?"

갑작스런 봉변에 한마디 변명할 틈도 없이 이리 휘둘리고 저리 쥐어박히고 하다가 마지막 발길질에 채여 나는 아름다운 정원 밖으로 굴러떨어졌다. 등 뒤에서 대문이 쾅 소리를 내며 닫혔다. 퍽퍽 두들겨 맞은 등줄기와 볼따구니가 욱신거렸다. 능소화와 행복한 짝을 이루었던 그 새, 집사 아저씨가 방금 곤줄박이라고 부른 그 새는 아마도 어느 철딱서니 없는 손목이 던진 돌팔매에 맞아 죽었거나 사라진 모양이었다. '나는 결백해'라고 입술을 깨물었지만 억울한 마음에 나도 모르게 눈물이 핑 돌았다. 박 선생님이 돌아오신 거라고 행복에 들떴던 마음은 찬물을 끼얹은 듯 가라앉아버렸다.

집에 돌아와 흙먼지에 뒹군 몸뚱이를 깨끗이 씻어내었어도 기쁜 마음은 다시 돌아오지 않았다. 오히려 알 수 없는 불안감에 도무지 엉덩이를 붙이고 앉아 있을 수가 없었다. 저녁때가 되려면 아직 멀었지만 혹시나 싶어 나는 주리네 집으로 내달았다. 하지만 삼촌은 집에 없었다. 약수터에 가보았지만 아직 그곳에도 오지 않았다.

나는 그대로 인왕산 소방도로를 따라 내달리기 시작했다. 산길을 비집고 올라가 철조망의 개구멍으로 스며들어 민간인의 출입이 금지된 곳까지 무작정 치달려 올라갔다. 군인들을 만나면 총에 맞아 죽을지도 모르지만 터질 것 같은 조바심을 가라앉히기 위해서는 한시도 몸을 가만둘 수 없었다. 산꼭대기에 있는 이마바위까지 올라가본 것은 퍽 오랜만이었다. 경복궁이며 덕수궁, 남대문까지 훤히 내려다보였다. 나는 잠시 숨을 고르다가 한 번도 가본 적이 없는 독립문 쪽 산길을 택해 달려 내려갔다. 또다시 철조망을 만났지만 이쪽에는 개구멍이 어디 있는지 몰라 철조망을 빠져나가는 데 한참 걸렸다. 사람 사는 마을이 다시 보였지만 독립문이 저만큼 아래쪽에 있는 것을 보니 거의 무악재까지 올라온 것 같았다. 나는 무작정 큰길을 따라 달리기 시작했다. 무악재를 지나 독립문에서 꺾여 사직터널을 넘고 사직공원을 지나 다시 우리 동네로 돌아오는 그 먼 길을 나는 힘이 닿는 데까지 달리고 또 달렸다.

아랫마을에 도달했을 때에는 긴긴 여름 해가 어느덧 설핏해져 있었고 몸이 땅속으로 꺼질 것 같았지만 후들거리는 다리를 재촉해 그대로 약수터까지 내달았다. 숨이 넘어갈 것만 같은 상태로 마침내 약수터에 다다랐을 때 처음엔 삼촌을 찾아내지 못해 잠시 당황했다. 두 손으로 무릎을 짚고 헐떡거리는 동안 아까시나무 그늘의 널찍한 바위 위에 마치 산의 일부인 양 움직임 없이 앉아 있는 삼촌을 발견했다. 다리가 다듬잇돌처럼 무거웠지만 그래도 마지막 힘을 다해 삼촌에게 달려갔다. 무리한 달리기에 지친 심장이 터질 듯이 펄떡거려, 입을 열었지만 헉헉거리는 소리뿐 아무 말도 나오지 않았다. 나는 허리와 무릎을 접고 그대로 흙바닥에 나뒹굴었다. 무표정한 얼굴로 나를 내려다보던 삼촌이 마침내 입을 열었다.

"덥지도 않냐. 뭘 그렇게 뛰어왔냐."

나는 씨근덕거리는 소리에 섞어 간신히 "박 선생님은?"이라는 한마디를 전할 수 있었다. 하지만 삼촌은 못 들은 척 계속 딴청이었다.

"숨넘어가겠다. 가서 물이나 한 사발 퍼마시고 와라."

나는 뒤집어진 풍뎅이마냥 흙 마당에 자빠진 채 붕붕거리며 흙먼지를 풀풀 날렸다.

"박 선생님 헉헉헉- 어디 헉헉헉- 있냐구!"

있는 힘을 다해 고함을 질렀지만 내 콧잔등에 삼촌의 낡아빠진 손수건 한 장이 툭 떨어져 하늘을 가렸을 뿐 기다리는 대답은 들리지 않았다.

"이걸루 땀이라도 닦아라. 꼬질꼬질해서 못 보겠다."

내 다급한 마음을 알면서도 입을 열지 않는 삼촌이 미워서 나는 주먹으로 땅바닥을 두들기고 데굴데굴 구르며 말도 안 되는 왝왝 소리를 질렀다. 내가 성깔을 부리도록 그냥 내버려두고 말없이 내려다보던 삼촌이 바위 위에서 풀쩍 뛰어 내려와 버둥거리는 나를 약수터로 질질 끌고 갔다. 삼촌이 부어주는 바가지 물에 세수도 하고 목도 축이고 나니 뒤집혔던 눈도 제자리로 돌아가고 숨도 가라앉는 것 같았다. 아까시 숲 여기저기에 붙어서 목이 찢어져라 울고 있는 매미 소리도 귀에 들어왔다. 세 바가지째 물을 마시면서 나는 마음을 진정시키고 삼촌이 입을 열기를 기다렸다. 하지만 삼촌은 왠지 나와 눈을 마주치려 하지 않는 것 같았다. 삼촌도 박 선생님의 소식을 듣지 못한 것이 아닐까? 삼촌이 선생님의 소식을 알아냈다고 말한 적도 없는데 나 혼자 지레 흥분했다는 생각이 들면서 나는 다소 겸연쩍어졌다.

"무슨 일인데 나를 오라고 했어, 삼촌?"

"너, 박 선생님 소식 들었냐?"

문득, 삼촌이 나에게서 박 선생님의 소식을 들으려 했던 게 아닐까 하는 생각이 들었다. 오늘 소집일이니까 내가 학교에서 박 선생님의 소식을 들었을까 궁금해서 나를 부른 모양이었다. 그 생각을 왜 못했을까. 실망이었다.

"아니, 아무도 모르던걸. 선생님은 학교에 오지 않으셨어."

삼촌의 표정에서는 아무 변화도 읽을 수가 없었다. 입술을 꾹 다물고 한쪽 다리를 무릎에 꼬아 올린 채 지저분하게 발바닥만 주물럭거리고 있었다. 박 선생님을 그리워하는 우리 두 남자는 나란히 약수터 앞 바위에 앉아 멀리 보이는 서울 시내의 모습을 멀거니 바라보기 시작했다. 삼촌이 다시 입을 연 것은 시간이 아주 오래 흐른 뒤였다.

"박 선생님말이다, 아마 돌아오지 않으실 거다."

나는 삼촌 쪽으로 고개를 홱 돌렸지만 삼촌은 다시 눈길을 발바닥으로 돌린 다음이었다. 입술도 굳게 다물린 채 다시 열릴 것 같지 않았다. 갑자기 누군가가 목젖을 꾹 누르는 것처럼 답답해서 나는 힘들게 침을 한 번 삼켰다. 삼촌은 어른이니까 누군가를 통해 박 선생님 소식을 전해 들은 것이 틀림없었다. 어쩌면 이태혁이 가르쳐주었을지도 모른다. 내가 "왜? 왜 선생님이 다시 돌아오지 않는대?"라고 다그쳐 물어도 더 이상 대답이 없었다. 당장이라도 삼촌이 "그냥 그렇다면 그런 줄 알고 있어"라고 말꼬리를 자르고 휘적휘적 옆 마을로 돌아가버릴 것만 같아서 나는 조금 다른 방향으로 말을 이어가기로 했다.

"박 선생님은 데모를 하고 있다면서? 그래서 다시 돌아오지 않는 거야?"

삼촌의 단춧구멍 눈이 한껏 넓어져서 나를 향했다.

"누가 그래? 박 선생님이 데모를 한다고?"

"학교에서 선생님들끼리 그렇게 수군거린대. 데모를 하느라 어디론가 숨어버렸다고 말이야. 그게 참말이야?"

삼촌의 두툼한 입술 사이로 제기랄 하는 욕설과 함께 습기 찬 폭풍 같은 한숨이 뿜어져 나왔다. 선생님들끼리 했던 말이 사실인 모양이었다. 나는 이미 옛날에 데모에 대한 거부감을 극복했음에도 불구하고 알 수 없는 허탈감을 느꼈다. 정결한 달의 여신에게서 숨은 곰보 자국 하나를 찾아낸 기분이었다. 하필 데모라니. 박 선생님이 할 수 있는 다른 훌륭한 일들이 많을 텐데 하필이면 데모를 하기 위해 학교도 안 나오시는 거라니.

그리고 보니 삼촌의 눈빛은 아주 슬퍼 보였다. 자기가 좋아하는 박 선생님이 데모를 하느라 다시는 만날 수 없게 되었으니 삼촌도 실망이 큰 것 같았다. 어쩌면 어린 나에게 박 선생님의 행동을 어찌 설명해야 할지 몰라 고민하고 있는지도 모른다. 갑자기, 나의 박 선생님을 위해 삼촌에게 대신 변명해주고 싶다는 생각이 강렬하게 치밀었다. 나는 능력껏 머리를 짜내 박 선생님을 위한 변론을 정성스레, 더듬더듬 중얼거렸다.

"삼촌, 박 선생님이 데모를 하느라 어디론가 사라졌다고 해도 선생님을 나쁘게 생각하지는 마. 나도 처음에 선생님이 데모를 한다는 이야기를 들었을 때는 무척 기분이 나빴는데, 여러 번 다시 생각해보니까 뭐, 데모라고 꼭 나쁜 일이라는 법은 없잖아. 좋은 데모도 있을 수 있는 거잖아. 선생님은 어디에 계시든지 무슨 일을 하시든지 옳은 일을 하실 거야. 그리고, 데모가 끝나면 곧 돌아오실 거야. 나는 항상 그렇게 믿고 있거든."

삼촌의 눈이 더 커졌고 한참 동안 나를 지그시 내려보다가 눈길을 돌렸다. 넙적한 손바닥이 내 뒤통수를 쓰다듬었다. 삼촌은 눈알을 이리저리 돌리며 고개를 홰홰 내젓고 코를 킁킁거리고 쩝쩝 입맛을 다시고 푸푸 한숨을 내쉬다가 한참 만에야 힘들게 다시 입을 열었다. 목이 메어 목소리가 더 탁해져 있었다.

"너한테 이런 말을 하는 게 잘하는 일인지 모르겠다만…… 박영은 선생님은 돌아가신 것 같다. 믿을 만한 사람한테 들은 이야기다. 그러니까 선생님을 더 이상 기다리지 말아라."

머리 위를 덮고 있는 숲에서 저녁 해가 아까워 온통 귀를 찢어발길 듯이 울고 있던 매미들이 한순간 잠잠해졌다. 귓속의 압력이 갑자기 심해져서 고막이 터질 것 같았고 머리가 아팠다. 심장이 싸늘하게 식어오면서 숨이 막혀 나는 입만 뻐끔거렸을 뿐 아무 말도 하지 못했다. 삼촌은 계속 고개를 내젓고 눈을 끔벅거리고 손을 무릎에 두었다 발바닥을 만졌다 얼굴을 쓰다듬었다 하면서 안절부절못하고 있었는데 가만 보니까 손이 얼굴로 갈 때는 황급히 눈가의 물기를 닦아내는 것 같았다. 어리석은 곰처럼 못난 그 모습을 바라보고 있으려니 참을 수 없이 화가 치밀어서 나는 바위에서 뛰어내리고는 고함을 질렀다.

"세상에 그런 헛소리가 어디 있어? 박 선생님이 죽긴 왜 죽어? 그런 거짓말이나 하려고 나를 불렀어? 삼촌은 정말 바보야! 세상에서 제일 바보천치 똥개야!"

약수터에 있던 사람들이 무슨 일인가 하고 모두 우리를 쳐다보는 가운데 나는 뒤도 돌아보지 않고 집으로 내달렸다. 너무 어이가 없어서 아무 말도 나오지 않았다. 집까지 다 왔을 무렵 나는 속으로 삼촌에게 더 심한 욕설을 퍼부어줄 것을 그랬다고 몹시 후회했다. 정말 터무니없는 말이 아니던가. 다시는 삼촌과 말하지 않을 것이다. 얼굴도 보지 않을 것이다. 옆 마을에 발길도 하지 않고 약수터에도 다시는 가지 않을 것이다. 삼촌에게 무슨 욕을 퍼부어도 분이 풀리지 않을 것 같아 나는 우리 집 대문의 기둥을 붙들고 한참이나 씨근거렸다. 삼촌은 집에 갔을까? 아직 약수터에 있을까? 약수터에 있다면 우리 집에서 지르는 고함이 다 들릴 것이다. 나는 숲 쪽을 노려보며 배창자의 모든 힘을 쥐어짜내 악에 받친 고함을 내질렀다.

"이 바보야! 그러니까 맨날 시험에 떨어지지!"

9

개학을 했지만 박 선생님은 돌아오지 않았다. 6학년 2반을 맡고 있던 임시 담임 선생님은 '임시'라는 말머리를 떼어버리고 아예 새로운 담임 선생님이 되어버렸다.

그렇지만 나는 주리 삼촌의 터무니없는 헛말을 털끝만큼도 믿지 않았다. 그날 이후 나는 마음속으로 삼촌과 절교를 선언했다. 단 한 순간이라도 선생님이 돌아올 것이라는 믿음을 버리지 않아야 결국 선생님이 돌아올 것이라는 묘한 논리로, 나는 날이 갈수록 선생님이 돌아올 것을 확신하고 또 확신했다. 결국 선생님이 돌아왔을 때, 자신만만하게 "나는 선생님이 돌아오실 줄 예전부터 알고 있었어요!"라고 말할 것이다. 선생님을 잊은 많은 다른 사람들이나, 선생님이 죽었다고까지 말하는 주리 삼촌 같은 멍청이들하고는 상종할 필요가 없었다.

할머니의 지극한 정성에도 불구하고 감나무는 작년까지 열매를 맺지 못했다. 할머니는 하루는 감나무를 욕하다가, 하루는 감나무에게 특수 거름을 선사하는 식으로 아직 애증을 결정짓지 못하고 있었다. 한 번 분통이 끓어올라 된통 욕을 퍼붓고 나서 곧바로 누가 묻지도 않았는데 "아직 저 나무가 어려서 저래." 하고 감나무의 변명을 대신해주는 걸 보면 할머니는 감나무에 대해 기대를 버리지 않은 것 같았다. 해마다 감나무는 여남은 개의 하얀 꽃을 피워 올렸다. 하지만 꽃이 지면 그뿐, 꽃이 피었던 자리는 부풀어 감이 되지 못하고 그대로 말라버려 할머니의 애를 끓였다. 감나무는 이제 가장 낮은 가지도 아버지의 머리 높이를 넘어가고 있으니 내가 보기에 어려서 그런다고만은 할 수 없는 처지였다.

올해 감나무는 작년보다 좀 꽃을 많이 피워 할머니를 들뜨게 하더니 어느 맑은 날, 나의 눈에 반듯한 감잎 아래 숨은 엄지손톱만 한 파란 열매 세 개가 발견되었다. 할머니는 기쁜 표정도 없이 시큰둥하게 장마가 지나봐야 안다고 하더니, 비가 오는 날 우산을 받고 감나무를 쳐다보며 열매가 무사한지를 매일같이 살폈다. 다행히 장마가 지나간 후에도 세 개의 감 열매는 무사했다.

"감나무 하나에서 달구지 하나씩 감이 나와야 맞는 건데, 신줏단지 위하듯이 해도 세 개뿐이라니. 까치밥 할 것도 모자라겠다."

할머니는 툭하면 애처롭게 잎사귀에 가려져 있는 세 개의 감을 쳐다보며 이렇게 한탄하곤 했다. 할머니에게는 까치밥을 남겨야 할 것인지, 올해는 워낙 적으니 까치들에게 양해를 구하고 셋 다 사람의 차지로 해야 할 것인지가 무척 중요한 문제인 듯했다. 특히 세 개의 감 열매 중 두 개는 적당한 위치, 너무 높지도 낮지도 않은 곳에 있지만 하나는 하필 가장 낮은 가지에 있어서 철없는 어린애들의 공격을 받을 수 있다고, 할머니는 자나 깨나 걱정이었다.

여기서 할머니가 말하는 철없는 어린애란 동네 아이들이 아니었다. 우리 집은 늘 대문을 닫아놓고 있었기 때문에 아이들이 마음대로 드나들지 못했고, 감나무가 담장을 넘어간 것도 아니라서 바깥에서 감나무를 해코지할 길은 거의 없었다. 할머니가 경계하는 대상은 바로 나였다. 나는 혹시라도 감나무와 감 열매에게 위해를 가하면 곧바로 감나무에 거꾸로 매달아 석 달 열흘 동안 밥도 주지 않겠다는 할머니의 협박을 하루도 빠짐없이 들어야 했다. 나는 요새 감나무를 참견하고 싶은 생각도 들지 않을 만큼 기운이 빠져 있는데 참 치사한 노릇이었다.

감 열매는 내 손에 닿지는 않았지만 어디서 막대기 하나만 구하면 쉽게 닿을 수 있는 위치였다. 장독대에서 펄쩍 뛰면서 손을 쭉 뻗으면 감이 달려 있는 가지에 매달릴 수도 있을 것 같았고, 갑자기 그 일이 해보고 싶기도 했지만 그랬다가는 치도곤을 면치 못할 것이 뻔했기 때문에 나는 장독대를 오르내리는 일도 좀 줄이기로 했다. 내가 열 살짜리 사내아이라고 해서 모처럼 열린 감열매를 내 호주머니에 넣지 않고는 못 견딜 거라고 생각한다면 그것도 하나의 편견이었다. 나는 감 열매가 익어서 저녁 해처럼 붉고 동그란 모습이 되기를 기다리는 것도 퍽 즐거운 일이라고 생각했다. 뜨거운 여름날, 영주와 나는 평상에 앉아 엄마가 설탕물을 얼려 이쑤시개에 꽂아준 아이스케이크를 먹으면서 여름 볕 아래 몸피를 키워가는 감을 즐겨 쳐다보았다.

영주와 나는 할머니를 따라 모실 할머니 집에도 자주 놀러 갔다. 집이 두 채가 된 기분이었다. 그 집은 대문도 없이 곧바로 길거리에 나앉아 있고 처마 밑을 따라 허술한 집 뒤로 돌아가면 제법 넓은 텃밭이 있었다. 모실 할머니는 곧잘 맷돌에 콩을 갈아 시원한 콩국수를 말아주었다. 모실 할머니네 집에는 냉장고가 없기 때문에 할머니들이 맷돌질을 하는 동안 나는 우리 집 냉장고에서 얼음을 꺼내왔다. 텃밭에서 방금 딴 어린 오이를 썰어 넣고 우리 집에서 가져온 얼음을 한 덩어리 넣으면 그 시원하고 향긋함이 이루 말할 수 없었다.

자주 드나들수록 모실 할머니네 세간은 더욱 허름해지는 것 같았다. 그 집 아들은 사업이 더 안되어서 속을 끓이고, 돈도 한 푼 벌지 못하는 모양이었다. 모실 할머니는 노상 수심을 이마에 붙이고 살았다.

"어쩌겠어 언니. 내가 세가 닳두룩 저놈을 설득은 허는데, 그게 멕히지를 않어, 너른 밭 너른 집 놔두구 어쩌 이러구 살겠다는 걸까. 아적 지집한테 미련이 있어서 그러는지, 지 말대루 떼돈을 벌 좋은 수가 있는 건지 종을 못 잡겄어. 내려가기만 허면 당장 사람답게 살 것인데."

"동상은 밭이 너루 있나?"

"손이 없어 못 짓지, 땅이 없어 못 지어? 내 땅은 아니래두 노는 땅 천지구면. 나두 급히 올라오느라구 내 밭 누가 지을지 그 이야기도 못 허구 왔어. 펀펀히 놀구 있을 거여. 저놈은 그거를 팔어 치울 거라고 허는데, 나 산 동안에는 그렇게 허면 안 되지. 나 죽은 담에야 팔어도 뭐라 안 허지만 얼마 돈도 안 나오는 거를 팔면 안 되지. 나 혼자라두 내려가 살지 모르는데 그걸 팔면 되나. 다행히 막 자란 놈은 아니래서 내가 싫다고 허니께 저놈이 지 맘대로 팔지는 못혀."

할머니는 우울한 표정으로 고개를 끄덕였다. 모실 할머니에게 돌아갈 땅이 든든히 버티고 있다는 점 때문에 할머니는 모실 할머니를 무척 부러워했다.

"언니는 노루너미에 땅 안 남겨놨나?"

"그거 팔어서 저 집 산 거잖어. 아범이 번 돈 보태구 해서."

"언니는 예서 내처 살 거니께. 나는 아무래두 가야겄어."

서울에 와서 처음으로 사귄 친구가 떠난다니까, 그것도 할머니가 오매불망 그리워하는 고향으로 간다니까 할머니는 몹시 울적해 보였다. 모실 할머니는 기가 죽어 있는 우리 할머니에게 가더라도 당장 가지는 못할 것 같다고, 어차피 올해 농사는 못 짓게 되었으니까 내년 봄에나 가야 할 것 같다고, 그동안 아들의 마음을 돌려놓아서 함께 갈 수 있으면 좋겠다고 했다. 자기네 동네에는 빈집이 많으니 할머니도 같이 가자는 말도 잊지 않았다. 영주와 나는 대접을 들고 남은 콩국수 국물을 마시며 할머니의 눈치를 보았다. 할머니는 인사치레가 뻔한 말에도 꽤나 반가운지 그럴까아, 하고 얼굴을 활짝 폈다.

"어디 우리 손지새끼들, 할머니랑 저어기 노루너미 내려가서 우리끼리 살까?"

"할머니, 노루너미엔 노루 있어?"

입가에 뽀얀 콩국물을 묻힌 영주의 질문이었다.

"그러엄, 쌔구 쌘 게 노루새끼여. 밤이면 살곰살곰 겨내려와서 얼매나 밭엣것을 성가스럽게 구는데. 우리 애기, 노루너미 내려가면 할머니가 노루새끼 한 마리 잡아서 뒷마당에 키워주지."

"그럼 난 할머니랑 노루너미 갈래."

영주가 할머니의 목을 답싹 끌어안으며 할머니의 무릎 위로 자리를 옮겼다. 할머니는 눈꼬리가 땅콩처럼 곱아져서 영주의 엉덩이를 두덕거렸다.

"너는 어쩔겨?"

뒷마당에 노루새끼를 키운다니 솔깃하기는 했지만 나는 이곳

300

을 떠날 수 없었다. 노루너미에 내려가버리면 박 선생님이 다시 돌아오신들 만날 길이 없잖은가 말이다.

"난 안 가. 난 여기서 학교 다닐 거야."

할머니의 눈꼬리가 곧장 새치름해졌다.

"저런 인정머리 없는 새끼. 말 한 자락을 해도 꼭 자박지 깨지는 소리를 하는 모냥하구는. 저 새끼는 꼭 지 에미를 빼다박았다니께."

영주만 한층 더 단단히 부둥켜안고 엉덩이를 두덕이는 할머니의 얼굴은 사뭇 행복했다. 어차피 할머니가 우리만 데리고 노루너미로 내려갈 턱도 없는 일을, 그냥 빈말이라도 간다고 할 걸 그랬나 싶었다. 하지만 이미 뱉어버린 말을 주워 담을 수도 없는 노릇이었다. 상관없었다. 벌써 옛날부터 할머니한테 미운털은 박혀 있었는걸. 나는 언제까지나 이 마을에 남아서 박 선생님을 꼭 다시 만날 생각이었다.

10

단풍으로 인왕산이 울긋불긋해질 무렵, 산 중턱에는 법광사(法光寺)라는 조그만 절이 새로 생겼다. 가끔씩 멀쑥한 표정으로 모실 할머니를 따라서 절 구경 다니던 할머니는, 모실 할머니와 법광사의 신도들이 수덕사에서 열리는 부처님 진신사리 친견 법회에 1박 2일 일정으로 다녀온다는 소리를 듣자, 갑자기 간셈보살을 찾으며 당신도 같이 다녀오겠다고 했다. 엄마는 두말없이 다녀오시라고 하고 즐거운 표정으로 달걀을 삶고 주먹밥을 뭉쳐서 관광버스에서 드실 요깃거리를 장만했지만, 할머니가 신을 신고 현관문을 열다가 모실 할머니의 여행비를 내줘야 하겠으니 돈을 더 달라고 하자 얼굴이 굳어졌다. 할머니가 수덕사로 떠나고 모처럼 조용했던 토요일 오후, 저녁을 다 먹고 사과를 깎을 때까지 표정이 밝지 않던 엄마는 결국 마음에 진드기처럼 달라붙어 있던 섭섭함을 입 밖으로 꺼내놓았다.

"내가 정말 섭섭한 마음 안 가지려고 해도 좋게 넘어갈 수가 없어. 지난번에 우리 친정엄마 오셨을 때에는 말 한마디 걸지 않고 분위기 이상하게 만드시다가, 혹시 내가 엄마한테 택시비라도 드릴까 봐 큰길까지 따라 나오시더니, 응? 이번엔 모실 아주머니 여행비를 왜 어머니가 내신대? 우리 집이 지금 사정만 이렇지 않아도 내가 이런 말 안 해. 하지만 어머니도 아시잖아? 여름에 영주 새 옷 한 벌 못 사주고 러닝 팬티만 입혀서 키운 거. 아시는 분이 어떻게 그럴 수가 있어?"

아버지가 사과를 먹고 난 포크를 소리 나게 접시에 내려놓았다. 아버지의 이런 몸짓은 "그만해!"라는 뜻을 담고 있지만 엄마에게는 아버지가 또 저런 식으로 회피하려고 든다는 느낌을 주었기 때문에 언제나 엄마를 더 자극하는 효과만 낳았다.

"엄마가 빈손으로 오신 것도 아니고, 굴비에 김에 어리굴젓에 노친네가 어깨가 빠지도록 이고 지고 오셨는데, 이 못난 것도 큰딸이라고 마음이 쓰여서, 없는 돈에 그렇게 반찬거리라도 장만해오려고 얼마나 기를 쓰셨을 텐데. 어머니가 그러시면 자기라도 좀 맏사위답게 장모님 챙겨드리지, 어쩌면 그렇게 풀잠자리처럼 아무 말도 안 하고 모른 척할 수가 있어? 어머니나 당신이나 그렇게 데면데면하게 구니까 엄마가 우리 집엔 궁금해도 발걸음도 못하고……."

"너는 어머니한테 잘한 게 뭐 있다고 그러냐? 모실 아주머니 여행비 그거 몇 푼 한다고, 어머니가 그것 좀 내주고 싶다는데 그게 뭐 그렇게 잘못된 일이냐?"

아버지가 버럭 소리를 질렀다. 엄마가 말하는 동안은 안 들리는 척 영주랑 나랑 엄지손가락 잡기 놀이를 하고 있었지만 아버지가 소리를 지르니까 저절로 어깨가 움츠러들었다.

"당신이 보증 사고만……."

"너 언제까지 보증, 보증할래? 맨날 입만 열면 어머니가 어떻구, 보증이 어떻구, 너는 아는 게 어머니하고 보증뿐이야? 여자가 왜 그렇게 끈덕지냐?"

엄마는 또 울기 시작했다. 무어라고 마구 소리도 질렀지만 너무 흥분한 상태여서 말의 앞뒤가 맞지 않았다. 아버지가 포크를 접시에 내동댕이쳐서 접시 이빨이 빠졌다. 할머니가 안 계셔서 모처럼 분위기가 좋을 줄 알았더니, 엄마와 아버지의 싸움은 밤이 깊도록 끝날 줄을 몰랐고 오히려 할머니가 계실 때보다 목소리만 높았다.

나는 영주가 어른들 싸우는 소리를 듣는 것이 싫어서 영주를 데리고 마당으로 나갔다. 아직 날씨가 많이 춥지 않아 다행이었다. 우리는 몸을 움츠리고 평상에 나란히 앉아 텃밭에서 말라가고 있는 고춧대와 몸뚱이를 누렇게 부풀리고 있는 늙은 호박을 바라보았다. 올해 우리가 부쳐 먹고 쪄먹은 애호박이 적어도 백 통은 될 거라는 게 내 생각이었다. 우리가 악착같이 먹어치우고도 남아서 이웃들까지 두루 나눠주었는데도 호박 서너 통은 저렇게 한가롭게 늙어가고 있었다. 올겨울에는 호박죽이나 호박떡을 여러 번 해 먹게 될 것 같았다. 검은 암탉은 산고양이들이 호시탐탐 노리는 탓에 보통 네모난 철창 우리에 갇혀 살았는데 우리가 늦은 밤에 밖에 나와 있는 것이 신기한지 꼬록꼬록 소리로 잠에서 깼다는 표시를 했다.

밖에 나왔어도 엄마와 아버지의 싸우는 소리는 또렷하게 들렸다. 어떻게 해서건 영주의 귀에는 저 소리가 들리지 않도록 해주고 싶은데, 가끔 어두운 밤하늘을 쳐다보며 컹컹 울어주는 동네 개들의 합창이 아니면, 지나가는 바람에 마른 호박잎들이 부스럭 대는 소리에 아무리 귀를 기울여도 엄마와 아버지의 고함이 의식

속을 비집고 들어왔다. 나는 괜히 영주에게 무안해져서 발부리로 잔돌만 툭툭 찼다.

"아빠가 미워."

갑자기 영주가 말했다. 나도 아버지가 미운 게 사실이지만, 영주가 그렇게 말하니까 가슴이 철렁 내려앉았다. 아버지가 누구보다도 사랑하는 사람은 다름 아닌 영주니까, 영주가 아버지를 미워한다면 아버지는 내가 아버지를 미워한다거나 엄마가 아버지를 미워하는 것과는 또 다른, 큰 충격을 받을 것이었다. 아버지를 생각하는 마음을 치워버리더라도 나는 아직 초등학교도 들어가지 않은 영주가 어른들의 싸움 때문에 상처받고, 미워하는 마음을 가지지 않기를 바랐다. 누구에게나 웃으며 팔을 벌리고, 누구의 볼에나 쪽 하고 뽀뽀를 해주는 내 동생의 천진한 어린 시절에 흠결이 생기지 않기를 바랐다.

나는 당황스러운 속마음을 감추면서 옛날에 이런 이야기가 나왔을 때 박 선생님이 뭐라고 나를 설득했던지를 황급하게 되새겼다. 그때 선생님은 한 마디 한 마디 흔들림 없이, 아주 차분하고도 논리가 정연하게 내가 아버지를 미워해서는 안 되는 이유를 설명했었는데, 그 이유들은 아주 쉽게 이해가 가고 나무랄 데 없이 자연스러웠는데, 이제 영주에게 그 이야기를 해주려니까 도무지 두서를 찾을 길이 없었다. 단 한 마디, 처음에 뭐라고 하셨던지만 기억할 수 있다면 영주에게도 아버지를 미워하지 말라는 이야

305

기를 풀어갈 수 있을 텐데. 내가 말머리를 찾느라 고심하는 동안 영주가 다시 말을 이었다.

"아빠는 맨날 소리만 질러."

나는 말문이 턱 막혔다. 박 선생님과 이야기할 적에 내가 이런 말은 하지 않았으므로 나는 답을 알 수 없는 셈이었다. 뭐였더라. 선생님은 뭐라고 하셨더라. 나는 어두운 물속에서 허우적거리듯 선생님의 대답을 찾아 헤매다가 가느다란 지푸라기라도 잡는 심정으로 언뜻 기억에 떠오른 말을 했다.

"아버지도 괴로우실 거야."

그래. 이거였던 것 같다. 선생님이 말씀하셨던 내용 중에 이런 이야기도 있었던 것 같았다. 이게 영주에게도 답이 되면 좋겠다.

"괴로워도, 엄마 이야기를 다 듣지도 않는 건 나빠."

영주는 안간힘을 다한 나의 대답에 전혀 영향받은 것 같지 않았다. 여전히 분개한 목소리였다. 나는 영주가 내 기대대로 반응해주지 않는 데 당황함과 동시에 내 동생이 어느새 나와 다른 생각을 하고, 나와 대화를 나눌 만큼 성장했다는 사실을 깨달았다. 이제 나는 동생을 안아주고 놀아주고 밥을 먹여줄 뿐 아니라 그아이의 정신적 고뇌에 대한 나름의 대답을 준비해야 한다. 오늘로써 나의 오빠 노릇은 새로운 단계를 맞이하게 되는 것이다. 갑작스러운 책임감에 어깨가 무거워졌다.

"아빠가 집에 없으면 좋겠어. 우리끼리도 재미있게 살 수 있잖아."

저런 영주야, 그런 생각까지. 아버지는 너를 제일 좋아하시는데. 아마 아버지가 진심으로 잘 보이고 싶어 하는 사람이 있다면 그건 너 하나뿐일 텐데. 나는 아버지의 필요성을 곰곰 생각했다.

"아버지가 없으면 안 돼. 아버지는 돈을 벌어오시잖아."

이 말에는 영주도 수긍하는 것 같았다. 하지만 이 말로 영주가 마음에 위안을 받았다고 보기는 어려웠다. 뭔가 다음 이야기를 궁리하고 있는데 아버지의 고함이 밤하늘을 뒤흔들었다. 아버지가 엄마를 때리지는 말아야 할 텐데. 온통 머릿속이 뒤죽박죽이었다. 영주를 위로하기는커녕 나조차 이 순간에는 아버지가 정말로 없어져버렸으면 하는 생각이 들 지경이었다. 영주가 한층 앙다문 목소리로 힘주어 말했다.

"아빠를 혼내줄 수 있는 사람이 있으면 좋겠어."

"때려주고 싶지?"

아차, 오빠로서 하지 말아야 할 말을 불쑥 해버렸다. 하지만 어쩔 수 없었다. 아버지는 저렇게 고래고래 소리를 지르고 있는데, 누군가가 아버지의 뒤통수를 탁 때려 무안을 준다면 얼마나 잘코사니일까. 영주가 어둠 속에서 해죽 웃었다. 할머니는 절대로 아버지를 때리지 않을 테니 아버지를 때려줄 사람은 아마 세상에 한 명도 없을 것이다. 하지만 아버지를 때려준다는 생각만으로도 약간은 속이 후련했다. 오파리가 배 터져 죽기를 노래하는 우리 반 아이들의 심정과 비슷했다.

"아빠가 막 울면 좋겠어."

영주가 주먹을 쥐어 손등을 눈에 대고 우는 시늉을 했다. 우리는 조그맣게 킥킥거리며 웃었다. 소리를 지르다가 뒤통수를 맞고 손등으로 눈물을 닦으며 우는 아버지를 상상하며 우리는 조금 기분이 좋아졌다. 어른들은 싸우라고 내버려두자. 우리라도 기분 좋게 지내면 되지. 우리는 말없이 합의하고 마당에서 즐길 수 있는 재밋거리를 찾기 시작했다.

"오빠, 감 많이 컸지?"

그러고 보니 요새 며칠은 감이 얼마나 컸는지 신경 쓰지 않고 지냈다. 한참 동안 푸른 끝물을 놓지 않고 할머니의 애를 태우던 우리 감들은 이제 제법 붉은 물이 들어 어설프게나마 단감 정도는 된 것 같았다.

"오빠, 감 만져본 적 있어?"

"아니. 손이 안 닿아. 손이 닿아도 만지다가 떨어지기라도 하면 할머니가 또 난리 날걸."

"난 한번 만져보고 싶은데."

집 안에서는 아직도 싸우는 소리가 흘러나오고 있었다. 갑자기 할머니의 마음을 너무 배려할 필요가 없다는 생각이 들었다. 좀 만져보다가 떨어지더라도 우리가 그랬다는 증거는 아무것도 없었다. 무슨 바쁜 일이 있었는지 너무 급히 지나가던 바람 때문이었다고 하면 될 것이다. 좀 더 높은 곳에는 두 알이나 더 있으니 하나쯤 떨어져도 큰일은 아니었다. 나는 이 기회에 영주에게 감 구 경이나 시켜주기로 마음먹었다.

해마다 가을이면 잊지 않고 울어주는 귀뚜라미 소리를 벗 삼아 우리 남매는 감나무 아래 나란히 섰다. 나는 감나무 둥치를 단단히 붙들고 쪼그려 앉았고 영주는 내 어깨로 기어올랐다. 영주를 안거나 업어준 일은 많았지만 이렇게 무동을 태워보기는 처음이었다. 영주가 내 어깨 위에서 편안한 자세를 잡을 때를 기다려 나는 조금씩 다리에 힘을 주었다. 불그레한 감이 어둠 속에서 영주를 기다린다. 내가 다리에 힘을 주며 몸을 일으키자 감을 향해 뻗은 영주의 손이 갸름하고 매끈매끈한 감과 조금씩 가까워진다. 어느새 많이 무거워진 영주의 몸을 싣고 허리와 다리를 쭉 펴기란 쉬운 일이 아니어서 나의 움직임은 자연 느릴 수밖에 없었다. 맨 아래 가지의 감은 조금만 더 팔을 뻗으면 손끝에 닿을 듯한 달님처럼 영주의 애를 태우고 있었다. 영주는 엉덩이에 힘을 주며 머리 위 오른쪽을 향해 몸과 팔을 힘껏 뻗었다. 밑에 있던 나는 영주의 몸과 균형을 맞추며 한 손으로는 감나무 줄기를 붙잡고, 한 손으로는 영주의 다리를 붙잡고 서 있었다.

바람이 한 줄기 불었다. 가을밤이면 늘상 부는, 그다지 거세지도 않고 놀랍지도 않은 흔한 바람이었다. 하지만 그 바람에 티끌이 섞여 있었는지 갑자기 눈이 몹시 따가웠다. 나도 모르게 감나무 둥치를 놓고 눈으로 손을 가져갔는데 기우뚱, 몸의 균형을 잃

309

는가 싶더니 영주의 발뒤꿈치에 코를 한 대 걸어차이고, 다음 순간 하늘에 점점이 박힌 별을 보며 땅바닥에 벌러덩 누워 있었다. 할머니가 갈아놓은 텃밭 덕분에 땅이 푹신해서 다행이었다. 급히 몸을 일으키자 어지럽고 코가 매웠지만 별로 다치지는 않은 것 같았다.

"영주야, 괜찮아?"

공중에서 감을 향해 몸을 뻗었던 영주는 내가 넘어지는 바람에 내 어깨 위에서 퉁겨져나가 나보다 조금 위쪽, 장독대 계단 옆에 팔다리를 쭉 뻗고 누워 있었다. 영주는 눈을 크게 뜨고 아까 내가 그랬듯이 똑바로 하늘의 별들을 쳐다보고 있었는데 몹시 놀랐는지 울지도 않고, 나를 부르지도 않았다. 나는 급히 영주를 일으키려다가 움직임을 멈추었다. 안방에서 비쳐 나오는 형광등 불빛과 담장 밖의 외등에 어렴풋이 보이는 영주의 손끝이 바들바들 떨고 있었다.

서늘한 손가락이 내 목덜미에서 등골까지 서두름 없이 훑어 내려갔다. 장독대로 올라가는 시멘트 계단 모서리에 무언가 어두운 얼룩이 묻어 있었다. 영주의 귓속에서 어두운 색깔의 애벌레가 느릿느릿 기어 나오는 것이 보였다. 애벌레는 생전 처음으로 맡는 밤공기 내음이 마음에 드는지, 잠시 발걸음을 멈추고 귓바퀴의 물렁뼈 위에서 몸을 부풀리며 휴식을 취했다. 내가 바지를 쥐어뜯으며 바라만 보는 동안, 영주는 마지막으로 느릿하게 눈을 한 번 깜박이더니, 여전히 하늘의 별들만 골똘히 쳐다보면서 여리게 떨던 손가락의 움직임도 멈추어버렸다. 영주의 귀에서 길고 끈적한 몸을 드러내면서 귓바퀴 계단을 한 칸 한 칸 내려온 어두운 애벌레는, 할머니가 일구어놓은 향기로운 검은 흙을 만나자 탐욕스럽게 고개를 처박았다.

그다음 사건들은 하나의 연속 화면이 아니라 조각조각 이어지는 환등기 화면처럼 한 장면씩 떨어져 일어났다. 내가 어떻게 엄마와 아버지를 불렀는지는 기억나지 않는다. 엄마의 길고 높은 비명이 유성처럼 밤하늘을 찢었고, 아버지는 짐승같이 울부짖으며 영주를 끌어안고 병원을 향해 달려갔다. 엄마와 아버지의 싸우는 소리에 안 그래도 신경이 예민해져 있던 동네 사람들이 우르르 달려 나왔다. 옷을 찢으며 발버둥 치는 엄마를 진정시키기 위해 상도형네 엄마와 구야네 엄마가 애를 써보았지만 엄마는 아줌마들을 뿌리치고 대문 앞까지 기어나가다가 기절해버렸다.

나는 장독대 계단의 시린 기운에 옆구리를 펴지 못하면서도 그 옆을 떠나지 못했다. 나는 울지도 못하고 숨쉬기에 몹시 고통을 느끼면서 쪼그리고 앉아 있었는데 쭈뼛쭈뼛 내 곁으로 다가오는 구야와 호야를 보자 갑자기 폐 속으로 폭포처럼 공기가 흘러들어가면서 그만 왁 울음이 터지고 말았다.

다음 날 아침, 엄마는 정신을 수습해서 영주가 누워 있는 병원을 찾아갔다. 빈집에 혼자 남게 된다는 생각만으로도 목이 졸리는 것 같아 나도 따라가겠다고 애원했지만 쌀쌀하게 집에 남아 있으라는 말만 들었다. 상도형네 엄마가 밥을 차려줬지만 나는 한 숟가락도 먹지 않았다.

할머니는 즐거운 여행을 마치고 집으로 돌아오다가, 점빵집 아저씨에게 소식을 듣자마자 그 자리에서 거품을 물고 쓰러져 여러 사람이 오랫동안 손발을 주무른 끝에야 정신을 차렸다. 엄마와 아버지는 병원에서 돌아오지 않았고, 저녁 답에 점빵집 아저씨가 할머니를 업고 가파른 언덕길을 올라와 우리 집 안방에 할머니를 눕혀주었다. 모실 할머니는 목 놓아 울면서 할머니의 얼굴을 물수건으로 닦아주었다.

다음 날 새벽, 아버지는 사포처럼 꺼칠해진 얼굴로 집에 돌아왔다. 밤새도록 울다가 졸다가 하던 할머니가 아버지의 바짓부리를 붙잡고 도대체 어찌 된 일이냐고 물었지만 아버지는 아무 대답도 하지 않고 옷을 갈아입은 뒤 잠시 후에 벽제로 출발할 것이라고만 했다. 할머니는 넋이 나간 듯 스르르 아버지의 바짓가랑이를 놓고, 어이구 내 새끼, 금비녀 같고 옥가락지 같은 내 새끼, 불쌍해서 어쩔 거나 내 새끼야, 하는 흐느낌 섞인 타령을 시작했다. 아마 할머니는 나의 고모와 삼촌이 죽었을 때에도 이렇게 울었을 것이다.

그때까지 아무도 우리에게 영주가 정말로 죽은 것인지 살아 있는지 정확하게 말해주지 않았기 때문에 할머니는 혹시 영주가 살

312

앉을지도 모른다는 한 가닥 희망을 붙들고 있었지만 나는 그날 밤, 땅속으로 스며들어가던 검은 애벌레를 보는 순간 영주의 영혼이 어린 몸을 떠났음을 알 수 있었다. 나는 급히 달려나가려는 아버지에게 같이 가게 해달라고 매달렸다. 아버지는 같이 가지 않는 편이 좋다고 했지만 내가 아버지의 발목에 매달리자 마음을 바꾸어 나에게 점잖은 옷을 입게 하고 함께 새벽길을 나섰다.

나는 영주를 보지 못했다. 영주가 타고 있는 작은 나무배는 이미 봉해져 있었고, 그 뚜껑은 한 번 닫히면 다시 열리지 못한다는, 생사의 중한 법이 있었기 때문이다. 영주의 배는 용기 있게 네모난 철문을 열고 들어간 후 단호하게 뒷모습을 감추었는데, 그곳은 아무리 집념이 강한 사람이라도 이승에 남은 한 가닥 미련조차 털어버리지 않고는 배겨낼 수 없도록 화산처럼 뜨겁고 끈덕진 불로 수천 번 단근질하는 곳이었다. 영주가 그곳에서 혼자 불바다를 건너는 동안 남은 우리 식구들은 유리문 뒤로 쫓겨나서 우리도 그 철문 안으로 들어가 영주와 같이 바다를 건너게 해달라고 애원했다.

나는 아버지가 우는 모습을 처음 보았는데, 영주가 상상했던 것처럼 손등으로 눈물을 닦는 것이 아니라, 여러 번 시멘트 벽이 깨지도록 이마를 들이박았다. 아버지의 이마는 곧 틈새를 열고 짓뭉개진 애벌레의 진물을 내보냈다.

1981년,

정원을
떠나며

1

아버지가 망치를 휘두른 것은 영주의 남은 물건들을 태우느라 흐린 가을 하늘에 연기 기둥이 스산하게 흩어지던 날이었다. 불의 혓바닥이 영주가 아기일 때부터 덮고 자던 조각 이불을 날름날름 핥고 있었다. 연기 때문에 눈이 맵다는 듯이 눈가에 자꾸 손을 대던 아버지는 갑자기 창고에서 망치를 꺼내 들었다. 영주가 만져보고 싶어 하던 가장 낮은 가지의 감은 아버지가 휘두른 망치에 박살이 났고 그 감을 매달고 있던 가지도 넝마처럼 찢어졌다. 회갈색 감나무는 허연 속살을 드러내며 한 팔을 잃었다. 감나무가 한 팔뚝을 잃는 동안 할머니는 자기 팔뚝이 없어지는 것처럼 방 안에서 서럽게 울었다. 아버지의 마음 같아서야 감나무의 한 팔뚝이 아니라 나무를 통째로 장작을 만들고 싶었겠지만 그 정도에서 그친 것도 아마 할머니를 생각해서였을 것이다.

아버지는 감나무를 처벌하고 난 후 장독대 계단을 두들기기 시작했다. 속절없이 하늘을 덮는 부연 연기 속으로 망치질 소리가 울려 퍼졌다. 아버지의 미친 듯한 망치질로 형체를 잃어가던 계단은 날카로운 돌 부스러기를 날려 아버지의 뺨을 몇 줄이나 찢었다. 그러나 그렇게 저항해도 마흔에 얻은 막내딸을 마흔넷에 잃은 아버지의 망치질을 멈출 만한 재간은 아니었다. 영주가 머리를 찍힌 날카로운 계단 모서리는 얼마 안 가 한 더미 시멘트 부스러기가 되어버렸다.

아버지는 부러뜨린 감나무 가지를 지끈지끈 밟아 불 속에 차넣었다. 나는 영주가 입고 쓰던 물건들을 마른 호박 줄기처럼 남김없이 불태워야 한다는 아버지를 이해할 수 없어 건넌방에 틀어박혀 있었다. 하지만 아버지는 아까 망치를 휘두를 때와는 딴판으로, 감정이 전혀 남아 있지 않은 사람처럼 무뚝뚝하게 이부자리뿐 아니라 영주의 옷가지와 장난감들, 얼마 되지도 않는 그 아이의 남은 흔적들을 낱낱이 태울 거라고 말했다.

아버지가 영주의 옷가지와 이부자리를 태우는 동안 나는 백일몽이라도 꾸는 듯 현실감을 찾지 못하고 있다가, 아버지가 거의 다 타버린 잿더미를 뒤적이며 불이 꺼지지 않게 단속하고 남은 영주의 장난감과 책들을 챙기러 현관문을 여는 순간에야 정신이 번쩍 들었다. 머리띠, 인형, 동화책, 손목시계…… 수많은 영주의 물건들 중에 무엇을 구해야 할지 판단할 수 없었다. 나는 이것저것 들었다 놨다 우왕좌왕하다가 아버지가 건넌방의 문고리를 잡는 순간 단 하나를 품에 안고 재빨리 안방 다락으로 달려 올라갔다. 아버지는 방문을 열자마자 당신의 허리 근처에 들쾡이 같은 것이 스쳐 지나갔음을 알았지만 뒤쫓지는 않았다.

잦아들던 연기가 다시 고목만큼 굵어지는 동안 나는 먼지투성이 다락에 웅크리고 앉아서 영주의 스케치북을 펼쳤다. 아버지가 28색 크레파스와 스케치북을 사다 주시던 날 영주가 팔짝팔짝 뛰며 좋아하던 모습이 눈에 선했다. 하얀 도화지를 소중히 여겼던 영주는 무엇을 그리고 싶을 때 신문지에 먼저 연습하고 가장 잘된 그림을 스케치북에 옮겨 그렸다. 말하자면 작품집인 셈이었다. 그런 식으로 아껴 아껴 사용하느라, 이제 다시 그림을 그릴 일이 없어진 스케치북의 하얀 종이는 반도 넘게 남아 있었다. 나는 눈물을 얼굴에 펴 바르면서 스케치북의 마지막 면에 그려진 그림을 오랫동안 들여다보았다. 영주가 가장 좋아했던 오렌지색 크레파스를 아낌없이 사용한, 가슴이 태양같이 빛나는 곤줄박이의 그림이었다.

2

겨울로 접어들자 날씨는 곧바로 바늘 끝같이 추워졌다. 지난

수십 년 동안 이렇게 추웠던 적이 없었다고 했다. 우리 식구들은 더 추위를 탔다. 아무리 연탄을 때도 집 안에 온기가 돌지를 않았다. 한겨울에도 세숫물을 데워 써본 적이 없던 할머니는 올해 겨울에 10년쯤은 한꺼번에 늙은 듯했다. 할머니는 추위를 심하게 탔고, 자식 잡아먹은 재수 없는 년이 뻔뻔하게도 꼬리를 내두르며 집안에 버티고 있기 때문에 갑작스럽게 뼛골에 냉기가 스며든 것이라고 중얼거렸다. 모실 할머니가 수시로 내려와서 할머니의 손을 잡고 염불도 해주고 손목에 염주도 감아주었지만 할머니는 부처님에게서 얻는 힘을 모두 증오심으로 바꾸어 엄마에게 쏟아부었다.

엄마는 얼굴이 해골처럼 야위고 마른 가랑잎 더미처럼 꺼칠해져서 하루 종일 안방에 들어오는 일 없이 부엌에서만 시간을 보냈다. 가끔 생각났다는 듯이 뒤꼍으로 달려가 흉물스럽게 찢어진 상처를 드러내고 있는 감나무에 쓰디쓴 호렴(胡鹽)을 내차게 뿌리는 것이 엄마의 복수였다. 앙상한 감나무 가지에 피처럼 붉은 노을이 걸리면 고향에 온 것 같다고 좋아하던 할머니조차 이때는 차마 감나무를 역성들지 못했다. 엄마가 외출하고 없던 어느 날, 나는 감나무의 찢어진 상처를 살펴보는 할머니를 보았다. 내가 보고 있는 줄도 모르고 할머니는 오랫동안 감나무의 몸통을 쓰다듬었다. "왜 그랬니, 왜 그랬어"라고 묻는 것 같았다.

아버지는 하루도 또박또박 걸어 들어오는 날이 없이 지겹게 술을 마셨다. 생각도 하기 싫지만 영주를 죽음에 이르게 한 가장 직접적인 책임자는 나였기 때문에 나는 할머니의 방향 틀린 증오심과 식구들의 방황이 내 잔등을 후비는 갈고리, 꼬챙이처럼 괴로웠다.

영주는 우리 식구들 중에 유일하게 애정 표현이 자유롭던 사람이었다. 우리는 그 아이가 벌리는 팔과 그 아이가 내미는 입술에 너무 익숙해져 있어서, 그 아이를 통하지 않고는 웃지도, 이야기하지도, 이해하지도 못하게 길들여져 있었다. 우리 가족들은 마치 신호등이 고장 난 네 갈래 길에 각각 서 있는 당황한 사람들처럼, 서로 말을 걸거나 상대방의 마음을 짐작하지 못한 채 우두커니 바라만 보게 되었다. 우리의 소통이 엉키지 않도록 요술 같은 방법으로 누군가는 기다리게 하고, 누군가는 직진하게 하고, 누군가는 좌회전하도록 지도하던 우리의 푸른 신호등은 영원히 잠들어버렸다. 우리는 신호등 없는 교차로를 지나는 방법을 알지 못했다.

할머니의 타령이 못 견디게 듣기 싫은 날은 슬그머니 주리 삼촌의 공부방으로 스며들어갔다. 지난여름, 삼촌에게 못된 욕설을 퍼붓긴 했어도 나는 삼촌이 정말 바보천치라고 생각하지는 않았다. 오히려 나보다 백 배는 똑똑한 사람 아니던가 말이다. 나는 삼촌이 입을 열면 내가 목매고 있는 단 하나의 희망을 여지없이 짓밟는 백 가지 천 가지 증거들을 들이댈까 봐 두려웠다. 하지만 다행히 삼촌은 하루 종일 함께 있어도 별로 말을 하지 않았다. 삼촌은 동굴 속의 반달곰처럼 몸을 둥그렇게 웅크리고 책상 앞에 앉아 있다가, 내가 들어오면 방바닥에 아무렇게나 팽개쳐져 있는 담요 속으로 기어들어가게 내버려두었다. 삼촌의 방은 삼촌 두 사람이 들어오면 꽉 차고 남는 자리가 없을 만한 크기였는데 삼촌의 몸 냄새, 발 냄새, 머리 냄새 등이 뜨끈한 온돌의 열기에 발효된 독한 기체가 가득 차올랐으므로 한참 앉아 있으면 몽롱한 기분이 들었다. 나는 담요를 뚤뚤 말아 고치를 틀고 어두운 동산 같은 삼촌의 등허리를 바라보며 시간을 흘려보내다가, 어떤 날은 집에는 영주가 있고 학교에는 박 선생님이 있는 것처럼 태연하게 삼촌과 저녁까지 먹고서야 집으로 돌아갔다.

3

영주가 곧잘 따라 부르던 크리스마스캐럴 소리가 싫어 텔레비전 코드를 뽑아놓은 채 무덤 속같이 컴컴한 크리스마스를 보내고, 돌이켜 생각하기도 싫은 1980년이 간신히 끝난 것으로만 위안을 삼고 지내던 그날 점심때, 가시 돋친 목소리로 밥을 먹지 않겠다고 선언하고 멀찍이서 우리 모자의 밥 먹는 모습을 뜯어보던 할머니는 결국 분을 삭이지 못하고 밥상으로 달려들어 엄마 앞에 놓인 김칫국 사발을 뒤집어씌웠다.

"이년아, 니가 자식 목 부러뜨려 죽이고 니 목으로는 국이 넘어
가냐? 니년도 에미냐? 니년이 사람이냐?"

김칫국이 뜨겁지는 않아서 다행히 엄마가 데지는 않았지만, 불
룩불룩 오르내리는 엄마의 야윈 가슴이 그만 터져버릴 것 같았
다. 할머니는 아예 밥상을 뒤집어엎고 본격적으로 소리를 질렀다.

"이년아, 나가라! 니년이 우리 집안을 아예 다 말아먹겠다. 썩
나가라, 이 재수 없는 년아!"

할머니는 오늘 정말로 엄마를 쫓아낼 결심을 굳힌 사람처럼 당
장 나가라고 고함을 지르며 엄마의 야윈 어깨를 함부로 떠밀고
있었다. 엄마의 생기 없는 눈에 조금씩 조금씩 사람다운 감정이
고여 들었다. 엄마는 할머니의 고함이 전혀 들리지 않는 듯, 사위
가 조용한 속에서 평생 동안 찾아 헤매던 무언가를 드디어 찾았
다는 듯, 할머니가 아닌 눈앞의 어떤 대상을 오랫동안, 가만히 응
시하고 있었다. 백지장처럼 하얗게 바랜 엄마의 얼굴은 눈앞에서
주먹질과 욕설이 오가는 데도 자신과는 전혀 관계없는 일이라는
듯 무심해 보였고 방금 찾아낸 그 대상, 그 알 수 없는 투명체를
놓치지 않도록 눈에 정기를 모으는 일에만 전념하는 듯했다.

"에이, 더러운 년, 에이, 재수 없는 년, 에이, 재수 옴 붙은 년,
니년 때문에 우리 영주가 그렇게 된 걸 생각하면 니년을 찢어발겨
도 성이 안 풀린다!"

갑자기 엄마가 치켜올린 깃발처럼 휘청하며 깡마른 몸을 일으켜 세웠다. 나는 엄마를 붙잡으러 따라 나갔는데 엄마는 대문 밖으로 뛰쳐나가는 것이 아니라 허깨비처럼 허우적거리며 눈이 하얗게 덮인 장독대로 달려 올라갔다. 뚜껑에 눈을 얹고 올망졸망 모여 있던 깜장 독아지들은 영문을 몰라 더욱 쨍한 빛을 발했다. 엄마는 둘레가 한 아름이 넘어가는 간장독은 내버려두고, 된장독 하나를 들어내려고 씨름을 하다가, 결국 영주의 웅크린 몸집보다 약간 작을까 싶은 고추장독 하나를 번쩍 들고 내려왔다. 장독대 계단은 눈이 잔뜩 쌓여 있었을 뿐 아니라 영주가 그렇게 되고 난 후 아버지가 쇠망치로 미친 듯이 두들겨 패 삐죽하던 모서리가 온통 너덜너덜 부서졌기 때문에 정신을 놓은 듯 서두르는 엄마가 허방을 짚기에 딱 알맞았다. 엄마는 비틀비틀 휘청휘청하면서 장독대를 달려 내려오다가 허물어진 계단 때문에 몸을 쭉 뻗으며 옆으로 넘어졌다. 엄마는 넘어지면서도 품 안의 고추장독이 작은 아이이기나 한 것처럼 몸을 둥글게 말아 독아지를 보호했다. 옆구리를 계단에 부딪으며 둔탁한 소리가 났지만 그래도 엄마는 전혀 아프지 않은 듯 발딱 일어나서 이를 바득바득 갈며 고추장독을 끌어안고 안방으로 달려 들어가더니 숨을 헐떡이며 할머니를 마주하고 버텨 섰다. 엄마가 드디어 집을 나가는 줄 알고 후련하다는 표정으로 앉아 있던 할머니는 왜 또 들어왔냐는 식으로 턱을 쑥 내밀었는데, 엄마는 고추장독을 머리 위까지 쳐들

324

었다가 할머니 바로 앞의 방바닥을 향해 모질게 패대기쳤다.

꺼억 하고 얼어붙은 독아지가 박살나면서, 독 안에 담겨 있던 고추장이 방바닥과 할머니의 무릎을 붉은 용암처럼 뒤덮었다. 할머니는 반사적으로 손을 올려 파편을 막았지만 어느새 옆얼굴에서부터 핏줄기가 한 가닥 흘러내렸다. 옆으로 튀어나간 독 뚜껑은 산산조각이 나서 굵직한 파편들이 아까 할머니가 뒤집어쓰고 있던 담요를 덮쳤다. 엄마는 거친 나무를 비벼대는 사포, 담장 위에 촘촘히 박힌 유리병 조각, 인왕산을 두르고 있는 가시 돋힌 철조망들로 성대(聲帶)를 갈기갈기 찢긴 맹수처럼 사나운 고함을 질렀는데, 뭐라는 소리인지는 하나도 알아들을 수가 없었다. 터질 듯 핏줄이 튀어 오른 목청에서 솟구치는 짐승 같은 괴성과 방바닥을 뒤덮은 새빨간 고추장만으로 분명한 살의를 드러내며 몇 분 동안 허공 속의 적을 향해 주먹을 날리고 발길질을 내지르던 엄마는 몸을 돌려 찬바람 속으로 달려나갔다.

갑자기 조용해진 집 안에 넋이 나간 할머니와 울고 있는 나만 남았다. 인왕산의 암반을 뿌리째 뒤흔들 것 같던 엄마의 비명이 들리지 않자, 내가 다리를 뻗고 우는 소리만으로는 집 안이 절간 같이 적막했다. 할머니는 엄마가 집을 나갔어도 하나도 기쁘지 않은 듯 독아지의 파편이 삐죽삐죽 솟아 있는 캐시밀론 담요에 머리를 묻고 그대로 정신을 놓아버렸다.

열린 현관문을 통해 제집처럼 휘젓고 들어오는 칼바람을 맞으며 내가 목에서 피 냄새가 나도록 울고 있는 동안, 미친 듯이 아랫동네로 달려 내려가는 엄마를 잡아보려고 애를 쓰다 결국 놓친 상도형네 엄마가 대문을 밀고 들어왔다. 폭격이라도 맞은 듯한 우리 집 꼴을 보고 얼굴을 구긴 아줌마는 온통 장독 부스러기와 고추장을 뒤집어쓴 할머니의 치마와 겉옷을 벗기고 건넌방으로 모셔다 눕혔다. 아줌마는 나를 끌어안고 엄마가 멀리 가지는 않았으니 걱정하지 말라고 달래준 후 난장판이 된 안방을 치우기 시작했다. 나는 울면서 아줌마와 함께 장독 조각을 주워내고 담요를 털었다. 건넌방에서 한참 동안 *끄르륵끄르륵* 소리를 내며 누워 있던 할머니의 정신이 돌아왔는지 뱃고래에 남은 힘을 쥐어짜 엄마를 욕하는 소리가 들렸다. 아줌마는 방을 닦으면서 눈물을 훔쳐내었다.

아버지가 퇴근해서 집에 돌아왔을 때에는 아줌마의 수고 덕분에 안방이 깨끗이 정리되어 장판이 찢어진 곳에 검붉은 고추장 물이 든 것을 제외하고는 아까의 참혹한 모습이 거의 남아 있지 않았다. 아버지는 상도형네 엄마와 나직한 목소리로 이야기를 나누더니 이마에 조각칼로 떠낸 듯 깊은 주름이 새겨졌다. 아버지는 내 등을 두드리며 걱정하지 말라고 하고 다시 밖으로 나갔다. 나는 할머니와 같이 있기 싫었지만 안방에 혼자 있는 것은 죽기보다 두려워 하는 수 없이 건넌방에서 귀신 같은 소리를 중얼거리는 할머니 곁에 앉아 있었다.

아버지는 꽤 늦은 시간에야 혼자 들어왔다. 엄마와 함께 들어오기를 애타게 기다리던 나는 혼자 들어오는 아버지를 보자 맥이 탁 풀렸다. 아버지는 방문을 열고 내다보는 나를 보자 걱정 말고 얼른 자라고, 엄마는 내일 돌아오실 거라고 했다. 하지만 아버지의 목소리에 기운이 하나도 없는 것으로 보아 엄마는 내일도 돌아오지 않을 것 같았다. 역시나 짐작대로 엄마는 다음 날 돌아오지 않았고, 단지 기력을 회복한 할머니만 일어나 앉아 모실 할머니가 차려놓은 밥상을 깨끗이 비웠다.

4

할머니는 방에 누워서 꼼짝도 하지 않았으므로 우리 집 살림은 모실 할머니와 상도형네 엄마, 또는 가끔 구야네 엄마가 와서 돌봐주었다. 나는 상도형네 엄마가 해놓은 밥과 반찬을 때마다 챙겨서 동그란 개다리소반에 올려놓고 할머니와 둘이 머리를 대고 먹었다. 어느 날 오후에 모실 할머니가 밥을 해주러 내려왔을 때 나는 엉덩이를 하늘로 향하고 마룻바닥 이 끝에서 저 끝까지 내달리며 걸레질을 하는 중이었다. 모실 할머니가 가끔씩 걸레질을 했지만 엄마가 닦던 때처럼 반짝반짝 윤이 나지는 않았고 모실 할머니의 어두운 눈을 피한 먼지덩이들이 모퉁이마다 진을 치

고 있었기 때문에 모처럼 마음을 잡고 닦아보려던 참이었다. 모
실 할머니는 기특하고 안됐다는 표정을 지었다.

"느 에미가 애들을 참 잘 키웠구나."

모실 할머니가 엄마 이야기를 좋게 하니까 기분이 이상했다. 모
실 할머니는 언제나 며느리의 일족인 엄마에게 경계심을 풀지 않
았고, 할머니와 수덕사로 여행을 가던 날 여행비 문제로 엄마의
표정이 바뀌더라는 말을 할머니에게서 틀림없이 들었을 것이다.
더구나 엄마가 할머니에게 고추장독을 패대기치고 사라진 다음
이니 당연히 엄마를 욕할 거라고 단단히 마음의 준비까지 하고
있었는데 뜻밖의 말을 들으니 오히려 당황스러웠다.

"야물차고 심지가 있어서 잘 참는다 혔더니……. 자석 앞세우
는 게 사람이 겪을 일이 아닌 거라……."

모실 할머니는 뭇국을 끓이고 장아찌를 무쳐놓았다. 느리고 답
답한 모실 할머니의 일솜씨를 보니까 날래고 맵시 있는 엄마의
손놀림이 생각났다. 같은 장아찌도, 엄마가 썰면 길이와 굵기가
한결같았다.

"엄마는 가서 만나봤어?"

모실 할머니는 엄마가 어디에 있는지 안다는 말인가?

"에미라는 말만 들어두 저렇게 안광이 발하는구면…… 에휴,
관세음보살……. 에미랑 자석은 전생에 뭐였을구. 느이 애비두
참 백창호다. 자석이 저렇게 에미한테 걸신이 들려 있는데 소식두

안 들려주드냐? 동구야, 느 엄니 뱅원에 있디야. 영주 보내구서 속장이 다 썩었으니께 뱅원에서 으사 선생들이 에방 주사루다 닝 게루 놔주구 있디야. 집에 오먼 느 할무니가 들들 볶으니께 뱅원 서 쉬구 오먼 나을 거여. 걱정허지 말구 느 애비한테 말혀서 엄마 한 번 보구 와아. 느 에미두 자석이라구 달랑 두 개 있다가 한 개 잃었는데 남은 거가 얼매나 애중허구 보구 싶겄어."

모실 할머니의 말을 듣고 나는 무슨 일이 있어도 엄마를 만나 고야 말겠다고 하루 종일 결의를 다졌다. 퇴근한 아버지를 붙잡고 단도직입적으로 엄마를 보게 해달라고 하자 아버지는 들을 필요 도 없다는 듯이 안 된다고 했다. 모실 할머니에게서 병원에 있다 는 이야기를 들었다고 말하자 몹시 언짢은 표정이 되었다.

"엄마 괜찮으니까 퇴원하시면 봐. 지금 가서 보면 안 좋아."

나는 아버지가 너무 원망스러워서 약간 이성을 잃었다. 나는 눈을 희번덕거리며 우리 엄만데 왜 못 만나게 하느냐고 소리를 꽥 질러버렸다. 옛날 같았으면 당장 따귀를 맞았을 행동이었지만 아 버지는 때리지는 않고 신경질적으로 안 된다면 안 되는 줄 알아! 하고 소리만 질렀다. 보통 이쯤 되면 내 쪽에서 포기하기 마련이 지만 이 일만은 그렇게 넘어갈 수 없었다. 나는 엄마가 보고 싶고 걱정되어서 밥도 못 먹고 잠도 못 잘 지경인데, 언제 퇴원할지도 모르는 상태에서 무작정 기다리라는 말인가. 더구나 엄마가 괜찮 다고 하면서 또 한편으로는 지금 내가 안 보는 게 좋을 지경으로 상태가 안 좋다는 건 무슨 뜻인가?

　나는 흥분하면 말부터 막히는 놈이라서, 속으로만 이렇게 따져 묻고 겉으로는 멧돼지처럼 씨근대고 울먹거리다가 찬바람 속으로 튀어나가서 모실 할머니네 집으로 달려갔다. 모실 할머니는 저녁 설거지를 하다가 나에게 붙잡혀 영문도 모르고 비눗물도 닦지 못한 채 우리 집으로 끌려왔다. 모실 할머니는 급할 것 없는 느긋한 어조로 "즈 에미 보여줘어. 증신뼝원에 있는 게 뭐 대수여어. 미쳐서 그런 것두 아닌디 어띠여." 하고 아버지를 설득해주었다. 아버지는 송충이를 날로 삼킨 듯한 표정으로 나를 째려보며 내일 병원에 데려가겠다고 약속했다.

　다음 날 나는 아버지와 (손을 잡지는 않고) 엄마가 입원해 있는 병원에 찾아갔다. 우리 집에서 버스로 세 정거장 떨어진 곳이었다. 나는 아버지가 나를 병원에 데려가지 않으려 한 이유를 알고 조금 침울해졌다. 모실 할머니가 말해주지 않았더라면 나는 그곳이 정신병원이라는 사실을 알아차리지 못했을 것이다. 하긴, 엄마와 아버지는 박영은 선생님의 감격적인 편지를 받은 날 이후, 이제 나의 읽고 쓰기 문제가 완전히 해결되었다고 생각하고 있었다. 이렇게 심각하게 퇴화되어버린 것은 오로지 나의 불찰이다. 병원의 간판 앞에서 나는 박 선생님과 했던 약속들을 떠올려보았다. 즈은 쥐포. 그러나 맨 앞글자 하나를 읽어내기도 전에 아버지는 내 손을 잡아끌고 병원으로 들어섰다.

엄마가 어떤 모습일지는 궁금했다. '정신병원'이라는 이름에서 풍기는 괴기한 분위기에 마지막으로 본 엄마의 여자 고릴라 같은 모습을 더하면 엄마가 완전히 미쳐서 우리에 갇힌 채 쇠창살을 물어뜯고 있을 거라는 불길한 상상을 할 수도 있겠지만 왠지 그런 생각은 들지 않았다. 그보다는 모실 할머니가 말한 것처럼 속장이 다 썩어서 미치지 않도록 예방주사를 맞고 있다고 생각하는 편이 훨씬 나았다. 아버지와 나는 여느 병원이나 다를 것 없는 조용한 복도를 걸어서 여느 병실이나 다를 것 없는 작은 병실로 들어갔다.

병실은 약간 어두컴컴한 것을 빼고는 보통 병실이었다. 침대가 두 개 놓여 있었고 그중 한 침대에 엄마가 몸을 동글게 말고 문쪽을 보며 모로 누워 있었다. 모실 할머니가 말한 것과 달리 링거는 매달려 있지 않았다. 엄마는 나를 보자 손을 내밀었다. 나는 엄마의 얼굴도 보기 전에, 문이 반쯤 열려 엄마의 몸을 싸고 있는 얼룩덜룩한 병원복이 시야에 들어오자마자 이미 울고 있었다. 엄마는 내 머리를 숨이 막히도록 꽉 끌어안았다.

"엄마가 미안해, 동구야, 엄마가 정말 미안해."

엄마는 따뜻하고 향기로운 엄마 그대로였다. 조금도 미치지 않은 것이 분명했다. 며칠 전에 할머니에게 고추장독을 안기던 날에는 틀림없이 미친 사람 같았지만, 정상적인 사람이라도 하루쯤은 갑자기 미쳐버리는 수가 있을 것이다. 단 하루 미쳤다고 해서 그 사람이 남은 인생 전체를 미친 상태로 살게 된다는 법은 없다. 더구나 그동안, 그리고 그날, 엄마가 겪은 일들을 생각하면 하루가 아니라 사흘쯤 미치더라도 뭐라고 탓할 수 없을 것이다.

엄마는 나를 끌어안고서 아마 나보다 작고 더 말랑말랑한 촉감을 떠올렸을 것이다. 엄마는 몇 번이나 나를 끌어안고, 쓰다듬고, 뽀뽀하고, 엄마 아들이 맞는지 확인했다. 그리고 자꾸 내 얼굴에서 영주가 보이는지 울고 또 울었다.

"동구야, 엄마 많이 보고 싶었지?"

"……."

"엄마도 동구 보고 싶었어. 동구 보고 싶어서 얼마나 울었는지 몰라."

"……."

"동구야, 걱정하지 마. 엄마 미친 게 아니야. 엄마가 자꾸 영주 생각 나구, 할머니는 자꾸 엄마 때문이라고 그러시니까 너무 괴로워서, 미칠 것 같아서 엄마 발로 병원에 온 거야. 미친 사람은 자기 발로 병원에 오지 않잖아. 그치? 엄마가 약 먹고, 주사 맞고 다나아서 집에 갈 때까지는 동구가 집에서 엄마 없이 혼자 잘 있어야 한다. 엄마 걱정하지 말고. 응?"

내가 병실을 떠날 때 엄마는 힘들게 몸을 일으키고, 아버지 말씀 잘 듣고 있으라고, 엄마는 곧 집에 가겠노라고 했다. 하지만 그렇게 말하면서도 아버지에게는 눈길을 주지 않았다. 아버지는 어색하게 엄마와 시선을 맞춰보려고 몇 번 시도하다가 결국 눈길을 떨구어버렸다. 나는 엄마에게 이제 엄마가 무사한 것을 알았으니까 기다리더라도 그렇게 괴롭지 않을 것이라고, 내가 아버지와 할머니를 잘 돌보겠노라고 약속하고 병실을 나섰다.

아버지는 웬일인지 저녁을 먹고 들어가자고 했다. 할머니를 빼놓고 우리끼리 밖에서 저녁을 먹는다니 뜻밖이었다. 아마 모실 할머니에게 할머니의 저녁을 부탁하고 나온 모양이었다. 아버지는 병원 근처의 작은 중국집으로 들어갔다.

"자, 우리 아들, 이제 엄마 보고 나니까 마음이 놓여? 오늘은 마음 놓고 먹고 싶은 거 먹어라. 뭐 먹을래?"

아버지는 무척 기분이 좋은 듯이 행동했지만 나는 아버지가 술을 먹지 않은 상태에서 웃는 모습을 본 적이 별로 없었으므로 더 낯설게 느껴졌다. 아버지는 메뉴판을 내게 들이밀고 뭐든지 고르라고 했지만 나는 메뉴판의 글씨들 때문에 아버지에게 더 거리감을 느꼈다. 이렇게 작은 글씨가 어지럽게 박혀 있으면 뭐가 뭔지 하나도 알 수가 없었다. 받침이 없는 아주 단순한 글씨들만 가끔 눈에 들어올 뿐이었다. 내가 자장면을 먹겠다고 하자 아버지는 자장면 하나, 탕수육 하나, 배갈 하나를 주문했다. 내가 탕수육과 자장면을 먹는 동안 아버지는 탕수육을 안주 삼아 말없이 배갈 잔을 기울이며 가끔씩 내 머리를 쓰다듬었다.

저녁을 다 먹고 나서도 우리는 금방 일어나지 않았다. 나는 아버지와 이렇게 오래 둘이만 있어본 적이 없었기에 아주 어색했다. 내가 불편하게 엉덩이를 들썩이며 식당 바닥에 기어다니는 개미만 세고 있는 동안 아버지는 담배를 피워 물었다.

"동구야, 엄마 보니까 좋으냐?"

별다른 대답이 필요치 않은 질문이었기에 나는 가만히 앉아만 있었다.

"엄마를 원망하거나 하지는 말아라. 가족끼리는 그저 서로 감싸주는 거다."

나는 엄마를 원망한 적이 없었다. 아버지나 할머니를 원망한 적은 많지만 말이다. 아버지는 왜 내가 엄마를 원망할 것이라고 생각하는지 의아했다.

"살다 보면 아픔이 많지. 어려운 일을 겪다 보면 서로 섭섭한 일도 많이 생기게 되고. 그런 걸 모두 다 네가 잘했다, 내가 잘했다, 따지면 안 되는 거야. 무조건 서로 이해해주면서 살아야 해. 그게 가족이다."

그렇게 생각하면 우리는 매우 훌륭한 가족이었다. 누가 잘못했는지 제대로 따져본 적이 한 번도 없었기 때문이다. 그 결과 엄마와 할머니는 서로 원수가 되어 앓아누웠고 아버지와 나는 지금 식은 탕수육 국물을 앞에 놓고 망가진 가족을 재건할 방안을 논의하고 있었다.

"영주는 떠났지만…… 남은 가족들이 다 이렇게 무너져서는 안 돼. 서로 위로해주면서 살아야지. 그렇지?"

옳으신 말씀. 그러나 누가 누구를 위로하나? 아버지랑 나랑 서로 위로하는 가족이 되자고 이렇게 손가락을 걸어도 할머니는 엄마 때문에 영주가 그렇게 되었다는 생각을 바꾸지 않을 것이다. 아버지는 할머니에 대해서는 한마디도 하지 않았다. 아버지가 할머니를 설득하겠다거나, 할머니의 심술로부터 엄마를 지켜주겠다고 결심하지 않는 한 위로도, 이해도, 우리끼리 하는 약속도 아무 의미가 없었다.

"네 엄마에게도 누누이 이야기했지만, 영주가 떠났다고 해서 우리 가족이 모두 허물어진 것은 아니다. 아직도 네 사람이나 있어. 떠난 사람은 돌아올 수 없는 일이니 남은 식구들이라도 잘 해봐야 하지 않겠니. 남은 네 사람이 모두 건강하다는 것이 중요한 거다."

나는 지독한 반감에 몸서리쳤다. 맙소사, 아버지는 엄마에게 정말로 그렇게 말씀하셨단 말인가. 다섯이 넷으로 줄었을 뿐이라고. 아버지는 영주의 죽음을 '5-1=4'라는 간단한 등식으로 표현했다는 건가. 영주가 아버지의 말을 듣는다면 얼마나 섭섭할까. 엄마가 그 말을 듣고 마음의 병이 더 심해지지는 않았을까. 이불을 푹 뒤집어쓰거나 나처럼 아버지를 외면하고 제발 방에서 나가라고 마구 소리 지르지는 않았을까. 아버지는 항상 그렇게 상처를 덧나게 했다. 아버지 본인도 모르고 그러는 거니까 탓할 수는 없지만, 그 때문에 엄마가 그동안 얼마나 많은 상처를 입었는지.

차라리 엄마에게 봄날 약수터에서 처음 만난 노랑나비처럼 가볍던 영주의 발걸음을, 숲속 어느 나무 아래선가 들려오는 뻐꾸기 소리같이 청량하던 웃음을, 비가 많이 온 여름날 인왕산의 물소리같이 풍성하던 그 아이의 재능을 이야기했더라면 좋았을 것을. 그랬더라면 엄마는 울었을 것이고, 그 아이가 있어서 우리가 얼마나 행복하고 자랑스러웠는지 떠올렸을 것이고, 그 아이가 엄마와 아버지 인생에 가장 멋진 성공작이었음을 이야기했을 것이고, 그러다가 엄마는 문득 아버지의 얼굴에서 영주의 모습을 발견하고 자기도 모르게 아버지를 끌어안았을 텐데. 그러면 아버지는 엄마에게 엄마와 아버지가 만들어낸 성공이 오로지 영주 하나만은 아니었고, 앞으로도 많은 것에서 희망을 찾을 수 있을 거라고, 무엇보다도 영주는 우리 식구들이 이렇게 서로의 얼굴도 쳐다보지 않고 입안의 모래알처럼 서로를 못 견뎌 하는 것을 절대 원치 않을 것이라고 그때 이야기해도 늦지 않았을 텐데.

"아버지인 나를 중심으로 우리 가족이 뭉쳐서 이 아픔을 이겨내보자. 네 엄마도 지금은 슬픔을 이기지 못해 저러고 있다만 나를 따라줄 것이라고 믿는다. 할머니도 물론이시고, 아들인 너는 더 말할 것도 없다……."

제발 아버지가 집착을 버리면 좋겠다. 이렇게 온 가족이 만신창이가 되었는데도 아직도 아버지는 자신이 중앙에 서 있는지 밀려났는지 그것부터 염려한다. 사실 아버지가 중심을 지키기만 했어도 엄마가 스스로 정신병원에 가는 일까지는 없었을 것이다. 아버지는 언제나 엄마의 절박함은 외면하고 "당신은 못 배웠어, 당신도 잘한 거 없어, 자식 앞에서 부끄럽지도 않아?"라며 엄마의 입을 틀어막기에만 급급했다. 내가 엄마였더라도 미쳐버렸을 일이다.

문득, 지금 아버지가 나에게 한 말들도 아버지의 생각을 정확하게 전달하지 못했다는 생각이 들었다. 지금 아버지를 가장 괴롭히는 것은 아버지가 가지고 있다고 생각했던 절대적인 권위가 오늘날 우리 가족 누구에게도 힘이 되지 못하고, 아버지가 애써 생각해낸 위로의 말이 엄마의 병을 낫게 하지도 못하고, 아버지가 마지막까지 믿었던 할머니가 저렇게 한심한 모습으로 자신의 모습을 책임지지 못하는, 아버지가 한 번도 그러리라고 생각하지 못했던 아버지의 끔찍한 무력함일 것 같았다.

이 순간 아버지는 아들인 나에게 몇 마디 말로라도 우리 가족의 미래를 설계하고 나에게 힘을 불어넣어주려 하는 그 단순한 목표마저도 달성하지 못하고 있었다. 그리고 아버지는 자신의 연설이 성공적이지 않다는 것을 스스로 눈치챘기 때문에 지금 담배 연기를 구실 삼아 저렇게 깊은 한숨을 계속 내쉬고 있는 것이다. 저토록 무력한 아버지가 가장하고 있는 자신감은 몸에 맞지 않는 옷처럼 부자연스러웠다.

나는 갑자기 박 선생님이 못 견디게 그리워졌다. 자신의 생각을 말로 전달하는 일에 박영은 선생님을 따라갈 사람이 있었을까? 선생님은 언제나 가장 정확하고 간결한 언어들로 자신의 현재 상황과 생각을 설명했다. 심지어 타인의 생각과 타인이 처한 상황까지도 누구보다 정확하게 짚어냈으며 거기에는 단 한 번도 군더더기나 틀린 것이 없었다. 이전 같았으면 아버지가 왜 이렇게 마음에 와닿지 않는 이야기를 하시는지 몰라 답답해했을 것이고 어쩌면 반감을 느꼈을지도 모르지만, 선생님에게 무언가를 배운 지금은 아버지의 부적절하고 모호한 표현들이 결국 나에게 무엇을 전달하려는 것인지 느낄 수 있었다. 아버지는 지금 혼란스럽고 두려웠으므로 나만이라도 아버지를 괴롭히지 말아주기를 부탁하고 있는 것이다.

가엾은 아버지. 영주를 그렇게 사랑하셨는데. 벽제에서 아버지가 흘리던 눈물이 생각났다. 자신을 주체하지 못하고, 몸의 일부가 그대로 녹아 물이 되어 흘러나오는 것처럼 끊임없이 넘쳐나던 아버지의 눈물. 그때만큼 아버지가 인간적으로 가깝게 느껴졌던 적은 한 번도 없었다. 반면 지금 이렇게 우리 가족의 난국을 타개하기 위한 방안을 설명하는 아버지는 약간 한심해 보였다.

아버지는 재떨이에 담배를 비벼 끄고 아버지의 말을 잘 알아듣겠느냐고 물었다. 나는 잘 알아들었다고 대답했다. 아버지는 아버지를 중심으로 우리 가족이 난국을 이겨나갈 것에 동의했느냐고 물은 것이고, 나는 무력한 아버지를 더 이상 괴롭히지 않겠다고 대답한 셈이었다. 묻고 대답했어도 여전히 마음이 무거운 채 우리는 집으로 돌아왔다.

5

모실 할머니는 아들을 출근시키고 집에서 꼭 해야 할 일을 대충 하고 나면 곧바로 우리 집으로 내려와서 빨래를 하고, 반찬을 만들고, 할머니의 곁에서 걸레질을 하면서 할머니의 두서없는 말에 가끔씩 맞장구를 쳐주었다.

"그려어, 죽일 년이여."

또는

"메늘년들은 다 똑같아. 우리 죽구 나면 즈이들도 늙어서 똑같이 당해볼 테지." 하는 식이었다. 내가 보기에 모실 할머니는 이제 우리 엄마를 별로 싫어하는 것 같지 않았지만 빈말인 맞장구도 할머니에게는 반갑기 그지없는 모양이었다. 할머니는 엄마가 중학교도 못 나와서 고등학교를 1학년까지 다닌 아버지랑은 애초에 격이 안 맞았던 것, 시집올 적에 빈손으로 온 것, 아들이라고 하나 있는 것은 덜떨어진 천치로 키워놓은 것, 즈이 서방을 손아귀에 틀어쥐고 쥐 잡듯 지랄을 떨던 것 등등을 낱낱이 고발했다.

339

모실 할머니는 대충 한 귀로 듣고 한 귀로 흘리며 "그것도 사람년인가." "언니가 참으셔어." "저런, 쳐죽일 년." 하는 판에 박은 대답을 했다. 그러다가 딱 한 번 "그래두 동구 에미는 살림 야물차구, 서방 챙기구, 아들 낳구 뭐 크게 못한 건 없어. 우리 며늘년하구는 댈 게 아니여." 하고 속마음을 드러냈는데 할머니는 이 말을 듣자 곧바로 토라져버렸다. 할머니가 입술을 뾰족이 내밀고 "자네는 올라가서 자네 집 살림이나 하게." 하며 마루 걸레질을 하던 모실 할머니 눈앞에서 안방 문을 톡 닫아버리자 모실 할머니는 갑자기 우리 엄마가 몹시 이해가 되는 것 같은 표정이었다. 모실 할머니는 걸레를 깨끗이 빨아서 아궁이 옆에다 널어놓고는 윗집에 올라가 있을 테니 무슨 일 있으면 부르러 오라고 했다.

　나는 모실 할머니에게 올라가지 말고 나와 건넌방에 있자고 권했다. 모실 할머니는 특유의 그 무표정한 얼굴로 잠시 생각하다가 건넌방으로 들어와 아랫목에 손을 묻었다. 별로 할 말도 없어서 맹숭맹숭하니 앉아 있는데 안방에서 할머니가 나를 부르는 소리가 들렸다. 할머니는 이제 모실 할머니가 엄마만큼이나 미운 모양이었다. 엄마랑 나랑 둘이 있으면 할머니가 꼭 나를 불러내곤 했던 것과 같은 방식이었다. 안방으로 가서 왜 부르셨느냐고 묻자 건넌방은 추우니 안방에 있으라고 했다. 하지만 나는 방학 숙제를 해야 한다고 핑계를 대고 건넌방으로 돌아와버렸다. 요즘은 할머니의 투정을 받아주고 싶은 마음이 통 들지 않았다.

모실 할머니가 아버지의 와이셔츠를 다림질하는 동안 옆에 앉아 있던 나는 담요 자락에 코를 묻고 스르르 잠이 들었다. 꿈에 나는 하필이면 그 어두운 가을밤으로 돌아가 있었다. 나는 싫다는 영주에게 자꾸 감을 따자고 꼬드겨서 기어이 무동을 태웠다. 영주를 무동 태우면 안 된다는 사실을, 그랬다가는 뒤로 자빠져서 영주의 여린 머리통을 깨뜨리고 말 거라는 사실을 나는 잘 알고 있다. 하지만 그 끔찍한 일에 대해 자세히 알고 있으면서도 나는 다시 한번 그 일을 한다.

'설마 또 그렇게 되겠어?'

꿈속에서 나는 그렇게 자신하고 있다. 그리고 아버지가 장독대 계단을 다 부수어놓았기 때문에 영주가 머리를 부딪친다고 해도 지난번처럼 크게 다치거나 죽기까지 하지는 않을 것이라고 영주를 설득한다.

내 어깨 위에 올라탄 영주는 내가 몸을 일으켜 세우자 둥싯하니 하늘로 솟아오른다. 저 멀리 보이는 단감. 손만 뻗으면 그 단감이 영주의 손안에 들어올 수 있다.

'영주야 손을 뻗어봐. 감을 딸 수 있어.'

나는 천연덕스럽게 영주에게 손을 뻗으라고 권하기까지 한다. 영주는 마지못해 손을 내민다. 바람이 불 때까지 기다리지도 않고 나는 단숨에 내 어깨에 감겨 있는 영주의 두 다리를 풀어낸다. 나를 믿고 감을 향해 손을 뻗었던 영주는 허공에서 손을 한 번

허우적거린 후 도리 없이 뒤로 넘어간다. 나는 히히덕거리며 흙바닥에 누워 있는 영주에게 손을 내밀어 일으켜 세운다.

'거 봐. 이제 계단 모서리는 다 부서졌고 흙도 부드러워서 전혀 다치지 않아.'

영주의 놀란 눈빛을 보면서도 나는 뻔뻔하기가 그지없다. 내 철면피 같은 얼굴이 낯설어서 그런지 영주는 그만 울음을 터뜨린다. 나는 그깟 일로 울고 있는 영주의 모습이 한심해 보여서 하하하 자신만만한 웃음을 터뜨린다.

'바보같이, 그런 일을 가지고 놀라다니.'

자세히 보니 영주는 머리를 양 갈래로 묶지 않고 구불구불 아무렇게나 늘어뜨리고 있다. 양 갈래로 묶었을 때는 천상 어린아이더니 저렇게 머리를 풀고 있으니까 꼭 다 큰 어른 같다. 손등으로 눈물을 닦아낸 영주의 모습이 천사처럼 해맑다. 맑다 못해 투명하다. 어린아이처럼 도톰한 볼살. 아니, 어린아이니까 볼에 살이 오른 건 당연하지. 자기가 왜 울고 있었는지 잊어버린 사람처럼 물끄러미 나를 쳐다본다. 울음 끝에 긴 속눈썹이 젖어 있다. 눈시울에서 눈꼬리에 이르는 기다란 곡선이 활처럼 유연하다. 내가 기억하고 있던 모습보다 천 배나 아름답다. 붉은 자줏빛 원피스는 피에 물들어 있고 얼굴빛은 백랍같이 바래 있지만 그 눈빛만은 꿋꿋하기 이를 데 없다. 나는 나도 모르게 손을 내밀어 그 볼을 만져보았다. 볼에 손이 닿는 순간 가슴에 납이 내려앉는 것 같다.

얼마나 만져보고 싶었던 얼굴인가. 나는, 나는 그 얼굴을 마냥 쳐다보기만 했을 뿐 한 번도 감히 손을 내밀어 만져보지 못했다. 그런데 처음으로 만져본 선생님의 얼굴이 차다.

내가 얼마나 보고 싶어 했는데, 그동안 얼마나 무서웠는데, 얼마나 이야기하고 싶었는데, 선생님은 어디에 있다가 이제야 오신 걸까. 모든 일을 알고 계시는 분, 모든 일을 바르게 하시는 분, 모든 일을 믿고 의지할 수 있는 분, 세상에 단 하나뿐인 박 선생님이 오셨으니까, 이제는 아무것도 무서워할 필요가 없다. 이제는 모든 일이 제대로 풀려나갈 것이다. 박 선생님은 나에게 가장 올바르고 정확한 길을 알려주실 것이다. 나는 선생님에게 매달리려고 하지만 왠지 다리에 기운이 하나도 없어서 다가갈 수가 없다. 허덕거리며 손을 뻗어보지만 아무리 다리에 힘을 주어도 그 자리에 자꾸 풀썩풀썩 주저앉기만 할 뿐 선생님은 오히려 멀어지기만 한다. 아직 아무것도 물어보지 못했는데, 어디에 계신지조차 물어보지 못했는데, 가버리시면 안 되는데 가뭇없이 멀어지기만 한다. 애가 닳는다. 선생님이 또다시 떠나가고 있다.

"얘, 자면서도 우네."

상도형네 엄마의 목소리였다.

"애가 속이 짚어서, 눈 뜨고 있을 때는 내색을 않어. 나 없을 땐 지가 즈이 할무니 밥 다 챙겨 멕이고, 하는 짓 보면 애 같지가 않어."

"이 어린 게 얼마나 속이 탔을까. 얘가 어릴 적부터 지 동생을 얼마나 끔찍이 이뻐했는데요. 내가 또 눈물이 나네. 맨날 지 동생 업구 다니구……."

"형제라고 그거 달랑 하나 있는 걸 잃었으니, 자다가도 눈물이 나겠지. 즈 에미도 여적 저러고 있구. 도대체 동구 에미는 언제 온 대여?"

상도형네 엄마의 목소리가 갑자기 낮아져서 잘 들리지 않았다. 나는 잠이 깬 티를 내지 않으려 노력하면서 아줌마의 목소리를 따라 귀를 최대한 크게 열었다.

"저러언……. 그게 될 일인가……."

"근데 이번에는 동구 엄마도 동구 엄마지만, 친정에서, 동구 외삼촌들이랑 외할머니가 그 문제 해결되기 전까지는 동구 엄마 절대로 못 보낸다고 펄펄 뛰신대요. 그런 줄도 모르고 동구 할머니는 계속 저러고 계시니 원."

"아무리 미워두 그렇지, 부모는 부모여. 그걸 사람 힘으루 어떻게 허겄어."

"그래도 할머니가 계속 저러시면, 동구 엄마인들 어쩌겠어요. 자식 잃고 애간장 끊어지는 것도 못 살 일인데, 허구한 날 눈만 뜨면 니가 죽었다고 닦달을 하시니 동구 엄마가 살 수가 있어야지요. 동구 엄마가 지금 그게 어디 사람 꼴이에요?"

"그럼, 언니를 어디루 모셔다놓으려구. 어디 가실 데나 마땅히 있남?"

344

"그러니 그게 제일 문제지요. 동구 아빠도 외아들이니. 형제나 있으면 잠깐이라도 그 집에 가 계시라고 하겠지만. 그래도 동구 아빠가, 이번에는 그냥 두면 마누라를 잃겠다 싶었는지, 여기저기 좀 알아보고 있는가 봐요. 노인네들 모여서 바람이나 쐬시는 양로원 같은 데도 알아보고……."

"저런, 죄받네. 자석이 있으면서 부모를 그런 데다 내치는 법이 어디에 있어."

"내치는 게 아니라 잠깐 모셔두는 거지요. 잠깐이라도, 동구 엄마 마음 가라앉을 동안이라도요. 아주머니도 생각해보세요. 지금 동구 엄마 들어오면 동구 할머니가 조용히 받아주실 것 같아요? 둘 다 못 살아요."

아줌마와 모실 할머니의 나지막한 대화는 안방에서 물 가져오라는 소리 때문에 중단되었다. 아줌마가 물을 가지러 나간 후 모실 할머니는 꺼질 듯이 깊은 한숨을 쉬었다. 나는 한참 더 죽은 듯이 엎드려 있다가 막 잠에서 깨어난 척하고 일어났다. 모실 할머니는 나 올라가야겠다, 하고 일어났다.

나는 혼자 건넌방에 앉아 아까 들은 이야기를 생각해보았다. 엄마는 지금 개봉동의 작은 외삼촌 댁에 있는 모양이었다. 외삼촌과 외할머니는 한 씨네 집안에서 우리 엄마를 잡아먹을 지경이라고, 할머니가 집에 있는 한 절대로 엄마를 돌려보내지 않겠다고 하고 있었다. 그렇다면 엄마는 이제 집에 돌아오지 않는다는

345

말인가?

빈방에 혼자 있는 것이 슬그머니 무섭기도 하고, 혹시 할머니와 이야기를 하다 보면 할머니의 마음을 돌릴 길이 생기지나 않을까 하는 생각이 들어 안방으로 가보았다. 할머니는 여전히 꼼짝 않고 누워만 있었다. 이렇게 긴긴 시간 동안 누워만 있을 수 있다는 것이 놀라웠다. 할머니는 끼니를 먹고 변소에 다녀올 때 말고는 하루 종일 누워만 있었다. 아버지가 와도 일어나지 않고 오로지 목소리만 돋우어 엄마를 욕했다. 내가 머리맡에 앉아도 아는 척도 하지 않았다.

할머니에게 우리 엄마도 불쌍한 사람이니 이해하시라고 이야기를 해보면 어떨까. 말하는 순간 나도 머리칼을 쥐어 뜯길지 모른다. 할머니가 허리 아픈 것도 참고 이렇게 주야장천 누워만 있는 것도 따지고 보면 엄마 때문이었다. 할머니는 언젠가 엄마가 백기를 들고 집으로 기어들어 와 용서를 빌 것이라고 확신하고 있고, 그 순간에 용수철처럼 튕겨 일어나 엄마의 머리채를 쥐어 뜯음으로써 가장 강력한 거부의 뜻을 최대한 극적으로 표현하기 위해 이렇게 긴 시간을 누워 있는 것이다. 오로지 그 복수의 순간만이 할머니의 모든 희망이었다. 만일 아버지가 오늘 저녁이라도 "어머니, 동구 에미랑 갈라서기로 했습니다"라고 말한다면 할머니는 "그래? 잘했다"라고 대답하고 곧바로 일어나 미루었던 모든 활동을 재개할 것이다. 나는 등을 돌리고 누워 있는 할머니의 절벽 같은 등짝을 쳐다보면서 입술만 몇 번 달싹거리다가 방을 나왔다.

6

나는 조용히 건넌방으로 돌아와 구석에 쪼그려 앉았다. 이미 날은 저물어가고 있었지만 아버지가 오려면 아직 한두 시간은 족히 더 기다려야 할 것이다. 갑자기 너무 오랫동안 보지 못한 엄마의 얼굴이 떠올랐다. 엄마가 떠난 후 집은 집다운 온기를 잃었다. 외양간에서 버석버석하는 볏짚을 깔고 자고, 깔고 있던 볏짚 한 가닥을 씹는 텅 빈 눈길의 소처럼, 남은 식구들은 물기 없는 생활을 이어나가고 있었다. 집안일을 다른 사람들이 도와준다고 해도 엄마가 있는 집과 엄마가 없는 집은 하늘과 땅처럼 큰 차이가 있었다.

아침마다 나는 혼자서 눈을 떴다. 살며시 방문을 열고 동구야, 일어나, 하고 말해주던 엄마가 없으므로 나는 혼자 힘으로 일어나야 했다. 나는 늦잠을 자지 않기 위해 머리맡에 자명종 시계를 놓고 잤다. 하지만 몇 번 망치로 머리통을 두드리는 것 같은 소리에 억지로 잠을 깨고 나서는 자명종 소리 공포증이 생기고 말았다. 이제는 신기하게도 아침마다 꿈을 꾸곤 한다. 내가 잠들어 있는데 살며시 방문이 열리면서 엄마가 "동구야, 일어나"라고 말하는 것이다. 그러면 나는 드디어 엄마가 돌아왔구나, 엄마가 왔으니 저 극성스런 자명종 소리를 듣지 않아도 되는구나 하는 안도감에 가슴을 쓸어내리며 기쁜 마음으로 눈을 떴다. 눈을 떠보면 컴컴한 아침이었고 엄마는 돌아오지 않았으며 시간은 정확하게 자명종이 울리기 5분 전이었다.

이즈음 며칠 동안 아버지는 퇴근할 때 비참한 패잔병 같은 몰골이었다. 모실 할머니가 밥도 해주고 옷도 다려주는데도 영 추레했다. 아버지는 그동안 초췌한 모습으로 할머니를 맡아줄 장소를 찾아다니고 있던 모양이다. 회사 일에 지치고, 외갓집에 가서는 외할머니와 외삼촌의 냉대에 고개를 들지 못하고, 아무런 소득 없이 할머니를 데려다 놓을 만한 곳을 찾아다니다가, 집에 들어와서는 늘 안방에 누워서 투덜거리는 할머니와 데면데면 겉돌기만 하는 나, 그리고 가슴이 에도록 그리운 영주의 부재(不在)만을 확인하느라 그렇게 까칠해져가고 있었던 모양이다. 나는 벽제에서 벽에 머리를 부딪던 아버지를 본 이후 처음으로 아버지에게 진심 어린 연민을 느꼈다.

아버지가 할머니에게 양로원에 가 계시라는 말을 할 수 있을까. 아버지가 입을 여는 바로 그 순간에 할머니는 분을 못 이겨 죽어버리지 않을까. 나는 습관처럼 박 선생님을 떠올렸다. 선생님이라면 누구도 생각해내지 못하는 일을 생각해내고, 누구도 짚어

내지 못했던 점을 짚어내 누가 어디에 있어야 할지 정확하게 판단해주실 것이다. 선생님의 이야기를 듣고 있으면 온통 톱밥과 솜뭉치를 꾸역꾸역 처넣은 것 같던 머릿속이 깔끔하게 정리되면서 엄마가 방금 닦은 투명 유리창처럼 상쾌하게 맑아져오는 느낌이 들었다. 눈도 더 밝아지는 것 같고 세상을 더 잘 이해할 수 있게 된 것 같은 뿌듯한 기분이었다.

박 선생님은 누구에게도 상처를 주지 않았다. 서로가 원하는 것을 조금씩 얻으면서 또 조금씩은 양보하는 선에서 모두가 유쾌하게 만족할 수 있는 해답을 제시했다. 나에게는 그것이 요술처럼 느껴졌다. 그렇게 좋은 방법이 있다는 것을 누구나 생각해낼 수 있다면 세상에는 아무도 싸우는 사람이 없어질 것이다. 그러나 유감스럽게도 그런 좋은 생각은 오로지 선생님처럼 특출한 재능을 소유한 사람들만이 해낼 수 있는 것이었다. 나는 책상 서랍 가장 깊은 곳에 숨겨놓은 종이 상자를 열고 선생님의 손수건을 꺼내 들었다. 선생님의 손수건은 이미 향기를 잃었다. 내가 그동안 너무 많은 눈물을 쏟아부었기 때문에 어쩔 수 없이 두 번 물빨래를 해야만 했다. 이제 손수건에서는 우리 집에서 쓰는 노란 세숫비누 냄새가 났다.

어른들은 어른들의 방식으로 살아간단다. 네 힘으로 당장 고칠 수는 없어. 중요한 건 네게 나중에 그런 일이 생겼을 때 잘하는 거야. 언젠가 박 선생님은 이렇게 말씀하셨었다. 하지만 그 말씀은 지금 해답이 될 수 없었다. 한시가 급한 상황이지만 어른들은 어른들의 방식으로 해결하지 못하고 있었다. 나중에 내가 커서 할 일만 생각할 수는 없었다. 벌써 중요한 시간이 코앞에 닥쳤기 때문이다. 도대체 어떻게 해야 우리 네 식구가 한 가족의 울타리 안에 남아 있을 수 있는 것일까. 나는 손수건을 손바닥 위에 올려놓고 그곳에 선생님의 영상이 맺히기를 기도하며 멀리 있는 선생님을 부르기 시작했다. 지금 내가 할 수 있는 일이라고는 선생님과 나의 영혼이 어디론가 서로 통하고 있으리라고 믿는 것, 먼 곳에서라도 나의 외침을 들은 선생님이 답을 가르쳐주실 것이라고 믿는 것, 그뿐이었다.

언제였던가. 엄마와 영주가 학교로 찾아왔던 그날. 선생님은 칠판에 예쁜 글씨를 쓰셨고 지저귀는 어린 새 같은 영주는 배에 힘을 주며 큰 소리로 그 글씨들을 읽었다. 아이들은 신나게 박수를 쳤고 엄마는 교실 문 앞에서 발갛게 달아오른 볼을 누르며 겸손한 웃음을 띠고 있었다. 나의 사랑하는 사람들이 모두 한자리에 모여 있었던 행복한 날이었다. 그러나 그때는 훗날 박 선생님이 나에게 그렇게 큰 은혜만을 베풀고 자취 없이 떠나가실 줄도 몰랐고, 사랑하는 나의 동생이 그렇게 덧없이 어린 숨결을 거둘 줄도 몰랐고, 엄마가 광인(狂人)이 되도록 돌이킬 수 없는 상처를 입게 될 줄도 몰랐다. 나는 아무것도 모른 채, 그 순간이 나의 인생에서 가장 의미 깊고 소중한 찰나라는 사실도 까맣게 모른 채 그저 신명 나게 손바닥이 부풀도록 박수만 치고 있었다. 지금 단 한 번만이라도, 단 한 번만이라도 그 순간으로 되돌아갈 수만 있다면.

그들을 지키기 위해서라면 망설임 없이 이 한 몸을 던질 것이라 약속할 수 있지만, 어리석은 나는 몸을 던져 그들을 지켜야 했던 순간이 언제였는지를 알아차리지 못한 채 하나씩 하나씩 그들을 잃어갔다. 이제 마지막 남은 나의 사랑하는 이, 나의 엄마를 지키기 위해 내가 무언가를 해야 할 순간이 왔다. 그러나 나는 여전히 내가 무엇을 해야 하는지 알지 못했다. 이대로 엄마마저 보낼 수는 없다고 두 주먹을 힘껏 움켜쥐면서, 나는 다시 한번 간절하게 선생님 이름을 불렀다.

문득, 혼몽 중인지 생시인지, 알 수 없는 열기가 취기처럼 온몸을 휘감아 올랐다. 방 안에는 그윽한 과일 향기가 감돌았고 손바닥 위에 놓인 손수건에서는 금가루 같은 생기가 차오르고 있었다. 나는 몸을 지탱하지 못하고 방바닥을 뒹굴었다. 허공을 향해 팔을 휘두르고 미친 듯이 고개를 내저어보았지만 아무것도 잡히지 않았다. 어느새 나는 우리 집 건넌방이 아닌, 어디인지 모르겠지만 낯설지 않은 어느 곳에 쓰러져 있었다. 주위에는 잎과 꽃이 가득해 내 뺨을 간질였다. 지저귐. 머리가 어질어질하도록 지절거리는 저 새는 어디에 숨었기에 모습은 보이지 않는가. 숲이 우거져 하늘이 보이지 않는 이곳은 어디인가.

'동구야, 많이 상심하고 있구나. 대개 이런 일들은 어른들끼리 해결하는 게 맞지만, 어른들이라고 뭐든지 해결할 수 있는 건 아니지. 어른들의 해결 방법이 늘 옳은 것도 아니고. 어린 네가 감당하기에는 벅찬 일임에 틀림없지만 잘 생각해보면 길이 있을 거야.'

선생님. 나는 두 손으로 얼굴을 가렸다. 선생님의 얼굴을 보면 이 모든 것이 그대로 끝나버릴 것만 같았다. 목소리만이라도 좋으니 제발 떠나가지 마세요. 숲의 향기만이 코끝에 찡했다. 선생님은 그동안 힘든 일을 얼마나 많이 겪으셨을까. 그래도 여전히 저렇게 당당하고 꿋꿋하지 않으신가. 나도 이젠 울지 말아야겠다. 나는 두 손으로 눈물을 가렸다.

'누군가가 이해할 수 없는 행동을 할 때는 그 사람이 왜 저러는 걸까 하는 생각을 해봐. 모든 행동엔 이유가 있지 않겠니.'

행동의 이유를 생각한다. 앞으로 내가 명심해야 할 새로운 원칙이었다.

'엄마를 생각해봐. 엄마가 이해되니? 집에 들어오시지 않고 외갓집에 계시는 이유가 이해되니?'

나는 고개를 끄덕였다. 엄마가 집에 없으니 집안 꼴도 엉망이고 불편한 일도 한두 가지가 아니었지만 엄마에게 닥친 그 모든 일들을 곁에서 지켜보고서도 우리의 편리만을 따져서 엄마를 원망할 수는 없었다.

'그러면 아버지는 이해가 되니? 엄마를 집에 데려오지 못하고 저렇게 시간을 끄는 것이 이해되니?'

나는 잠시 생각해보고 역시 고개를 끄덕였다. 아버지도 이해가 되었다. 우리 집에 문제가 생기면 아버지는 대개 엄마를 윽박질러서 문제를 해결했지만 이번에는 그 방법을 쓸 수 없게 되었다. 그것을 아버지의 무능력이라고 탓할 수는 없었다. 오히려 그동안 아버지가 엄마를 희생시키면서 아버지의 목적을 달성했던 것이 잘못된 일이었을 따름이다. 나는 아버지가 이번뿐 아니라 앞으로도 엄마를 억누르지 않았으면 좋겠다. 아버지가 원하는, 혹은 가족 모두가 원하는 것을 얻지 못하고 불편을 겪게 되더라도 말이다.

'그러면 할머니는? 할머니는 이해가 되니?'

나는 오랫동안 생각한 끝에 고개를 저었다. 할머니는 이해할 수 없었다. 태어나서 지금까지 한 번도 할머니를 이해한 적이 없는 것 같았다. 그저 할머니는 내 곁에서 매일같이 벌어지는 하나의 기이한 현상이었을 뿐, 그 현상이 일어나는 원인은 이해할 수 없었다.

'그래? 그러면 할머니를 이해하기 위한 연구를 해봐야겠구나. 이해하지 못하고서는 진정한 대책을 세울 수 없는 법이니까. 할머니는 왜 그렇게 고집을 부리시는 걸까? 엄마뿐만이 아니라 너와 아버지도 할머니 때문에 큰 괴로움을 겪고 있는데 말이야.'

그거야 할머니가 심술궂기 때문이지요. 나는 힘없이 중얼거렸

353

다. 아니, 어쩌면 너무 늙어서 그런지도 몰라요. 늙으면 고집이 세진다고 그러던걸요.

'그래. 그것도 틀린 말은 아니지. 하지만 그렇게 단순하게 생각해버리면 어떤 일에도 해결 방법을 찾을 길이 없어. 남을 이해하려면 네가 그 사람이 되었다고 생각하고 진심으로 그 사람의 마음을 헤아려봐야 하거든. 어렵더라도, 그 사람을 위해서 깊이깊이 생각해봐야 한 인간을 이해할 수 있는 거야. 특히 이해하기 힘든 사람일수록 정성을 다해서 더 깊이 생각해야 해. 내 생각엔 말이야, 동구 할머님은 아마 다섯, 아니 네 식구 중에 당신이 가장 불행하다고 생각하고 계시는 것 같아.'

그럴 리가. 나는 박 선생님께 반발했다. 할머니가 우리보다 특히 더 불행해야 할 이유가 없었다. 슬픈 일을 겪기는 했지만 그건 우리 모두 겪은 일이지 할머니 혼자 겪은 일이 아니었다. 할머니 혼자서 저렇게 심통을 부릴 이유는 하나도 없었다.

'그래. 그건 네 말이 맞아. 하지만 할머니는 다른 식구들과 달라. 할머니는 아무런 희망이 없거든.'

갑자기 주위에 정적이 찾아들었다. 눈을 번쩍 뜨니 은종 같은 때죽나무 꽃이 한줄기 바람결에 흔들리고 있었지만 나는 그 맑은 종소리도, 청아한 향기도 느끼지 못했다. 텅 빈 두개골 속에 선생님의 목소리만이 메아리쳤다. 할머니에게는 희망이 없거든.

아버지와 엄마는 돈을 많이 벌고 나를 잘 키우자는 희망이 있다. 나는 나중에 박 선생님을 꼭 다시 만나자는 희망이 있다. 하지만 할머니의 몫으로 남은 희망은 무엇일까. 할머니에게 손을 내밀고, 노래를 불러주고, 말벗이 되어주고, 나들이를 함께 나가던 영주가 떠난 후 할머니에게는 어떤 희망이 남았을까.

어느덧 박 선생님의 목소리는 정원을 떠난 듯하였다. 또다시 홀로 남았는가 하여 목줄기가 먹먹해오려 했으나 고개를 내저어 두려움을 떨쳐버렸다. 더 이상 그분의 소중한 기억을 눈물로 소진하지 않으리. 그리움아 그리움아, 나에게 힘을 다오. 박 선생님에 대한 그리움은 하나의 생명체가 되어 내 안에서 꿈틀꿈틀 태동을 시작하고 있었다. 거대하게 부풀어 오른 그리움은 순식간에 내 안을 가득 메우고도 자라기를 멈추지 않아 좁은 내 몸뚱이 안에서 사납게 뒤채며 나갈 곳을 찾더니, 마침내 나의 땀구멍 하나하나마다 황금빛 깃털이 되어 쏟아져 나왔다. 내 가슴팍에 맺힌 황금빛 깃털, 내 온몸을 휘감은 주홍빛 능소화. 나는 단 한 번도 땅에 묶여 있었던 일이 없는 것처럼 박 선생님이 떠나신 어둑한 하늘 끝 어디쯤을 향해 가볍게 후루룩 날아올랐다. 꽃잎처럼 붉은 그리움이 나리는 눈처럼 세상을 덮었다.

집 안이 어두웠지만 불도 켜지 않고 나는 조용히 안방으로 건너갔다. 안방에는 늘 그렇듯이 할머니가 누워 있었다. 어둑어둑한 방에 옆으로 누워 있는 할머니는 몹시 작았다. 전혀 움직임을 찾을 길이 없었다. 숨도 쉬지 않는 것 같았다. 나는 잠시 할머니가 죽은 것이 아닐까 의심했다. 사람이 죽으면 작아진다고 하던데, 할머니가 이렇게나 작지는 않았던 것 같은데. 나는 약간 무서움을 느끼며, 할머니의 곁으로 다가가 어깨를 흔들었다. 할머니의 몸에 손을 댈 때 나는 할머니가 죽었다고 거의 확신하고 있었다. 하지만 나는 산 것과 죽은 것을 분별하는 데 아직도 익숙지 않은 모양이었다. 할머니는 내 쪽으로 고개를 돌리며 눈을 번쩍 떴다.

할머니의 눈은 동굴처럼 깊고 습했다. 할머니의 온몸이 삭정이처럼 메마른 것에 반해 눈만은 깊은 동굴 속의 늪처럼 습했다. 할머니는 선잠이 들어 있었는지 멍한 눈으로 나를 쳐다보았다.

"왜?"

할머니의 목소리는 건조했다. 바삭바삭 마른 가랑잎을 부스러뜨리는 것 같아, 쩽쩽하고 칼칼하던 지난날의 목소리가 아니었다.

"왜 이 새끼야, 불러놨으면 이야기를 해야 할 거 아녀."

말하는 내용은 옛날이랑 크게 다르지 않은데 그 음색에 너무 기운이 없어서 가슴이 아렸다. 할머니의 목소리는 떨림이 섞여 있는, 진짜 기운 없는 노인의 목소리였다. 할머니에게 희망을. 나는 숨을 크게 들이마셨다.

"할머니, 우리 둘이 노루너미 가서 살까."

할머니의 입이 딱 벌어졌다.

"어떻게?"

"봄 되면 모실 할머니 내려간다고 했잖아. 그때 우리도 같이 가면 되지."

할머니가 뚤뚤 말고 있던 담요를 풀고 부스럭부스럭 자리에서 일어나 앉았다.

"살기는 어디서 살구?"

"모실리에 빈집 있다면서."

"너는 내려가서 뭐 하게?"

"나는 학교 다녀야지."

"그럼 나는?"

"할머니는 모실 할머니랑 농사지어야지. 모실 할머니 밭도 있댔잖아."

할머니는 입을 다물고 가만히 자기 손을 들여다보았다. 등걸처럼 울퉁불퉁하고 주름이 많은 손이었다. 그새 할머니의 손은 갈퀴같이 여위어 있어서 그 손으로 농사를 지을 수 있을지 나도 좀 걱정이 되었다. 할머니도 그 생각을 하는 모양이었다. 하지만 할머니는 흙을 만지면 장사 같은 힘이 솟는 사람이었다.

"넌 느이 에미 애비 떨어져서 살아도 돼?"

"엄마 아버지가 자주 오시겠지. 난 괜찮아."

"느이 애비가 너를 보내려구 할까?"

"할머니랑 같이 있는데 뭐 어때. 혼자 가는 것도 아닌데."

할머니는 천천히 손을 쥐었다 폈다 하면서 힘이 남아 있는지 가늠했다.

"내려가서 우리가 농사를 지면야, 서울서 반찬 사 먹을 일도 없지. 지은 거 올려 보내면 되지. 집세를 따루 주는 것도 아니니께 남는 장사여."

할머니의 눈앞에 벌써 손을 기다리는 고추밭, 깨밭의 검은 흙이랑이 떠오르는 모양이었다. 수확이 끝난 들녘, 깡마른 그림자를 밭 둔덕에 아무렇게나 걸쳐둔 키 큰 옥수수 위로 여섯 마리 쇠기러기가 붉은 하늘을 날아가는 동안, 할머니는 하얗게 긁어낸 박 속을 좋은 가을볕에 꼬들꼬들 말려 된장 속에 파묻고 있었다. 한겨울, 눈 덮인 산속을 헤매다가 먹을 것을 찾아 마을까지 내려온 어린 노루 한 마리가 푸득임을 멈추고 하얀 눈의 바다 위에 조각배처럼 떠서 할머니를 조용히 바라보고 있었다. 노루너미의 굽이굽이 그리운 정경들이 잔돌 깔린 얕은 시내처럼 자잘한 물결을 일으키며 흘러갔다. 그 맑은 물줄기에 발을 담그고 잘박거리며 소녀처럼 기꺼워하다가 할머니는 갑자기 정신을 차렸다.

"그런데 너는 왜 거기 가서 살자고 하냐?"

갑자기 말이 나오지 않아 급히 할머니의 눈길부터 피했다. 엄마랑 할머니랑 더 이상 한집에서 살 수가 없잖아. 엄마랑 할머니는 서로 원수같이 싫어하잖아. 둘이 가족으로 남으려면 이 길밖에 없을 것 같아. 할머니에게 그렇게 대답할 수는 없었다. 할머니는 나의 외면이 의심스러운 듯 매서운 추궁을 시작했다.

"너, 거기 내려간다고 해놓고, 기껏 데리고 가면 며칠 만에 못 살겠다고, 도로 올라올 거라고, 서울에 데려다놓으라고 발광할 거지?"

할머니처럼 세상을 단순하게 살 수 있다면 얼마나 편할까. 나는 마음 한편으로 할머니가 부러워졌다. 하지만 세상을 편하게 사는 사람이 있다면 한편 그 사람에 맞춰서 좀 더 불편하게 살아야 하는 다른 사람이 있게 마련이다.

"아니야, 고등학교까지 거기서 다닐 거야."

할머니는 내가 노루너미로 내려가겠다고 하는 이유를 더 이상 추궁하지는 않았다. 다행히 할머니는 지난 몇 달간 우리에게 일어났던 많은 일들 중에서 스스로 답을 찾은 모양이었다. 컴컴한 방 안에서 고개를 돌려 창밖 어디쯤으로 시선을 던진 할머니는 아무 말 없이 몇 번 입만 우물거리다가, 목이 메는지 잔기침을 몇 번 하더니 결론을 내렸다.

"느이 애비 들어오면 한 번 이야기를 해보자. 나두 이 집이 답답하던 참이니까. 시골 바람 쐬면서 살면야 애들 크는 데는 훨씬 좋지."

아버지가 퇴근했을 때 할머니는 부엌에서 상을 차릴 거라고 냉장고를 뒤지고 있었다. 아버지는 깜짝 놀라서 그러지 않아도 착잡한 표정이 더욱 심란해졌다. 미심쩍은 표정으로 밥을 먹는 아버지 옆에 앉아, 할머니는 아버지에게 동구가 이 집을 떠나고 싶어 한다고, 사실 이 집에는 아픈 기억이 너무 많다고, 나랑 동구가 노루너미에 내려가 한두 해 살면서 동구는 학교에 다니고 나는 농사를 지으면서 상처를 달래는 것이 어떻겠느냐고, 모실 할머니네 집 가까이에 살면서 두 집 식구들 의지하면 몸 건사할 걱정은 없을 것이라고 말했다.

그 순간 아버지의 표정을 보고 나는 마음이 아팠다. 말도 안 되는 소리 하지 말라고 면박이나 주는 건 아닐지 걱정했던 것은 기우였다. 불로소득이나 다름없는 이 해답에 아버지는 함부로 거부감을 표시하지 못했다. 아버지의 마음에 쏙 드는 해결책은 절대 아니었지만 아버지는 예전처럼 대책 없이 "안 된다면 안 되는 줄 알아!"라고 외칠 수 있는 무모함을 어느 결에 박탈당한 뒤였다. 아버지는 일단 체신 없이 감격하지 않는 것으로 품위 유지를 삼았다.

"동구야, 너 정말로 그렇게 하고 싶어?"

나는 주저 없이 그렇다고 답했다.

"시골 생활이 네가 생각하는 것처럼 만만하지는 않을 텐데."

엄마를 보지 못하는 것. 박 선생님이 찾아올 수 없는 것. 영주의 자취가 없다는 것. 그 세 가지가 시골 생활의 어려움이다. 그 생각을 하니까 목이 메어왔다. 하지만 나는 꿋꿋하게 준비한 대로 대답했다.

"이 집에 있으면 자꾸 생각이 나요."

아버지는 나의 대답에 깊이 공감했다. 이 집에 사는 한, 우리 중 누구도 영주에 대한 많은 환청과 환각에서 헤어나지 못할 것이다. 두 손으로 바닥을 짚고 몸을 앞으로 쑥 내민 할머니는 애타게 아버지의 입을 쳐다보며 결정이 떨어지기를 기다렸다. 아버지는 더 이상 아무 말 하지 않고 밥을 다 먹었다. 상처를 감추기 위해 태연한 척 애쓰는 맹수 같았다.

"엄마와 상의해볼게."

<h1 style="text-align:center">8</h1>

다음 날은 상도형네 엄마가 오전부터 재게 움직이며 우리 집 일을 돌봐주고 있었다. 아버지는 심란하면서도 훨씬 숨을 쉴 만하다는 표정으로 출근하면서 내 손에 천 원짜리 한 장을 쥐어 주었다. 할머니는 좀 기운이 났는지 일어나 앉아서 오랜만에 목욕

탕에 다녀오겠다고 했다. 나는 할머니를 목욕탕 앞에까지 바래다 드리고 세 시간 후에 모시러 오겠다고 했다. 할머니는 목욕탕 문을 밀고 들어서려다가 갑자기 나를 불러세웠다.

"느이 에미는 대체 어디 있다니?"

할머니가 엄마에 대해 물은 것은 엄마가 집을 나가고 처음 있는 일이었다. 나는 대답하지 못하고 모르는 체 딴청을 부렸다.

"아주 지가 집구석에 제일가는 상전인 줄 알어. 그러면 모시러 갈 줄 알구. 배워 먹은 데 없어서."

할머니의 험구가 어제오늘의 일은 아니었지만 오늘은 나도 분통이 터졌다. 데데한 말주변으로 엄마의 편을 들어본 대도 하나마나 한 일이겠지만 오늘은 정말 그냥 듣고 있을 수가 없었다.

"엄마 아파서 병원까지 갔대요! 할머니도 너무해. 엄마도 얼마나 마음이 아플 텐데 맨날 그렇게 욕만 하면 어떡해!"

할머니는 내가 길거리에서 소리를 지르자 한 대 쥐어박고 싶다는 표정이 되었다가 주먹질만은 간신히 참았다.

"지 에미라고 편들기는. 니 에미가 아프긴 어디가 아파? 기운이 항우장사라서 인왕산 치마바위라도 던지겠더구만. 시에미한테 포악을 부리고 저도 찔리는 데가 있으니 발걸음을 못하는 게지."

이럴 때면 할머니와 단둘이 노루너미에서 살고 싶은 생각이 싹사라졌다. 할머니는 말을 그렇게 얄밉게 해놓고는 평소와는 달리

이게 아닌데 하는 표정으로 잠시 서 있다가 한결 누그러진 목소리로 말했다.

"지가 아파봤자 패륜을 당한 나보다 아팠겠냐만, 너 나 몰래 니 에미 보거든 이제 들어오라고 해. 아까운 병원비 축내지 말구. 저두 새끼 잃고 눈깔이 뒤집어져서 한 짓이라 생각하구 내가 한 번만 봐줄 테니. 니 에미 오면 모실 동생이 준 그 달구새끼나 잡아서 푹 과야겠다. 온 식구가 국물이라도 마시고 나면 겨울나기가 한결 수월하겠지."

들어오라는 말만 들어도 놀라울 판에 엄마가 아이를 낳아도 미역국 한 번 안 끓여주었다는 할머니가 애지중지하는 닭을 잡아주겠다니 쉽게 믿을 수 없는 일이었다. 뜻밖의 말에 어리둥절한 내가 대꾸할 말을 찾지 못하자 할머니는 갑자기 기가 만장으로 올라서 내 코끝에 마음껏 삿대질을 했다.

"야 이 새끼야, 너는 니 에미라고 니 에미 잘난 줄만 알지? 니 에미는 그까짓 달구새끼 한 마리 못 잡아. 귀하게 자라신 몸이라구 웩웩 토하는 척이나 하구. 달구새끼 목 따구 털 뽑구 배 가르구 다 내가 할 일이여. 너 봄가을루다 기생충 검사한다고 학교에서 똥 덩어리 떼어오라고 할 적에, 그거 잘난 니 에미가 해줬냐 내가 해줬냐? 니 에미는 만날 천날 새끼 위하는 척만 하지 드러운 꼴은 쳐다도 못 보는 위인이여. 잘난 척만 했지 세상 쓸데없는 게 니 에미여. 그거나 알아둬, 이 새끼야."

핵 돌아서서 목욕탕에 들어가는 할머니의 등뼈는 아직 장수의 깃대처럼 꼿꼿했다. 나는 한참 동안 겨울바람 속에 서 있다가 집을 향해 발걸음을 옮겼다. 나와 노루너미에 가서 살자는 말에 흐뭇해서 할머니가 마음을 돌린 것인지, 아니면 원래 오늘쯤 못 이기는 척하고 엄마를 용서할 생각이었는지 정확하게 알 수 없지만 어제까지는 결코 일어나지 않을 것 같던 일이 오늘 현실로 일어났다. 이제 엄마가 돌아와도 할머니는 엄마의 머리채를 쥐어뜯지 않을 것이다. 오히려 아끼던 검은 닭을 잡아 삶아주겠다고 하지 않는가. 엄마는 할머니가 삶아주는 닭을 앞에 놓고 무슨 표정을 지을까. 나는 가슴속에서 시커먼 연탄 덩이 하나를 뽑아낸 것 같은 기분이 되었다. 이 정도라면 노루너미에 내려가서 사는 보람이 있다고 할 수 있었다.

돌아오는 길에는 점빵집에 들러서 아침에 받은 돈으로 건빵을 한 봉지 샀다. 언제나 별과자를 골라 달라고 하던 영주가 이제는 없다는 생각에 또 한 번 코끝이 찡했지만, 앞으로는 나도 영주 없이 살아가는 일에 익숙해져야 한다. 나는 뺨을 때리는 얼음 박힌 바람과 맞서지 않기 위해 고개를 깊이 숙이고 걸었다.

언뜻 깡마르고 키가 큰 남자가 저쪽에서 마주 오는 것 같은 느낌이 들었다. 어깨를 웅숭그리고 종종걸음으로 나를 스쳐 간 남자는 분명히 삼층집의 집사 아저씨였다. 나는 혹시나 하는 마음에 삼층집까지 달려가보았다. 철문은 닫힌 것 같았지만 살짝 밀었더니 스르르 열렸다. 지난여름 집사 아저씨에게 봉변을 당한 뒤로는 아름다운 정원에 한 번도 들어가보지 못했다. 나는 내가 가장 좋아하는 장소에서 호젓한 시간을 보낼 수 있게 되었다.

희부연 겨울 햇살이 안개처럼 정원을 두르고 있었다. 조심스레 정원으로 들어서자 나와 정원을 구별하지 않고 하나처럼 감싸 돌았다. 이곳에 가져다놓으면 뭐든지 다 아름다워지는 걸까? 잘 살펴보면 삼층집 정원이라고 해서 값비싼 고급 나무들로 가득 차 있는 것은 아니었다. 한 모퉁이에는 흔해 빠진 수수꽃다리도 있고, 전혀 쓸모없이 억세기만 해서 산에서 마구 뽑아버린다는 아까시나무도 한구석을 차지하고 있었다. 하지만 흔한 것이건 귀한 것이건 이곳의 아름다움을 만드는 데에는 다 같이 한몫을 하고 있었다. 삼층집 정원의 아름다움은 추운 날씨나 하늘을 찢는 번개도 끄떡없이 이겨낼 수 있는 강건한 것이지만 시멘트 한 줌, 어느 난폭한 손목의 돌팔매질 한 번이면 곧바로 상처 입을 수 있는 여리디여린 것이기도 했다.

나는 퍽 행복해졌다. 나무에 꽃도 잎도 없지만 아름다운 정원의 옛 기억을 더듬으면 나무들이 꽃을 피우고 잎을 달았을 때 어떤 모습이었는지 생각해낼 수 있었다. 느티나무를 따라 올라간 능소화는 추위를 탄다고 줄기 부분에 가마니 옷을 입고 있었다. 지금은 꽃도 잎도 볼 수 없지만 회색 줄기와 축축 늘어진 덩굴가지는 남아서 여름의 시원했던 모습을 떠올리게 했다. 내가 능소화 다음으로 좋아했던 것은 늦은 봄에 무더기무더기 흰 꽃을 피우는 키 작은 나무, 백당나무였다. 나무의 모양은 볼품없지만 늦봄의 꽃 매무새는 참 소담해서 정원에서도 앞줄을 차지하고 있었다. 한여름에 장대비가 오면 눈물처럼 붉은 꽃잎을 떨구는 저 단아한 나무는 배롱나무였다. 지금처럼 헐벗은 때에 남아 있는 골격만 보아도 물가의 사슴처럼 우아하고 기품 있는 나무였다. 땅에 뿌리가 붙들려 있지 않다면 지금이라도 앞발을 들어 튀어 오를 것 같았다. 겨울에도 낙엽에서 은은한 향기가 풍겼다.

나는 연못가의 평평한 바윗돌 위에 앉아 건빵을 몇 조각 부수어서 연못을 덮고 있는 얼음 위에 휙 뿌렸다. 곧 정원 구석구석에 숨어 있던 새들과 동네의 참새들이 몰려들어 얼어붙은 연못은 북새통을 이루었다. 새들을 벗 삼아, 추위에 몸을 옹송그리면서 나는 노루너미의 삶을 상상해보았다. 노루너미에 능소화가 있을까? 산골 마을이니 산사나무나 느티나무는 훨씬 풍성하고 울창할 것이다. 시골에 가면 늑대처럼 다리가 늘씬한 멋진 개를 키울 수도 있을 테지. 어두운 밤길마다 나를 호종(護從)할 가벼운 네 개의 다리를 생각하며 나는 소소한 행복감에 젖었다.

이곳에 남아서 선생님을 기다리고 싶은 생각도 간절했지만, 어쩐지 박 선생님이 쉽게 돌아오시지 않을 것이라는 생각이 들었다. 그렇게 굳은 결심으로 많은 것을 뿌리치고 학교를 떠나셨으니, 선생님의 데모가 성공적으로 끝나기 전까지는 아마 돌아오시지 않을 테지. 차라리 그동안 내가 부지런히 성장해서, 우연히 박선생님을 마주쳤을 때 선생님과 눈높이가 비슷한 청년이 되어 있으면 훨씬 좋을 것 같기도 했다. 선생님은 어린 동구의 기억만 간직하고 계시다가 어깨가 넓은 청년이 되어 있는 나를 보시면 깜짝 놀라실 것이다. 선생님이 꼭 서울에 계시란 법도 없겠지. 어느 도시, 어느 마을에 계실지 알 수 없는 선생님을 하루라도 더 빨리 만나기 위해 나는 이다음에 크면 트럭 운전사가 되겠다고 결심했다. 우리나라의 모든 좁은 길과 넓은 길을 누비는 강건한 트럭 운전사가 될 것이다. 트럭 운전사가 되어 첫 월급을 탄다면 제일 먼저 선생님의 향수를 사야겠다. 선생님이 남겨주신 손수건에, 내 뇌수 가장 깊은 곳에 새겨진 그 향기를 더해서 아주 오랫동안이라도 선생님을 기다릴 언제나 신선한 힘을 얻을 것이다. 선생님과 나는 어느 모퉁이, 어느 골목길에서 마주치게 될까. 세상의 어느 알지 못할 모퉁이에서 선생님을 만날 때, 선생님이 눈빛만으로도 나를 알아보고 두 팔을 벌리실 그 순간을 생각하기만 해도 나는 가슴이 뛰었다.

아직 얼음 위에는 새들이 많이 남아서 겨울에 구경하기 힘든 과자 부스러기를 알뜰하게 콕콕 찍어 먹고 있었다. 녀석들은 추위를 이기기 위해 솜털을 여러 겹 껴입고 있어서 다들 동글동글한 몸매였다. 한 조각이라도 더 먹으려고 부산을 떠는 새들을 무심히 바라보다가, 나는 바랜 듯한 금빛 깃털을 발견하고 벌떡 일어섰다. 갑작스런 움직임에 놀란 새들이 한꺼번에 우르르 날아올랐다. 하지만 나의 눈에 띄었던 금빛 가슴 털의 새, 야윈 곤줄박이는 얼음 위에서 날아오르지 못하고 깡총깡총 뛰어 연못을 벗어났다. 살아 있었구나, 나의 곤줄박이야. 그 어느 못된 손목이 던진 돌팔매에 맞아 날개를 다치고 죽을 고비를 넘겼지만 이렇게 살아서 아름다운 정원에 남아 있었구나.

나에게 잿빛 등 털을 내보이고 누운 향나무 쪽으로 달아나는 곤줄박이를 바라보며 나는 지금도 어디에선가 영주와 박 선생님이 저 곤줄박이를 바라보고 있는 것 같은 착각에 빠졌다. 만세를 부르는 엿장수 아저씨를 서로 다른 방향에서 바라보았던 할머니와 모실 할머니처럼, 영주와 나와 박 선생님은 서로 다른 세계에 속해 있지만 지금 같은 새를 바라보고 있을지도 모른다. 나는 살아서 또는 죽어서 내 곁을 떠난 사랑하는 이들을 떠올리고 조용히 눈물을 흘렸다. 죽은 줄만 알았던 곤줄박이가 지치고 고단한 모습으로나마 살아 모습을 드러낸 것이, 나의 사랑하는 이들을 언젠가 다시 만나리라는 상서로운 조짐이라고 생각해도 되는 것일까?

바람이 차가웠다. 이제 코끝에도, 차가운 바위에 오래 얹혀 있던 엉덩이에도 감각이 없었다. 새들도 모이를 다 찾아 먹고 자취 없이 제 있던 곳으로 돌아갔다. 곤줄박이의 모습은 보이지 않고 늙은 향나무 둥치에서 씨이씨이 삐이삥 하는 만족한 지절거

림만 들려왔다. 할머니가 목욕을 마치려면 아직 두 시간은 더 걸릴 테니 나도 집으로 돌아가야겠다. 엄마, 엄마가 언제쯤 돌아올까? 엄마를 생각하자 기운이 솟았다. 노루너미로 이사 가기 전까지 몇 달 정도는 엄마와 함께 지낼 수 있을 테지. 엄마가 돌아왔을 때 기진한 몸으로 청소에 다시 매달리지 않도록, 오늘은 장독대에 튄 흙탕물이나 깨끗이 닦아놓아야겠다. 나는 창문 너머로 나를 바라보고 있는 사장님의 부인에게 고개 숙여 인사하고 아름다운 정원을 나섰다. 대문이 닫히면서, 아름다운 정원의 정경이 차츰 좁아지더니 마침내 가느다란 광채의 선이 되었다가, 갑자기 시야에는 녹슨 철문의 모습만 들어왔다. 아름다운 정원의 모습은 이제 기억 속에 하나의 영상으로만 남게 되었다. 차가운 철문을 힘주어 당기며 나는 아름다운 정원에 작별을 고했다. 안녕, 아름다운 정원. 안녕, 황금빛 곤줄박이.

아름다운 정원에 이제 다시 돌아오지 못하겠지만, 나는 섭섭해하지 않으려 한다.

작가의 말

    내가 태어나 살아온 30년 동안 단 세 명의 소년만을 만났다고
한다면 그것은 거짓말일까? 엊그제 만 30회 생일을 자축하면서
나는 곰곰이 따져보았다. 태어나 오늘까지 살면서 만났던 소년들
을. 딱 세 명이었다. 겨우 셋뿐이랴 싶어서 더 꼼꼼히 기억을 헤집
어보았지만 아무래도 세 명이었다. 내 기억력을 탓해야 할지, 내
가 사는 세상에 소년들이 너무 적음을 탓해야 할지 모를 일이었
다. 나는 잠시 당황스러웠지만 곧 세 명이라도 만난 것이 얼마나
다행인가 하는 쪽으로 마음을 바꾸었다.
    첫 번째 소년은 5년 전에 만났다. 그는 태어나면서부터 몹시 힘
든 병을 앓고 있었다. 어린 시절의 기억이 온통 병치레로 덧발라

져 있는 소년은 심하게 자기중심적이기 쉽다는 나의 상식을 그는
아주 간단하게 깨버렸다. 소년은 가족들의 고단함을 이해하고 있
었고 가족들이 때때로 보이는 불협화음을 야윈 품속에 끌어안으
려 애쓰고 있었다. 어린아이가 어찌 저리도. 소년을 만난 그날 나
는 사락사락 내린 흰 눈 속에 포근히 감싸 안긴 씨앗처럼 평화로
워졌다.

두 번째 소년은 4년 전쯤에 텔레비전 속에서 만났다. 무심코 멈
춘 채널에서는 근육병을 앓고 있는 한 소년과 그 가족들의 투쟁
을 다룬 미니 다큐멘터리가 방영되고 있었다. 나의 눈길은 근육
병과 싸우는 여섯 살배기 형이 아니라, 그의 네 살 난 동생에게
고정되었다. 가난한 살림에 약도 없는 병과 싸우느라 부모의 관심
은 온통 맏이에게 쏠려 있음이 화면으로 보기에도 역력했다. 네
살 난 둘째는 그런 부모와 형에게 서운함을 품고 있지나 않았을
까? 기자가 찾아간 어느 날, 둘째는 혼자서 부엌을 청소하고 있었
다. 비누 거품을 내서 바닥을 싹싹 문지르고 말끔하게 훔쳐내는
품이 제법 익숙했다. "부엌 청소를 네가 혼자서 할 수 있니?"라고
묻는 기자에게 소년은 한참 머뭇거리다가 "엄마가 힘드시잖아요"
라고만 답했다. 계단을 오르는 발걸음이 아직은 위태로워 보이는,
네 살, 네 살 먹은 소년이었다.

어린 나이에, 스스로가 제일 약자에 해당하는 상황이면서도
촉촉한 인내와 헌신으로 주변을 끌어안는 그들의 모습은 나에게

371

충격에 가까운 감동을 주었다. 한쪽 성(性)의 전유물로서 칭송되는 많은 미덕이 실제로는 거짓이나 허상에 불과하며, 가치 있는 것은 오로지 '인간의 미덕'임을, 소년들은 담담하게 보여주었다. 나와 다른 쪽의 성(性)을 가진 사람들을 오로지 적으로만 여기고 어떻게 싸워 이길까만을 연구했던 나 자신의 태도가 참으로 옹졸했음을 느끼게 하는, 그들은 나의 어린 스승들이었다.

세 번째 소년은, 물론 동구다. 그는 유순하고 말수가 적었지만 어느 여름날 저녁, 분명히 내 귀에까지 들리는 또렷한 목소리로, "나는 그런 식으로 잘난 척하면서 말하지 않아요"라고 나의 글쓰기에 제동을 걸 만큼 고집이 있는 소년이었다. 나는 그 목소리를 못 들은 체하고 싶었지만 며칠 후 내가 타고난 문학성의 증거인 양 위장하려 했던 설익은 에스프리들을 모두 지워야만 했다.

이 세상에는 많고 많은 소년이 살고 있을 것이라 믿는다. 다만 내 삶의 폭이 좁다 보니 그들을 만나지 못했고, 만나도 옹졸한 눈으로는 알아보지 못하였으리라 믿는다. 우리 주변에는 많은 소년들이 있어, 내가 차마 약함을 드러내지조차 못하고 힘들어하는 순간에 진심으로 가득 찬 옹호의 손길을 내밀어주리라는 생각을 하면서 나는 세상에 한 점 살맛을 보탠다.

커다랗고 새카만 무릎에, 물기 어린 눈빛으로 여동생의 손을 쥐고 서 있는 소년 동구를 생각할 때마다 나는 가슴에 무거운 추하나가 툭 떨어지는 느낌이다. 내가 만났던 소년들의 그 빛나는 아름다움을 만분지일이나 지면에 옮길 수 있었는지. 경박한 입술을 생각 없이 놀려, 내가 진정 사랑하는 대상을 오히려 욕되게 묘사하지나 않았는지 두려울 따름이다.

내가 만났던 첫 번째 소년 김태준에게, 거칠고 부적절한 표현들에 가려 알아보기 힘들었을 나의 진심을 읽어주신 한겨레신문사와 심사위원 여러분께, 나와 남편을 지구의 반쪽같이 중히 여기셨던 네 분 부모님께, 그리고 그 모든 소년의 심성을 삶 속에서 직접 보여준 사랑하는 나의 남편과 실상 글 쓰는 데 방해만 되었지만 누구보다 큰 힘의 원천이 되어준 어린 딸 꿀짱아에게 마음을 다한 깊은 감사를 드린다.

2002년 7월

심윤경

개정판 작가의 말

신간이 홍수를 이루어 새 책도 1년을 버티기 어려운 시절에 《나의 아름다운 정원》은 11년 동안 내 곁을 지켜주었다. 나에겐 등불 같은 책이었다. 표지의 꼬마들은 우리 집 뒷마당에서 놀던 어린 시절의 오빠와 나다. 인왕산의 암반이 그대로 드러난 산동네의 풍경이나 그 시절 남매의 모습이 이 소설의 대표 이미지로 안성맞춤이라서 이 사진을 볼 때마다 이 책의 표지로 사용하고 싶었는데, 이번에 개정판을 내면서 그 소원을 이루었다. 한 가지 오래 묵은 의혹을 해명하자면, 그리운 우리 할머니는 동구네 할머니하고는 전혀 닮은 점이 없는 순박하고 점잖고 말 없는 분이셨다.

11년 동안 내 곁을 든든하게 지켜준 이 책과 내 가족들과 한겨
레출판사에 깊이 감사드린다. 20년 30년 후에도 이 책이 변함없
이 우리 곁에 있기를 소망한다.

2013년 11월

심윤경

새로 쓴 작가의 말

　나의 이십 대 후반은 겁 없이 전공을 포기하고 글쓰기라는 낯선 분야에 도전하기로 결심하면서 동시에 임신, 출산, 육아라는 인생 최대급 과업들도 해결하느라 스스로 자각할 수 없을 만큼 정신없고 뒤죽박죽이었던 시기였는데, 그 무렵의 아주 또렷한 기억 하나는 소설을 쓰고 있던 순간의 행복이었다. 퇴근 후 또는 아이가 잠든 틈을 타서 PC 앞에 앉는 그 짧은 순간, 텅 빈 모니터와 맥주 한 캔이면 세상을 다 가진 것처럼 행복했다.

　"아까 그 대사는 정말 짜릿했어"라든가 "이러다 정말 소설이 되겠어" 또는 "와, 나 정말로 소설가가 된 것 같아" 싶은 기분들. 글을 쓰면서 그렇게 대책 없이 행복한 나 자신이라니, 이젠 거의 흉내 낼 수도 없을 만큼 아득한 기억이다. 등단 후 20년이 흘렀고 많은 일을 겪으며 어느덧 중견 소설가가 된 나는 그때처럼 해맑게 웃으며 노트북 앞에 앉지 못하지만《나의 아름다운 정원》은 나에게 행복한 어린 시절 같은 존재다. 그때로 돌아갈 수는 없지만 언제까지나 내 안에 남아 힘이 되어주고, '이것이 바로 나'라는 의식의 근원이 되어준다.

지금도 힘들고 용기를 잃을 때면 동구를 생각한다. 강건하고 정직한 트럭운전사가 되어 세상을 좀 더 살 만한 곳으로 만들고 있을 그 중년 남자를 생각하면 어쩐지 나에게도 그를 닮은 모습이 조금쯤은 있을 것 같고, 대책 없이 행복하게 작가라는 길을 걷고자 하던 오래전의 내가 생각나며, 이 세상의 평범해 보이는 모든 사람에게 빛나는 작은 새의 황금빛 깃털 하나쯤은 숨어 있다는 오랜 존경심으로 이 세상을 대할 수 있게 되는 것이다.

《나의 아름다운 정원》으로 받은 오랜 사랑과 격려가 오늘까지 형편없이 휘청거리는 나를 굳세게 받쳐주었다. 초조했던 젊은 나를 소설가의 길로 초청해준 한겨레출판사와 오늘까지 이 소설을 사랑해준 많은 독자들께 감사드린다.

2024년 8월 사직동에서

심윤경

추천의 말

이 작가의 시선은 현실의 속으로 깊이 파고들며 거기서 길어내는 정서는 은근하면서도 섬세하다. 소설 속의 '아름다운 정원'은 이 세상을 얽고 있는 삶의 그물을 깨달아가는 소년 시절의 기억 속의 세계인데, 그 세계에서 그가 발견하는 것은 미움과 사랑, 갈등과 화해, 고집과 이해, 가난과 따뜻함, 그러니까 일상의 생활들과 사람들을 엮어주는 평범한 것들 속의 유난스러움들에 대한 진지한 껴안음이다.
_김병익(문학평론가)

이 신예 작가의 언어는 마력을 갖고 있다. 그 마력은 독자를 즐겁게 하고 황홀하게 한다. 그 놀랍고 신선한 언어는 그러나 기이

하게도 언어 장애를 앓고 있는 주인공 소년 동구의 것이기도 하다. 이 소년은 언어적 성장을 교란당한 아이인데도 그의 내면의 언어는 성숙해 있다. 소년은 혼자 남겨지지만 그 세상에서 그래도 정원을 일구어야 한다는 꿈을 소년은 자기 방식으로 보듬어 안는다. 산뜻하고 해맑은, 성장소설 이상의 성장소설이다.

_도정일(문학평론가)

어린 소년의 눈을 빌려서 가족과 주위의 삶을 그렸다는 점에서 이 작품은 일종의 성장소설이다. 가족에 대한 따뜻하고 세밀한 묘사와 동생과 담임 선생을 향한 내면적인 감정의 표현 같은 것들이 설득력이 있다. 이 작품이 심사위원들의 눈에 띈 것은 응모작들 가운데서 가장 문장 수련이 되어 있고 앞으로도 계속 글을 쓸 수 있겠다는 성실성이 보였기 때문이다. 작가의 정진과 그가 겪어나갈 작가로서의 삶에 경의를 표하면서 다음 작품을 기다리려 한다.
_황석영(소설가)

나의 아름다운 정원

ⓒ 심윤경 2024

초판 1쇄 발행 2002년 7월 10일
개정 1판 1쇄 발행 2013년 11월 18일
개정 2판 1쇄 발행 2024년 8월 26일

지은이 심윤경
펴낸이 이상훈
문학팀 최해경 박선우 김다인
마케팅 김한성 조재성 박신영 김효진 김애린 오민정

펴낸곳 (주)한겨레엔 www.hanibook.co.kr
등록 2006년 1월 4일 제313-2006-00003호
주소 서울시 마포구 창전로 70 (신수동) 화수목빌딩 5층
전화 02-6383-1602~3 **팩스** 02-6383-1610
대표메일 munhak@hanien.co.kr

ISBN 979-11-7213-106-7   03810